**10
18**

12, AVENUE D'ITALIE. PARIS XIIIe

Sur l'auteur

Amy Stewart est l'auteur de sept livres dont deux essais best-sellers aux États-Unis, *The Drunken Botanist* et *Wicked Plants*. Elle et son mari vivent à Eureka, en Californie, où ils possèdent une librairie appelée Eureka Books. *La Fille au revolver*, son premier roman, s'inspire de l'histoire vraie de Constance Kopp, première femme shérif des États-Unis. *La Femme à l'insigne* est le deuxième opus de cette série déjà saluée par la critique.

AMY STEWART

LA FEMME
À L'INSIGNE

Traduit de l'anglais (États-Unis)
par Elisabeth Kern

INÉDIT

**10
18**

Grands détectives

créé par Jean-Claude Zylberstein

Titre original :
Lady Cop Makes Trouble

© Stewart-Brown Trust, 2016.
© Amy Stewart, 2016.
© Éditions 10/18, Département d'Univers Poche, 2017,
pour la traduction française.
ISBN 978-2-264-06795-1

À Maria Hopper

Miss Constance Kopp qui était l'an dernier restée cachée pendant cinq heures derrière un arbre de son jardin de Wyckoff, New Jersey, pour pouvoir faire un carton sur un gang de la Mano Nera qui lui donnait du fil à retordre, est aujourd'hui adjointe au shérif du comté de Bergen, New Jersey, et c'est la terreur des hors-la-loi.

The New York Press, 20 décembre 1915

1

CHERCHE JEUNE FILLE – BON SALAIRE.
Homme fortuné recherche femme de ménage
en vue mariage. Gîte et couvert offerts.
Réponse : boîte postale 4827.

Je rendis le journal à Mrs. Headison.
— Je suppose que vous avez répondu ?
Elle hocha vivement la tête.
— Oui, en me faisant passer pour une jeune fille
tout juste débarquée de Buffalo, avec de l'expérience, non pas comme femme de ménage, mais
comme danseuse, et l'ambition de monter sur les
planches. Il n'est pas difficile d'imaginer les idées
qu'il a dû se faire en recevant cela !
Sachant que j'avais sous mon toit une jeune fille
qui aspirait elle aussi à monter sur les planches, je ne
tenais pas à creuser la question. Quoi qu'il en soit,
je devais reconnaître que le stratagème avait fonctionné. Le shérif et moi parcourûmes la lettre qu'elle
avait écrite, ainsi que la réponse du monsieur, qui
l'invitait à venir le voir dès que possible à son
domicile de Ridgewood et lui promettait le mariage
si elle se révélait à la hauteur de ses attentes.

— Un certain nombre de jeunes filles ont déjà eu un rendez-vous pour ce travail et elles attendent toujours la demande en mariage, soupira-t-elle. Je les ai vues venir et repartir plus d'une fois. Seulement, ma fonction n'est que consultative, bien sûr, et j'ai donc ordre de rapporter toute découverte suspecte au chef de la police pour qu'il envoie un agent procéder à l'arrestation. Or, il se trouve que ce monsieur vit dans le comté de Bergen et c'est donc à vous que revient cette affaire.

Belle Headison était la première femme policière de Paterson. Elle avait une silhouette frêle, les épaules étroites et les cheveux couleur du thé à peine infusé. Ses lunettes à montures de cuivre évoquaient le mécanisme interne d'une grande horloge. Tout chez elle semblait très vertical et remonté à bloc.

Quant à moi, j'étais la première femme du New Jersey jamais nommée adjointe au shérif et je n'avais encore jamais rencontré d'autre femme travaillant dans la police. Cet été de 1915 annonçait l'ouverture d'une ère nouvelle, radieuse et pleine d'audace.

Mrs. Headison nous avait fixé rendez-vous à la gare de Ridgewood, non loin du domicile de l'homme en question. Nous nous tenions sur le quai, dans le seul point d'ombre que nous avions pu trouver. Malgré la chaleur de cette fin d'août, j'étais tout excitée à l'idée d'aller mettre hors d'état de nuire un individu qui n'hésitait pas à publier dans les journaux une annonce comme celle-là.

Le shérif jeta un nouveau coup d'œil à la lettre.

— Mr. Meeker, lut-il. Harold Meeker. Eh bien, mesdames, si nous allions lui rendre une petite visite ?

Mrs. Headison eut un mouvement de recul.

— Oh, je ne vois pas à quoi je pourrais vous servir, objecta-t-elle.

— Mais cette affaire est la vôtre ! rétorqua le shérif Heath avec entrain. Il est normal que vous ayez la satisfaction d'assister à son dénouement.

Rien ne le rendait plus heureux lui-même que la perspective d'arrêter un hors-la-loi et il ne concevait pas qu'il pût en être autrement pour les autres.

— C'est que je n'ai pas l'habitude d'accompagner les policiers, expliqua Mrs. Headison. Pourquoi n'y allez-vous pas tout seul ? Miss Kopp et moi, nous vous attendrons ici.

— Ce n'est pas pour rien que j'ai amené Miss Kopp avec moi, répondit le shérif en nous poussant toutes les deux vers son automobile sans plus de cérémonie.

Mrs. Headison s'exécuta donc, non sans réticence, et nous nous mîmes en route. En chemin, elle nous parla de son travail à la Société d'assistance aux voyageuses, où elle aidait les jeunes filles qui arrivaient à Paterson sans famille ni perspective de travail.

— En descendant du train, elles trouvent tout naturellement le chemin des meublés les moins recommandables et des cabarets les plus mal famés, expliqua-t-elle. Et si elles sont jolies, ces établissements leur offrent gratis repas et boisson. Nous savons bien sûr que tout se paie, mais c'est une réalité dont nous avons du mal à les convaincre. C'est la première fois qu'elles quittent le nid familial et elles oublient toutes les recommandations que leur a faites leur mère, à supposer que celle-ci leur en ait fait...

Nous apprîmes aussi que Mrs. Headison était veuve depuis 1914. Au premier anniversaire du décès de son mari, gardien de la paix à la retraite, elle avait eu vent de la nouvelle loi du New Jersey autorisant les femmes à travailler dans la police.

— Il m'a semblé que John me parlait de l'au-delà et me disait que c'était là ma nouvelle vocation. Je suis aussitôt allée trouver le chef de la police de Paterson et je lui ai soumis ma candidature.

Nous voulûmes la complimenter, mais elle enchaîna sans reprendre son souffle :

— Vous rendez-vous compte qu'il n'avait jamais imaginé ajouter une femme à son équipe ? J'ai dû plaider ma cause, et soyez sûrs que je l'ai fait avec conviction ! Et savez-vous pourquoi il était si réticent ? Il me l'a expliqué lui-même ; il m'a dit que, si nous, les femmes, nous commencions à nous promener en uniformes, armées de matraques et de revolvers, nous allions bientôt devenir de petits hommes !

Je lançai un regard horrifié au shérif, qui continua à fixer la route droit devant lui.

— Je l'ai assuré que ma position dans les services de police serait exactement la même que celui d'une mère de famille dans son foyer : tout comme une mère s'occupe de ses enfants, les met en garde et les encourage, je tiendrais mon rôle de femme et j'introduirais dans le bureau certains idéaux. N'êtes-vous pas d'accord avec moi, Miss Kopp ? N'êtes-vous pas devenue une sorte de mère poule dans le service du shérif ?

Je ne m'étais jamais imaginée en mère poule, mais il m'était arrivé un jour de voir une poule donner un tel coup de bec à un poussin égaré qu'il en avait saigné. Alors peut-être Mrs. Headison avait-elle raison… Au cours des deux derniers mois, on avait requis ma présence chaque fois qu'une femme ou une jeune fille s'étaient trouvées impliquées dans des affaires criminelles. J'avais obtenu un certificat de divorce à une femme séparée de son mari, enquêté sur des accusations de cohabitation illégale, poursuivi une jeune femme qui cherchait à s'enfuir en train, rhabillé une prostituée retrouvée nue et à demi morte dans un tripot qui empestait l'opium au-dessus de l'atelier d'un tailleur et attendu aux côtés d'une mère et de ses trois enfants pendant que le shérif et ses hommes prenaient en chasse son mari, sur la tête duquel elle avait cassé une bouteille de brandy. En fin de compte, le mari lui avait été rendu, mais elle ne l'avait pas laissé franchir le pas de la porte avant qu'il promette, en présence du shérif, qu'il ne ferait plus jamais entrer d'alcool dans la maison.

Il ne serait pas exagéré de dire que les moments que je viens de décrire figurent parmi les plus beaux de mon existence. La prostituée s'était souillée et j'avais dû la laver moi-même dans le vieux lavabo du tripot, et la fille qui courait pour monter dans le train m'avait mordue au bras au moment où je l'avais rattrapée et, pourtant, je continue à affirmer que je n'avais jamais été plus épanouie. Si improbable que cela puisse paraître, j'avais enfin trouvé un travail qui me convenait.

Je ne voyais cependant pas trop comment expliquer cela à Mrs. Headison. À mon grand soulagement, nous arrivâmes chez Mr. Meeker avant que j'aie eu à le faire. Le shérif dépassa la maison pour aller se garer quelques dizaines de mètres plus loin.

Mr. Meeker habitait une modeste maison en bardeaux dotée de volets peints et d'un petit porche qui semblait avoir été ajouté récemment. Une fenêtre du salon était ouverte et les notes d'un piano s'en échappaient.

— Il y a quelqu'un à l'intérieur, déclara le shérif Heath. Miss Kopp, vous allez frapper à la porte pendant que nous attendons là. S'il y a une jeune fille à l'intérieur, je ne veux pas qu'elle se sauve. Faites en sorte qu'elle vienne à vous. Nous n'avons pas l'intention de l'arrêter pour son égarement, mais ça, elle ne peut pas le savoir.

— Très bien, acquiesçai-je.

Mrs. Headison nous regarda tous les deux comme si nous venions de proposer un safari en Afrique.

— Vous n'allez tout de même pas l'envoyer toute seule à la porte, si ? Imaginez que...

Elle s'interrompit net en me voyant sortir un revolver de mon sac à main pour le glisser dans ma poche. C'était celui que m'avait confié le shérif l'année précédente, alors que ma famille était victime de harcèlement : un colt de policier bleu foncé, juste assez petit pour être dissimulé dans les poches cousues à cet effet par Fleurette sur toutes mes vestes et robes.

— On vous laisse porter une arme ? reprit-elle. Mais vous savez, le chef de la police...

— Je ne travaille pas pour le chef de la police.

À ces mots, je sentis sur moi le regard du shérif. Savoir que nous faisions une chose que le chef de la police n'eût jamais osé faire me procurait une intense satisfaction.

Mon revolver en place, je marchai jusqu'à la porte tandis que mes deux acolytes allaient se dissimuler.

Le piano s'arrêta quand je frappai et la porte de la maison s'ouvrit peu après.

Harold Meeker était un homme empâté, âgé d'une quarantaine d'années. Il était en bras de chemise et portait une cravate. Il tenait une pipe dans une main et ses chaussures dans l'autre. Son front plat se creusa de rides lorsqu'il m'aperçut.

— Désolé, madame, dit-il en baissant les yeux vers ses chaussettes. La bonne fait du ménage aujourd'hui et j'essayais de ne pas la gêner.

Il me gratifia d'un sourire goguenard. Craignant de voir la jeune fille s'enfuir par l'arrière, je choisis de ne pas perdre de temps.

— Ce n'est pas grave, Mr. Meeker, répondis-je, assez fort pour que le shérif m'entende. En fait, c'est justement cette bonne que je viens voir. Je crois avoir quelque chose qui lui appartient.

Je franchis la porte sans lui laisser le temps de m'arrêter. À l'intérieur, les tapis usés et les meubles défraîchis évoquaient l'intérieur d'un homme qui n'avait jamais quitté la maison de sa mère. Tous les abat-jour s'ornaient de roses peintes, le piano droit était recouvert de napperons et il y avait même, accroché au mur, un ouvrage au point de croix poussiéreux dont le blanc avait viré au brun.

Mr. Meeker vint s'interposer devant moi pour me bloquer le passage. Il était presque aussi grand que moi, mais de constitution plus frêle. S'il pensait m'intimider, il se trompait.

— Lettie est en train de terminer, affirma-t-il en jetant un coup d'œil à une porte qui devait mener à la cuisine. Si vous voulez bien l'attendre à l'extérieur, elle sera dehors dans une minute. Êtes-vous une parente à elle, Mrs…

Sans me soucier de lui répondre, je gagnai tout droit la cuisine.

— Lettie, c'est toi ? appelai-je en ouvrant grand la porte.

Une jeune fille d'une quinzaine d'années était assise à une table de bois peint. Affublée de petits bigoudis, elle tenait une cigarette à la main et ne portait rien d'autre qu'une fine robe de batiste et des pantoufles damassées que Fleurette aurait adorées. La cuisine était vétuste, avec une cuisinière en fer et un seau à linge en guise d'évier. Elle aurait eu besoin d'un bon nettoyage, mais ce ne serait assurément pas Lettie qui s'en chargerait.

Celle-ci se leva d'un bond quand elle me vit apparaître.

— Tu n'as pas l'air d'être une femme de ménage, déclarai-je et je m'avançai pour poser la main sur son épaule.

— Non, en fait, je... Je suis en visite ici, jusqu'à...

Mr. Meeker ne m'avait pas suivie dans la cuisine et je compris que, flairant le danger, il avait tenté de s'enfuir. Le shérif Heath se chargerait de le cueillir à la sortie.

Je resserrai ma prise sur le bras de la jeune fille.

— Je fais partie du bureau du shérif, ma chérie. Nous n'allons pas te faire de problèmes, rassure-toi ! En fait, nous craignons que tu ne te sois laissé abuser par une annonce que Mr. Meeker a mise dans le journal pour une place de femme de ménage.

Méfiante, Lettie posa sa main libre sur sa hanche.

— J'ai le droit de répondre à une annonce, lança-t-elle, la lèvre inférieure en avant. Il n'y a pas de loi contre ça...

Des voix se firent entendre à cet instant dans la pièce voisine : le shérif Heath avait attrapé son homme et pénétré avec lui dans la maison.

— Nous pensons que Mr. Meeker cherche à profiter des jeunes filles naïves et, contre ça, il y a une loi. Depuis combien de temps es-tu là ?

Elle tenta de se dégager en se tournant vers la porte de derrière, mais je l'attirai fermement vers moi.

— Quand es-tu arrivée en ville, Lettie ?

Elle renifla et se laissa retomber sur la chaise. Je m'assis à côté d'elle.

— La semaine dernière.

Du doigt, elle caressa la boîte de sardines qui lui servait de cendrier.

— Je viens de l'Ohio, je suis arrivée en train. Normalement, je devais aller jusqu'à New York, mais j'ai eu un problème avec mon billet et je me suis retrouvée là, sans argent et sans personne pour m'héberger, à part Mr. Meeker.

Je détestais déjà cet homme. Quel genre d'individu fallait-il être pour s'arroger le droit d'attirer à lui de toutes jeunes filles en plaçant des annonces dans le journal ?

— Et que s'est-il passé quand il t'a fait comprendre qu'il cherchait autre chose qu'une femme de ménage ?

Elle se cacha le visage dans ses mains sans répondre.

Je cherchai des yeux quelque chose dont elle pût se couvrir et aperçus un vieux cache-poussière suspendu à un crochet.

— Ne t'en fais pas, je suis venue avec une dame qui va te trouver un meilleur abri.

Je l'enveloppai dans le cache-poussière et l'aidai à se lever. Elle avait les épaules osseuses d'une fillette.

— As-tu des affaires à récupérer là-haut ?

Elle s'essuya les yeux.

— J'ai tout perdu sur le quai. Mon sac est parti d'un côté et moi de l'autre...

— Je vais voir ce que nous pouvons faire pour ça.

Je l'entraînai alors dans le salon, où se tenait Harold Meeker, menottes aux poignets, entre le shérif Heath et une Mrs. Headison un peu hébétée. Mr. Meeker eut un mouvement vers Lettie en nous voyant arriver, mais il ne put que secouer ses chaînes devant elle.

— Tu as appelé le shérif, hein ? cria-t-il. Espèce de vulgaire petite traînée, après tout ce que j'ai fait...

Le shérif Heath voulut le tirer vers l'arrière, mais les deux hommes perdirent l'équilibre. Alors Mr. Meeker se mit à se débattre et réussit à échapper à la poigne du shérif. La seconde suivante, il s'élançait vers la porte. Je me jetai sur lui et l'acculai dans un angle de la pièce, mon avant-bras autour de son cou, ce qui ne l'empêcha pas de se démener encore pour tenter de se dérober à ma prise. Affolée, Mrs. Headison courut vers Lettie et la saisit.

Déjà, le shérif arrivait derrière moi et reprenait fermement le bras d'Harold Meeker. Je resserrai ma prise et il se redressa sur la pointe des pieds.

J'échangeai un bref coup d'œil avec le shérif. Ni lui ni moi n'avions l'intention de laisser Mr. Meeker nous échapper et nous nous amusions autant l'un que l'autre. L'homme haletait et semblait se dégonfler entre nos mains.

— Je vais ajouter à vos charges résistance à arrestation et coups et violence à l'encontre d'un représentant de la loi, annonça le shérif Heath. Cela allongera un peu votre séjour derrière les barreaux.

Je tenais toujours mon captif par le col et son cou avait viré au rouge.

— Dites-lui de me lâcher, articula-t-il. C'est qui ? Votre nounou ?

— Il se trouve que c'est mon adjointe et qu'elle est chargée de vous mettre en état d'arrestation, rétorqua le shérif. Adressez-vous directement à elle si vous avez des récriminations.

Lettie émit un petit rire, mais je n'entendis rien du côté de Mrs. Headison.

Le retour à Paterson fut assez étrange. J'étais assise à l'arrière avec Lettie et Mrs. Headison, tandis que les deux hommes étaient à l'avant. Cela ne me plaisait guère de faire voyager ensemble une jeune fille et son bourreau, mais nous n'avions pas trouvé d'autre solution, parce que Mrs. Headison était trop ébranlée pour partir seule en train avec Lettie et que le shérif Heath tenait à ce que je l'accompagne, pour le cas où Mr. Meeker chercherait à fuir.

Le shérif attendit dans la voiture en compagnie de son prisonnier pendant que j'accompagnais Lettie et Mrs. Headison à la Société d'assistance aux voyageuses.

— Je sais que vous vous occuperez bien de cette jeune fille, dis-je à Mrs. Headison. Vous avez eu raison de nous appeler.

La première femme policière de Paterson restait encore troublée.

— Ce soir, dans mes prières, je raconterai à Mr. Headison tout ce que vous avez fait, me dit-elle, mais ça m'étonnerait qu'il me croie. Ces choses qu'on vous fait faire… Enfin, moi, je ne pourrais pas, même s'ils me payaient…

Je la dévisageai, interdite, tandis que Lettie nous observait, bouche bée.

— Parce que vous n'êtes pas payée ?

Je gagnais pour ma part mille dollars par an, le même salaire que les autres adjoints.

— Oh… mais non, bien sûr… répondit-elle, pensive, comme si elle cherchait à comprendre. Le chef attend de moi que je rende service par sens du devoir et de l'honneur, et non pas que je prenne un salaire à un policier.

Je fouillai mon esprit pour trouver un commentaire poli à formuler, mais en vain. Je n'avais qu'une hâte : retourner à la voiture et m'assurer que notre prisonnier arriverait à bon port, afin de l'enfermer dans la prison où était sa place.

— N'hésitez pas à nous rappeler si vous avez besoin de nous, Mrs. Headison, déclarai-je avant de m'éloigner d'un pas vif.

À l'entrée de la prison, le shérif Heath remit Mr. Meeker entre les mains de l'adjoint Morris, un homme d'un certain âge toujours très digne, devenu un ami de ma famille l'an dernier, à l'époque où il montait la garde devant notre maison pour nous protéger d'Henry Kaufman. Morris hocha la tête avec raideur et me complimenta sur mon travail, avant d'emmener le captif. Je m'apprêtais à leur emboîter le pas, mais le shérif me retint.

— Miss Kopp…

Il semblait mal à l'aise. Du menton, il me désigna le garage, un petit bâtiment de pierre qui s'élevait face à la prison et servait jadis de remise à calèches. Désormais, il n'abritait plus que deux stalles au sol recouvert de vieille paille pour les chevaux. C'était là que le shérif aimait tenir ses conversations privées, car il n'y avait qu'une seule entrée et nul ne pouvait s'introduire subrepticement à l'intérieur.

Une fois dans l'ombre diffuse de l'avant-toit, il me décocha un regard soucieux.

— Il va y avoir un problème pour votre insigne, annonça-t-il.

Je sentis quelque chose se figer en moi, mais m'efforçai de ne rien laisser paraître.

— Pourquoi ? ironisai-je. Ils sont à court d'or et de rubis ?

L'insigne que portait le shérif comportait un rubis, mais il prenait toujours soin de préciser que cette pierre avait été payée par ses garants, et non par les contribuables.

Le shérif Heath avait une large moustache qui s'allongeait lorsqu'il souriait. Cette fois, elle ne bougea pas. Lorsqu'il reprit la parole, j'eus l'impression qu'il récitait un texte soigneusement répété.

— Un avocat a porté à mon attention qu'en nommant une femme au poste d'adjoint au shérif je me suis peut-être fondé sur un principe dont la légalité n'est pas certaine. Je précise que cet avocat est un ami et qu'il est entièrement acquis à notre cause.

D'un geste nerveux, je tapotai le plastron de ma chemise et en vérifiai un bouton.

— Mais ne suis-je pas déjà à ce poste ? objectai-je. N'est-ce pas ce métier-là que j'exerce depuis la mi-juin ?

Il s'éloigna de moi et se mit à arpenter le sol de long en large.

— Si. Mais ce ne sera officiel qu'une fois le contrat établi par l'administration du comté. Et bien sûr, nous n'avons pas encore reçu l'insigne lui-même. Le problème, c'est que maître… enfin, mon ami avocat…

— Mais l'État ne vient-il pas de voter une loi qui permet de nommer des femmes officiers de police ? N'est-ce pas justement grâce à cette loi que vous avez pu me proposer ce travail ?

J'entendais dans ma voix des trémolos que je ne parvenais pas à contrôler. Pourtant, au moment où je prononçais ces paroles, je commençai à comprendre ce qui s'était passé.

— Si. C'est là que réside la difficulté. La loi ne concerne que le métier d'officier de police. Le shérif, lui, est élu et son activité relève d'un chapitre de la juridiction tout à fait différent. Un chapitre dans lequel il n'est fait aucune mention de femmes adjointes au shérif. En fait, le shérif de la ville de New York a tenté l'expérience il y a quelques années et a été obligé d'y renoncer, parce que la loi en vigueur là-bas veut que les adjoints au shérif soient détenteurs du droit de vote et qu'ils soient éligibles dans le comté où ils exercent, ce qui fait que les femmes…

— … ne répondent pas aux critères pour ce poste, coupai-je avec irritation.

Il était revenu se poster juste devant moi, mais je pris soin de ne pas le regarder.

— Dans le New Jersey, la nécessité du droit de vote n'est pas mentionnée, reprit-il. La loi n'exprime pas les choses de la même façon. Mais si les législateurs de Trenton avaient souhaité que les femmes puissent devenir adjointes au shérif, soyez sûre qu'ils l'auraient précisé. Or ce n'est pas le cas.

Il avait une plus haute opinion que moi des législateurs de Trenton.

— Peut-être qu'ils n'y ont pas pensé, tout simplement !

Je criais presque.

— C'est une possibilité. Aussi ai-je écrit à tous les shérifs du New Jersey pour leur demander si l'un d'eux avait déjà nommé une femme au poste d'adjoint depuis la nouvelle loi. Cela nous servirait de jurisprudence.

— Et alors ?

— Jusqu'à présent, aucun ne l'a fait.

— Et vous ne voulez pas être le premier...

Il souleva son chapeau, se passa la main dans les cheveux et remit son couvre-chef en place.

— Miss Kopp, je peux me battre contre les propriétaires fonciers sur mon budget ou sur ma façon de travailler, mais je ne peux pas enfreindre délibérément la loi.

Je me détournai, m'efforçant de reprendre mon sang-froid, et me remémorai soudain le jour où, alors âgée d'une dizaine d'années, j'avais recopié une liste de métiers publiée dans le journal sous le titre « Ce que les femmes peuvent faire ». Je m'étais appliquée à noter avec soin chaque profession, puis les avais barrées l'une après l'autre après y avoir réfléchi. La rubrique « Métiers de la musique » avait ainsi été éliminée, tout comme « Colorisation de photographies » et « Gravure sur bois ». J'avais ensuite supprimé « Ménage » avec tant de vigueur que j'en avais presque déchiré la feuille. « Couture » avait subi le même sort, ainsi que « Jardinage ». À la fin, le papier s'était retrouvé presque en lambeaux sous la force de ma véhémente petite main.

Il n'était resté que « Métiers de la justice », « Fonctionnaire du gouvernement », « Journaliste » et « Infirmière », mais chacune de ces lignes avait été cochée d'une main qui manquait de conviction.

J'avais dissimulé ma liste à l'intérieur d'un gant blanc qui attendait d'être raccommodé et ne l'avais jamais montrée à personne. Elle couvrait la totalité des possibilités qui s'ouvraient à moi dans la vie.

Personne, en cette année 1887, n'eût osé suggérer le métier d'adjointe au shérif.

Et voilà que, là, ma profession m'était retirée aussi vite qu'elle m'avait été attribuée ! Je m'étais déjà habituée à me voir comme l'une des pionnières venues prouver au monde qu'une femme était bel et bien apte à l'accomplir. Et je n'étais pas comme Mrs. Headison : je ne me contentais pas de chaperonner des jeunes filles rétives. J'étais munie d'une arme et de menottes, je pouvais procéder à des arrestations au même titre qu'un autre adjoint au shérif et gagnais le même salaire qu'un homme. Beaucoup de gens trouvaient cela choquant mais, pour ma part, cela ne me gênait pas le moins du monde.

Un rectangle de ciel bleu apparaissait derrière la grande porte du garage. Dès que j'aurais franchi celle-ci, je serai redevenue une femme normale. Jamais encore, je ne m'étais rendu compte à quel point je détestais être normale.

Le dos toujours tourné au shérif, je songeai qu'il valait mieux partir sans lui laisser revoir mon visage.

— Bon, eh bien, je pense que je vais rentrer chez moi...

— Attendez ! m'arrêta-t-il. J'ai autre chose à vous proposer. Je ne sais pas si vous allez accepter...

Je fis aussitôt volte-face.

— Ne comptez pas sur moi pour être votre sténographe !

Je n'avais aucune intention de passer mes journées dans un bureau à prendre note des exploits accomplis par les autres adjoints.

Cette fois, un léger sourire effleura ses lèvres.

— Ce n'est pas cela, rassurez-vous. Et ça ne durera pas longtemps. Donnez-moi un mois et je m'arrangerai pour vous faire reprendre vos fonctions.

À ces mots, je consentis enfin à croiser son regard. Ses yeux enfoncés et très expressifs étaient, comme souvent, marqués de cernes noirs. Son visage inspirait confiance.

— Un mois ?

— Pas plus. Un mois.

2

— Ce ne sera pas un mois ! assura Norma ce soir-là.

Allongée sur le divan, j'écoutais ma sœur lire le journal d'une voix pleine de mauvaise humeur. De là où j'étais, je ne voyais que ses pieds, qu'elle croisait sur une ottomane en cuir tufté, ainsi que l'extrémité de ses gros doigts gercés qui agrippaient les bords du quotidien. Elle avait toujours près d'elle une lampe à gaz portative qui dégageait dans toute la pièce une odeur de limburger.

— Mais si ! protestai-je. Il s'agit juste d'un obstacle juridique et il trouvera le moyen de le contourner.

— En tout cas, il ferait bien de surveiller ses arrières…

Elle secoua le journal pour donner de l'emphase à cette admonition. Norma était théâtrale à sa façon, passée maître dans l'art d'utiliser les accessoires, équipée d'un impressionnant répertoire de grognements, de ronchonnements et de sifflements, et toujours prête à taper sur un vase ou à refermer brusquement un livre pour appuyer un point de vue. À chaque dispute, on pouvait être sûr qu'elle gardait à portée de main un papier et un crayon, dont elle se servait pour noter les affirmations fantasques ou explosives de l'autre partie, afin de les présenter comme pièces à conviction le moment venu, lorsqu'elles seraient susceptibles de plaider en sa faveur.

Constatant que je gardais le silence, elle revint à la charge :

— S'il n'a pas confiance en toi, pourquoi ne pas te le dire franchement ? Je veux bien croire qu'en général une femme n'a pas la trempe, l'endurance ou la force nécessaires pour faire appliquer la loi, mais toi, ce n'est pas pareil : ces trois qualités-là, tu les possèdes en abondance, et je ne vois pas comment le shérif pourrait en douter.

— Il n'en doute pas. Il a bien vu ce dont je suis capable.

Il l'avait vu, non ? Norma avançait toujours ses allégations avec une telle conviction qu'il m'était impossible de ne pas les prendre en considération.

— Dans ce cas, pourquoi lui faut-il attendre qu'un autre shérif prenne l'initiative ? Il a peur d'avoir son nom dans le journal ? Ma parole, je me demande comment les habitants du comté de Bergen ont pu élire quelqu'un d'aussi timoré !

— C'est le nom de Constance qu'il a peur de lire dans le journal ! lança Fleurette.

Elle venait d'apparaître dans l'escalier, en chaussons. Elle sauta les deux ou trois dernières marches, faisant remonter le bas de sa robe jusqu'à ses genoux.

Au tissu en vichy bleu qu'elle portait et au seau à lait qu'elle avait à son bras, je conclus qu'elle allait jouer une fille de fermiers. Elle s'était tressé les cheveux en deux nattes reliées entre elles par des nœuds roses et avait aux pieds de petits chaussons de danse en satin blanc embellis de perles délicatement cousues sur le dessus qui n'auraient pas duré une heure dans une ferme.

— Je passe les auditions pour la représentation d'automne demain, annonça-t-elle en gambadant jusqu'à moi pour m'offrir un meilleur aperçu de son œuvre. Helen veut jouer ma sœur jumelle. Nous ne sommes pas supposées arriver costumées, mais ce n'est pas très compliqué de faire une robe, et quand ils nous verront comme ça, ils seront obligés de nous prendre, tu ne crois pas ?

Je saisis le bas du tissu pour en admirer les coutures impeccables. Norma, de son côté, continuait de lire résolument son journal.

— Si. À mon avis, tu décrocheras le rôle sans problème.

Voir Fleurette se produire devant de tierces personnes – et plus seulement pour nous deux, dans notre salon – était une nouveauté chez nous. Lorsque, deux mois plus tôt, le shérif avait proposé de m'engager, j'avais compris que, pour pouvoir aller travailler à l'extérieur, je devais trouver une façon de tenir Fleurette occupée elle aussi. Elle avait d'abord envisagé de partir à New York, mais Norma et moi avions réussi à la convaincre qu'une jeune fille de dix-huit ans n'allait pas seule à New York, à moins que ce ne fût une orpheline obligée de travailler à l'usine ou une fille de famille huppée soumise à la surveillance d'un chaperon. Non, elle devrait se contenter de Paterson, et nous l'avions donc inscrite à l'Académie de musique et de danse de Mrs. Hansen. Dès le premier jour, elle s'était liée d'amitié avec Helen Stewart, une Écossaise rousse, aussi pâle et douce que Fleurette était hâlée et fougueuse. Toutes deux rêvaient de monter sur scène, une ambition dont j'espérais que les murs de l'institution de Mrs. Hansen suffiraient à la contenir.

Penser que Fleurette n'avait jamais eu d'amies de son âge, en raison de son instruction à domicile et de notre paisible existence en pleine campagne, m'attristait. L'isolement ne nous ennuyait ni Norma ni moi, mais nous avions passé l'âge où les filles ont besoin de partager leurs secrets. Maman n'avait pas eu d'amies elle non plus, mais il faut dire qu'elle n'en avait jamais souhaité. Elle détestait les étrangers et, en conséquence, ne s'associait qu'à un nombre très limité d'individus, qu'elle connaissait depuis sa naissance ou qu'elle avait fait naître.

Nous avions fui Brooklyn pour le New Jersey précisément dans le but de nous éloigner des quelques personnes qui nous connaissaient et qui auraient pu poser des questions sur la façon dont un bébé était venu soudain s'ajouter à notre famille. Certes, maman avait été forcée de révéler un minimum de choses à nos voisins de Wyckoff, mais elle s'était arrangée pour donner l'impression que son époux était décédé. C'était là une explication suffisante pour quiconque se demandait comment il se faisait qu'une femme d'une quarantaine d'années vive seule dans une ferme reculée avec deux grandes filles, un fils adulte (depuis lors, notre frère Francis s'était marié et était allé s'installer à Hawthorne) et un nouveau-né.

Fleurette avait grandi en pensant que j'étais sa sœur. Les deux seules et uniques personnes vivantes à connaître la vérité étaient Norma et Francis. C'était là un secret qui pesait d'un poids terrible sur mes épaules lorsque j'étais plus jeune, mais je m'en étais dégagée ces dernières années : nous avions survécu au décès de ma mère, aux menaces d'enlèvement qui nous avaient fait rencontrer le shérif Heath et, plus récemment, aux dix-huit ans de Fleurette. Pour la première fois, nous commencions à sortir et à voir du monde.

Même Norma s'était engagée sur une nouvelle voie. Elle avait passé dans le *Paterson Evening News* une annonce sollicitant des candidatures pour adhérer à la « Société du New Jersey pour le déploiement de pigeons voyageurs en vue de contribuer aux affaires civiques », organisation de son invention dont le nom indigeste avait tout naturellement éclos dans son imagination compassée. Fleurette lui avait bien suggéré quelque chose de plus léger, par exemple, « Les Colombophiles de Paterson », mais l'idée avait été rejetée au motif que nous habitions Wyckoff, et non Paterson. Elle avait alors proposé « Les Messagers ailés », que Norma avait trouvé trop mystique, ainsi que le nom que je préférais moi-même, l'« Association des oiseaux intelligents », que Norma s'était refusée à commenter.

— Le nom doit juste expliquer ce que nous faisons ! s'était-elle emportée. Je n'ai pas envie de voir arriver des gens qui élèvent des pigeons pour des numéros de cirque ni des amateurs ! La mission que nous avons à accomplir est plus importante que cela !

Elle avait reçu deux douzaines de réponses à son annonce. Comme le journal avait mal orthographié son prénom, l'appelant Norman Kopp au lieu de Norma, quelques hommes étaient repartis lorsqu'ils avaient compris qu'une femme dirigerait le projet. Car nul ne s'était avisé de remettre en question le fait que Norma resterait aux commandes de toutes les affaires du club : elle s'était nommée à la fois présidente et secrétaire des séances et n'avait jamais vu l'utilité de partager les responsabilités ni de faire voter les membres.

— Ce n'est pas vraiment une société, n'est-ce pas ? s'était enquise Fleurette en voyant la circulaire imprimée par Norma, avec le nom de celle-ci en face de toutes les fonctions liées aux décisions. Ça ressemble plutôt à un bataillon dont tu serais le colonel...

Tous les samedis, quatorze personnes se présentaient donc chez nous au point du jour, munies de paniers remplis de pigeons prêts à s'envoler. Le groupe comportait une demi-douzaine de femmes (jamais je ne m'étais doutée que les femmes étaient aussi nombreuses à élever des pigeons dans les granges du comté de Bergen), dont certaines venaient accompagnées d'un frère ou de leur père. Quant au reste, il s'agissait de fermiers qui possédaient des pigeons en plus de leurs poules, canards, oies, pintades, dindes et autres volailles propres à être élevées au moindre coût et vendues avec profit.

Aucun de ces gens ne possédait de véritable expérience dans l'entraînement des pigeons à une tâche qu'ils accomplissaient de façon naturelle : retourner directement à leur pigeonnier après avoir été emportés loin de celui-ci. Sachant que tout pigeon était doté de cette capacité innée, Norma en était venue à penser qu'un programme d'exercices méthodiques, commencé dès la naissance, permettrait de les amener à voler plus vite et plus haut, ce qui les rendrait encore plus utiles pour les médecins, la police, ou quiconque souhaitait recevoir des messages de lieux très éloignés où les câbles du téléphone ne parvenaient pas.

C'était pour moi un soulagement de les voir toutes les deux engagées dans leurs propres activités. Francis, qui avait longtemps douté de notre capacité à nous débrouiller seules, semblait avoir compris que nous n'avions aucune intention de le laisser prendre le pouvoir et il s'était résigné. Il continuait à s'arrêter chez nous de temps en temps pour déposer des quiches confectionnées par Bessie, son épouse – ce pour quoi nous lui étions infiniment reconnaissantes – et il en profitait pour inspecter les avant-toits et faire le tour de la grange avec un air de propriétaire. Parfois, il nous interrogeait sur nos pâturages, que nous préférions louer aux voisins pour ne pas avoir à élever de bétail. Ses questions ne nous dérangeaient pas. Nous prenions soin de nous-mêmes et mon salaire permettait à Norma de nourrir ses pigeons et à Fleurette de se fournir en galons et en boutons.

Restait à savoir si je continuerais à le percevoir...

Fleurette s'admira dans le petit miroir ovale qui surmontait le manteau de la cheminée.

— Si j'obtiens le rôle, prévint-elle, je compte sur vous deux pour venir me voir à toutes les représentations. Nous aurons deux mois de répétitions et nous jouerons à la fin d'octobre. Prévoyez ça dans votre emploi du temps !

Norma baissa son journal pour la regarder avec un véritable effroi dans les yeux.

— Je pense que je me ferai représenter.

— Si tu ne viens pas, je te ferai arrêter par Constance.

Norma eut un petit rire.

— Constance n'a même pas le pouvoir d'arrêter un chien errant !

Fleurette se retourna vers moi, les mains sur les hanches.

— Mais alors, si tu n'as plus le droit d'arrêter des gens, qu'est-ce que tu vas faire exactement ?

3

— C'est bien la première fois que j'ai droit à une guichetière, lança Mary Lisco.

— Ce n'étaient pas des femmes qui vous surveillaient à Newark ? s'étonna Martha Hicks.

Cette dernière avait été arrêtée pour vol d'articles de bonneterie dans le grand magasin où elle travaillait.

— Non. Ni non plus au pénitencier du New Brunswick, ni à Yonkers.

— Ma parole, tu en as fait, des prisons !

— Faut dire qu'on me garde jamais longtemps. Dès que je commence à en avoir ma claque, je trouve un moyen de me tailler.

Mary Lisco s'était évadée de la prison municipale de Newark et avait été appréhendée peu après à Hackensack, alors qu'elle glissait la main dans le sac de l'épouse du maire. Elle avait de beaux cheveux couleur miel et la physionomie d'un enfant de chœur. J'avais ma petite idée sur la facilité avec laquelle elle parvenait à fausser compagnie à ses geôliers et, à l'évidence, la présence de guichetières n'entrait pas dans ces stratagèmes.

Si Mary s'était trompée sur l'intitulé de mes fonctions, elle n'en était néanmoins pas très loin. J'avais été nommée gardienne de prison, emploi parfaitement légal pour une femme et seul poste, avec celui de sténographe, que le shérif Heath avait trouvé à me proposer après m'avoir destituée de mes fonctions d'adjointe. J'étais responsable de la section des femmes, au cinquième étage de la prison, qui ne comportait jamais plus de quatre ou cinq détenues. Celles-ci, en général mieux élevées que leurs congénères masculins, me posaient peu de problèmes. J'imaginais des façons de les tenir occupées, supervisais leurs corvées et leur faisais la lecture quand elles n'étaient pas capables de lire seules. C'était un travail très simple, accessible à n'importe quelle femme raisonnablement intelligente, et je l'avais déjà effectué trop longtemps à mon goût.

En règle générale, je répugnais à donner raison à Norma, mais là, j'y étais contrainte. Le mois prévu s'était prolongé et dédoublé. Nous étions à la fin d'octobre et l'on ne m'avait toujours pas remis d'insigne. Je m'étais vu conférer l'autorité de décider si ces deux petites voleuses pouvaient oui ou non sortir de leurs cellules respectives pour prendre l'air, mais pas celle de les arrêter au premier chef, et je m'en sentais diminuée.

J'ouvris grand la porte de Martha, puis celle de Mary. Martha avait été arrêtée la veille au soir et c'était la première fois qu'elle quittait sa cellule.

— Pendant la journée, tu as le droit de sortir te dégourdir les jambes dans le couloir, l'informai-je. On te laisserait faire ça à Newark ?

Elle leva un sourcil sans répondre. Mary était déjà hors de sa cellule et les deux femmes, qui ne se connaissaient encore que par la voix, se dévisagèrent. Martha avait des lèvres fines et un nez étroit qui avait été cassé, ainsi que de longs doigts déliés de pianiste. Je vis Mary la détailler de la tête aux pieds, sans doute pour déterminer si elle pourrait oui ou non lui être utile.

Le couloir de la prison était équipé de fenêtres à battants que l'on pouvait entrouvrir à condition d'en posséder la clé. J'en déverrouillai un et poussai la vitre de quelques centimètres, maximum autorisé par les barreaux à l'extérieur. Le tumulte de la rue nous parvint aussitôt : le fracas des automobiles, le tintement des cloches des trolleybus et les cris d'un homme hurlant des ordres inintelligibles à un cheval.

Les filles s'appuyèrent à la fenêtre comme deux ménagères faisant un brin de causette par-dessus la clôture de leur jardin. Une froide brise d'automne s'introduisait à l'intérieur et Martha inspira profondément.

— Oh, j'adore ça !

— C'est l'odeur de la civilisation ! renchérit Mary.

Les détenues prenaient toujours plaisir à humer les émanations de l'avenue principale de Hackensack : le bois vert humide d'une menuiserie voisine, les miches de pain que les restaurants venaient chercher dans le long bâtiment bas derrière Main Street, et même les piles de charbon et les échappements des automobiles.

Ces odeurs appartenaient à ma vie aussi. Depuis que j'avais la responsabilité de la section des femmes, je passais mon temps en compagnie des prisonnières. Cela ne me gênait pas. À mon avis, mieux valait une femme pour s'occuper de cet étage si l'on voulait que le travail fût accompli proprement. Toutefois, je ne faisais rien d'autre et, avec si peu de détenues sous ma garde, les journées s'étiraient en longueur.

Je commençais à soupçonner le shérif Heath de redouter d'avoir à passer devant les tribunaux au cas où l'on viendrait lui reprocher ma nomination comme adjointe. Chaque jour, il essuyait de nouvelles critiques venues de la presse ou du Conseil des propriétaires fonciers et sans doute répugnait-il à s'en attirer davantage. Il devait également craindre les colères que piquerait son épouse le jour où les journaux s'empareraient du sujet et relateraient l'arrestation d'un malfaiteur par la nouvelle recrue du shérif du comté de Bergen, ou le corps-à-corps très peu féminin de celle-ci avec un criminel. Mrs. Heath n'appréciait pas les idées progressistes de son mari et elle n'aimait pas non plus la façon dont les journalistes les tournaient en ridicule. S'il me donnait un insigne et m'envoyait arpenter les rues de Hackensack, le shérif Heath devrait en payer le prix, tant dans sa famille qu'auprès du public.

À moins qu'il ne doutât de mes capacités à remplir la fonction… Il ne me l'avait jamais dit, mais peut-être ne voulait-il pas reconnaître qu'il s'était trompé en m'employant. Je ne cessais de réfléchir aux affaires auxquelles nous avions travaillé ensemble, de les passer encore et encore en revue en me demandant à quel moment j'avais pu commettre une erreur. J'étais plutôt solide – plus robuste, même, que certains autres adjoints – et il m'avait vue appréhender des suspects. Il devait aussi savoir que je n'étais pas du genre à prendre peur ni sujette à l'hystérie. Certes, je manquais encore d'expérience, mais comment pourrais-je en acquérir si l'on ne me laissait pas exercer mon métier ?

Toutes ces inquiétudes venaient infester mon esprit, d'autant que j'avais beaucoup de temps libre à ma disposition. Si j'avais aimé tricoter, j'aurais pu alimenter la Croix-Rouge en écharpes pour tout l'hiver. Au lieu de cela, je contemplais Martha et Mary qui, les coudes posés sur le rebord de la fenêtre et le front pressé contre la vitre, manigançaient leurs mauvais coups à mi-voix et je me demandais quelle activité moralement édifiante je pourrais leur proposer...

Je n'avais que deux autres détenues sous ma garde : Ida Higgins, accusée d'avoir incendié la maison de son frère pour des raisons que nous n'avions pas encore élucidées, et une grand-mère inculpée de négligence envers ses petits-enfants, que l'on avait trouvés enfermés dans une grange et dévorés par les poux. La femme était sénile et sans doute démente. Souvent, elle parlait toute seule mais, à nous, elle n'avait rien à dire. Si nous parvenions à lui tirer quelques mots d'explication, elle serait certainement envoyée à l'asile psychiatrique de Morris Plains, et ses petits-enfants seraient laissés aux bons soins d'un orphelinat.

En cet instant, Ida et elle ronflaient tranquillement dans leurs cellules. Le sommeil menaçait d'avoir aussi raison de moi lorsque j'entendis le shérif Heath m'appeler du palier du cinquième étage. Il avait pris l'habitude de s'annoncer avant de pénétrer dans la section des femmes, ce que je trouvais étrange, sachant qu'avant moi, c'était un homme qui surveillait cet étage. Le shérif se tenait là, humble, les yeux rivés sur ses chaussures. J'allai aussitôt le rejoindre, non sans avoir signalé aux deux filles que je sortais.

Il tenait son chapeau à la main et son manteau sur le bras.

— J'ai besoin de votre aide pour une femme à Garfield.

Je sentis au ton de sa voix qu'il n'entendait pas en dire plus en présence des deux détenues. J'ordonnai donc à celles-ci de réintégrer leurs cellules.

— Et faites votre ménage ! ajoutai-je.

— Mais il est déjà fait ! protesta Martha. D'ailleurs, je ne serais pas contre un peu de poussière pour me tenir compagnie, moi !

— Vous auriez pas une cigarette, par hasard ? me cria Mary.

Martha éclata de rire.

— On vous donnait des cigarettes à Newark ? m'enquis-je.

— Non. Et c'est bien pour ça que je me suis fait la belle !

Laissant les deux filles à leurs plaisanteries, je suivis le shérif Heath dans l'escalier, puis jusqu'au garage. Son mécanicien avait sorti l'automobile et la tenait prête pour nous.

— Nous allons juste dans Malcom Avenue.

Le shérif m'ouvrit la portière puis s'empressa d'aller s'installer au volant.

— C'est une femme qui a abattu son locataire, m'informa-t-il.

— Pour quelle raison ?

— Un problème de loyer…

— Vous êtes sûr que je dois vous accompagner ?

Il ne m'avait pas emmenée avec lui sur une affaire depuis l'arrestation d'Harold Meeker, deux mois plus tôt.

Il me considéra sous le rebord de son chapeau.

— Vous croyez que cela me plaît que des hommes de loi me dictent ma façon de travailler ?

— Vous êtes vous-même un homme de loi. La loi, vous êtes censé la respecter, pas seulement l'appliquer.

— Il s'agit d'un meurtre. Le premier perpétré par une femme cette année. Vous pourriez obtenir une confession là où un homme se casserait les dents.

En fait, il ne me demandait pas mon avis, mais il guetta néanmoins ma réaction sans me quitter des yeux.

— En effet...

— De plus, on l'a déjà appréhendée. Ce qui fait d'elle une détenue. Comme vous êtes chargée des femmes, c'est à vous de venir la chercher. C'est ainsi que je vois les choses.

Cela me convenait tout à fait, aussi gardai-je le silence. Déjà, je sentais naître en moi cette excitation particulière qui accompagne la découverte d'un crime abominable : une femme accusée, une victime au sol et des journalistes cherchant des titres à sensation. C'était comme se trouver sur le dos d'un cheval au moment où il partait au galop. J'étais de nouveau en mouvement, enfin !

En parvenant à l'angle de Malcom et de Clark, nous aperçûmes deux policiers qui attendaient dans le jardin d'une pension délabrée. Des planches de bois barraient une fenêtre cassée à l'étage et de mauvaises herbes poussaient sur le toit. C'était tout à fait le genre de lieu où l'on pouvait se faire tuer pour une question de loyer.

Sur les marches du perron, deux chaussures d'homme abandonnées baignaient dans une mare de sang. Les trèfles et les pissenlits qui poussaient au bord des marches en étaient eux aussi imprégnés. Les mains sur les hanches, les deux agents contemplaient le sol comme s'ils lisaient l'avenir dans des feuilles de thé. J'identifiai Stevens, un homme d'une soixantaine d'années qui avait débuté dans les forces de l'ordre de Hackensack à l'époque où il n'y avait qu'une ligue de protection des citoyens composée de bénévoles équipés de fusils de tir et de chevaux de trait. Le second, bien plus jeune, m'était inconnu et je conclus que ce devait être une nouvelle recrue.

— Où est-elle ? s'enquit le shérif Heath.

— En bas, au sous-sol, répondit Stevens. Avec l'inspecteur. On vient d'emmener la victime à l'hôpital.

— J'imagine que ce sont ses chaussures ? fit le shérif. Il était encore vivant ?

L'agent haussa les épaules.

— Oui, mais sans doute plus pour très longtemps. Elle l'a touché à l'épaule et il a diablement saigné. À mon avis, il est fichu…

Le shérif Heath poussa un soupir puis m'adressa un petit signe de tête. Je sortis un carnet de mon sac à main. Nous devions nous préparer à l'éventualité d'une confession au moment où la femme se retrouverait sous notre surveillance.

— Comment se nomme la victime ? demandai-je.

— Saverio Salino, répondit le jeune policier. Vous êtes la nouvelle sténographe ?

— C'est Miss Kopp, répondit le shérif Heath. La gardienne des femmes à la prison.

— Quoi ? Il y a une femme qui travaille à la prison ? À l'intérieur ?

— À Paterson, ils en ont une qui est agent de police, fit remarquer l'agent Stevens. Elle s'occupe des salles de danse et de choses comme ça. Le maire n'aime pas voir les joues des filles tartinées de peinture, alors elle se promène là-bas avec un mouchoir et elle les débarbouille.

— Est-ce qu'on pourrait en venir au fait ? s'impatienta le shérif.

— Salino travaillait à l'usine de munitions, tout comme Mrs. Monafo, expliqua Stevens. Et elle, en plus, elle loue des chambres à des employés de cette usine.

— C'est elle qui a tiré ? repris-je. Cette Mrs. Munafo ?

— Monafo, rectifia le jeune policier, avant d'épeler le nom. Son nom de baptême, c'est Providencia.

— Une Espagnole ? interrogea le shérif.

L'agent Stevens haussa les épaules.

— Je dirais plutôt une Italienne.

— Là-bas, ils n'aiment pas la guerre, mais ça ne les empêche pas de venir ici fabriquer des bombes et des munitions, commenta le shérif Heath. Que sait-on d'autre ?

— Elle dit que Salino avait une sœur qui habitait avec lui, mais qu'il n'a pas voulu payer de supplément pour elle, indiqua Stevens. Alors ils se sont disputés et il a voulu la frapper. C'est là qu'elle lui a tiré dessus. Ensuite, elle a pris peur et elle s'est sauvée, elle a sauté dans un tramway mais, après ça, elle a dû réfléchir, parce qu'elle est revenue ici.

— Elle est revenue ici ? répéta le shérif, surpris. Pourquoi ?

— Peut-être qu'elle n'avait nulle part où aller, ou qu'elle s'est dit qu'on finirait par lui mettre la main dessus de toute façon. Au moment où elle est arrivée, Salino s'était traîné dans l'escalier et il était étendu là, à la vue de tous. Quelqu'un l'a repéré et nous a appelés.

— Et la sœur, où est-elle ? interrogea le shérif.

— Je ne sais pas, personne ne l'a vue.

— Comment savons-nous que c'était réellement sa sœur ? demandai-je.

— Qui ? fit le jeune policier.

Stevens lui décocha un coup de poing dans le bras.

— À quoi tu penses ? Elle demande si la sœur était vraiment la sœur, et si ce ne serait pas par exemple sa bonne amie.

L'autre se frotta le bras.

— Je n'y avais pas pensé.

— Tu ne penses pas beaucoup, hein ? ironisa Stevens.

— Bon, nous ferions mieux d'aller voir notre prisonnière, déclara le shérif Heath, fébrile. Qui est en bas avec elle ?

— John Courter, répondit Stevens avec un air navré.

Le shérif Heath repoussa son chapeau.

— On fera avec. Allons-y, Miss Kopp !

À Hackensack, on disait qu'il n'était pas possible pour un shérif de maintenir l'ordre dans sa prison sans le bouleverser ailleurs. Malgré son caractère agréable et ses bonnes manières, le shérif Heath avait plus que sa part d'ennemis. Depuis son élection, il avait critiqué le Conseil des propriétaires fonciers pour cette prison trop chère et mal conçue qu'on lui avait donnée à gérer, s'était lancé dans une querelle publique avec le médecin officiel du comté au sujet des soins aux prisonniers et avait déploré devant la presse l'incurie de l'inspecteur John Courter.

Cette dernière dispute s'était révélée la plus coûteuse. Un shérif avait besoin d'appuis au bureau du procureur s'il voulait voir ses affaires vite jugées et évacuées. Or, dans chaque enquête impliquant le bureau du shérif, l'inspecteur Courter rechignait à coopérer. Il s'arrangeait pour égarer les pièces à conviction et manquait les convocations au tribunal chaque fois que cela pouvait mettre le shérif Heath dans l'embarras.

J'étais la cause de ces problèmes entre eux. Lorsque Mr. Courter avait refusé de poursuivre l'homme qui menaçait ma famille, j'avais, sur les conseils du shérif, exprimé mes griefs envers lui dans la presse. Depuis lors, il vouait une antipathie profonde et persistante au shérif Heath. Je ne l'avais pas revu et je n'étais pas pressée de me retrouver de nouveau confrontée à lui.

Le shérif sauta par-dessus le seuil pour éviter les chaussures de la victime et la flaque de sang, puis il me tendit la main, un geste que je refusais géné-ralement, sachant que je n'avais besoin d'aucune aide pour me débrouiller, mais il m'empoigna le coude d'une main ferme sans me laisser protester et me soutint lorsque je sautai par-dessus l'obstacle.

Nous nous retrouvâmes alors dans le vestibule sombre de la pension. À notre droite, un escalier montait vers l'étage, tandis que, à gauche, s'ouvrait

46

l'appartement de l'entresol. Une vieille lampe à gaz au verre jaune et au cuivre terni se balançait au-dessus de nous. Creusés dans le mur, des casiers portaient les noms des locataires. Je vis ainsi que Saverio Salino occupait une chambre au troisième étage, tandis que Mr. et Mrs. Monafo logeaient pour leur part au sous-sol.

Je suivis le shérif Heath jusqu'au bout du couloir, où une porte étroite s'ouvrait sur un escalier de fortune. Nous discernions la voix de l'inspecteur Courter, mais il ne semblait y avoir aucun éclairage en bas. Le shérif se tourna vers moi.

— Vous allez réussir à descendre dans l'obscurité ?

— Mais bien sûr !

J'eusse préféré qu'il se montrât moins prévenant avec moi.

Il hésita un instant puis eut un mouvement de tête en direction de la voix de John Courter.

— À mon avis, il vaut mieux que ce soit moi qui parle.

— Je vous en prie.

Je ne voyais pas quelles paroles polies je pourrais adresser à cet individu.

Au bas des marches, le shérif frappa un coup au montant de la porte et, sans attendre, pénétra dans l'appartement le plus misérable que j'eusse jamais vu. Le sol de béton était recouvert d'un entassement anarchique de tapis dont on eût dit qu'ils avaient été jetés par un premier propriétaire, récupérés par un autre, usés encore puis jetés de nouveau, avant d'être recueillis dans les ordures par les Monafo. Les souris y avaient fait des trous bien avant l'entrée en fonction du président Cleveland et étaient revenues pendant le mandat de Mr. Roosevelt. Les murs, jadis tapissés d'un papier à motif de roses rouges et blanches, ressemblaient désormais à un patchwork de taches de graisse et de saleté de nature indéterminée, mêlées à l'ocre permanent généré par la fumée de tabac.

La pièce – et il n'y en avait qu'une, plutôt vaste, avec une chaudière au fond – était encombrée d'un curieux assemblage de meubles disparates, à l'évidence récupérés ici ou là au hasard de leurs déambulations par ses occupants. Il y avait des chaises à trois pieds, des oreillers vidés de leur rembourrage, des tables avec des trous de brûlure et un lit de fer épuisé dont la rouille rongeait les montants. Dans un angle se trouvait un vieux poêle à charbon et un abreuvoir servait d'évier. À en juger par l'odeur de lait tourné, les Monafo ne devaient rien avoir pour conserver leurs aliments au frais. Il n'y avait pas non plus de cabinet de toilette : sans doute utilisaient-ils ceux des locataires, à l'étage, à moins qu'ils n'en eussent de privés dans la cour, à l'extérieur.

Au milieu de ce capharnaüm se tenait John Courter, les mains dans les poches, les yeux posés sur un tas d'écharpes et de vieux tissus qui contenait Providencia Monafo. Entre ces deux personnes, sur un pan de sol nu, apparaissait une mare de sang qui avait commencé à attirer les mouches.

— J'espère que c'est bien la scène du crime, hasardai-je.

Si l'inspecteur savait que le shérif devait venir pour emmener la femme, il ne s'attendait manifestement pas à me voir arriver avec lui. Il eut un mouvement de recul en me reconnaissant.

— Vous ne pouvez pas laisser vos petites amies à la maison, shérif ? Vous êtes ici dans le cadre de vos fonctions !

— Miss Kopp est gardienne à la prison, rétorqua le shérif Heath d'un ton sec. Elle m'accompagne quand nous avons une femme à transporter. Mrs. Monafo n'est-elle pas censée être placée en garde à vue chez moi ?

Mais l'inspecteur Courter n'était pas prêt à lâcher prise si facilement.

— Je me fiche de savoir qu'une fille organise des ateliers tricot dans votre prison ! Il s'agit d'un meurtre et moi, j'ai demandé un adjoint !

L'année précédente, lorsque Henry Kaufman avait menacé d'enlever Fleurette, j'avais projeté ce dernier contre un mur avec une violence non réprimée. Je m'étais jusque-là efforcée de ne plus recommencer mais, en cet instant, quelque chose me poussait à réserver le même sort à l'inspecteur Courter. Je remarquai toutefois que le shérif Heath ne lui prêtait aucune attention et m'efforçai d'en faire autant.

Je m'agenouillai devant la femme.

— Mrs. Monafo, lui dis-je, nous sommes venus vous chercher pour vous emmener à la prison de Hackensack, parce que vous avez tiré sur Saverio Salino. Avez-vous quelque chose à déclarer avant de partir ?

Elle repoussa une écharpe de son visage pour me considérer. Elle était plus âgée que je ne m'y attendais, avec des pans de graisse qui pendaient de son menton et bringuebalaient à chaque mouvement et des lèvres pâles et sèches. Une masse de cheveux gris lui barrait les yeux.

— Je tire sur lui pour défendre moi.

Elle parlait avec l'accent italien caractéristique des immigrés employés dans les usines.

— Il dit qu'il veut cogner moi et puis tuer moi, et il dit que mon mari saura jamais qu'est-ce qui s'est passé…

L'inspecteur Courter fit tinter des pièces dans sa poche.

— Je suis persuadé que votre époux aurait remarqué une femme morte, Mrs. Monafo, ironisa-t-il.

Il faisait partie de ces gens qui parlent très fort lorsqu'ils s'adressent aux immigrés en pensant que ceux-ci comprendront mieux s'ils crient.

— D'ailleurs, j'aimerais bien savoir ce qu'il fabrique en ce moment, votre mari ! Si je ne trouve pas vos empreintes sur l'arme, je vais devoir jeter un coup d'œil aux siennes.

Il tapota la poche de son manteau, où je supposai qu'il avait glissé le pistolet.

Providencia Monafo haussa les épaules. Le shérif Heath me toucha le bras et je m'adressai de nouveau à elle.

— L'inspecteur est ici pour prendre votre déposition, lui expliquai-je en détachant bien chaque mot. Mr. Salino va peut-être mourir à l'hôpital.

J'essayais de lui faire comprendre, sans le lui dire explicitement, qu'avouer avoir tiré sur Salino équivaudrait peut-être à reconnaître un meurtre. Le shérif Heath avait connu une affaire similaire l'année précédente, quand un homme avait confessé avoir frappé un gardien de nuit sans savoir que celui-ci avait succombé à ses blessures. Ces aveux avaient été invalidés et l'on avait dû le relâcher. Le shérif

Heath ne voulait pas voir Mrs. Monafo acquittée dans les mêmes conditions.

Mes mises en garde ne parurent lui faire ni chaud ni froid. Elle avança son menton tremblotant et déclara :

— Je tire sur lui. S'il meurt, qu'on l'enterre. Je m'en fiche.

L'inspecteur sourit et je vis sa moustache s'allonger et gigoter tandis qu'il répétait cette déposition à mi-voix en la notant. Puis il referma son carnet et hocha la tête.

— Je vous ai tous les deux comme témoins de ses aveux. À présent, j'espère que vous apprécierez la charmante compagnie de Mrs. Monafo, parce qu'elle va rester chez vous un bon bout de temps…

— Ça ira, marmonnai-je en me penchant vers la pile de haillons puants dont s'était enveloppée Mrs. Monafo.

Je la saisis par un bras et la redressai. Elle ne devait guère mesurer plus d'un mètre cinquante, comme Fleurette. Elle gloussa en remarquant notre différence de taille.

— Je comprends pourquoi ils font vous police, dit-elle.

4

Providencia Monafo avait amené avec elle à la prison des centaines de petits détenus d'une variété à six pattes qui s'agrippaient à elle pour mieux engloutir ce qui serait leur ultime repas. C'était précisément pour cette raison que nous avions une entrée séparée. Une fois la porte passée, un couloir de brique et de béton menait à une salle de douche carrelée qui ne comportait rien d'autre qu'une chaise en métal et une bassine de fer.

La chaise était pour moi. Je m'y installai à bonne distance de la douche et ordonnai à Mrs. Monafo de se dévêtir et de se poster sous le jet d'eau chaude. À mon grand soulagement, elle m'obéit sans broncher ; je n'avais aucune envie de devoir me battre avec elle pour lui retirer ses haillons. Elle se frictionna avec le savon au naphte jusqu'à ce que je lui dise qu'elle pouvait arrêter, puis je lui tendis une serviette et une tunique en coton comme celles que l'on donne aux patients dans les hôpitaux et lui laissai ma place sur la chaise. Lorsqu'elle fut assise, je lui ordonnai d'appliquer la serviette contre son visage pendant que je la peignais avec un onguent mercuriel. Les locataires les plus tenaces de sa chevelure s'en allèrent ainsi, accrochés aux cheveux arrachés que je jetais au fur et à mesure dans une bassine d'alcool.

L'onguent ayant pour effet de provoquer des cloques, je la renvoyai ensuite sous la douche pour un nouvel assaut de savon et d'eau chaude, après quoi je la peignai encore, avec de l'huile de pétrole cette fois, afin d'étouffer les indésirables qui s'accrochaient toujours.

La bassine en fer était destinée aux vêtements de Mrs. Monafo, qui seraient sortis du bâtiment sans attendre et brûlés derrière le garage. La tenue d'hôpital et la serviette se retrouveraient le soir même dans un seau d'eau bouillante additionnée de borax. Je donnai à Mrs. Monafo des sous-vêtements neufs et une robe de chambre, ainsi qu'un couvre-chef pour ses cheveux graisseux et une paire de chaussons tricotés. Je lui assurai que nous lui trouverions une tenue plus pratique le lendemain matin.

C'était ainsi que les détenues faisaient leur entrée à la prison de Hackensack. À ce qui était désormais devenu une routine, je trouvais une étrange satisfaction. Car si je ne verrais peut-être jamais ces femmes lavées de leurs crimes ou de leurs méfaits, si je ne pourrais pas non plus les préserver de la misère et du malheur, j'avais au moins la possibilité de les débarrasser de leur vermine et de les envoyer dormir dans un lit propre et sûr. Pour certaines d'entre elles, cela faisait des années qu'elles n'avaient pas bénéficié d'un sommeil aussi paisible, sans personne pour venir les tourmenter d'une façon ou d'une autre.

Mrs. Monafo n'eut pas grand-chose à me dire cet après-midi-là. À leur arrivée, je préférais toujours laisser les femmes seules et attendre qu'elles viennent à moi d'elles-mêmes si elles avaient des confessions à faire. Je l'installai dans une cellule au fond et lui apportai le traditionnel dîner, composé de mélasse, de pain et de café. J'y ajoutai aussi un peu de mouton qu'il restait du repas de midi, et qu'elle renifla d'un air suspicieux.

— Vous aimez faire la cuisine, Mrs. Monafo ? lui demandai-je.

Elle me décocha un bref regard sans répondre.

— Ici, ce sont les détenus qui préparent les repas, expliquai-je. Cela fait partie du nouveau programme du shérif Heath. Notre cuisinier actuel gagnait autrefois sa vie comme cambrioleur, mais nous lui avons découvert un nouveau talent : celui de préparer le ragoût et les boulettes de viande. Peut-être que vous cuisinerez pour nous vous aussi…

Elle cligna un peu des yeux et ne dit rien. Même dans sa robe de chambre de coton propre, elle avait toujours l'air de porter un tas de haillons. Parfois les vestiges de l'ancienne vie continuent de vous coller à la peau des semaines durant, et il arrive même que certaines femmes ne s'en délestent jamais.

Je laisserais Mrs. Monafo se reposer quelques jours sans l'importuner avec le programme de travail des détenues. En tant que gardienne de prison, j'avais la responsabilité des corvées des femmes, qui n'étaient en fait rien d'autre que des tâches traditionnelles de cuisine, blanchisserie et ménage et qui leur étaient donc familières. La conviction du shérif Heath, qu'il partageait d'ailleurs avec d'autres shérifs de l'État soucieux de réformes, était que l'on pouvait rééduquer l'esprit d'un hors-la-loi en imposant de l'ordre à une vie jusque-là marquée par le désordre. Selon cette théorie, si les femmes commettaient moins de méfaits que les hommes, c'était précisément parce que leurs journées étaient rythmées par les tâches ménagères.

Pourtant, nous avions toujours à la prison une ou deux femmes qui, tout en restant chez elles à faire la cuisine et le ménage, avaient trouvé le temps de se livrer à des crimes monstrueux. L'une d'elles avait cousu son mari dans les draps pendant son sommeil pour lui asséner une volée de coups avec un manche à balai. Une autre avait empoisonné sa belle-mère en ajoutant de l'arsenic à une cuillerée de sucre. Une troisième avait mis le feu à sa maison. Toutes avaient agi ainsi alors même qu'elles ne quittaient jamais leur foyer.

Je n'étais pas convaincue que confier aux femmes les mêmes tâches qu'elles accomplissaient juste avant de se servir d'un revolver ou de glisser du poison dans une portion de sucre serait d'une grande efficacité pour transformer leur personnalité. Je les aurais plutôt vues suivre un enseignement ou apprendre un métier, mais nous n'avions bien sûr rien de tel à offrir. J'en étais donc réduite à les occuper tant bien que mal tout au long de la journée, à l'exception des plus âgées, comme Providencia, que j'autorisais à rester au lit l'après-midi pour reposer ses yeux, comme devaient le faire, m'avait-on toujours dit, les personnes de cet âge. Je ne voyais aucun avantage à priver une femme mûre trop corpulente, qui avait passé le plus clair de sa vie debout, d'une petite sieste l'après-midi. Et Providencia Monafo semblait bien avoir passé toute sa vie debout...

Lorsque j'emportai ses guenilles derrière le garage pour les mettre à brûler, je demeurai quelques instants immobile sous le ciel gris et froid. Le système de chauffage à la vapeur venait d'être mis en route pour l'hiver et il diffusait au dernier étage de la prison une chaleur hors de saison. En revanche, le vent vif qui soufflait sur Hackensack me cinglait le visage, et c'était là ce dont j'avais besoin. Je secouai mes jupes et desserrai mon col.

Dans l'appartement de la famille Heath, les lumières s'allumèrent soudain. Le shérif, son épouse Cordelia et leurs deux enfants habitaient dans un ensemble de chambres austères au premier étage du bâtiment, face au fleuve et à la route par laquelle arrivaient toutes les automobiles et les détenus. Ce n'était évidemment pas un lieu de vie agréable, mais le shérif avait l'obligation de résider à la prison afin d'être en mesure de la superviser vingt-quatre heures sur vingt-quatre.

Je m'apprêtais à revenir lorsque j'aperçus un jeune adjoint du nom de Thomas English qui arrivait en compagnie d'un prisonnier. Il avait dû l'emmener au tribunal voisin, où les détenus se rendaient souvent pour les audiences et les appels. Occupé par l'homme qu'il conduisait, il ne remarqua pas que Grayce van Horn, la bonne des Heath, venait de sortir de l'appartement pour secouer un tapis. Il menait son prisonnier droit sur elle.

Je fus témoin de tout ce qui se produisit ensuite, mais j'étais trop loin pour intervenir. Le détenu s'adressa à la jeune fille en prononçant des mots qui la firent hurler et lâcher son tapis pour se précipiter à l'intérieur. Il fit alors mine de la poursuivre, heureusement retenu par l'adjoint English, qui l'avait bien en main. Cette scène ne m'en mit pas moins hors de moi et je me précipitai vers les deux hommes pour saisir le prisonnier par le col. Hélas, je trébuchai au moment où je l'attrapai et le renversai au sol, entraînant l'adjoint avec lui. Nous tombâmes tous les trois les uns sur les autres en un entassement qui manquait foncièrement de dignité.

— Qu'est-ce que vous lui avez dit, hein ? criai-je en enfonçant le genou dans le dos du prisonnier sous mes jupes en désordre.

Il avait le visage dans le gravier, aussi sa voix me parvint-elle étouffée.

— *Fräulein Kopp, mein Engel !*

Je me redressai et me relevai. C'était Herman Albert von Matthesius, un vieil Allemand sous notre garde depuis le mois de juin. Il avait l'allure très digne d'un professeur, avec un front haut, un nez fin et un menton volontaire percé d'une fossette. Ses lunettes à monture métallique avaient glissé sur son nez dans la chute.

— Je ne suis pas votre ange ! rétorquai-je d'un ton sec.

Il s'exprimait toujours en allemand en ma présence et je détestais cela. La situation en Europe s'aggravait de jour en jour et toute personne surprise en train de parler la langue du Kaiser pouvait être accusée d'espionnage ou de trahison. Le shérif savait toutefois que j'avais appris le français et l'allemand avec ma mère et, de temps à autre, il me faisait venir pour traduire. Un jour, von Matthesius m'avait entendue parler allemand à un vieil employé des chemins de fer arrêté pour vol de charbon et, depuis lors, il me considérait comme sa confidente.

Il y avait chez cet homme un côté fourbe et manipulateur, et l'entendre s'adresser à moi dans la langue intime qui me rappelait ma mère me donnait toujours l'impression d'être mise à nu. L'anglais était la langue de la prison du shérif Heath, l'allemand celle de notre cuisine, du vieux lit de ma mère et du cagibi sous l'escalier, où Norma et moi allions nous réfugier, petites, quand nos parents se disputaient dans leurs langues maternelles, avant qu'ils ne comprennent que nous avions absorbé toutes les langues parlées sous notre toit.

L'adjoint English se releva avec mauvaise humeur et tira le prisonnier par l'épaule pour qu'il l'imite.

— Ma parole, mais vous vouliez faire quoi au juste en vous précipitant sur nous comme ça ? N'êtes-vous pas censée être là-haut, dans la cage à poules ?

C'était ainsi que les hommes appelaient la section des femmes. Quand des femmes discutaient, elles *caquetaient*... Seuls le shérif Heath et l'adjoint Morris nommaient le cinquième étage par son vrai nom.

Je secouai ma robe pour la débarrasser du gravier.

— Qu'est-ce qu'il est allé dire à cette fille ? m'enquis-je sans répondre.

L'adjoint English me décocha un coup d'œil hostile. C'était l'un de ces jeunes gens aux traits nets et réguliers qui pouvaient paraître beaux s'ils s'en donnaient la peine, ou brutaux s'ils laissaient la hargne prendre le dessus. Ses yeux marron dénués d'expression me donnaient le désagréable sentiment qu'il ne pensait jamais ce qu'il disait. Il était trop sûr de lui à mon goût, et trop certain d'en savoir davantage que le shérif Heath et que nous tous réunis.

— C'est mon problème, pas le vôtre ! rétorqua-t-il en tirant Matthesius par les menottes d'une main, tout en le poussant dans le dos de l'autre. Et la prochaine fois, tâchez d'éviter de charger les gens comme un éléphant de cirque !

Le prisonnier eut un sourire et, de l'épaule, tenta de repousser ses lunettes sur son nez.

— Je n'ai fait que saluer Miss van Horn et ce gentil frère qu'elle a et qui prend bien soin d'elle... déclara-t-il.

Sa voix faisait comme un sifflement entre ses dents lorsqu'il parlait. Gardant le silence, l'adjoint English l'entraîna sans ménagement vers l'intérieur de la prison.

Je comprenais dès lors. Von Matthesius avait découvert sur Grayce un détail qu'il utilisait pour l'effrayer et, à travers elle, pour intimider la famille Heath. Certains détenus aimaient nous faire comprendre qu'ils disposaient d'appuis à l'extérieur, et que ces appuis étaient aptes à découvrir sur nous bien plus de choses que nous n'en savions sur eux. Ce petit jeu n'avait rien de neuf, mais aucun d'entre nous n'aimait les voir y jouer.

Von Matthesius prêtait toujours une grande attention aux conversations qui se répercutaient le long de la rotonde centrale de la prison et il se souvenait de tout. Je prenais soin, pour ma part, de ne jamais évoquer ma famille au travail mais, en l'espace d'une semaine, il connaissait les noms de Fleurette et de Norma et avait compris que nous vivions seules à la campagne. Il en savait long, aussi, sur la famille du shérif Heath et avait eu un jour le toupet de demander à son frère Felix d'apporter des fleurs à Mrs. Heath à l'occasion d'une de ses visites hebdomadaires à la prison. *À la très chère et charmante Cordelia*, était-il écrit sur la carte accompagnant le bouquet, *à l'occasion de son anniversaire, avec les hommages et les bons vœux d'un ami et admirateur, Rév. Dr Baron Herman Albert von Matthesius.*

De fait, Mrs. Heath avait célébré son anniversaire deux jours plus tôt. La livraison l'avait tant perturbée qu'elle avait été tentée de retourner vivre chez sa mère avec les enfants. Le shérif avait passé tout un après-midi à la persuader de rester.

Je frappai à la porte de l'appartement du shérif en appelant Grayce. Celle-ci m'ouvrit, me jeta un coup d'œil et me laissa entrer dans le salon des Heath, où elle s'effondra dans un fauteuil, les bras croisés sur la poitrine et le menton rentré dans son col. Elle avait dix-sept ans, mais avait gardé des joues d'enfant et une petite bouche pincée qui semblait ne pas encore avoir trouvé grand-chose à dire. Ses cheveux pendaient en deux nattes terminées par des rubans bleus.

Je m'assis en face d'elle.

— Je suis désolée pour cet horrible barbon. Vous ne devriez jamais avoir à croiser les prisonniers. J'en parlerai au shérif.

— Mon frère n'est pas content que je travaille ici et je vais finir par tomber d'accord avec lui ! Je ne sais pas comment fait Mrs. Heath pour supporter ça…

Je m'adossai à mon siège et regardai autour de moi. J'avais toujours pensé que l'on pouvait lire l'insatisfaction d'une femme à travers la quantité de broderies qui décoraient son intérieur. Ici, il ne restait pas un centimètre carré de tissu que Cordelia n'eût pas embelli de plumes de paon, de papillons ou de roses de Damas. Être entourée d'un tel déferlement de travaux d'aiguille me mit mal à l'aise.

— Mrs. Heath a bien arrangé son intérieur...

C'était peut-être la seule chose correcte à dire.

Des pleurs de bébé s'élevèrent dans la pièce voisine et nous nous redressâmes d'un même mouvement en voyant apparaître à la porte le petit Willie de cinq ans. Avec ses cheveux noirs et son grave regard brun, c'était une parfaite réplique miniature du shérif Heath. Sa petite sœur, le bébé qui pleurait derrière lui, avait plutôt pris du côté de la mère, avec son halo de boucles blondes et ses traits nobles et délicats.

— Willie, retourne au lit ! ordonna Grayce. Maman veut que tu fasses la sieste.

L'enfant ne bougea pas et continua à nous regarder en triturant sa chemise de nuit jaune. D'ordinaire, je ne le voyais que de loin, les après-midi où Mrs. Heath allait promener ses enfants dans le parc en face du tribunal, lorsqu'elle le laissait escalader la statue de bronze d'un général de la guerre de l'Indépendance. Quant au bébé, il n'y avait rien d'autre à faire pour lui que s'asseoir sur la pelouse lorsqu'il faisait beau et arracher des touffes d'herbe. Nous n'avions à la prison ni jardin ni cour, ni aucun endroit où un enfant aurait pu s'amuser.

Willie tendit les mains en silence et, avec un soupir, Grayce vint le soulever du sol. Au moment même où elle disparaissait dans la chambre, un bruit de clé se fit entendre à la porte d'entrée et Mrs. Heath pénétra dans l'appartement. Trop distraite par son chapeau et son manteau à enlever pour me remarquer tout de suite, elle poussa un cri lorsqu'elle releva les yeux, comme si elle venait de surprendre un cambrioleur dans la maison.

— Pour l'amour du Ciel…

Une main voleta à son cou tel un oiseau et agrippa son col. Elle aimait les vieilles dentelles qui possédaient pour ainsi dire un pedigree. Je soupçonnais une grand-mère aristocrate anglaise d'être à l'origine de cette inclination.

Je répondis d'un ton que j'espérais calme et formel.

— Tout va bien, madame. L'un des détenus s'est mis à crier quelque chose à Grayce au moment où elle sortait. Cela lui a causé un choc et j'ai donc jugé bon de demeurer un peu avec elle.

— Je croyais que vous étiez supposée être à l'étage des femmes, non ?

— Miss Kopp s'est précipitée à mon secours quand elle a vu ce qui se passait, expliqua Grayce, qui venait de réapparaître dans le salon. Cet homme n'avait pas le droit de me parler !

— Vous me surprenez, Grayce, répliqua Mrs. Heath d'un ton calme, en retirant ses boucles d'oreilles pour les poser sur la table, le temps de recouvrer sa dignité. Moi qui vous croyais raisonnable ! Est-ce que quelqu'un vous a vue ?

La jeune fille parut perplexe.

— Est-ce que quelqu'un m'a vue ? Dehors ?

— Je suis sûre que non, Mrs. Health, répondis-je à sa place.

Jamais l'épouse du shérif ne l'avouerait directement devant une domestique, mais elle redoutait que des reporters, en sortant du tribunal, aient pu assister à la scène. Elle avait une terreur peu commune des journalistes, qu'elle soupçonnait de passer leur temps à espionner la prison, carnet de notes à la main, prêts à exploiter le moindre incident pour mettre le shérif Heath dans l'embarras.

— Très bien, dit-elle. À présent, vous pouvez retourner là-haut, Miss Kopp.

Rien ne me faisait plus plaisir. La porte de communication avec la prison était en lourd métal et je dus y mettre tout mon poids pour l'ouvrir.

— Quoique…

Je me retournai, inquiète. Elle pinçait les lèvres et penchait la tête, comme si une idée venait de germer dans son esprit.

— Ne pourrions-nous pas avoir quelqu'un d'autre pour surveiller les femmes la nuit ? interrogea-t-elle. Si je me souviens bien, vous possédez une maison à vous, où vous avez la possibilité de dormir. Je ne l'ai jamais vue moi-même, mais j'ai cru comprendre que mon époux y a passé un certain temps l'an dernier, quand vous aviez des problèmes avec ces bandits…

Elle avait ce visage fin et distingué des portraits peints sur les porcelaines et elle savait comment faire dire à ses traits le contraire de ce que véhiculaient ses paroles. Je dus me souvenir que j'étais en service pour prendre sur moi et me conduire comme un membre du personnel travaillant pour le shérif.

— Oui, madame. Mais j'habite à la campagne, c'est trop loin pour rentrer tous les soirs. Maintenant que les jours raccourcissent, cela m'obligerait à faire un long chemin dans l'obscurité. Le shérif Heath a pensé qu'il valait mieux pour moi que j'occupe une cellule dans la section des femmes.

J'avais aménagé cette cellule peu de temps auparavant, en y apportant une lampe, un édredon, quelques livres et des magazines et j'avais déjà pris l'habitude de m'endormir avec les sanglots d'une jeune pickpocket passant sa toute première nuit à la prison, les prières murmurées d'une femme souffrant de la goutte dotée d'un penchant pour les incendies criminels, mêlés à la symphonie de ronflements, grognements et chuchotements qui retentissaient dans les sections des hommes, au-dessous, et montaient jusqu'à nous. La prison n'était jamais silencieuse, mais je m'étais accoutumée à ses bruits.

Un frisson me parcourut quand je m'entendis expliquer à la femme du shérif que j'avais demandé conseil à son époux pour les dispositions de mon coucher. Je priai pour qu'elle ne vît pas la rougeur que je sentais envahir mon cou.

Ses sourcils se soulevèrent.

— Bon. Si vous vivez sous ce toit, vous devez voir beaucoup de choses… Je compte sur vous pour veiller à ne parler d'aucun trouble susceptible de survenir à la prison. Les gens de la presse vous connaissent, voyez-vous, et ils vous poseront des questions.

Dans sa bouche, être le genre de femme que connaissent les journalistes n'avait rien de flatteur. Dans mon cas, elle devait avoir raison : car si certaines personnes aspiraient à se retrouver dans les pages *Société*, on n'avait jamais parlé de moi qu'à la rubrique *Criminalité*.

5

Le lendemain soir, à la nuit tombée, un gardien vint me chercher.

— Le shérif est dehors, Miss. Il veut vous parler.

C'était l'heure à laquelle je m'apprêtais à proclamer l'extinction des feux. Je m'assurai que toutes les prisonnières étaient bien dans leur lit et descendis. Le shérif Heath, qui venait d'arriver en voiture, m'attendait au garage. Il avait plu tout l'après-midi et l'allée n'était qu'une succession de flaques d'eau entrecoupées de minuscules archipels de gravier. Je sautillai de l'un à l'autre en soulevant mes jupes aussi haut que la décence m'y autorisait, mais je ne m'en retrouvai pas moins trempée quand j'atteignis le garage.

Le shérif Heath s'entretenait avec le mécanicien près du feu. Baissant la tête pour passer sous l'auvent, je humai une odeur familière de cuir et d'huile de moteur, de feu de bois et de sueur.

— Nous avons besoin de vous à l'hôpital, me lança le shérif dès qu'il m'aperçut. Von Matthesius délire en allemand. Jusqu'à présent, une infirmière traduisait, mais elle n'est pas de service ce soir et il n'y a pas moyen de la faire revenir.

— J'ignorais qu'il était à l'hôpital, répondis-je. Qu'est-ce qu'il a ?

Je craignis un instant de lui avoir cassé une côte en me ruant sur lui la veille.

Le shérif repoussa son chapeau et se frotta les tempes.

— C'est ce que nous aimerions bien que vous nous disiez, Miss Kopp. Il a de la fièvre, il sue à grosses gouttes et son cœur est faible, mais les médecins ne lui ont rien trouvé de particulièrement grave. Ils étaient sur le point de le renvoyer à la prison quand il s'est mis à cracher du sang et à hurler en allemand.

— Il pourrait très bien leur dire ce qui ne va pas en anglais, assurai-je tandis que nous nous installions dans l'automobile. Il en est parfaitement capable.

— Peut-être, mais monsieur n'en a pas envie. Il a décidé de nous en faire baver. Ça ne me plaît guère à moi non plus, mais on ne sait jamais : s'il a des choses importantes à nous dire, j'aimerais bien les entendre avant qu'on le fasse sortir. Étant donné ce qui s'est passé hier avec Grayce, cela ne me dérangerait pas qu'on le garde à l'hôpital.

Il démarra et je boutonnai mon manteau pour me préserver du froid mordant.

— Il n'avait pas l'air malade quand je l'ai vu hier.

— Peut-être, mais comment en être sûr ? Il nous faudrait vraiment un médecin à la prison, nous n'allons pas pouvoir continuer longtemps comme ça.

Le shérif Heath s'exprimait d'une voix sourde, comme s'il se parlait à lui-même.

— C'est injuste pour les prisonniers, enchaîna-t-il. Ils sont enfermés et ne peuvent même pas appeler un médecin quand ça ne va pas. Pour être soignés, ils dépendent totalement de nous. Mais comment voulez-vous que je juge si leur état impose ou non un transfert à l'hôpital ? D'autant qu'ils arrivent tous avec un oignon, une dent qui bouge, la goutte, la fièvre, ou que sais-je encore... On se croirait dans une infirmerie, sauf qu'il n'y a ni docteur ni infirmière, et pas de pharmacien non plus. Nous devrions pouvoir soigner au moins leurs petits maux, et pas seulement par charité chrétienne, mais parce que nous avons ici l'occasion de les remettre dans le droit chemin en leur faisant mener une vie saine. Donnez une douche et un repas chaud à un homme, une bible pour l'étude et des corvées difficiles pour tenir ses mains occupées, et vous transformerez un criminel en bon citoyen ! Ça, ce n'est pas en l'enfermant dans un cachot que vous y parviendrez.

Le shérif Heath était réservé par tempérament, mais il savait faire des discours. J'observai son profil, qui m'était devenu aussi familier que celui de mon frère, et songeai qu'il y avait quelque chose d'admirable chez cet homme qui n'avait pas encore atteint quarante ans. Il était assez mûr pour bien se connaître et assez jeune pour chercher à s'améliorer.

— Ce sont là des idées intéressantes, commentai-je. C'est d'ailleurs pour elles qu'on vous a élu.

— Je me le demande... Cordelia affirme qu'on ne m'a pas élu pour sauver des âmes, mais pour que je mette les criminels derrière les barreaux. Et ça ne lui a pas beaucoup plu que cette histoire avec

Grayce paraisse dans la presse. Elle dit que cela donne de nous l'image de gens qui ne savent pas tenir leurs prisonniers.

— Mais… comment la presse a-t-elle pu publier cela ? Personne n'a rien vu !

Il haussa les épaules.

— J'imagine que Grayce en a parlé à un journaliste, à moins que ce ne soit son frère. J'ai dit à Cordelia de ne pas s'en soucier. Après tout, si un détenu s'est mal comporté, il n'y a pas de quoi en faire un drame ! Il faut vraiment être journaliste, et payé au mot, pour y consacrer un article…

Main Street était encombrée malgré la pluie et les voitures avançaient au pas. Nous gardâmes un long moment le silence.

— De quoi von Matthesius a-t-il été accusé au juste ? m'enquis-je enfin. J'ai dû lire quelque chose à ce sujet dans la presse au moment de son arrestation, mais j'avoue que je ne m'en souviens plus…

Ce n'était pas tout à fait vrai : je me souvenais très bien que personne ne m'avait rien confié des méfaits dont il s'était rendu coupable. Je savais que l'affaire avait un parfum de scandale, mais rien de plus : je n'avais jamais eu droit à des éclaircissements. En règle générale, aucun des hommes – ni le shérif ni ses adjoints, et encore moins les gardiens – n'était disposé à me renseigner sur les raisons qui amenaient tel ou tel détenu dans nos locaux.

Le shérif Heath toussa sans se tourner vers moi.

— Les charges sont sérieuses, se borna-t-il à répondre.

C'étaient les termes qu'employait la presse pour parler de crimes trop terribles pour être exposés dans des journaux familiaux. Des termes que je n'avais encore jamais entendus dans la bouche du shérif, mais peut-être n'avait-il encore jamais eu de bonnes raisons de les utiliser.

— Il dirigeait un sanatorium à Rutherford et trois de ses employés ont porté plainte contre lui.

— Porté plainte pour quoi ?

Le shérif ne semblait pas disposé à en dire davantage.

— Je ne pense pas qu'il ait jamais été médecin. Vous savez qu'il se fait aussi appeler « révérend » et « baron ». Il m'a l'air de collectionner les titres, sans pour autant y avoir droit. Je suis heureux d'avoir soustrait ce criminel à l'État du New Jersey, mais je me demande comment nous allons pouvoir le supporter chez nous encore toute une année.

— Il n'avait pas les moyens de payer l'amende ?

Dans le comté de Bergen, un certain nombre d'infractions étaient passibles d'une sentence d'emprisonnement applicable seulement si l'accusé ne pouvait s'acquitter du montant de l'amende correspondante.

— Non, il n'avait pas l'argent. Pourtant, il paraît que son sanatorium débordait de meubles de prix et de tableaux anciens. Je ne sais pas ce qu'ils sont devenus.

Le shérif se tut. Manifestement, il n'en dirait pas davantage.

— En tout cas, hasardai-je, je suis heureuse que vous fassiez de nouveau appel à moi. J'espère que cela signifie que vous avez trouvé un moyen de me réaffecter à mes anciennes fonctions.

— Votre poste à la prison est-il trop ennuyeux pour vous, Miss Kopp ? lança-t-il d'un air distrait en se penchant en avant pour scruter la route : la pluie avait redoublé d'intensité et la visibilité était presque nulle.

— Je veux juste dire que je suis sortie deux fois en quelques jours et que c'est pour moi un progrès. Je suis convaincue que l'on peut m'employer plus utilement que...

— Oui, oui, c'est sûr, coupa-t-il, mais je vis qu'il m'avait à peine écoutée. Qu'est-ce qui se passe ici ?

L'hôpital de Hackensack était un immense bâtiment de brique rouge à six étages, agrémenté de hautes colonnes. À notre arrivée, l'allée circulaire entourant l'entrée était si encombrée de charrettes et de grosses automobiles noires qu'il nous fut impossible de trouver une place pour stationner. Des infirmières couraient en tous sens et criaient à l'intention de conducteurs qui ne les entendaient pas et qui actionnaient leurs klaxons sans relâche. Des lanternes se balançaient frénétiquement dans l'obscurité en passant de main en main. À leur lueur, j'aperçus un homme que l'on transportait par les épaules et par les pieds. Des lampes électriques diffusaient leur éclat du perron de l'hôpital, mais tant de monde se pressait autour que je ne distinguai rien d'autre qu'une foule en proie à la panique.

L'adjoint English devait guetter notre arrivée. Dès qu'il nous vit, il courut sous la pluie, esquivant les voitures et les médecins qui se précipitaient pour récupérer les patients.

— Il y a eu un accident de chemin de fer, expliqua-t-il, penché vers la vitre du shérif Heath.

Ses yeux se posèrent un instant sur moi pour se détourner aussitôt.

— Une charrette chargée d'Italiens qui revenaient d'une usine près de Newark a traversé la voie ferrée au passage à niveau sans faire attention, poursuivit-il. On a déjà amené huit blessés, mais on dirait qu'il va y en avoir d'autres.

La pluie coulait de son chapeau sur le bout de son nez. Il regarda le shérif, dans l'expectative. Derrière nous, une trompe corna et un homme nous cria de dégager le passage.

— Allez dire à ce monsieur d'être un peu plus poli, s'impatienta le shérif. S'il a des choses à faire à l'hôpital, qu'il prenne la peine de nous contourner !

L'adjoint s'éloigna aussitôt.

Un grondement de tonnerre retentit, suivi d'un éclair qui déchira le ciel et illumina un très bref instant la silhouette massive de l'hôpital. J'eus à peine le temps de distinguer une cheminée avant qu'elle s'estompe de nouveau dans l'obscurité.

Le shérif Heath secoua la tête.

— Je ne peux pas mettre un homme à chaque croisement, soupira-t-il, surtout pour lui-même. Si les conducteurs ne sont pas capables d'entendre un coup de sifflet, je ne vois pas ce que je peux faire !

Le visage de l'adjoint English réapparut à la vitre.

— Je crois qu'il vaut mieux que je reste ici pour mettre un peu d'ordre dans cette pagaille, lui dit le shérif. Emmenez Miss Kopp auprès de von Matthesius.

Il se tourna vers moi, enchaînant à mon intention :

— Voyez ce que vous pouvez découvrir, mais tâchez de ne pas perdre de temps. Je serai là dans quelques minutes.

— Qu'est-elle censée faire au juste ? interrogea l'adjoint English d'un ton acerbe.

Le shérif Heath leva le bras pour se protéger d'un assaut de pluie qui pénétrait dans la voiture.

— Emmenez-la, c'est tout !

Je descendis de voiture et, relevant le col de mon manteau, m'élançai sous la pluie au côté de l'adjoint en tâchant de contourner les flaques de la pelouse détrempée et d'éviter les infirmières et les aides-soignants transportant les blessés. Dans l'entrée, un médecin s'apprêtait à remettre en place l'épaule déboîtée d'un patient – un ouvrier de l'usine, présumai-je – étendu sur une civière. Une infirmière lui tenait les deux pieds, une autre le bras droit, tandis que le médecin agrippait le gauche et se préparait à tirer. Nous passâmes derrière lui juste au moment où il intervenait. J'entendis le patient hurler et ses cris se répercutèrent dans le grand hall longtemps après que je me fus engagée dans l'escalier.

Après le remue-ménage du rez-de-chaussée, le calme du premier étage me sembla bienvenu. L'adjoint English m'ouvrait la voie. Nous traversâmes un premier hall, dans lequel des bancs de bois, tous vides, s'alignaient le long du mur. Les salles de malades portaient de larges numéros dorés et de petits hublots, sur les portes, permettaient aux infirmières de voir l'intérieur des chambres. Au-dessus de nos têtes, les lumières électriques clignotaient sous leurs abat-jour poussiéreux.

— C'est ce satané orage, maugréa l'adjoint English. On va être coincés ici toute la nuit...

Au bout du hall, nous tournâmes dans un couloir et trouvâmes une infirmière assise à un bureau.

— Miss Kopp vient voir le prisonnier, déclara l'adjoint. Ordre du shérif.

L'infirmière était l'une de ces femmes guindées aux cheveux argentés qui ne toléraient aucun désordre, que ce fût de la part des médecins ou des patients. Elle me dévisagea à travers ses lunettes cerclées de métal.

— Bon, alors dépêchez-vous ! lança-t-elle. Et si c'est possible, faites-le sortir d'ici ! On va avoir besoin de son lit !

Nous empruntâmes le couloir et débouchâmes sur un nouveau hall doté de deux hautes fenêtres et d'une porte donnant sur un autre couloir. Un planton était avachi sur une chaise métallique devant la chambre de von Matthesius, à moitié assoupi.

Thomas English décocha un coup de pied à la chaise et l'homme se redressa d'un bond.

— Descends tout de suite !

L'homme bâilla en repoussant une mèche de cheveux blond cendré.

— Je ne crois pas qu'on ait besoin de moi en bas…

— Eh bien, va quand même proposer tes services ! rétorqua l'adjoint entre ses dents serrées.

À ces mots, le planton se leva et décampa, nous laissant seuls dans le hall.

— S'il y a une chose qui soit pire qu'être coincé par une garde à la prison, maugréa-t-il, c'est d'avoir à passer tout un après-midi à l'hôpital pour empêcher un homme qui ne peut pas sortir de son lit de sortir de son lit. Alors maintenant, dites-moi pourquoi je vous ai amenée ici !

— Le shérif Heath souhaite que je parle avec von Matthesius en attendant son arrivée.

— Je vous rappelle que vous lui avez déjà parlé hier, et que vous avez failli lui faire passer l'arme à gauche.

— Si vous parlez l'allemand, je vous en prie, prenez ma place et faites vous-même la traduction !

Il se retourna et cracha sur le sol.

— Les Allemands, il faudrait les mettre sur un bateau et les renvoyer chez eux, tous autant qu'ils sont ! On me fait perdre mon temps ici, à moi ! Je devrais être en train de transporter les blessés, et pas rester là avec un vieux malade et la bonne amie du shérif !

— Eh bien, ne vous gênez pas pour moi, allez-y !

Il n'était pas question de me laisser entraîner dans une querelle. Ce garçon n'était pas assez mûr et je ne comprenais pas comment le shérif Heath avait pu lui donner un insigne et une arme. À son âge, beaucoup de jeunes gens dans son style étaient parvenus à aller en France en s'enrôlant dans l'armée canadienne, si pressés d'avoir l'occasion de tuer qu'ils n'hésitaient pas à prêter allégeance à une autre nation pour pouvoir le faire. Impétueux et imprudents, ils étaient les premiers à mourir.

— Mais vous êtes la gardienne des femmes. objecta-t-il en minaudant d'une voix chantante, comme un petit garçon moqueur. Vous ne pouvez pas garder un homme ! Le shérif ne va pas aimer ça !

— Il s'en fiche. Allez-vous-en !

Il m'examina un instant puis jeta un coup d'œil à la porte de von Matthesius. Tout son visage n'était qu'angles durs et spéculation.

— Très bien. Le prisonnier est à vous !

Tournant les talons, il partit au moment même où les deux fenêtres du hall se mettaient à vibrer tandis que la grêle s'abattait sur les vitres. Il y eut un nouveau coup de tonnerre et la lumière des ampoules vacilla encore. L'adjoint English se mit alors à courir vers la sortie, ne me jetant qu'un bref coup d'œil par-dessus son épaule avant de disparaître dans le couloir.

Restée seule, j'ouvris la porte de la chambre et découvris von Matthesius allongé sur le dos dans un lit de fer. On l'avait confiné dans un réduit sans fenêtre à peine plus grand qu'un placard, semblable à ces cellules que l'on réservait aux malades mentaux, aux contagieux et aux criminels. Il n'y avait ni chaise ni table. Des vêtements pendaient à un crochet et une couverture de laine traînait au sol.

La lumière qui pénétrait par la porte ouverte jetait un rectangle de lumière en travers du lit. Réveillé, von Matthesius ouvrit les yeux et me dévisagea sans bouger. Seul un côté de sa bouche remua lorsqu'il se mit à parler.

— *Ich bin sehr schwach auf den Beinen und es zieht sich bis in die Schultern hoch. Ich ertrage das nicht mehr lange.*

C'était une litanie de symptômes : il ne tenait pas sur ses jambes, éprouvait un engourdissement jusque dans les épaules et pensait qu'il n'en avait plus pour très longtemps à vivre. L'étrange incantation se poursuivit : il ne sentait plus ses orteils, le sang avait déserté ses chevilles, il avait les lèvres sèches et avait perdu toute sensation dans les doigts.

Je me penchai vers le lit pour mieux le détailler tout en prenant soin de rester à bonne distance. Ses lèvres ne cessaient de remuer et ses yeux tournaient frénétiquement en tous sens. La sueur perlait à son front comme des gouttes d'eau fuyant d'un vieux tuyau d'arrosage. Un liquide brun marquait les coins de sa bouche et il y avait du sang sur l'oreiller à l'endroit où il avait toussé.

— *Sind Sie durstig ?* demandai-je.

Sa psalmodie ne cessa pas et ses yeux continuèrent à bouger, mais il hocha très faiblement la tête. Je balayai la pièce du regard : il n'y avait pas de verre.

— Je vais sortir une minute vous chercher de l'eau, indiquai-je. Les médecins n'ont rien trouvé de particulier chez vous. À votre avis, qu'avez-vous ? Si vous êtes incapable de me le dire, vous allez retourner à la prison.

Il leva les yeux au ciel et je ne vis plus que le blanc, petits demi-cercles irrigués de lignes rouges, fines comme des craquèlements dans la porcelaine. Un frisson parcourut ensuite le malade et ses dents claquèrent, puis il devint flasque et ferma les paupières.

Songeant qu'il importait de le tenir éveillé jusqu'à l'arrivée du shérif, je m'agenouillai près de lui et lui demandai à voix basse :

— N'y a-t-il pas un traitement ou un autre qui soit susceptible de vous faire du bien ?

— *Es ist zu spät...* Il est trop tard pour ça...

Je m'assis sur mes talons et le regardai respirer dans la pénombre. Son souffle venait en longues séquences peu profondes, avec, entre elles, des phases de repos si prolongées que je me demandais parfois s'il ne s'était pas arrêté. En des temps meilleurs, von Matthesius avait porté une moustache grise très soignée qu'une main négligente, à l'hôpital, avait rasée, tout comme on lui avait coupé les cheveux pour lui dégager les yeux. Il avait vieilli de dix ans en une nuit.

Les râles, dans sa gorge, se transformèrent en une quinte de toux qui gagna peu à peu en violence.

— Il faut que vous buviez, décidai-je. Je reviens tout de suite…

Je passai la porte et trouvai le hall désert. Ne voyant ni évier ni fontaine à eau, j'hésitai à aller en chercher plus loin : la porte de von Matthesius ne comportait qu'un bouton en verre tout simple, avec une serrure au-dessous, mais je n'avais aucune clé et l'adjoint English ne m'avait rien dit à ce sujet. J'entendais des gens courir un peu plus loin, juste après le poste de l'infirmière où se trouvait un escalier, mais je jugeai préférable de ne pas les ralentir pour un simple verre d'eau, alors que, en bas, bon nombre de patients étaient dans un état bien pire que von Matthesius.

Quand je retournai dans la chambre, le malade s'était redressé et avait posé ses pieds nus sur le sol. Il me considéra un instant, puis porta la main à sa gorge, cherchant manifestement sa respiration. Était-ce à cause des ombres étranges qui envahissaient la chambre mais j'aurais juré que son visage avait pris une teinte bleue.

— Essayez de ne pas bouger…

Je posai une main contre son torse pour l'inciter à se rallonger.

— Respirez bien, ajoutai-je. Quelqu'un va bientôt venir.

Son souffle se fit bruyant et rauque. Je retournai à la porte pour tenter d'intercepter une personne susceptible de m'aider et eus le soulagement d'entendre des grincements de roues qui arrivaient dans ma direction, accompagnés de bruits de pas. Un groupe d'infirmières et de médecins passa en trombe devant moi en poussant deux chariots. Je ne voulus pas les arrêter et ils disparurent vite à l'angle du couloir. Par les fenêtres, à l'extrémité du hall, montait une rumeur de plus en plus bruyante. Je refermai la porte de von Matthesius derrière moi et courus pour aller regarder ce qui se passait.

La scène que je découvris en bas aurait pu se dérouler sur un champ de bataille. L'allée circulaire de l'hôpital était complètement bloquée par des automobiles et des chevaux nerveux attelés à des charrettes. Une dizaine de nouvelles victimes au moins avaient dû arriver du lieu de l'accident. Certaines étaient emmenées à l'intérieur, mais d'autres avaient été allongées sur l'herbe, protégées par des parapluies ou des tentes de fortune. Toutes les infirmières de l'hôpital, mais aussi les aides-soignants, les médecins, les cuisiniers et les gardiens, semblaient se trouver là, à se démener pour tenter de sauver ces vies humaines.

En face, parmi une file d'automobiles stationnées, j'aperçus celle du shérif. Lui-même devait être là, quelque part, sous l'un de ces chapeaux noirs qui s'agitaient dans l'obscurité. La pluie s'abattait en trombes d'eau qui venaient s'interposer devant la lumière apportée par les fenêtres de l'hôpital.

J'étais revenue à la porte de von Matthesius lorsqu'un violent coup de tonnerre fit trembler les murs. Toutes les lumières s'éteignirent et un murmure mécontent monta de la foule au-dehors. On allait devoir travailler à la seule lueur des lanternes et des bougies.

J'ouvris la porte du prisonnier.

— Baron ? La lumière s'est éteinte dans tout l'hôpital.

Il marmonna quelque chose d'indistinct et je me penchai pour mieux distinguer sa silhouette dans le lit. On ne voyait pour ainsi dire rien, aussi, non sans répulsion, avançai-je la main pour palper un genou osseux. Il sursauta violemment et je retirai ma main. Au moins, il ne toussait plus.

— Je vais rester juste là, derrière la porte, annonçai-je.

Dans le hall plongé dans l'ombre, il n'y avait même plus les faibles lueurs qui, quelques minutes plus tôt, éclairaient les fenêtres. Les réverbères de la rue avaient dû s'éteindre eux aussi, comme ceux de l'ensemble de Hackensack, sans doute.

Non loin de moi retentit soudain le fracas d'un plateau métallique, suivi d'une voix de femme qui cria :

— Allez-y, je vais ramasser tout ça !

— Mais non, venez ! protesta un homme, et le bruit de leurs pas précipités résonna. Les roues d'un autre chariot se firent ensuite entendre, accompagnées d'autres pas. Plaquée contre la porte, je vis passer devant moi plusieurs taches blanches, que j'assimilais à des tenues d'infirmières qui se succédaient à quelques secondes d'intervalle. Juste après, les battants d'une porte claquaient, puis venait un nouveau chariot, que je sentais passer dans le noir devant moi.

Tout à coup, ce fut le pas lourd d'un homme, tout près, et je tentai ma chance.

— Qu'est-ce qui se passe ? lançai-je.

— Il y a trois chirurgies en cours en bas, et d'autres blessés avec les jambes broyées attendent leur tour, me répondit l'ombre sans ralentir, avant de parvenir très vite à l'extrémité du hall.

— Est-ce que je peux faire quelque chose ? criai-je encore.

La question était inutile. Quelqu'un devait rester là pour garder la porte et il n'y avait que moi pour le faire.

Un nouveau grondement de tonnerre fut suivi d'un éclair si intense que le hall resta éclairé plusieurs secondes. Je vis le plateau renversé et les instruments métalliques disséminés tout autour. Un flacon s'était brisé, lançant partout sur le sol de petits fragments de verre marron.

Aussitôt je traversai le hall pour aller repousser tout cela sous un banc. Il faisait de nouveau noir comme dans un four, aussi me fut-il impossible de vérifier que j'avais complètement dégagé le passage. Puis, pendant un long moment, je ne fis rien d'autre que demeurer immobile à mon poste, les mains agrippées au bouton de porte de la chambre de von Matthesius, retenant ma respiration chaque fois que des infirmières ou des médecins passaient devant moi ou que s'élevaient des cris de douleur venus de chambres éloignées.

J'entendis soudain la voix du shérif Heath près du bureau de l'infirmière.

— Je suis là ! criai-je.

Un instant plus tard, il apparaissait au coin du couloir avec, à la main, une lanterne qui se balançait.

— Regardez où vous mettez les pieds, lui recommandai-je. Bon nombre de choses se sont renversées depuis qu'il n'y a plus de lumière.

Il leva sa lanterne pour mieux voir autour de lui et poussa du pied une paire de ciseaux et un rouleau de bandage restés dans le passage.

— C'est un vrai capharnaüm en bas ! lança-t-il, hors d'haleine. Où est passé English ?

— Il est descendu pour vous aider, répondis-je.

Du sang maculait tout l'avant de son manteau, d'une épaule à l'autre. Il n'avait plus son chapeau, perdu sans doute dans le désordre, et affichait une expression bouleversée que je ne lui avais vue qu'une ou deux fois auparavant.

— Première nouvelle ! s'exclama-t-il d'une voix haletante. Je l'avais envoyé ici pour qu'il surveille le prisonnier. Il n'aurait pas dû partir. J'ai d'autres adjoints qui sont venus prêter main-forte en bas.

— Je suis désolée, je…

— Peu importe ! Comment va von Matthesius ?

— Il se repose. Il dit qu'il ne tient pas sur ses jambes et qu'il perd les sensations dans ses membres. Et puis, il tousse de façon terrible. Maintenant que vous êtes là, j'aimerais aller lui chercher un peu d'eau.

Nous perçûmes d'autres bruits de pas qui arrivaient dans notre direction et le shérif Heath leva sa lanterne pour mieux éclairer le passage. C'était une infirmière qui tenait un bébé dans ses bras, et deux aides-soignantes chargées de bandages et de fournitures.

— Nous pourrions faire bon usage de votre lampe ! cria la première en passant d'un pas pressé.

— Je vous l'apporte dans une minute, promit le shérif Heath.

Puis il se tourna vers moi.

— Vous allez rester ici jusqu'au retour d'English, m'ordonna-t-il. Nous ne savons pas quand les lumières vont revenir. J'ai envoyé l'un de mes hommes vérifier le circuit électrique.

— Très bien, acquiesçai-je. Laissez-moi juste jeter un coup d'œil au baron avant d'emporter cette lanterne.

La main toujours posée sur le bouton de la porte, je me tournai et ouvris. Le shérif leva sa lampe et, ensemble, nous contemplâmes une chambre vide.

6

— Ce n'est pas sa chambre.

Le lit était nu et nous contemplions la toile à matelas bleu et blanc. Il n'y avait ni couverture sur le sol ni vêtements pendus au crochet.

J'avais tenu le bouton de la mauvaise porte. Le détenu était dans la chambre voisine.

Nous fîmes volte-face d'un même mouvement mais, avant même d'ouvrir l'autre porte, je savais que la chambre serait vide.

Et elle l'était, mis à part la couverture et la robe de chambre jetées en travers du lit. Jamais encore la vue d'une pièce inoccupée ne m'avait inspiré un tel sentiment d'horreur.

Le shérif Heath se retourna et examina le hall désert à la lueur de sa lanterne.

— Vous n'avez rien vu du tout ?

— Non, bien sûr que non ! Vous pensez bien que je l'aurais arrêté si je l'avais vu s'en aller !

— Vérifiez les autres chambres !

Je commençai à une extrémité du hall et poussai les portes une à une. Les chambres étaient toutes vides et rien n'indiquait que von Matthesius s'y fût réfugié. Le shérif passa en revue l'autre côté et je retournai pour ma part dans la chambre qu'avait quittée le détenu. Je secouai la couverture et la robe de chambre, repoussai les draps, examinai de près tous les recoins de la pièce dans l'espoir de trouver un objet qu'il aurait pu laisser tomber : un morceau de papier, un bouton, que sais-je… Mais von Matthesius avait été rapide et méticuleux. Chaque fois que j'étais revenue vérifier si tout allait bien, il devait être au milieu de ses préparatifs, à guetter l'occasion propice. Je me le représentais dès lors, en train de s'habiller sous ses couvertures pour le cas où je reviendrais. En entendant le plateau tomber, puis le bruit de mes pas lorsque je m'étais précipitée pour aller ramasser le verre cassé, il s'était empressé de profiter de l'aubaine.

Il n'avait rien laissé derrière lui. Je soulevai le matelas, le secouai, puis regardai sous le lit, avant de promener les doigts dans les jointures du carrelage, comme s'il pouvait subsister une trace de lui dans la poussière.

Quand je rejoignis le shérif Heath dans le hall, la sueur inondait mon front.

— Il est parti, articulai-je en luttant contre l'angoisse qui me bloquait la gorge. Je vais aller chercher en bas, au cas où…

— Non, restez ici !

Déjà, il s'était détourné et s'éloignait à grands pas. J'aurais dû courir derrière lui, mais j'étais paralysée, clouée au sol. Je l'entendis dévaler l'escalier et appeler ses adjoints. Puis l'électricité revint soudain et, à la lumière blafarde des lampes de l'étage, je pus appréhender la terrible réalité de ce que j'avais fait : le hall blanc désert, et toutes ces portes grandes ouvertes qui ne révélaient rien.

Le shérif devait être en train d'organiser une grande chasse à l'homme en bas. Rester immobile devant une chambre vide était inutile. Je gagnai l'extrémité du hall et trouvai l'adjoint Morris, qui s'entretenait à voix basse avec l'infirmière. Tous deux relevèrent la tête en me voyant apparaître. L'infirmière voulut parler, mais l'adjoint Morris l'arrêta d'un signe de tête et s'approcha de moi.

Ainsi, ce serait lui qui me signifierait mon sort… Je m'immobilisai, incapable de le regarder en face, et me contentai de fixer ses pieds. Je comptai les vingt-neuf pas qui le menèrent jusqu'à moi. Alors, il me dit, de sa voix la plus douce et réconfortante :

— Le shérif m'a demandé de vous trouver un taxi.

La maison baignait dans l'obscurité, mais sans doute venaient-elles juste de monter se coucher. Les vestiges calcinés d'une bûche remuaient encore, cherchant leur place dans la cheminée. Je bousculai quelque chose en traversant à tâtons le salon ; ce devait encore être un décor de théâtre en carton-pâte ou en papier mâché. Une planche du parquet gémit à l'étage et la voix de Norma retentit.

— Qu'est-ce que tu fais à la maison ?

— Rendors-toi ! rétorquai-je.

Je n'avais pas le courage de me lancer dans des explications.

Je la vis apparaître en haut de l'escalier en robe de chambre, pieds nus.

— Qu'est-ce qui ne va pas ? insista-t-elle en descendant se camper au bas des marches, les bras croisés. Tu m'as l'air dévastée. J'espère que tu ne vas pas me dire que le shérif Heath t'a demandé de t'enfuir avec lui, parce que tu sais, je l'ai vu te regarder d'une façon très bizarre l'autre fois, et je me suis demandé s'il n'avait pas une idée derrière la tête. S'il s'est permis quoi que ce soit avec toi, dis-le-moi, j'irai tout de suite...

— Norma, arrête !

J'étais encore au milieu du salon, en train de me débattre contre un monceau de papiers et de tissus que Fleurette avait abandonné là. Elle y avait collé une sorte de fausse fourrure censée représenter, supposai-je, un renard ou un loup.

— Alors qu'est-ce qu'il y a ?

— Ce qu'il y a ?

De frustration, j'envoyai un grand coup de pied dans la chose.

— Rien, il n'y a rien ! Sauf qu'on m'avait enfin laissée sortir de cette prison assez longtemps pour me confier une tâche d'adjoint à accomplir, qu'on m'avait donné un espoir de récupérer mon insigne et que maintenant ce vieux fou d'Allemand s'est évadé par ma faute ! J'ai gâché toutes mes chances !

— Tu viens de piétiner le chien de berger, déclara Norma en venant ramasser ce qu'il restait des accessoires de Fleurette.

Elle saisit un chandail qui traînait sur le divan et s'en enveloppa.

— Tu dis que tu étais sur le point de récupérer ton insigne ?

À cet instant, nous entendîmes une porte s'ouvrir à l'étage.

— Qu'est-ce qui s'est passé ? cria la voix de Fleurette.

— J'ai bien peur que ton chien de berger n'ait eu un petit problème, répondit Norma sur le même ton.

— C'est une chèvre…

Un instant plus tard, Fleurette nous avait rejointes et contemplait les vestiges de sa création. Elle portait un châle rouge en soie japonaise à franges dorées qui lui descendait jusqu'aux pieds et évoquait un très précieux couvre-piano.

— Je m'excuse, déclarai-je. Il faisait noir et je ne l'ai pas vue.

— Tu n'auras qu'à me la réparer.

Elle se pencha pour tapoter ce qu'il restait de la tête. L'un des boutons qu'avait l'animal en guise d'œil pendait dangereusement, aussi l'arracha-t-elle. Puis elle releva la tête vers moi.

— Qu'est-ce que tu fais ici en plein milieu de la nuit, à hurler et à parler d'un vieil Allemand ?

Je suspendis mon chapeau au portemanteau et m'apprêtai à retirer mon manteau, avant d'y renoncer en remarquant à quel point il faisait froid.

— C'est sans importance, bougonnai-je.

— Constance parlait de choses désagréables qui se sont hélas passées à son travail, expliqua Norma.

— Mais elle travaille dans une prison ! s'exclama Fleurette. Évidemment qu'il se passe des choses désagréables dans une prison !

— Ce que j'essayais de dire, intervins-je en hurlant, au point que toutes deux reculèrent, c'est qu'aujourd'hui j'ai laissé un détenu s'échapper !

— Non… Ce n'est pas vrai ! souffla Fleurette.

— Mais bien sûr que ce n'est pas vrai… renchérit Norma.

— Si, c'est vrai !

— Peut-être, mais en tout cas, ça ne peut pas être ta faute, rectifia Norma. On ne te confie pas assez de responsabilités pour qu'il arrive malheur par ta faute.

— Si seulement tu disais vrai...

— À mon avis, c'est le shérif Heath qu'il faut blâmer. Ou alors l'autre, celui que nous n'aimons pas. Comment s'appelle-t-il, déjà ?

Un bruit de papier froissé se fit entendre dans la poche de Norma. Je crus qu'elle s'apprêtait à noter le nom en question.

— Il n'y a personne d'autre à blâmer que moi, assurai-je. Je surveillais un prisonnier à l'hôpital, les lumières se sont éteintes tout à coup et il a profité de la confusion pour s'évader. Il n'aurait rien pu m'arriver de pire.

Toutes deux me regardèrent et je me mis à contempler mes pieds, que je trouvai très éloignés et qui me parurent appartenir à quelqu'un d'autre.

Norma s'éclaircit la gorge.

— En fait, ce n'est pas vraiment ce qui pouvait t'arriver de pire. Il y a des prisons qui brûlent, tu sais. À Toronto, il y a eu l'an dernier un incendie à cause d'un gardien qui avait jeté sa cigarette sur un matelas. Le matelas s'est enflammé et...

— Merci, Norma ! coupai-je en m'effondrant dans un fauteuil. Tu me remontes le moral. C'est vrai qu'il vaut mille fois mieux laisser un prisonnier s'enfuir que mettre le feu à une prison...

Norma vint se percher sur l'accoudoir de mon fauteuil.

— Seulement, dit-elle, ce n'est pas ce que doit penser le shérif Heath en ce moment.

— Bien sûr que non ! Il m'a renvoyée chez moi. Il n'a même pas voulu me parler lui-même : c'est l'adjoint Morris qui m'a transmis le message.

— Mr. Morris t'a raccompagnée jusqu'ici ? Et tu ne lui as même pas proposé d'entrer ? s'indigna Fleurette en courant vers la fenêtre pour voir si l'adjoint était encore là.

— Mais non, fis-je, agacée. Il m'a mise dans un cab pour que je ne les encombre pas.

Incapable de les supporter plus longtemps, je repoussai Norma et gagnai l'escalier pour monter me coucher.

— Le shérif Heath n'avait aucune raison de te renvoyer chez toi, estima Norma en me suivant. Quoique, dans ce cas particulier, il y ait tout de même une chose…

— Pas ce soir ! l'interrompis-je et je claquai la porte de ma chambre.

7

— Constance !

C'était Norma, qui tambourinait à ma porte.

— Tu es réveillée ?

Les coups redoublèrent.

— Tu m'entends ? Le shérif Heath est dehors !

Je m'enveloppai les épaules de la couverture pour aller regarder par la fenêtre. Le shérif était dans l'allée près de son automobile en compagnie de Fleurette.

Norma entra dans la chambre, affublée de son manteau de travail et de ses bottes. Elle réprouvait les lève-tard et son expression me le faisait savoir.

— Il n'est pas rentré chez lui de la nuit. Tu aurais dû être dehors avec lui.

— Il m'a renvoyée à la maison, rétorquai-je du bout des lèvres.

Je regardai le chapeau du shérif. Les mains dans les poches, ce dernier se tenait un peu penché en avant pour écouter ce que lui disait Fleurette.

— C'est très bien qu'il soit venu, parce que ça y est, c'est décidé, je sais ce que tu dois faire, et tu vas pouvoir descendre le lui dire.

Elle me dévisagea, guettant une question. Je gardai le silence.

— J'ai décidé, reprit-elle, que, sachant que tu avais la responsabilité du vieil Allemand, c'est toi qui devais aller le chercher et le ramener. Il n'y a aucune raison que tu restes à la maison à te tourner les pouces, alors que tu es la cause de tout le problème !

Norma, qui n'avait jamais occupé un emploi de sa vie et qui quittait rarement la maison, sauf pour envoyer ses pigeons sur la route, me conseillait de partir en chasse pour rattraper un fugitif…

— Merci. Je n'avais pas pensé une seconde à le ramener à la prison.

Elle plaça son épaule sous le châssis de la fenêtre à guillotine et força en grognant jusqu'à le faire céder. La morsure violente du vent m'atteignit quand la fenêtre s'ouvrit, associée à l'odeur lointaine d'un feu de cheminée et à celle de la terre et des feuilles humides.

— Qu'est-ce que tu fais ?

Je saisis le châssis pour refermer la fenêtre, mais c'était trop tard : Fleurette nous avait entendues et elle levait la tête, imitée par le shérif.

— Il attend que tu ailles lui parler, indiqua Norma, et moi, je n'ai pas envie de le voir rôder ici toute la journée. Tu vas descendre, oui ou non ?

Je tremblais dans ma chemise de nuit et mes pieds nus avaient blêmi. Je regagnai mon lit.

— Non.

— Elle arrive ! cria-t-elle par la fenêtre, qu'elle referma violemment sans attendre de réponse.

— Je ne comprends pas pourquoi tu es aussi pressée de m'expédier à la chasse à l'homme. Il n'y a pas si longtemps, tu n'avais qu'une idée en tête : nous maintenir à l'écart de la population des hors-la-loi.

Norma me poussa du genou pour s'asseoir près de moi sur le lit.

— Si les gens apprennent que tu t'es disqualifiée dès ta première place, tu ne trouveras jamais d'autre travail. Personne ne voudra employer la fille qui a laissé un prisonnier s'échapper.

— Je n'y avais pas pensé !

— En revanche, si tu deviens la fille qui a capturé un fugitif, cela donne à toute l'affaire un éclairage fort différent, tu ne crois pas ?

Elle attendit ma réponse en respirant bruyamment. Je me tournai vers le mur et fermai les yeux. J'entendis le bruit de son pas vers ma commode, qui fut suivi de celui de papier froissé et, un instant plus tard, je recevais un coup, asséné avec quelque chose qui me parut être un journal roulé ou un magazine assez épais. Puis Norma tira brusquement sur ma couverture et je sentis un courant d'air froid sur mes jambes.

— Norma !

Je voulus récupérer la couverture, mais ma sœur avait déjà entrepris de la plier et semblait déterminée à la garder.

— De toute façon, tu n'as rien d'autre à faire, décréta-t-elle. Tu ne nous es d'aucune utilité ici. Nous détestons ta cuisine et nous avons déjà embauché un garçon pour le jardin potager. Il s'en occupe bien mieux que toi. Bientôt, nous mangerons du concombre, ce qui ne nous est pas arrivé depuis des années.

Elle coinça la couverture sous son bras pour s'attaquer aux draps.

Je me redressai aussitôt et repoussai mes cheveux en arrière. Un instant plus tard, elle avait retiré du lit tout ce qui pouvait le rendre confortable. Alors elle s'immobilisa et me considéra de la même façon qu'elle examinait une clôture de bois endommagée juste avant de saisir le marteau arrache-clou.

— Si tu n'as pas de travail, Fleurette devra arrêter ses leçons de chant.

— Rends-moi ma couverture !

— Et si nous n'arrivons plus à joindre les deux bouts, j'imagine qu'il faudra vendre la ferme. Francis a certaines idées sur le sujet, me semble-t-il…

Je n'étais pas disposée à entendre le point de vue de mon frère. Pour l'heure, il semblait impossible d'arrêter Norma, qui avait décidé de rendre ma chambre inhabitable. Je gagnai la garde-robe et enfilai une vieille robe verte hideuse qui me parut aussi détestable que mon humeur en cet instant.

— Il y a aussi la solution de trouver un mari à Fleurette, quelqu'un qui pourra nous héberger et nous entretenir toutes les deux…

— Oui, ce sera très bien.

Je passai des bas déchirés aux chevilles sans m'en soucier.

Postée devant la porte ouverte, Norma me regarda faire un nœud de mes cheveux et y fourrer des épingles.

— De toute façon, nos ennuis à nous ne seront rien, comparés à ceux du shérif Heath. Avec cette histoire, il ne va pas tarder à se retrouver en prison…

Mes cheveux retombèrent sur mes épaules et les épingles se dispersèrent tout autour de moi.

— En prison ?

Je franchis le seuil d'un pas déterminé, suivie de Norma.

— Est-il vrai qu'on risque de vous mettre en prison ? criai-je.

Le shérif Heath se redressa et toucha son chapeau pour nous saluer.

— Miss Kopp, dit-il.

— J'ai voulu t'expliquer ça hier, lança Norma, qui trottinait derrière moi, mais tu étais dans un tel état de nerfs que tu n'as pas voulu m'écouter.

Je m'immobilisai à deux pas du shérif Heath. Des cernes sombres soulignaient ses yeux et sa peau avait la teinte terreuse que l'on prend lorsqu'on reste éveillé toute une nuit.

— Est-ce que c'est vrai ? répétai-je.

Il fronça les sourcils en nous considérant toutes les trois.

— Il existe une loi, déclara-t-il enfin d'une voix un peu rauque, qui autorise à incarcérer un shérif à la place du criminel qu'il a laissé s'échapper. Mais elle est rarement appliquée et vous n'avez pas besoin de…

— Si quelqu'un doit aller en prison, c'est moi !

— Non. Quand un prisonnier s'évade, c'est la responsabilité du shérif qui est engagée.

— Ça, c'est sûr, confirma Norma, avant de rappeler tout ce qu'elle savait sur le sujet avec l'enthousiasme des individus bien informés. C'est l'une des raisons pour lesquelles, pour se faire élire, les shérifs doivent fournir une caution. Vos garants vont être très mécontents de vous. Ils vont devoir payer l'amende et, même là, je ne suis pas certaine que vous puissiez échapper au procès et à une peine de prison.

Je saisis le shérif Heath par le bras et il baissa les yeux sur ma main, surpris.

— Mais vous ne pouvez pas aller en prison ! décrétai-je sans le lâcher. Que deviendraient Cordelia et les enfants ?

Je ne pouvais concevoir une telle disgrâce.

— Nous le rattraperons, assura le shérif, mais sa voix fut couverte par celle de Norma.

— Eh bien, disait celle-ci, Mrs. Heath ne pourra pas rester dans l'appartement si le shérif va en prison. Il faudra qu'elle se trouve un endroit où habiter. Ses parents ne vivent-ils pas à Hackensack ?

— Vous croyez vraiment qu'on va faire un procès à un shérif ? intervint Fleurette, qui observait la scène sous le bord de son chapeau de velours.

— Bien sûr que non ! lança l'intéressé.

Cela ressemblait à une réponse automatique et je ne le crus pas une seconde.

— Votre seule chance serait que le bureau du procureur vous prenne en pitié et vous épargne un procès, reprit Norma. Vous êtes parvenu à conserver au moins un ami au bureau du procureur, n'est-ce pas ?

La réponse était non, évidemment. Le shérif Heath lissa sa moustache et je compris qu'il commençait à perdre patience avec Norma. Je les renvoyai donc, Fleurette et elle, et eus droit pour cela à un petit signe de tête reconnaissant.

Dès que nous fûmes seuls, il reprit la parole :

— J'ai placé des hommes dans toutes les gares, m'informa-t-il. Nous faisons aussi le tour des hôtels pour demander à tous…

— Je sais, coupai-je. Vous faites le maximum. Seulement, personne ne sait vraiment où chercher.

Il étouffa une petite toux dans le creux de sa main.

— Nous l'aurons tôt ou tard, affirma-t-il. Le problème, c'est que la presse est déjà sur l'affaire et que cela va paraître dans l'édition de ce soir.

La presse ! Elle le harcèlerait pendant des semaines avec cette histoire…

— J'espérais que vous le rattraperiez avant.

— Eh bien non…

Je ne parvenais pas à le regarder en face. Je laissai mes yeux errer sur la grange et sur le pré desséché, au-delà.

— Laissez-moi le rechercher avec vous.

— Miss Kopp !

— Je pourrai vous être utile d'une manière ou d'une autre. À moi, il parlera.

Il souleva son chapeau pour repousser ses cheveux sur le côté.

— Je fais de mon mieux pour maintenir votre nom en dehors de tout ça. Vous n'avez pas besoin d'un nouveau scandale dans la presse, vos sœurs et vous.

Il cherchait à nous protéger. Sa bienveillance ne fit qu'ajouter à mon malaise.

— Je me fiche de voir mon nom dans les journaux ! Mais il n'est pas question que je reste ici à ne rien faire alors que vous êtes tous en train de…

Je m'étranglais à l'idée de ronger mon frein dans notre vieille ferme assoupie tandis que les autres adjoints battaient la campagne pour retrouver le prisonnier en cavale.

— C'est bel et bien ce qui va se passer, contra le shérif. Reposez-vous quelques jours, vous reviendrez à la prison quand vous vous sentirez prête à travailler.

— Je ne suis pas faite pour ce travail à la prison, assurai-je. J'ai laissé cet homme s'évader. Vous n'avez pas le choix, vous devez me renvoyer.

Il parut sur le point de répondre puis se ravisa. Je risquais de le convaincre que j'avais raison.

J'allais prendre la direction de la maison quand quelque chose se retourna soudain en moi. Ce qui m'avait semblé impossible quelques minutes plus tôt, lorsque Norma m'en avait parlé, m'apparaissait là comme une évidence. À mes yeux, il n'y avait qu'une seule chose à faire.

— Tant pis, dis-je, j'irai seule. Je le retrouverai.

Je reculai de quelques pas dans l'allée de gravier. Le shérif avait la mine défaite et semblait épuisé.

— Vous prendriez trop de risques, répondit-il en posant la main sur son automobile. Je ne vous laisserai pas faire cela.

— Mais vous avez envoyé tous les autres adjoints à sa recherche !

— Vous ne faites pas partie de mon équipe d'adjoints.

Il y avait quelque chose de définitif dans sa façon de prononcer ces paroles.

J'aurais sans doute dû m'arrêter là, mais j'en étais incapable.

— C'est votre faute ! Cela fait deux mois ! J'ai déjà été adjointe, et je devrais…

Il saisit son chapeau et le frappa contre sa jambe.

— Nom d'un chien, Miss Kopp, il me semble que nous avons eu la preuve hier soir que vous n'étiez pas faite pour être adjointe !

Nous n'étions qu'à quelques pas l'un de l'autre, la distance entre nous n'avait cependant jamais été si grande.

— Excusez-moi, reprit-il. Je ne voulais pas…

C'était trop tard. Il avait livré le fond de sa pensée.

— Il n'est pas question qu'on vous mette en prison pour une chose dont je suis responsable, déclarai-je avec calme. Je ne le tolérerai pas.

Sur ces mots, je rentrai dans la maison en claquant la porte derrière moi.

Norma et Fleurette avaient tout écouté du vestibule. Je m'adossai au battant et nous nous regardâmes toutes les trois. Le shérif Heath répondit à notre silence par un vrombissement de moteur. Les pneus soulevèrent le gravier et, un instant plus tard, il était parti.

Norma avait mon manteau sur le bras et mon chapeau à la main. Lorsque je saisis ce dernier, je m'aperçus qu'elle tenait aussi mon revolver.

— Je suppose que vous avez entendu ce qu'il a dit, articulai-je. Il a raison.

Norma poussa le manteau contre ma poitrine et attendit que je l'aie enfilé pour me tendre l'arme.

— C'est idiot, répondit-elle.

— Il n'a pas la moindre idée de la façon dont il va pouvoir le retrouver.

— C'est vrai, et c'est bien le problème… Cet homme a une intelligence limitée et, s'il lui venait plus d'une idée à la fois, elles mourraient de surpeuplement.

Norma se sentait investie d'une mission et elle brûlait de me faire entendre raison. Elle posa

sur moi un regard impatient et me saisit par les
épaules.

— Tu es dans un état lamentable, mais je sais
que tu vas mettre ton amertume à profit. Allez viens,
je t'emmène à la gare...

8

La grande salle des pas perdus de la Pennsylvania Station me reçut comme une cathédrale reçoit les âmes en peine et les désespérés. Même en cette morne journée de la fin d'octobre, alors que le soleil luttait pour se frayer un chemin entre les nuages déchirés, la lumière avait une sorte de caractère sacré. Sans doute s'enrichissait-elle en passant au travers des somptueuses fenêtres et, lorsqu'elle tombait sur les visages d'hommes d'affaires bourrus, de jeunes filles bien mises ou de vieux ouvriers épuisés aux chapeaux usés, elle leur conférait un éclat généreux qui semblait venir non seulement des hautes vitres, mais du plâtre et des sculptures de pierre qui les entouraient. Je levai le visage vers elle et fermai les yeux. Là, dans cette colonne de lumière diffuse, je me sentis revigorée.

Mais pas pardonnée. Je ne demandais pas de pardon. Tout ce que je voulais, c'était voir mon prisonnier de nouveau enfermé dans sa cellule comme il le méritait.

L'idée qu'avait Norma de la façon de se préparer à une chasse à l'homme consistait à entasser quatre sandwiches au jambon et aux pommes de terre dans un panier, en compagnie de trois pigeons voyageurs. J'étais censée libérer ces derniers si j'attrapais mon homme ou si j'avais besoin de secours. Je tentai de lui expliquer qu'il ne serait d'aucune utilité d'envoyer un message à ma sœur au fin fond de la campagne en cas d'urgence et que, en outre, les pigeons paraissaient s'intéresser de très près aux sandwiches et risquaient fort de trouver le moyen de sortir du panier pour rentrer à la maison une fois qu'ils auraient mangé mon déjeuner. Elle porta néanmoins tout cela dans la carriole et me conduisit à la gare de Ridgewood, où j'acceptai de manger la moitié d'un sandwich, mais refusai de prendre quoi que ce fût d'autre, et la convainquis de libérer les pigeons.

J'avais prévu de me rendre tout d'abord au domicile du frère de von Matthesius, où le fugitif se dissimulait peut-être. À la prison, nous étions à tour de rôle chargés de faire entrer les visiteurs et Felix était venu assez souvent voir son frère pour que j'aie mémorisé son adresse. Que ferais-je après cela ? Je n'en avais pas la moindre idée et je me sentais aussi nerveuse et chancelante qu'un poulain nouveau-né tandis que je sortais de la gare en me frayant un chemin à travers la foule, passais devant les cireurs de chaussures à la peau sombre qui sifflaient en faisant claquer leurs chiffons, les crieurs de journaux avec leurs grosses besaces en bandoulière, un kiosque où des jeunes filles à jupes entravées et à hauts talons commandaient des sandwiches et de la crème au beurre et un vaste ensemble de guichets proposant des billets pour San Francisco, Denver et d'autres destinations incroyablement lointaines.

Je n'étais pas préparée au vent glacial qui m'attendait sur la Septième Avenue. Je remontai mon col et le serrai autour de mon cou pour avancer tête baissée, les joues piquées par le froid. J'avais l'étrange impression qu'on ne voyait que moi, comme si toute la ville de New York savait que j'étais une ex-gardienne de prison en disgrâce qui avait laissé fuir un criminel.

En réalité, nul ne se souciait de moi. C'était une bénédiction que de pouvoir se rendre invisible dans la foule des grandes villes. Mais c'en était une pour les criminels aussi. Je pris donc le parti de redresser la tête afin de rester vigilante tandis que je cheminais en direction des quartiers résidentiels. Au bout de quelques minutes, je commençai à me demander si je ne ferais pas mieux de prendre un taxi ou un cab, mais la distance était courte et la marche tonifiante, aussi continuai-je à pied.

Quand j'atteignis le parc, je fis le tour de Columbus Circle en longeant les théâtres et les vastes cafétérias, ainsi que l'ex-remise à calèches, un hangar gigantesque reconverti en espace de vente d'automobiles. À l'ouest s'étendait un quartier délabré de boutiques miteuses en pierre sombre portant les noms de toutes les familles irlandaises, françaises et allemandes à avoir jamais traversé l'Atlantique. Il y avait là de vieux saloons en piteux état, des poissonniers, des arracheurs de dents et des tailleurs juifs qui se proposaient de racheter vos vieux pantalons.

Je pressai le pas en passant devant un marionnettiste qui faisait danser des autruches en bois pour un public d'enfants, puis devant un homme qui jouait du banjo pour quelques pièces. Plus bas, un garçon portait sur l'épaule une pile de carrés de laine. Il eut le temps de les livrer dans un atelier situé en étage et de redescendre en courant avant que j'aie parcouru la longueur du pâté de maisons. Au coin de la rue, deux filles maigres coiffées de nattes proposaient des allumettes et des lacets à tous les jeunes gens qui passaient par là. Au coup de sifflet d'un policier, je les vis se précipiter dans une ruelle et je me demandai avec perplexité ce qu'elles pouvaient bien vendre d'autre que ces articles anodins. Derrière une fenêtre, en hauteur, une trompette jouait une mélodie populaire et un vieil homme assis sur les marches d'un perron tapait sur une poubelle pour marquer le rythme.

L'immeuble de Felix occupait l'angle de la Neuvième Avenue, où il s'élevait à l'ombre du bruyant métro aérien. La suie qui émanait de la voie ferrée allait atterrir sur les chapeaux et se logeait dans les cils et les narines des passants, qui gardaient tous le nez dans leur col lorsqu'ils traversaient en dessous des rails. Je les imitai.

Le vieux bâtiment n'excédait pas deux pièces en largeur et semblait avoir été déposé là par en haut. Je me heurtai à une porte d'entrée verrouillée et remarquai que, aux fenêtres, tous les stores étaient baissés.

J'allais sonner lorsque la porte s'ouvrit sur une vieille femme tout en os vêtue d'un tablier, qui sortit sur le perron chargée d'un seau d'eau trouble. J'en profitai pour entrer comme si je connaissais bien les lieux et elle ne fit rien pour m'arrêter.

Juste derrière la porte, je trouvai cinq boîtes aux lettres avec les noms des habitants de chaque palier. Felix von Matthesius n'y figurait pas, mais je reconnus un nom allemand, Reiniger, au dernier étage, et décidai de commencer par là, puis de redescendre en essayant les portes une par une.

L'escalier était aussi déraisonnablement étroit que l'immeuble, de sorte que mes jupes frottaient à la fois le mur et la rampe en fer forgé alors que je le gravissais. En parvenant sur les paliers, je devais manœuvrer mes épaules et tenir le bord de mon chapeau pour pouvoir tourner. Les murs de vieux plâtre tout craquelés et couverts de taches de tabac portaient, çà et là, les traces noires d'un feu depuis longtemps éteint. La rampe, qui avait dû céder par le passé, était renforcée par des tuteurs en bois qui semblaient incapables de soutenir le poids d'un enfant, et encore moins celui d'un individu de plus forte corpulence.

À chaque étage, on entrevoyait le bois du sol sous des couches de tapis peints comme on en faisait à l'époque de mon enfance. Les portes étaient toutes fermées et l'on n'entendait aucun bruit. Je reconnus pourtant l'odeur du café grillé en passant devant l'une d'elles, et celle du porc frit un peu plus haut.

Au quatrième étage, je m'arrêtai pour reprendre mon souffle et une porte s'ouvrit sur un homme chauve au ventre énorme. Une pipe serrée entre les dents, il glissait sous ses bretelles une main mutilée, tordue et marquée d'une grosse cicatrice violette.

— Y a personne là-haut, ma petite dame, me lança-t-il du coin de sa bouche que n'occupait pas la pipe.

— Ce n'est pas grave, je veux juste déposer un message, répondis-je, haletante.

— Je l'ai déjà dit aux gars hier soir, il ne va pas rentrer.

Il tira consciencieusement sur sa pipe et fit naître une petite lueur orangée dans le fourneau.

— Lesquels sont venus hier soir ? m'enquis-je d'un ton détaché, comme si la réponse ne me faisait ni chaud ni froid.

— Des cognes. Vous en faites partie, non ?

— Pourquoi dites-vous cela ?

— Vous ressemblez à ces bonnes femmes qu'on envoie dans les salles de bal, répondit-il en me détaillant sans vergogne des pieds à la tête. Allure respectable, et assez costaudes pour rattraper les filles qui essaient de se tailler. La vache, vous me rattraperiez moi aussi si je voulais me faire la malle…

Il sortit la pipe de sa bouche et émit un rire rauque qui découvrit une dent en or. Quelque chose dans l'expression conviviale de cet homme me le rendait sympathique malgré son allure de clochard, ou plutôt, celle d'un homme qui ne serait plus qu'à une semaine de loyer d'en devenir un.

— Oh, désolé, Miss ! se reprit-il devant mon silence. Je n'ai pas dit que vous étiez grosse, juste que vous…

— Ne vous inquiétez pas, monsieur…

— Teddy Greene !

— Mr. Greene, dites-moi, l'homme qui vit là-haut, est-ce qu'il est assez petit, le teint plutôt clair, l'air allemand ?

— Exactement, acquiesça-t-il. Mais je n'ai jamais pu savoir son nom. Quand la Reiniger est morte, il est venu la remplacer. Il ne fait pas de bruit, c'est quelqu'un de discret. Seulement il est parti à toute vitesse hier. J'imagine qu'il a des problèmes, hein ?

Je jetai un coup d'œil en haut des marches. L'accès au dernier étage était encore plus étroit que le reste. Suivant mon regard, Mr. Greene dut deviner mes pensées.

— Cet étage-là, ils l'ont rajouté. Avant, ce n'était qu'un abri en papier goudron sur le toit, mais le proprio s'est figuré qu'il pourrait le bricoler de manière à en tirer un loyer. Allez-y, montez ! Vous ne trouverez personne.

Il avait raison. Le dernier appartement avait été construit après coup. L'escalier qui y menait était fait dans un bois brut jadis peint en noir. Face à la dernière marche, une porte de bois fatiguée portait un message épinglé. Je reconnus l'écriture du shérif Heath en le soulevant.

Cher Mr. von Matthesius,

J'ai envoyé mes hommes chez vous car nous avons besoin d'aide pour retrouver votre frère Herman Albert, qui a disparu ce soir de l'hôpital de Hackensack où il était soigné. Il est sans doute en mauvaise santé et doit avoir besoin d'un médecin. Si vous lisez ce message avant que mes hommes ne vous aient retrouvé, je vous conseille de vous adresser sans délai à la prison de Hackensack.

Nous comptons sur votre aide,

Bien à vous,

Shérif Robert N. Heath

Je lissai du bout des doigts les coins de la feuille et, sous la pression, la porte s'ouvrit doucement.

La pièce était sombre et silencieuse. Je retins mon souffle. Rien ne bougeait. Il n'y avait pas un son, si ce n'était la rumeur lointaine de la rue en bas.

L'appartement était minuscule et misérable, avec un évier et un réchaud derrière la porte. Deux tasses à thé sales côtoyaient un fouillis de soucoupes et de cuillères. S'il y avait une fenêtre, elle devait être masquée par d'épais rideaux. Le reste était trop sombre pour que je distinguasse quoi que ce fût de là où je me tenais.

Je ne pouvais me débarrasser de l'impression que quelqu'un m'attendait derrière la porte. Du bout du pied, avec précaution, je poussai celle-ci de quelques centimètres supplémentaires puis entrai.

Les pièces – elles étaient au nombre de deux, la première, dans laquelle je me trouvais, et une autre face à moi – avaient été aménagées au cours des dix dernières années et la construction était rudimentaire, avec de toutes petites fenêtres qui ne s'ouvraient pas et, autour des portes, des encadrements qui ne correspondaient pas à leurs dimensions. On eût dit que l'on avait tout fabriqué à partir des rebuts d'autres chantiers. Les cloisons étaient si fines qu'elles ne faisaient pas obstacle aux bruits de la rue : j'entendais les trains passer sur les rails du métro aérien, la cloche d'une charrette à bras et un crieur de journaux annonçant une édition spéciale.

Un épais rideau en tapisserie pendait en guise de porte entre les deux pièces. Je le poussai du coude – je répugnais à toucher quoi que ce fût, peu désireuse de repartir avec une colonie de puces, voire la petite vérole – et découvris dans la seconde pièce un matelas défoncé posé à même le sol dans un coin, une penderie vide et une bassine métallique. Sur une étagère, un récipient contenait les divers objets qu'un homme pouvait sortir de ses poches en rentrant chez lui : les jetons d'un bar à bière, des boîtes d'allumettes et un bouton.

Au fond de la chambre, j'aperçus une petite porte sans poignée ni serrure, équipée d'un simple loquet en fer que je soulevai avant de pousser le battant. Cela donnait sur un toit instable de goudron et de gravier. Je restai un instant à contempler la ligne irrégulière du haut des bâtiments entre la Neuvième Avenue et la Soixante et unième Rue. J'aurais pu sans peine sauter de l'un à l'autre, à condition d'éviter les cordes à linge et les cheminées.

Un simple seau posé sur le toit semblait tenir lieu de cabinet d'aisances. Je m'en détournai rapidement, non sans avoir lancé un coup d'œil à la ruelle, au pied de l'immeuble. Si je m'y étais attardée, sans doute aurais-je vu des rats entre les tas de cendres et d'os de poulets associés aux immondices en tous genres que l'on jetait d'en haut. Je battis en retraite à l'intérieur en tirant la porte derrière moi.

Je m'apprêtais à pousser le rideau qui séparait les deux pièces lorsqu'une voix d'homme s'éleva.

— Je voyais ça plus petit...

Teddy Greene était entré dans la première pièce, encore essoufflé d'avoir gravi l'escalier. Sa pipe serrée entre les dents, il me sourit gaiement.

Je voulus lui expliquer ce que je faisais là, mais n'eus pas le temps d'ouvrir la bouche.

— Vous en faites pas, mamzelle, on ne pose pas de questions ici. Je sais bien que vous n'allez rien prendre, une petite dame comme vous... De toute façon, je ne vois pas trop ce qui pourrait vous intéresser ici, à part si le type a volé quelque chose. C'est ça ? Y a des bijoux planqués quelque part ? Parce que, dans ce cas, je veux bien vous aider à chercher !

— Oh, non, Mr. Greene. En fait, je ne crois pas que ce monsieur ait fait quoi que ce soit de répréhensible. C'est un autre homme que l'on recherche, quelqu'un de sa famille, et je... Enfin, nous... nous avons besoin d'aide pour le trouver.

— Vous et le shérif ? demanda-t-il en me décochant un regard perçant, accompagné de l'un de ces sourires qui découvraient sa dent en or.

— C'est ça. Vous avez vu le petit mot du shérif. Est-ce que vous sauriez quoi que ce soit sur l'endroit où Felix a pu aller, ou sur ce qu'il faisait ? Est-ce qu'il avait un emploi ?

— Je crois que c'était une sorte de marchand ambulant. Il n'arrêtait pas de monter des objets chez lui et de les redescendre pour aller les vendre dans des magasins de deuxième main dans le coin. Je ne sais pas si c'était très catholique... ça devait être des choses qui appartenaient à d'autres gens...

— Quel genre d'objets ?

— Des tableaux, surtout. Et des tapis, de temps en temps.

— Vous ne savez pas d'où il les tenait ?

— Il ne m'a jamais adressé la parole.

— Vous savez, il n'est pas inquiété. C'est seulement ce parent à lui que nous recherchons.

Teddy Greene fit un pas vers moi et me considéra en tirant sur sa pipe. Il rejeta une bouffée de fumée qui avait l'odeur particulière de l'orange brûlée.

— Qu'est-ce qu'il a fait ? Le type que vous cherchez...

— Je ne peux pas vous en parler.

— Mais à quoi il ressemble ?

— Eh bien, c'est un homme d'un certain âge, avec des cheveux gris et une moustache, quoique, en ce moment, il ne l'ait plus...

Je m'interrompis ; à l'heure qu'il était, von Matthesius s'était sans doute déjà grimé pour se rendre méconnaissable.

Il éructa un nouveau rire rocailleux et pointa sur moi le doigt tordu de sa main estropiée.

— Vous êtes après un évadé, pas vrai, mamzelle ?

— Je pense qu'on peut le dire, oui.

— Ce n'est pas une mince affaire, ça, pour une dame ! Dites-moi, si vous aviez une image du gars, je pourrais la faire voir dans le quartier. Il y a sûrement une récompense si on vous le ramène, non ?

Y avait-il une récompense ? Je l'ignorais et n'étais pas sûre qu'il fût de mon ressort d'en promettre une mais, là encore, je n'agissais, après tout, sous l'autorité de personne.

— Je n'ai pas de portrait de lui, mais je vous donnerai une récompense de ma poche si vous nous aidez à le retrouver. Si vous pouviez déjà informer la prison de Hackensack au cas où quelqu'un se présenterait ici, ce serait très bien. Le ferez-vous ?

Il hocha la tête.

— D'accord ! Mais dites-moi, ils n'ont pas un photographe, dans cette prison ? Vous allez quand même avoir besoin d'une photo...

— Le shérif en a une et je crois qu'elle va être publiée dans les journaux.

— Dans ce cas, j'y jetterai un coup d'œil.

Je fis un dernier tour de la pièce pour m'assurer que rien n'avait échappé à mon attention. Mr. Greene se contenta de m'observer en tirant sur sa pipe.

— Où est-ce que vous allez aller maintenant ? s'enquit-il.

— Oh, il y a encore bon nombre de pistes à suivre, répondis-je.

La réalité, c'était que je n'avais pas la moindre idée de ce que pourrait être ma prochaine étape…

— Bon. En tout cas, si je vois ce portrait dans le journal, je le ferai circuler dans le quartier. Vous pouvez compter sur moi, Teddy Greene est votre homme !

À peine eut-il prononcé le mot « portrait » que je sus exactement où aller. Je pris congé de Mr. Greene, m'engouffrai dans l'escalier exigu pour gagner le rez-de-chaussée et fonçai à travers la ville en direction du studio photographique d'Henri LaMotte.

9

UN PRISONNIER S'ÉVADE
PAR LA RUSE
Le Dr von Matthesius simule la maladie
et disparaît de l'hôpital

Hackensack, New Jersey. Le Dr Herman Albert von Matthesius, détenu à la prison du comté de Bergen, qui disait souffrir de rhumatismes depuis son arrestation en janvier dernier et avait été envoyé mardi dernier à l'hôpital de Hackensack, s'est échappé de cette institution la nuit dernière. Le shérif Robert N. Heath, du comté de Bergen, a organisé une battue durant la nuit, mais sans succès. Selon les estimations, le fugitif aurait pu être emmené en auto.

Von Matthesius avait été arrêté le 31 janvier dernier à son domicile de Rutherford, où il dirigeait un sanatorium. L'interpellation avait eu lieu à la suite d'une plainte déposée par trois jeunes gens, Louis Burkhart et Alfonso Youngman, de Brooklyn, et Frederick Shipper, assistant ingénieur sur le bateau à vapeur George Washington. Lors de son procès, le 15 juin, le prisonnier a affirmé être diplômé de l'université de Berlin, avoir été missionnaire, puis médecin missionnaire à Mexico, et avoir été ordonné pasteur. Il a expliqué ne pas détenir de diplôme américain, mais avoir pratiqué la médecine dans la zone du canal de Panamá. Il a également affirmé être affilié à une institution psychiatrique de Californie.

En prison, il recevait chaque semaine la visite de son frère, Felix von Matthesius, dont l'adresse inscrite dans le registre des visites est 110 W. 61st St., New York, mais qui n'a pas été retrouvé à cet endroit. Le Dr Ogden, médecin-expert du comté, et le Dr G. H. McFadden, médecin à l'hôpital, considèrent l'un comme l'autre que le docteur simulait la maladie.

Henri LaMotte me tendit le journal après avoir lu l'article à haute voix. Nous étions tous deux dans son bureau en sous-sol, entourés de ces piles d'enveloppes brunes contenant des clichés pris pour le compte d'enquêteurs et d'avocats à travers la ville. C'était là sa version du système de classement : de véritables tours d'enveloppes en équilibre précaire, qui s'effondraient régulièrement sur les tables, chaises et rebords de fenêtres du local, donnant à tout visiteur l'impression que, s'il restait assis là assez longtemps, il finirait enseveli.

Mr. LaMotte n'était pas un photographe au sens habituel du terme. Il ne tenait pas un studio de portraits et ne prenait pas de photographies pour la presse. Il gagnait sa vie en envoyant des photographes recueillir des pièces à conviction pour des avocats. Il s'agissait principalement de suivre des épouses soupçonnées d'infidélité, mais aussi de prendre sur le fait trafiquants et escrocs.

J'étais tombée par hasard sur son studio l'année précédente, alors que je recherchais une adresse dans le voisinage, et je lui avais rendu un petit service en allant dans un hôtel pour dames de la Cinquième Avenue prendre des clichés de la fenêtre d'une chambre.

Nous ne nous étions vus que très peu de temps, lui et moi, mais nous nous retrouvâmes avec autant de décontraction que de vieux amis. Petit et chauve, Mr. LaMotte était affublé d'un postiche ridicule posé de travers et son expression dénotait une perpétuelle confusion. Il parlait avec un léger accent français qui trahissait des racines européennes mais, lorsque je m'adressai à lui en français, il insista pour parler la langue des New-Yorkais.

— Si vous avez envie d'entendre du français, allez à Paris ! me dit-il d'un ton léger avec un petit signe de main négligent, comme s'il s'agissait là d'un dernier recours qu'il ne convenait même pas d'envisager.

Je récupérai l'article du journal en me demandant ce qu'en avait pensé le shérif Heath. Constater que le Dr Ogden avait parlé aux journalistes avait dû le mettre en rage. Car tout portait à croire que c'était ce médecin qui avait informé la presse de l'évasion et qu'il l'avait fait dans l'objectif même que redoutait Mrs. Heath : porter le discrédit sur le shérif et susciter sa mise en accusation.

— Il n'est question de vous nulle part, fit remarquer Mr. LaMotte. Êtes-vous sûre d'être responsable de cette affaire ?

— Oui, évidemment ! Le Dr Ogden est sans doute le seul à ne pas le savoir. Et le shérif a dit qu'il essaierait de tenir mon nom en dehors de tout ça. Peu de personnes savent qu'il a embauché une femme comme gardienne à la prison.

— Et si les gens étaient au courant, ils lui reprocheraient d'avoir confié à une femme la responsabilité de surveiller un prisonnier, compléta Mr. LaMotte.

— C'est exact.

— Ma foi, vous avez bien fait de venir me voir, Miss Kopp !

Il se leva et gagna l'entrée du magasin pour afficher la pancarte « Fermé » puis verrouilla la porte.

— Je n'ai que du thé noir et des crackers, ça ira ?

Non. Je n'avais rien mangé de la journée, hormis le demi-sandwich que Norma m'avait forcée à avaler à la gare. J'approuvai néanmoins en le remerciant. Il mit de l'eau à bouillir et, quelques minutes plus tard, nous étions assis face à face avec nos soucoupes et nos tasses sur les genoux. Tenir la boisson chaude entre mes mains m'apaisa un peu.

— Alors, commença Mr. LaMotte, avez-vous une liste des lieux où le vieux von Matthesius aurait pu aller ?

Je réfléchis en soufflant sur mon thé.

— La seule adresse que j'avais était celle de son frère, et je n'y ai trouvé personne.

— Mais que savez-vous de ses autres associés ? Ses amis ? Ou ses ennemis, d'ailleurs...

— Rien du tout, avouai-je.

Je devais lui paraître ridicule, à être partie ainsi bille en tête en quête d'un homme dont je ne savais à peu près rien...

— Et qu'avait-il fait au juste pour mériter l'emprisonnement ?

C'était là encore une question à laquelle je ne pouvais répondre.

— Des accusations très graves ont été portées par trois garçons...

— Oui, c'est ce que dit le journal... commenta-t-il en s'adossant à son siège et en croisant les doigts derrière la tête avec l'air de bien s'amuser. Mais vous devez en savoir tout de même un peu plus que cela !

Je secouai la tête.

— Je n'ai participé ni à l'enquête ni au procès. C'est seulement lorsqu'il a été incarcéré qu'il a demandé à me voir, sous prétexte que je parlais allemand, mais il ne m'a jamais rien révélé sur son passé.

— Et le shérif, il ne vous a rien dit non plus ?

— Non. Il n'avait aucune raison de le faire. Je connais toute l'histoire des femmes détenues que j'ai sous ma garde, mais je ne sais pas grand-chose des prisonniers hommes. Et puis, c'est la police de Rutherford qui a traité l'affaire. Le shérif Heath n'a peut-être pas été informé de tous les détails lui non plus. Il n'est pas toujours au courant de tout.

— Moi, je suis convaincu qu'il sait ! Et qu'il n'a pas envie d'en parler.

— Pas nécessairement. Nous avons au moins cent détenus qui vont et viennent à la prison. On nous les amène une fois qu'ils ont été arrêtés, parfois même après leur procès. Mais il est évident qu'il a dû bien éplucher le dossier à présent.

— Dans ce cas, appelons-le !

— Je ne peux pas ! Vous ne comprenez pas bien ce que j'ai fait, il me semble. Le shérif venait juste de recommencer à me confier un minimum de responsabilités et je sais qu'il était disposé à me remettre un insigne. Et moi, je suis venue lui prouver que je n'étais pas à la hauteur ! Si je me suis laissé berner si facilement par un vieillard, comment peut-il me faire confiance pour le reste ? À présent, pour lui être utile, je dois agir seule et sans bruit, ne pas attirer l'attention sur moi.

Mr. LaMotte parut impressionné par mon petit discours.

— Voilà qui est bien parlé ! s'exclama-t-il en levant le poing. Vous allez donc commencer par le commencement : allez voir ses victimes. Découvrez par vous-même ce qu'il a fait. Fouillez dans son ancienne vie et vous finirez par le retrouver grâce à cela !

Je venais de prendre le dernier cracker et manquai m'étouffer.

— Vous voulez que je parle à ses victimes ? Vous me demandez d'aller traquer ces trois malheureux garçons pour les interroger directement ?

— Que voulez-vous faire d'autre ?

Je réfléchis quelques instants à la question.

— J'imagine, répondis-je enfin, que c'est toujours mieux que de rôder dans une gare ou dans une autre avec l'espoir de le voir passer. Cependant...

Il leva la main, comme pour repousser mes objections.

— Bien sûr que c'est mieux ! s'écria-t-il. Réfléchissez ! Croyez-vous que le shérif Heath, lui, va aller interroger ces jeunes gens ?

— Mais non, pourquoi ferait-il cela ? Je ne sais pas ce qu'il s'est passé exactement, mais les faits remontent déjà à un an, et je suis à peu près certaine qu'ils n'ont pas revu von Matthesius depuis lors !

— C'est exactement là que je veux en venir !

— Je crains de ne pas bien comprendre…

Je promenai le bout des doigts sur les miettes de crackers dans ma soucoupe, ce qui ne fit qu'accroître ma faim et mon irritabilité.

Mr. LaMotte posa sa tasse de côté et se pencha vers moi.

— Vous avez foncé droit à l'appartement du frère, bien que le shérif ait déjà envoyé ses hommes là-bas. Pourquoi y êtes-vous allée ?

— Cela m'a paru le meilleur endroit pour commencer.

— Et maintenant, où croyez-vous que va se rendre le shérif ?

Ne voyant nulle part où me débarrasser de ma soucoupe et de ma tasse dans ce bureau encombré, je les déposai sur le sol.

— Il va faire la tournée des gares pour interroger les employés et contacter les autres services de police. Il va aussi parler avec les médecins et les infirmières qui étaient de garde à l'hôpital la nuit dernière et envoyer ses hommes dans les hôtels et les pensions des alentours, au cas où von Matthesius aurait été trop souffrant pour aller loin et où il aurait pris une chambre près de l'hôpital. Et maintenant que la presse a parlé de l'affaire, je pense qu'il va diffuser une photographie du fugitif.

— Eh bien vous, vous devez faire tout le contraire ! s'exclama Mr. LaMotte. Ne vous approchez ni des gares ni des postes de police. Ne parlez pas aux témoins à l'hôpital. Si vous voulez être d'une quelconque utilité, allez là où le shérif n'ira pas. Et commencez par ces trois garçons !

— Mais… commençai-je, fort peu convaincue.

— Écoutez-moi, Miss Kopp : vous pouvez être sûre que la police effectuera les trois ou quatre choses qu'elle fait chaque fois qu'un crime est commis : parler aux voisins, se renseigner sur le lieu de travail du coupable, s'il en a un… Elle ira peut-être aussi se poster dans des bars et des asiles de nuit en se disant que, si elle n'arrive pas à attraper celui qu'elle cherche, elle pourra toujours mettre la main d'autres hors-la-loi, ce qui sera tout aussi bien pour elle… Ensuite, ces messieurs reviendront à leur bureau et rédigeront leur rapport, et ils seront rentrés chez eux pour le dîner !

— Mais ce n'est pas vrai du shérif Heath ! protestai-je. Il est resté dehors toute la nuit à traquer von Matthesius. Et il est obligé de le capturer ! Saviez-vous qu'un shérif peut se retrouver en prison s'il laisse s'évader un détenu ?

— Oui mais, en attendant, il doit gérer sa prison et s'occuper d'une centaine d'autres prisonniers, tout en pensant aux élections de l'automne prochain, qu'il devra remporter s'il est encore libre à ce moment-là. Et puis chaque jour de la semaine amène son lot de cambriolages, d'incendies criminels et de jeunes filles disparues, non ? Voilà de quoi est faite son existence ! Pour un détective, en revanche, c'est différent. Vous, vous avez la possibilité de poser des questions que personne d'autre ne posera. Vous pouvez vous mettre dans la peau du criminel et comprendre son mode de pensée. C'est de cette façon que vous parviendrez jusqu'à lui. Et même si vous n'y arrivez pas, au moins, vous n'aurez pas perdu votre temps à repasser dans tous les lieux qu'a déjà visités le shérif. Il n'y a aucun intérêt à le suivre. Un détective est là pour faire ce que la police ne fait pas, ou ne fera pas.

— Mais je ne suis pas détective !

Mr. LaMotte avança le buste vers moi et pencha la tête de côté, ce qui eut pour effet de faire glisser son postiche, qu'il redressa d'un geste délicat.

— Vous n'êtes pas adjointe au shérif, déclara-t-il. Ce n'est pas sous son autorité que vous agissez. Alors comment vous qualifiez-vous exactement ?

Quand je quittai le studio, il faisait déjà sombre et le froid s'était intensifié. J'avais désespérément besoin d'un repas chaud et d'une bonne nuit de sommeil. En apprenant que je n'avais d'autre endroit où passer la nuit que mon domicile, très loin à la campagne, Mr. LaMotte avait téléphoné au *Mandarin*, l'hôtel pour dames où il m'avait envoyée prendre des photographies l'année précédente. L'établissement avait accepté de me garder une place, à condition que j'arrive tout de suite.

On me donna une chambre vaste et confortable au quatrième étage, avec cheminée, fauteuil de lecture et une belle vue sur la Cinquième Avenue. Un an s'était écoulé depuis ma visite dans cet établissement, mais j'avais souvent repensé à son charme chic et discret. Plus d'une fois, la nuit, j'avais rêvé de troquer ma chambre à Wyckoff contre une suite au *Mandarin*...

Je m'appuyai au chambranle de la fenêtre et regardai autour de moi avec la satisfaction coupable d'un enfant qui aurait réussi à fuguer. Là, il y avait mon lit, avec une tête incurvée qui évoquait un lever de soleil et une courtepointe en soie orientale rouge. La cheminée en brique toute simple était munie d'une grille et d'un pare-feu métallique. Un solide fauteuil de cuir avec tabouret repose-pieds était installé devant elle. On ne voyait nulle part les lourds motifs floraux du chintz que l'on pouvait s'attendre à trouver dans une chambre pour dames. Non, tout était simple et de proportions généreuses, comme si le décorateur avait deviné que les femmes pouvaient avoir envie d'autre chose que de délicats fauteuils à haut dossier tapissés de résédas et de jacinthes des bois.

De la fenêtre, je voyais toute la Cinquième Avenue, avec son cortège de carrioles et d'automobiles dont les toits formaient au-dessous de moi une rivière noire qui coulait sans relâche d'une extrémité à l'autre de la ville. Sur les larges trottoirs, des couvre-chefs de toutes couleurs et de tous styles s'agitaient, du vieux tweed brun usé des crieurs de journaux aux melons et aux hauts-de-forme noirs des messieurs pressés de rentrer chez eux, puis de ressortir passer la soirée dehors. Ils étaient accompagnés des chapeaux à large bord des femmes, ornés de rubans rouges, bleu marine ou vert émeraude. Ce cortège-là n'avait rien d'exceptionnel, il se reproduisait sans doute tous les matins et tous les soirs, mais je n'y étais pas accoutumée et il me donna le vertige.

J'allai m'asseoir sur le lit avec l'intention de me reposer une minute, je dus cependant m'assoupir, car il était presque huit heures lorsque je regardai de nouveau la pendule. Je m'empressai de descendre, craignant d'avoir manqué le dîner, et découvris au rez-de-chaussée une vaste salle à manger envahie de petites tables rondes, toutes occupées. L'ensemble bruissait des conversations animées des quelques dizaines de dames qui se trouvaient là en résidence, on entendait le plaisant tintement des verres et des couverts, tandis que les lampes de cuivre des murs diffusaient un éclairage chaleureux. Les hautes fenêtres en enfilade, qui devaient donner sur l'avenue, étaient masquées par de lourds rideaux destinés à faire barrage au froid. Il y avait de bonnes odeurs de café, de rôti et de petits pains tout juste sortis du four, et je songeai que ces derniers suffiraient à faire mon bonheur...

Il ne restait cependant plus aucune table libre. Une serveuse passant avec un plateau me pria d'attendre. Au même moment, trois femmes assises à une table d'angle m'interpellèrent.

— Venez faire la quatrième ! lança l'une d'elles en me faisant signe de les rejoindre. Nous en avons assez d'entendre toujours les mêmes histoires : venez nous raconter les vôtres !

Elles semblaient avoir mon âge et arboraient les tenues simples et strictes des employées de bureau. Deux d'entre elles portaient des lunettes et toutes les trois s'étaient attaché les cheveux avec un nœud simple qui laissait entendre qu'elles avaient mieux à faire que de se tracasser pour leur apparence. Je songeai qu'un peu de compagnie ne me déplairait pas, même si je n'étais pas sûre de souhaiter raconter mon histoire.

— Je m'appelle Geraldine, me dit la première tandis que je les remerciais et m'asseyais.

Elle avait des cheveux noirs et brillants et des lunettes à monture dorée bien calées sur un nez un peu proéminent.

— Et voici Ruth, enchaîna-t-elle. Et celle qui vous a interpellée, c'est Carrie !

Ruth arborait un rouge à lèvres rouge vif et une robe bleu marine à pois blancs. Elle me gratifia d'un large sourire et me serra la main, aussitôt imitée par Carrie, qui me la pressa vigoureusement.

— Enchantée de vous connaître. D'où venez-vous ?

— Oh, je n'habite pas très loin, je suis de Hackensack, répondis-je. Je m'appelle Constance.

— Eh bien, Constance, reprit Carrie, nous, nous sommes toutes là parce que nous avions la chance de vivre au troisième étage d'un immeuble qui a brûlé la semaine dernière.

— Et vous en avez réchappé ? Est-ce que tout le monde a réussi à sortir ?

— Hélas, personne n'a été brûlé, même légèrement ! soupira la jeune femme. C'était l'incendie le plus inintéressant de toute l'histoire de New York. Il y a eu de la fumée partout, mais ni décès ni destruction…

— Carrie est journaliste, expliqua Ruth. Cela fait des années qu'elle rêve de quitter la rubrique des *Mondanités/Événements sociaux* pour passer à la page *Criminalité*. Si vous voulez mon avis, c'est elle qui a mis le feu à l'immeuble, juste pour avoir quelque chose à raconter !

— J'aurais dû, soupira Carrie. Au moins, j'aurais bien fait les choses…

— Et vous aussi, vous travaillez dans la presse ? m'enquis-je en me tournant vers les deux autres.

— Non, dit Geraldine. Moi, je suis juriste, et Ruthie s'occupe du classement dans un cabinet comptable qui est au même étage que nos bureaux. C'est elle qui m'avait trouvé mon appartement. Et maintenant, regardez-nous ! Nous vivons à l'hôtel, pendant que d'autres font le ménage chez nous !

— J'espère que ce n'est pas vous qui payez votre chambre ! m'exclamai-je.

Geraldine baissa le menton et me considéra par-dessus le bord de ses lunettes.

— Ne louez jamais un appartement à un juriste ! m'avisa-t-elle.

— Geraldine nous a tout arrangé, développa Carrie. Et comme les chambres à l'hôtel coûtent cher, nos appartements seront les premiers à être nettoyés et refaits à neuf. Nous devrions les réintégrer dans une semaine.

— Et quand elle dit « à neuf », c'est à neuf ! ajouta Ruth. Nouveaux rideaux, nouveaux tapis, et nouvelle installation électrique, soignée cette fois !

— Ah, c'était donc cela, le problème ? m'étonnai-je.

J'avais pris l'habitude de penser qu'un incendie ne pouvait être que criminel, en oubliant que des accidents dus à un système électrique défectueux arrivaient également.

Apercevant la carte du menu sur la table, je m'en saisis.

— Ne vous attendez pas à de grandes surprises, me tempéra Geraldine : radis et céleri en entrée, que nous ne toucherons pas. Ensuite, soupe à la tomate, salade, rosbif, et puis les habituels gâteaux et tartes. Celle aux pommes est ce qu'il y a de meilleur ici en matière de desserts, mais vous est-il déjà arrivé de manger une mauvaise tarte aux pommes ?

Nous en étions à débattre des mérites de la tarte aux pommes lorsque la serveuse vint poser sur la table un plat de radis et de céleri accompagnés d'un petit bol de mayonnaise. J'attendis quelques instants pour m'assurer que personne d'autre n'en prendrait, puis je me servis et commençai à manger.

— Vous devez mourir de faim ! commenta Geraldine. Vous ne trouvez pas que c'est immangeable ?

Je haussai les épaules.

— C'est pour cela qu'ils ont mis de la mayonnaise…

— Alors, Miss Constance, qu'avez-vous fait aujourd'hui ? interrogea Ruth. N'oubliez pas que vous êtes là pour nous distraire ce soir, or nous ne savons encore rien de vous, si ce n'est que vous habitez Hoboken.

— Hackensack.

— Ce n'est pas la même chose ?

Je n'avais pas prévu de leur révéler quoi que ce fût mais, dès que je fus assise à leur table, je me sentis possédée par le désir de leur ressembler, de faire partie de ces femmes solitaires aux métiers intéressants dont l'appartement, lorsqu'il brûle, n'est que légèrement endommagé. Bien sûr, je me sentais coupable d'éprouver cette envie de vivre seule, de laisser derrière moi Norma, Fleurette et notre vieille ferme délabrée pour me retrouver dans un petit appartement nu avec un porte-monnaie plein de jetons de train, mais quelque chose, au *Mandarin*, me poussait dans ce sens et je me laissai aller au plaisir que je ressentais d'être là. Et si une histoire intéressante était le prix à payer pour en profiter, j'en avais une à raconter.

— Je travaille pour le shérif du comté de Bergen, déclarai-je. Enfin, du moins, je *travaillais* pour lui. Maintenant, je suis à la poursuite d'un prisonnier qui s'est évadé alors qu'il se trouvait sous ma surveillance.

La soupe arriva à cet instant, mais personne n'y prêta attention. Un silence ravi, électrique, planait autour de la table. Je souris aux autres et empoignai ma cuillère.

Ce fut Carrie qui reprit la parole :

— Soit vous nous dites la vérité, soit vous êtes complètement folle, lança-t-elle. Je ne sais pas laquelle de ces deux options je préfère…

La soupe était brûlante et salée, mais j'eusse aimé qu'il y en eût davantage.

— Oh, je dis la vérité ! assurai-je en raclant mon assiette. Vous n'avez qu'à regarder dans le *Times* d'aujourd'hui.

À ces mots, Ruth poussa une petite exclamation et se pencha pour fouiller dans un sac sous la chaise de Carrie, mais celle-ci fut plus prompte. Elle me tendit le journal avec impatience.

— Montrez-nous !

Je trouvai le titre en question et repliai les pages. Les trois jeunes femmes se lancèrent dans la lecture de l'article, tandis que je terminais ma soupe. L'assiette vide fut remplacée par du poulet froid à la crème servi sur une rondelle d'ananas. Je cherchai le sel des yeux, n'en trouvai pas et mangeai malgré tout mon plat tandis que le journal passait de main en main.

— Mais votre nom n'apparaît nulle part, objecta Ruth en commençant enfin à manger.

— Le shérif fait tout pour qu'on ne parle pas de moi. Avec mes sœurs, nous avons eu pas mal de problèmes l'an dernier, et nous préférons ne plus figurer dans les pages *Criminalité*. De plus, si le Conseil des propriétaires fonciers découvre que c'est une femme qui a laissé le prisonnier s'évader, il risque de...

— Il risque de ne pas apprécier cette idée de nommer des femmes aux postes d'adjoints en règle générale, compléta Geraldine.

— Oh, je crois que peu de gens apprécient de voir des femmes nommées adjointes, renchérit Carrie. Ici, à New York, on ne s'est pas encore fait un avis sur la question, alors dans le New Jersey...

— Quel genre de problèmes avez-vous eu l'an dernier ? s'enquit Ruth.

— Non, non, attends ! protesta Carrie. Nous voulons d'abord entendre cette histoire de prisonnier évadé !

— Moi, je voudrais savoir comment vous vous y êtes prise pour être nommée adjointe au shérif, intervint Geraldine.

— En réalité, je ne suis pas vraiment adjointe, rectifiai-je. Je suis gardienne à la prison, responsable de l'étage des femmes. Ou, du moins, je l'étais. Et le shérif m'assurait qu'il me donnerait bientôt un insigne...

Avec mon histoire, je devins bel et bien l'attraction de la soirée. J'entretins la conversation tout en dégustant le bœuf braisé, la tarte aux pommes (qui était bonne, mais pas extraordinaire, et qui m'apprit que les citadins pouvaient faire tout un foin à propos de la nourriture), puis le café et enfin en laissant la serveuse débarrasser la table. Lorsque je relevai la tête, il était dix heures et il n'y avait plus personne dans la salle à manger, hormis quatre dames qui jouaient au bridge dans le coin opposé.

— Eh bien, Constance, la femme flic, je sais une chose, déclara Carrie quand j'eus terminé : vous devez absolument me laisser écrire votre portrait pour l'édition du dimanche !

— Carrie ! gronda Geraldine. Tu n'as rien écouté ou quoi ? Elle ne veut pas qu'on parle d'elle ! Tout le monde n'a pas envie d'avoir son nom dans le journal, tu sais !

— Mais vous deviendrez célèbre ! Et c'est une histoire fabuleuse ! Nous ferons dessiner les meilleures scènes par un artiste. Je vois déjà le dessin des trois sœurs Kopp avec leur revolver à la main !

Carrie tapota sur la table et, fixant un point lointain, poursuivit :

— *La femme flic sème la pagaille.* Ce sera notre titre !

— Est-ce que je sème la pagaille dans la police ou parmi les criminels ? demandai-je.

— Les deux, pour le moment ! Mais vous serez célèbre de toute façon…

— *Tu* seras célèbre ! corrigea Ruth. Tout ce que tu veux, c'est un bon sujet, pour pouvoir parler d'autre chose que des déjeuners des cercles de dames.

— Les déjeuners des cercles de dames sont tout l'inverse d'un bon sujet, rétorqua Carrie, sauf s'ils sont interrompus par la charge d'un éléphant ou l'apparition d'un alligator dans la fontaine.

— Un alligator ?

Carrie poussa un soupir.

— C'est arrivé en Floride, expliqua-t-elle. Et un heureux journaliste était présent pour en parler ! Le déjeuner avait lieu dans un hôtel et quelqu'un a pensé qu'il serait charmant de remplir la fontaine de bébés alligators. Ils ont commencé par dévorer les poissons rouges, puis ils sont sortis pour aller goûter le consommé. Toutes les Filles de la Révolution ont sauté sur leur chaise en hurlant. Ce genre de chose n'arrivera jamais à New York !

— À New York, elles pourraient voir surgir des rats, suggéra Ruth.

— Les rats, on en a l'habitude. Non, ce qu'il me faut, c'est une fille shérif avec un revolver.

— Et un jour ou l'autre, moi, il me faudra un journaliste, déclarai-je en repoussant ma chaise pour me lever. Et soyez sûre qu'à ce moment-là ce sera vous que je choisirai. Mais maintenant, il faut que je dorme un peu si je veux être en forme demain pour capturer mon fugitif.

Carrie me supplia de l'autoriser à me suivre dans mes recherches, mais les deux autres la persuadèrent de me laisser mener mon affaire toute seule.

Il me semblait avoir parcouru un millier de kilomètres en un jour. Je pris congé des trois femmes et nous échangeâmes nos adresses. Dix minutes plus tard, j'étais de retour dans ma chambre et m'endormais tout habillée, dans cette affreuse robe que j'avais portée tout le jour et ces bas troués à la cheville que je n'avais pas jugé bon de changer.

À deux heures du matin cependant, j'étais réveillée, les yeux fixés sur la pendule.

Comment pouvais-je rester là, à somnoler dans une chambre d'hôtel confortable, alors que mon fugitif se promenait en liberté ? Les conseils d'Henri LaMotte, en y repensant, me parurent hors de propos. Pourquoi n'irais-je pas me poster devant l'appartement de Felix pour le surveiller ? C'était la seule véritable piste dont je disposais et rien ne me disait qu'un agent montait bel et bien la garde là-bas la nuit. Comment pouvais-je savoir où le shérif Heath avait envoyé ses hommes ?

Je quittai le lit dans la semi-pénombre et me dirigeai vers la fenêtre. La Cinquième Avenue semblait appartenir à un monde onirique, avec les contours confus des cabs sombres qui nageaient dans un brouillard mauve et s'arrêtaient parfois sous le halo ocre des réverbères. J'apercevais quelques piétons, mais eux aussi étaient enveloppés de noir et se déplaçaient dans le silence, silhouettes furtives qui semblaient ne pas devoir être là. Et qui pouvait être dehors à deux heures du matin, si ce n'étaient des prisonniers en cavale et leurs complices ?

En bas, je bousculai un portier somnolent censé faire appliquer le couvre-feu et me précipitai dans la rue, où je trouvai un taxi qui attendait devant un autre hôtel. Un instant plus tard, je fonçais vers l'ouest en direction de la Soixante et unième Rue.

— Je ne peux pas vous laisser descendre ici, mademoiselle, me dit le chauffeur en jetant un coup d'œil inquiet à la rue de la Neuvième Avenue où il s'était arrêté. Il y a toutes sortes d'énergumènes dehors à cette heure de la nuit…

— C'est précisément pour cela que je suis venue, répliquai-je.

Je lui tendis le prix de la course et descendis sans lui laisser le temps d'argumenter.

Je fis deux tours avec mon écharpe pour me protéger du froid et baissai mes manches par-dessus mes poignets. De la vapeur s'échappait des conduits des chaudières. Même les habitants de ces logements misérables avaient plus chaud que moi.

Quelques lumières orangées brillaient à des fenêtres aux étages de certaines maisons, mais pas dans le bâtiment que j'étais venue surveiller. La rue était aussi silencieuse que pouvait l'être une rue en ville, ce qui signifiait que l'on entendait un constant bourdonnement de moteurs et le bruit de roues sur les pavés, ainsi que, par moments, le miaulement d'un chat et les pleurs d'un bébé dont personne ne s'occupait.

La porte de l'immeuble de Felix était verrouillée. J'allai jeter un coup d'œil à la ruelle que j'avais aperçue du toit et je tentai même d'ouvrir quelques portes qui semblaient ne mener nulle part, c'est-à-dire donner sur l'espace vide où je souhaitais justement pénétrer, mais sans succès.

Dans la rue, toutes les devantures des boutiques baignaient dans l'obscurité et beaucoup avaient leurs stores baissés. Je passai devant une boulangerie allemande et un boucher à la vitrine duquel pendaient des crochets nus, puis devant un minuscule magasin de la taille d'un placard où l'on vendait des couteaux, à côté d'une pharmacie qui proposait des sucres d'orge et des onguents pour les cors au pied. Dans la faible clarté d'une ville où l'obscurité complète ne régnait jamais, les boutiques composaient un décor de théâtre qui attendait silencieusement derrière le rideau rouge que les lumières s'allument et que les comédiens apparaissent en costume pour jouer les rôles de boutiquiers et de pousseurs de charrettes à bras.

Je revins sur mes pas, résignée à surveiller l'immeuble de Felix de l'extérieur pendant le reste de la nuit. Au moment où j'allais me poster à l'abri d'une porte cochère, je vis l'adjoint English sortir de l'ombre et se diriger vers moi. Je me plaquai contre la porte.

Il traversa la rue sans m'apercevoir. Je le suivis des yeux tandis qu'il allait et venait en s'arrêtant par moments pour se reposer à l'ombre des porches. Il était aussi discret que pouvait l'être un adjoint au shérif pendant une garde de nuit. Il portait un manteau ordinaire sans badge et disparaissait de la rue juste assez souvent pour ne pas avoir l'air de faire les cent pas.

S'il montait lui aussi la garde, je ne servais à rien, et il finirait tôt ou tard par me remarquer. Une femme dans la rue à cette heure de la nuit se ferait nécessairement arrêter, même par un adjoint opérant en dehors de sa juridiction. Il me serait impossible de surveiller l'appartement de Felix si je devais me cacher de l'homme déjà assigné à cette mission.

L'inanité de ma démarche m'accabla soudain. J'étais superflue dans une chasse à l'homme. Jamais le shérif ne m'aurait envoyée surveiller la nuit un immeuble dans un quartier comme celui-ci, bien sûr. Jamais il ne m'aurait d'ailleurs envoyée à New York. Cependant, j'y étais.

Je demeurai dissimulée encore une bonne minute, regardant l'adjoint English allumer une cigarette à l'ombre d'un porche. L'extrémité orangée apparut un bref instant, puis s'éteignit et revint de nouveau. L'arrivée dans la rue de deux ivrognes qui se disputaient bruyamment attira son attention et je profitai du moment où il me tourna le dos pour quitter ma cachette et m'empresser de tourner à l'angle de la Neuvième Avenue. De là, je continuai jusqu'au premier hôtel que je trouvai et priai le portier de m'appeler un taxi.

10

Le lendemain matin, j'entrepris de passer en revue toute la collection d'annuaires de New York et du New Jersey que possédait *Le Mandarin*. Éplucher les listes de Burkhart, de Shipman et de Youngman pour tenter de localiser les trois jeunes gens qui avaient porté plainte contre von Matthesius me demanda près d'une heure. Je savais que Louis Burkhart était censé vivre à Brooklyn et, à mon grand soulagement, je n'en trouvai qu'un avec ce prénom parmi tous les Burkhart de la ville. Son adresse me parut le meilleur endroit où commencer.

J'étais pleine d'optimisme lorsque je me mis en route, non sans avoir rempli mon porte-monnaie de jetons de train, avec la conviction que j'allais me rendre utile. Avoir certes un prisonnier en cavale, mais une liste de lieux à visiter pour le retrouver me paraissait tolérable. Si le public apprenait soudain que j'étais responsable de l'évasion de von Matthesius, le New Jersey risquait bien sûr de douter de l'opportunité de nommer une femme adjointe au shérif, mais, en attendant, je me sentais tout feu tout flammes.

Je pris le train et me retrouvai bientôt dans Bedford, vaste avenue bordée de bâtiments en brique qui semblait foncer droit vers l'horizon et s'y évanouir. Trouver la famille Burkhart ne présenta aucune difficulté : un magasin de chaussures portait ce nom à l'adresse exacte que j'avais notée. À l'intérieur, hélas, on ne voulut rien me dire de Louis.

— Il ne vit pas ici ? demandai-je à un homme qui se présenta à moi comme son oncle.

— Non, plus maintenant, me répondit-il sans détourner les yeux d'une gamme d'échantillons de cuir pour chaussures qu'il examinait.

— Auriez-vous une adresse à me donner ?

Il secoua la tête avec un grognement.

— Je ne vais pas lui causer de problèmes, soyez tranquille... Pourrais-je au moins lui laisser un message ?

— Ça m'étonnerait qu'il vienne ici, mademoiselle...

Il repoussa ses échantillons et, me tournant le dos, commença à ranger des flacons de cirage sur une étagère. Dans un coin du magasin, une jeune fille d'une quinzaine d'années m'observait derrière un rideau de cheveux blonds. Je supposai qu'il s'agissait de sa fille.

— Si j'avais seulement la possibilité de lui parler, insistai-je, plus pressante, il pourrait m'apporter son aide pour une affaire importante !

À ces mots, l'homme fit volte-face et me regarda enfin. Il avait une énorme barbe et des sourcils plus épais que certaines moustaches.

— J'ai lu les journaux et je sais pourquoi vous êtes là, rétorqua-t-il dans un souffle, sans doute pour ne pas être entendu de la jeune fille, tout en me gratifiant d'un regard noir. Il ne tient pas à vous parler, à vous autres.

Il se retourna de nouveau. Si j'avais eu un insigne à produire, j'aurais pu le convaincre de répondre à mes questions mais, en l'état actuel des choses, je n'avais aucun moyen de le contraindre. Je perdis toute possibilité de plaider ma cause lorsque quatre enfants entrèrent en trombe dans la boutique, suivis de près par une mère qui semblait à bout de forces. L'homme s'occupa alors de ces clients, montant et descendant sur l'échelle coulissante derrière le comptoir pour produire les boîtes demandées. Il m'ignorait ostensiblement. Je ressortis du magasin et songeait que j'allais devoir me mettre en quête du deuxième plaignant, Alfonso Youngman. Alors que je m'éloignais, je sentis une main me saisir le coude.

Tête nue et sans manteau, la jeune fille du magasin m'avait rattrapée. Je l'attirai sous un auvent pour l'abriter des intempéries.

Croisant les bras contre le froid, elle se mit à sautiller d'un pied sur l'autre.

— Il ne s'est pas attiré des problèmes, hein ?

— Pas du tout. J'ai juste quelque chose à lui demander.

— Quoi ?

À la vérité, je ne le savais pas exactement, mais je n'étais pas disposée à l'admettre.

— Je ne peux pas vous le dire.

— Mais vous n'êtes pas avec la police ?

— J'aide le shérif sur une affaire, si.

La jeune fille jeta un coup d'œil prudent par-dessus son épaule.

— Tant que vous ne lui faites pas des problèmes…

— Il n'en aura pas.

— Bon, alors il est à l'autre magasin.

— L'autre magasin ?

— L'autre magasin de chaussures des Frères Burkhart. À Rutherford. La boutique est fermée maintenant, mais sa mère loge toujours au-dessus.

— Est-ce que, par hasard, vous savez quelque chose sur les autres garçons ? Alfonso Youngman et Frederick Shipper ? C'étaient des amis à lui ?

Nerveuse, elle lança un nouveau regard derrière elle et mordit une mèche de ses cheveux.

— Je ferais mieux de rentrer maintenant. Demandez à Louis, il vous dira sûrement où est Frederick. Ils étaient toujours ensemble, avant. L'autre, je ne sais pas.

Sur ces mots, elle tourna les talons et courut vers le magasin. N'ayant aucune adresse pour retrouver Frederick Shipper et une liste incroyablement longue de A. Youngman à rechercher dans Brooklyn, je résolus de repartir dans le New Jersey pour rencontrer Louis Burkhart. À l'angle de l'avenue, j'achetai le journal pour le lire dans le train, en quête de nouvelles de von Matthesius. Il n'y en avait aucune.

Une nouvelle tempête faisait rage au moment où le train bringuebalant pénétra en gare de Rutherford. La pluie tambourinait contre les auvents de Park Avenue, où les femmes coiffées de leur meilleur chapeau s'étaient réfugiées en attendant un retour au calme. Il y avait tant de monde que je dus descendre du trottoir et patauger dans le caniveau pour éviter ces promeneuses trempées jusqu'aux os. Malgré la boue dans laquelle s'enfonçaient mes bottines, je longeai d'un pas rapide le bureau de poste et une papeterie et marquai une pause devant une minuscule devanture ; à l'intérieur, des trains en bois pour enfants roulaient à travers une version miniature de la rue même où je me trouvais. Je reconnus le toit rouge de la gare et n'eusse pas été surprise de voir ma propre silhouette penchée sur la vitrine de la boutique, sculptée dans le bois, soigneusement peinte et revêtue de petits vêtements de poupée.

Comme prévu, le magasin de chaussures était fermé, mais l'enseigne des Frères Burkhart était toujours là. À travers la vitrine poussiéreuse, je ne distinguai rien d'autre que des étagères nues et des bancs dans l'obscurité, ainsi qu'une caisse enregistreuse vétuste couverte de toiles d'araignée.

Je sonnai à la porte mitoyenne, mais sans succès. Ce ne fut qu'à la troisième ou quatrième tentative que j'obtins enfin une réponse. Un garçon aux cheveux bruns en bataille apparut alors et m'observa à travers la porte vitrée. Nous nous dévisageâmes un bon moment, puis il finit par m'ouvrir.

— Louis ? hasardai-je.

— Non.

Je compris que ce non s'appliquait en réalité à toutes les questions que j'étais susceptible de lui poser. Il referma la porte.

— Louis, vous n'avez rien à craindre ! plaidai-je à travers la vitre. Je suis juste venue vous demander quelque chose.

Il croisa les bras et je remarquai une forte ressemblance avec la jeune fille de Brooklyn. Ils devaient être cousins. Ils avaient les mêmes yeux écartés, le même nez long et fin. Bien qu'il fût presque un homme, son allure gardait quelque chose d'enfantin et de candide.

Nous nous observâmes un instant, mal à l'aise l'un comme l'autre.

— Je travaille pour le shérif, repris-je.

— Il s'est évadé…

Sa voix était fluette et nerveuse, ses yeux ne cessaient de revenir au sol et il gardait les mains dissimulées sous ses bras.

— Nous faisons tout notre possible pour le retrouver.

— Bon, mais ça n'a rien à voir avec moi, répondit-il.

— J'aimerais juste vous dire un mot. Si je pouvais entrer une minute…

— Ma mère est malade.

Un nouveau silence plana, puis le garçon m'ouvrit la porte et me fit entrer. Je le suivis dans un large escalier dont les marches craquaient sous nos pas. Une odeur de moisissure flottait dans l'air, associée aux résidus de vies entières de cuisine grasse et de fumée de réchaud. Quelqu'un avait jeté des arêtes de poisson et, du seau vide posé sur les marches, une odeur infecte continuait à se dégager.

Le deuxième palier ne comportait qu'une porte et j'en conclus qu'ils étaient la seule famille à l'occuper. Les marches continuaient plus haut, sans doute vers des chambres louées aux étages supérieurs. Je demeurai sur le seuil pendant que Louis allait voir sa mère et sa voix étouffée me parvint, suivie d'une terrible quinte de toux en guise de réponse. Puis ce fut le bruit de l'eau versée dans un verre, et encore la toux sèche et sifflante.

Il faisait étonnamment chaud sur le palier et je retirai mon écharpe trempée. Enfin, Louis revint et m'introduisit dans un salon qui n'était guère préparé pour recevoir de la visite. Une gigantesque pile de linge encombrait le canapé et une planche de bois destinée au repassage occupait, au centre de la pièce, un emplacement qui eût convenu à une table. Contre un mur, un évier et un vieux poêle noir étaient envahis de marmites et de casseroles, puis venait une table à battants avec deux chaises en bois. Ne sachant si j'étais censée m'y asseoir, je restai debout.

Louis avait le menton tremblant et la manie de se tirer nerveusement l'oreille. Ses lèvres, qu'il tenait serrées, formaient une fine ligne blanche. Il n'y avait chez lui nulle trace de cette arrogance et de cette ambition qui caractérisaient bien des garçons de son âge. Je songeai avec tristesse qu'il me faisait penser à ces petits voleurs et ces pickpockets que l'on recevait régulièrement à la prison et qui manifestaient une sorte d'apathie qui, je le craignais, s'était déjà emparée de lui.

— C'est la boutique de votre père, en bas ? m'enquis-je en guise d'entrée en matière.

Il répondit sans me regarder.

— Oui, mais il est mort. Et sans lui, on n'a pas réussi à la faire marcher...

— Oh, je suis désolée...

— C'est bon...

Il tenait les yeux rivés au sol.

Je me penchai vers lui dans l'espoir de capter son attention.

— Louis, je cherche à découvrir où a pu se rendre le Dr von Matthesius. Nous sommes à la recherche de gens qui étaient associés avec lui. Est-ce que vous vous souvenez de quelqu'un en particulier, une personne qui serait venue le voir au sanatorium ou qui entretenait une correspondance avec lui ? Tous les noms que vous me donnerez peuvent nous mettre sur une bonne piste et nous mener là où il se cache.

Il secoua la tête et se frotta consciencieusement la nuque. J'attendis, soucieuse de ne pas chercher à avancer trop vite, tout en sentant mes pieds commencer à gonfler dans mes chaussures trempées. Mon expérience à la prison m'avait appris que les témoins finissaient parfois par lâcher des informations pour meubler un silence qui les mettait mal à l'aise. Cette tactique ne fonctionna pas avec Louis.

Entendant tousser dans la pièce voisine, je repris la parole :

— Votre mère pourrait-elle venir nous rejoindre ?

— Elle n'est pas en état de recevoir du monde. Elle est couchée.

— Est-ce qu'un docteur l'a examinée ?

— Vous êtes infirmière ?

— Non, mais j'aimerais lui parler un peu, si c'est possible.

J'avais prononcé ces mots non sans réticence. À vrai dire, je n'étais pas sûre de souhaiter m'approcher de cette femme sans savoir de quel mal elle souffrait et, néanmoins, repartir sans l'avoir vue après avoir parcouru tout ce chemin me paraissait une erreur. Je suivis donc le garçon à travers une enfilade de pièces aussi sales et en désordre que la première, jusqu'à une petite chambre qui donnait sur une ruelle derrière Park Avenue.

Adossée à une pile d'oreillers dégarnis, Mrs. Burkhart serrait un mouchoir dans sa main. Des cheveux gris tombaient sur ses épaules et la peau de son visage était flasque. Elle tira les couvertures sur sa poitrine dès qu'elle nous vit apparaître.

— Mama, elle veut te parler, fit Louis.

Mrs. Burkhart leva légèrement la main sans répondre. Je tentai un sourire.

— Laissez-nous, voulez-vous ? demandai-je au garçon.

Il regarda sa mère, en quête d'un assentiment, et elle hocha la tête. Lorsqu'il eut disparu, elle se redressa et voulut parler, mais partit d'une nouvelle quinte de toux. Je saisis une coupe en métal que je trouvai près de son lit et la lui tendis, mais elle la refusa d'un geste. Puis je me souvins d'un sachet de confiseries au citron que j'avais dans mon réticule. Elle sourit et ouvrit la main en le voyant. Nous prîmes un bonbon chacune et, au bout de quelques minutes, elle arriva à parler.

— Louis n'était qu'un enfant, me dit-elle. Il ne faut pas lui en vouloir.

— Cela a été très dur pour lui ?

Je ne voulais surtout pas montrer à quel point j'étais mal renseignée sur ce qui s'était passé.

Elle tira un châle sur ses épaules et se tourna vers la fenêtre. Elle avait le nez rouge et si enflé qu'il en était grotesque, avec des poils qui sortaient de ses narines.

— Son père voulait qu'il soit docteur, reprit-elle. Alors j'ai pensé que ça pourrait être une bonne idée pour démarrer : le faire embaucher comme aide-soignant, pour qu'il se rende compte du genre de travail que c'était. Je ne pouvais pas me figurer ce que faisait cet homme-là !

Elle me décocha un regard accusateur, comme si c'était ma faute si on ne le lui avait pas dit.

— Je pense que personne ne le savait, hasardai-je sans grande conviction.

— Il obligeait Louis à leur poser les masques sur la figure…

Il y avait quelque chose de terrible dans sa façon de prononcer ces mots.

— Les masques… Vous voulez dire… de l'éther ? Ou du chloroforme ?

Elle acquiesça d'un signe de tête.

— Juste assez pour que ces pauvres filles restent au lit, pour qu'on puisse faire croire aux familles qu'elles avaient encore besoin de soins. Et puis, quand les familles ne pouvaient plus payer, il fallait que ce soit mon petit Louis et cet autre garçon, ce Frederick, qui aillent les trouver pour réclamer le paiement. Ils prenaient des tableaux, des bijoux, et même des meubles. Le bureau de la grand-mère, de beaux objets anciens… Vous imaginez mon petit garçon raconter des mensonges à ces gens et leur confisquer leurs biens ?

C'était difficile, tant Louis semblait timide et chétif.

— À quel moment avez-vous appris ce qui se passait ?

— Quand il a été trop tard pour pouvoir faire quoi que ce soit…

Sa respiration devint soudain sifflante et elle prit quelques gorgées d'eau.

— Il a cru qu'il avait tué cette demoiselle. Il a cru qu'il lui en avait trop donné. Alors il s'est précipité ici et il m'a raconté ce qu'il avait fait. Il était assis là, par terre, et il pleurait comme un bébé. C'est là que j'ai compris qu'il s'était mis dans de sales draps…

À ces mots, je me représentai enfin la situation : une maison pleine de patientes assommées par les drogues, trop faibles pour partir ou même pour comprendre ce qu'on leur faisait. En outre, en les maintenant dans un tel état, von Matthesius pouvait disposer d'elles à sa guise. Était-il possible qu'un tel homme n'ait écopé que d'un an de prison ?

— Mais il ne l'avait pas tuée, dis-je, plus par optimisme que mue par une certitude.

Elle secoua la tête.

— Non, elle s'en est sortie. Bien sûr, tout était déjà terminé à ce moment-là. Mais vous savez tout ça…

Quelque chose dut se coincer dans sa gorge car elle se remit à tousser. Je proposai une nouvelle tournée de bonbons au citron pour nous deux et posai ensuite le sachet sur la table près d'elle. Elle le tapota avec reconnaissance puis me fit signe de sortir. Je n'étais toutefois pas encore prête à prendre congé.

— Mrs. Burkhart, est-ce qu'un médecin est venu vous voir ? Vous n'avez pas l'air bien. Je sais que votre fils a besoin de vous.

— Les docteurs ne peuvent rien pour moi, répliqua-t-elle d'une voix rauque. J'ai passé trop d'années à la tannerie. Ça m'a fait tomber les dents et, maintenant, j'ai de la fièvre tout le temps, et puis ces bosses dans mon cou…

Elle retira le châle et je découvris avec effroi une grosseur de la taille d'une pelote à épingles sous son oreille.

Malgré le petit poêle à bois ventru qui entre-tenait dans la pièce une chaleur exceptionnelle, je frissonnai. Je desserrai mon col, avide d'air frais. Au-dehors, la pluie tombait toujours, formant de petits ruisselets sur la vitre. J'avais envie de ressortir pour être lavée par cette eau. Entre la maladie et la poussière omniprésente, l'air était irrespirable.

— Vous avez vu Frederick ? interrogea la femme dans un râle.

— Je ne sais pas où le trouver. Vous le savez, vous ?

— Je croyais qu'il était toujours à la verrerie…

— Celle d'Orient Street ?

Elle me chassa de nouveau de la main.

— Allez lui parler, dit-elle. Et laissez Louis tran-quille, il en a assez vu ! Et surtout, rattrapez cet homme !

Elle prononça ces derniers mots en me fixant durement avec, dans les yeux, une colère meurtrière.

— Le shérif a mis tous ses hommes dans les recherches, assurai-je d'une voix brisée.

— Mais c'est vous… parvint-elle encore à articu-ler entre deux quintes de toux, et elle me décocha un terrifiant sourire édenté qui me la rendit attachante. C'est vous qui allez l'attraper…

Son oreiller glissa et je m'empressai de le remettre en place.

— Tâchez de vous reposer maintenant…

La verrerie se trouvait en bordure du cimetière, peu après la sortie de la ville, au bout d'une allée de gravier. Ce n'était pas autre chose qu'un vieux bâtiment de brique peinte, avec un panache de fumée qui montait vers le ciel pour se dissiper dans le crachin. Des hommes en combinaison bleue transportaient des caisses de panneaux de verre de la porte d'entrée jusqu'à une enfilade de chariots.

Un jeune garçon portant un balai dans une main et un seau de verre brisé dans l'autre voulut me contourner, mais j'esquissai un pas de côté pour l'arrêter.

— J'ai un message pour Frederick Shipper. Tu peux me l'envoyer en restant discret ?

Je lui glissai une pièce de cinq cents dans la main. Cela dut lui suffire, car il posa son seau et détala vers le bâtiment.

Quelques minutes plus tard, Frederick débouchait dans la cour. C'était un grand gaillard large d'épaules, avec des cheveux épais et bouclés et une beauté naturelle que possèdent sans en être conscients certains hommes : la mâchoire carrée, le sourire rayonnant, les yeux bleus bordés de cils fournis. La moitié des acteurs de Broadway eussent échangé sans hésiter leur physique contre le sien. Pourtant, il ne serait sans doute jamais venu à l'idée de quelqu'un comme Frederick qu'il y avait de l'argent à faire avec les traits de son visage.

Lorsqu'il fut parvenu assez près de moi pour se rendre compte qu'il ne me connaissait pas, il s'arrêta net et ses pieds crissèrent sur le gravier. Quelques ouvriers se retournèrent pour nous regarder. Craignant de le voir repartir, je m'avançai vers lui et lui criai, un peu trop fort, peut-être :

— Mr. Shipper ! J'ai une bonne nouvelle !

146

Il n'avait plus le choix. Il s'approcha. Alors, sans le laisser dire un seul mot, je me penchai vers lui et lui murmurai :

— Dites-leur que j'ai retrouvé une montre et quelques objets volés et que j'ai besoin de vous pour les identifier.

Frederick émit un grognement contrarié, mais se retourna malgré tout vers la cour pour lancer d'une voix forte :

— Eh ben, ça, c'est une bonne nouvelle ! Je vais y jeter un coup d'œil, mais après, il faudra que je me remette au boulot !

Puis il traversa la route avec moi et nous nous arrêtâmes sur un carré d'herbe mouillée. En lisière s'étendait l'arrière du cimetière, la partie ancienne laissée à l'abandon et que nul n'aurait eu l'idée de remplir de tombes.

— Vous m'avez l'air de quelqu'un d'officiel, déclara Frederick lorsque nous ne fûmes plus à portée de voix. Vous venez me faire des problèmes ?

Comment pouvais-je être aussi aisément identifiable ?

— Je travaille avec le shérif, répondis-je. Vous savez que le Dr von Matthesius s'est évadé il y a deux jours, n'est-ce pas ?

Il garda les yeux fixés sur le bâtiment de la verrerie.

— Je l'ai entendu dire, oui…

— Je cherche des noms d'associés ou d'amis, enfin, de personnes qui ont pu venir le voir à l'époque où vous travailliez chez lui. À votre avis, y a-t-il quelqu'un qui pourrait l'aider à se cacher en ce moment ?

Frederick secoua la tête.

— J'ai fait tout ce que je pouvais pour oublier cet endroit. Mais je n'en ai jamais parlé à personne. Moi, j'étais juste là pour faire un boulot, c'est tout. J'aidais à transporter les patients. Enfin, à transporter tout ce qui était lourd, en fait...

Il se détourna, prêt à me fausser compagnie.

— Qu'est-il arrivé à Louis Burkhart ? demandai-je.

Il s'arrêta net et me refit face. Cette fois, il m'examina avec plus d'attention, partant de mes bottines pour remonter jusqu'au chapeau que je portais.

— Qui êtes-vous ?

— Je vous l'ai dit, je travaille pour le shérif. Je m'appelle Constance Kopp.

Il pencha la tête à gauche, puis à droite, réfléchissant.

— Une inspectrice de police, commenta-t-il enfin.

Partir dans ce genre de conversation ne me mènerait nulle part, aussi gardai-je le silence.

— Louis, c'était qu'un gamin, reprit-il. Y a des choses qu'il n'aurait jamais dû voir. Et le docteur – enfin, si c'était vraiment un docteur... il lui faisait tellement peur que Louis ne serait jamais allé raconter quoi que ce soit ! Il lui disait qu'il l'enverrait en maison de redressement s'il parlait de Beatrice à quiconque. Louis était sûr qu'il le ferait, et peut-être qu'il avait raison. Le pauvre gosse en faisait des cauchemars la nuit. Je suis sûr que ça continue encore aujourd'hui...

— Beatrice ?

— La fille.

— Celle que Louis a craint d'avoir tuée ? Il pensait qu'il lui avait administré trop de chloroforme.

Il hocha la tête.

— C'est celle avec qui le docteur voulait se marier. D'ailleurs, il me semble bien qu'il l'a fait.

— Excusez-moi, mais je ne…

Une voix forte cria le nom de Frederick et nous nous retournâmes d'un même mouvement. L'homme qui avait appelé se tenait sur le seuil du bâtiment. Le jeune homme fit mine de repartir.

— Vous n'êtes pas au courant ? m'interrogea-t-il néanmoins. Je croyais que vous étiez de l'équipe du shérif ?

— J'en fais partie, oui, répliquai-je à la hâte. Seulement, le shérif ne m'a pas donné tous les détails de l'affaire…

Il fit claquer sa langue, toujours tourné vers la verrerie.

— En fait, vous ne savez rien, pas vrai ? Alors je vais vous dire une chose : von Matthesius, il devait beaucoup d'argent à quelqu'un. Il passait son temps à chercher des moyens de faire rester ses patients plus longtemps pour que les familles continuent à payer. C'était lui qui les rendait malades, vous comprenez ?

Je hochai la tête, quelque peu malade moi-même à cette idée.

— Et quant à cette fille, Beatrice… Ses parents s'appelaient Fuller et ils avaient l'air de posséder la moitié de l'argent de New York. Alors il a convaincu le père que Beatrice était quelqu'un d'exceptionnel, qu'elle allait s'épanouir grâce à ses soins, à condition qu'on lui laisse assez de temps, enfin, des absurdités comme ça… Et puis un jour, il s'est mis dans la tête de l'épouser. Elle qui ne savait même pas comment elle s'appelait, avec toutes les drogues qu'il lui donnait... Il a fait venir un vieux copain à lui qui était pasteur et ils ont célébré le mariage dans son salon. C'est là que Louis et moi, on a décidé d'aller voir la police. C'était trop tard pour empêcher le mariage, mais les parents de Beatrice l'ont fait annuler ensuite et lui, il est allé en prison. Voilà, mademoiselle, c'est tout ce que je sais.

— Et les autres patientes ? Qu'a-t-il fait aux autres patientes ?

Il me regarda sans répondre puis tourna les talons et repartit en secouant la tête.

— Comment puis-je faire pour trouver Alfonso Youngman ? appelai-je encore.

— Je n'en sais rien ! cria-t-il par-dessus son épaule. La dernière fois que j'ai entendu parler de lui, il était au *Warren*, à New York. C'est un genre de... enfin, vous savez, un genre d'asile de nuit. Dans l'East Side.

Malgré les gants, mes doigts étaient engourdis par le froid et je me frottai les mains comme quelqu'un qui chercherait à allumer un feu. Frederick Shipper ne m'avait dit que ce qu'il était disposé à révéler, mais cela suffisait. J'avais commencé ma journée sans rien et, maintenant, j'avais le nom d'un asile de nuit de l'East Side, celui de Beatrice Fuller, et deux garçons qui n'avaient rien d'autre que de mauvais souvenirs qu'ils cherchaient à laisser derrière eux.

Et le shérif Heath, qu'avait-il ?

11

En quittant la verrerie, je songeai soudain que le chemin du retour me ferait passer par Carmita Street, la rue du sanatorium de von Matthesius. Je ne connaissais pas cet endroit, mais je m'en faisais une idée sombre et désagréable. Il n'y avait aucune raison de penser que le fugitif se dissimulait là-bas – ce serait une cachette trop évidente –, mais la nervosité m'habitait tandis que je m'en approchais, oppressée et le souffle court. Jamais encore je n'avais pénétré par effraction dans un bâtiment abandonné et je savais que, si je le trouvais inhabité, j'allais devoir me débrouiller pour visiter l'intérieur.

Carmita Street était une large avenue bordée d'arbres majestueux qui avaient perdu leurs feuilles et dont les branches nues formaient un treillage séparant le sol du ciel. Les maisons étaient cossues, quoique sans ostentation, avec de grands porches, des pignons et des volets peints de couleurs vives. De chaque côté, des pelouses descendaient en pente douce jusqu'aux trottoirs.

Rien ne distinguait le sanatorium des bâtisses voisines. Je m'immobilisai devant en m'efforçant d'imaginer les drames qui s'y étaient déroulés : des familles respectables que l'on avait escroquées et des patients malades des nerfs, mais trop faibles et assommés par les drogues pour comprendre ce qu'on leur faisait. Connaissant la cruauté et la perfidie de von Matthesius, j'aurais plutôt imaginé sa maison comme une vieille demeure en ruine avec tourelles et escaliers en colimaçon, trappes mystérieuses descendant vers des caves humides et froides et barreaux aux fenêtres pour empêcher les pensionnaires de s'enfuir...

Je ne voyais rien de tel. J'avais devant moi une imposante maison en brique rouge, dotée de colonnes blanches en façade et d'une double porte avec heurtoirs de cuivre. Sous chaque fenêtre, des hortensias s'accrochaient encore à leur floraison parcheminée et les trois cheminées de brique qui dépassaient du toit suggéraient elles aussi la possibilité d'une atmosphère chaleureuse derrière les murs.

De l'extérieur, rien n'indiquait qu'il s'agissait d'un sanatorium, et sans doute était-ce normal dans un quartier comme celui-ci : les patients préféraient qu'on ne les vît pas entrer dans un établissement censé accueillir des invalides et des déments, et les familles huppées tenaient naturellement à la plus grande discrétion.

Avec une maison aussi sobre et raffinée, tout ce petit monde n'y avait sans doute vu que du feu. Je ne me serais doutée de rien moi non plus.

La porte d'entrée était cadenassée et les rideaux qui masquaient les fenêtres décourageaient les curieux. Je traversai la pelouse et fis le tour du bâtiment. Sur la façade arrière, protégée du regard des voisins, les fenêtres étaient munies de barreaux. Les chambres des patients, sans doute...

À travers les fentes des volets du rez-de-chaussée, je parvins à distinguer une chambre froide et une vaste cuisine avec deux réchauds et deux éviers, comme l'exigeait une institution de cette nature. Sous une pierre de l'escalier extérieur, je découvris une facture de laiterie depuis longtemps oubliée. À côté, se trouvait une boîte à café remplie d'eau de pluie où flottaient de vieux mégots gonflés.

Parmi les autres fenêtres, une seule m'autorisa un coup d'œil à l'intérieur : un rideau décroché me permit de voir une première chambre vide et une autre en enfilade. Des cadres dorés reposaient au sol contre le mur et quelques vieilles chaises et tables étaient disséminées un peu partout. Il était clair que l'on avait tout vidé. Où se trouvaient les beaux meubles et les tapis anciens dont on m'avait parlé ?

Je tentai de pousser chaque fenêtre et donnai des coups de pied dans toutes les portes, mais rien ne bougea. Sans briser une vitre, je ne pourrais entrer. Contournant une deuxième fois la maison, je remarquai soudain une petite porte de cave à l'arrière, peinte de la même couleur que les murs, ce qui la rendait presque invisible.

Elle n'était pas équipée de poignée, mais un loquet métallique rouillé la maintenait fermée. Je tentai en vain de le forcer puis regardai autour de moi : le seul outil à ma portée était la vieille boîte à café. Je la saisis et la vidai de son eau pour en introduire le bord entre le loquet et le montant de la porte. Il me fallut peser dessus de tout mon poids, au point de l'aplatir un peu, mais le procédé se révéla efficace et le loquet céda.

Néanmoins, la porte demeura fermée, sans doute bloquée par un autre système de verrouillage à l'intérieur. Je la secouai avec vigueur sans que rien se produisît. Consciente que c'était ma seule chance d'entrer dans la maison, je reculai, soulevai mes jupes et assénai, avec toute la force dont j'étais capable, un violent coup de pied dans le battant. Un bruit de bois brisé se fit entendre et je craignis d'avoir fait sortir la porte de ses gonds, mais j'avais seulement arraché le verrou intérieur. Lorsque je m'engageai dans la cave, les vis rouillées accrochèrent mon manteau.

Fleurette avait une terreur des caves, des araignées, de la poussière et des lieux étroits et sombres en général mais, pour ma part, tout cela ne me faisait ni chaud ni froid. Seul m'ennuyait le fait que je devais me baisser pour me déplacer. Ici, le sol était en terre battue et quelques étagères chargées de bocaux vides tapissaient les murs. J'aperçus un vieux fauteuil à bascule dans un coin et un balai au manche cassé, mais rien d'autre. Je me retournai vers la porte. À l'évidence, le loquet n'avait pas été touché depuis des années. Si quelqu'un s'était récemment introduit dans la maison, il n'était pas passé par là.

Un court escalier montait vers la cuisine, où je retrouvai ce que j'avais déjà vu par la fenêtre. Une très forte odeur de renfermé indiquait que l'on n'avait pas aéré l'endroit depuis des mois. Quand je parvins dans la salle à manger, le son de mes bottines frappant le sol se répercuta en écho dans la pièce, où ne subsistait qu'un buffet au miroir brisé. Je poursuivis ma visite à travers de petits salons tout aussi déserts. Les seuls objets présents se révélaient défectueux. Je vis un secrétaire à musique renversé auquel il manquait un pied et un tapis décoloré brûlé en son centre. Des papiers s'entassaient dans l'angle d'une petite pièce, mais je n'y trouvai rien d'intéressant : seulement de vieux journaux et des publications médicales, ainsi que les factures d'un épicier et d'un tailleur.

En gravissant l'escalier principal, je pris soin de me baisser pour ne pas être aperçue du dehors. L'écho qui se répercutait dans les pièces vides amplifiait chaque grincement du plancher. Soudain gênée de troubler le silence de cette vieille maison, j'allégeai mon pas.

À l'étage, les salles étaient meublées comme des dortoirs, avec des lits en fer et de vieux lavabos. Des carrés sombres sur le papier peint révélaient la présence de tableaux que l'on avait décrochés. Dans une chambre, un petit berceau métallique était rempli d'oreillers déchirés dont s'échappaient les plumes. Je trouvai un réveil à cinquante cents écrasé au-dessous, ainsi qu'un morceau de dentelle manifestement arraché à une robe.

La dernière pièce au bout du couloir contenait du matériel médical : une vieille paire de béquilles, un fauteuil d'invalide dont l'assise en canisse était fendue et une pile d'engins jaunis composés d'élastiques et de sangles, que je supposai être des bandages herniaires, des gaines pour soutenir les hanches et des appareils orthopédiques destinés à maintenir les épaules en arrière. Un vieux paquet de pansements en lambeaux était resté sur le rebord de la fenêtre.

On avait emporté tout ce qui pourrait servir et ceux qui avaient fait cela devaient posséder la clé, car pas une seule porte ni fenêtre n'était fracturée. Je me promenai encore un peu dans la maison, lançant de petits coups de pied dans des lattes du plancher mal fixées et inspectant les cheminées au passage. Faire cela me donnait l'impression de détenir une certaine autorité, mais j'accomplissais là le côté facile du travail ; trouver des indices susceptibles de me faire avancer dans mon enquête, c'était une autre histoire ! Or j'allais repartir bredouille…

Je ressortis comme j'étais entrée et refermai soigneusement le loquet de l'extérieur. La pluie s'était remise à tomber. Je me hâtai vers la gare, mais ralentis en passant devant le magasin de chaussures des Burkhart. Un peu plus loin, à l'entrée d'une maison perchée au sommet d'une petite montée qui dominait tout Rutherford, je remarquai la plaque d'un médecin que je n'avais pas vue à mon premier passage.

Il fallait que du bien sortît de cette journée. Je frappai à la porte.

La plaque indiquait qu'il s'agissait du cabinet du Dr W. C. Williams et précisait les horaires de visite, de treize à quatorze heures et de dix-neuf à vingt heures trente. Bien que nous fussions en milieu d'après-midi, je m'entêtai et frappai encore puis actionnai la sonnette de cuivre.

La porte s'ouvrit soudain sur un homme d'une trentaine d'années à l'air sérieux. Il avait un beau visage et du sommet de son crâne ses cheveux épais retombaient en pluie autour de son visage. Il me parut impatient, mais non désagréable.

— Vous n'avez pas vu les heures de visites, mademoiselle ? interrogea-t-il.

— Si, mais je suis en route vers la gare et, en voyant votre plaque, j'ai pensé que…

— Si vous êtes assez en forme pour aller prendre un train, coupa-t-il avec un sourire forcé, vous n'avez sans doute pas besoin d'un médecin.

— Ce n'est pas pour moi…

Je posai la main sur le battant pour l'empêcher de refermer la porte. Cela parut l'agacer et il croisa les bras.

— C'est pour Mrs. Burkhart, une dame qui habite au-dessus du magasin de chaussures. La connaissez-vous ? C'est tout près de votre cabinet.

Je me retournai pour désigner la boutique d'un geste.

— Elle a un fils, Louis Burkhart. Son mari est mort il y a quelques années et ils ne sont plus que tous les deux maintenant. Seulement, la mère est terriblement malade et je ne vois pas comment elle pourra s'en sortir si personne ne va la voir.

Le médecin haussa les sourcils en une expression résignée et sortit sous le porche.

— Les Frères Burkhart ? Ce magasin-là ?

— Oui. Peut-être avez-vous entendu parler de ce qui est arrivé au garçon. C'était l'un des aides-soignants qui ont porté plainte contre le Dr von Matthesius, qui tenait un sanatorium là-bas, dans Carmita Street.

À ces mots, le médecin me couvrit d'un long regard perplexe, puis il m'invita enfin à entrer.

Je le suivis dans son salon, où le feu du matin se réduisait à quelques braises poudreuses. Je me postai néanmoins devant la cheminée et retirai mes gants. Bien que la pièce fût située à l'avant de la maison et donnât directement sur le vestibule, elle ne semblait pas destinée à recevoir des patients. Elle ne comportait qu'un divan de velours vert et deux chaises assorties et, près de la cheminée, un grand bureau tiré contre un mur tapissé de livres. Sur la table se trouvaient une machine à écrire et une pile de feuillets surmontée d'un cendrier.

Je m'approchai des livres, curieuse d'en lire les titres. Il y avait surtout des romans, de la poésie et des revues reliées.

— Allez-y, je vous en prie ! me dit le Dr Williams.

— On ne dirait pas des ouvrages médicaux, fis-je remarquer.

— Les ouvrages médicaux m'ennuient, alors je les conserve près de mon lit, pour les soirs où je peine à m'endormir. Vous lisez de la poésie ?

Je secouai la tête.

— Seulement dans les magazines, lorsqu'ils en publient.

— Oui, comme tout le monde... Eh bien, de quelle façon êtes-vous impliquée dans cette histoire ? J'ai appris que des crétins avaient laissé ce fou s'échapper de l'hôpital...

Je cessai d'examiner les livres.

— Je travaille... commençai-je. Enfin, je travaillais pour le shérif, mais ma venue ici n'a aucun rapport avec cela. Je suis là à titre personnel. J'aimerais vous laisser de l'argent pour que vous alliez voir Mrs. Burkhart.

Je fouillai dans mon sac à main et lui tendis dix dollars, qu'il prit.

— Je ne sais pas dans quel état est cette dame ni de quel traitement elle aura besoin...

— Cette somme ne suffira pas ? m'étonnai-je.

— Elle risque d'être plus que suffisante si je n'ai besoin de la voir qu'une seule fois. Comment pourrai-je vous rendre l'excédent ?

— Inutile de me le rendre. Cette femme aura besoin de toute l'aide que vous pourrez lui apporter. Et peut-être serait-il bon aussi que vous jetiez un coup d'œil à son fils.

— Qu'est-ce qu'il a ?

Le médecin commençait à inscrire mon paiement dans son livre de comptes tout en me parlant. Je me demandai comment j'allais pouvoir expliquer cela, même à un médecin.

— Eh bien, il souffre d'un problème nerveux. Il a eu une frayeur terrible par le passé et il semble qu'il ne s'en soit toujours pas remis. Et il doit avoir très peur qu'on ne le fasse interner à cause de cela. Je ne pense pas qu'il ait un travail ni qu'il aille à l'école. À mon avis, il consacre tout son temps à s'occuper de sa mère.

— Je ne le ferai pas interner s'il ne cause de problèmes à personne.

— Il n'en cause pas.

Le médecin saisit sa sacoche et gagna la porte. Je le suivis.

— Docteur Williams, connaîtriez-vous des associés du Dr von Matthesius ? Des personnes qui pourraient l'aider à se cacher ?

— Cet individu n'a jamais été médecin, ça, j'en suis sûr ! Quant à ses associés, qui pourraient-ils être ? Je n'en ai pas la moindre idée. Tout ce que je sais, c'est ce que m'ont appris les journaux. C'est un fameux désordre et j'aimerais bien qu'on le rattrape vite, mais je n'y crois pas beaucoup !

Sur ces mots, il prit congé de moi et descendit au pas de course les marches du perron en me laissant derrière lui.

Tout autre détective serait retourné directement à New York afin d'aller interroger Alfonso Youngman, mais j'étais quant à moi le genre de détective tenu d'assister à des représentations théâtrales. Si je manquais ses débuts sur scène, Fleurette ne me le pardonnerait jamais. Car si von Matthesius était sous ma responsabilité, elle l'était elle aussi. Je ne pris pas le train annoncé en direction de la ville ; j'attendis le suivant pour partir dans l'autre sens, vers Wyckoff, vers chez moi.

12

Je trouvai le salon vide et silencieux.

Déjà, je me sentais étrangère dans ma propre maison. J'avais devant moi la vitrine de maman, avec ses tasses à thé et les bibelots du temps de son enfance et, en face, la vieille pendule de mon grand-père, qui ne fonctionnait plus très bien depuis qu'elle avait été renversée l'an dernier. Nous avions retiré un à un les napperons en dentelle des dossiers des fauteuils et les avions cachés. Nous étions trop attachées à tout ce qu'avait fabriqué la main de notre mère pour les jeter, mais trop angoissées par leurs prétentions au raffinement d'un monde révolu pour souhaiter les conserver sous nos yeux.

Maintenant, toutes ces choses semblaient appartenir au passé, à une ère qui s'était achevée avec l'évasion de mon prisonnier et mon départ de la maison pour me lancer à sa poursuite. Ce que j'avais entrepris là eût été inimaginable pour ma mère et les traces d'elle qui subsistaient dans cette pièce me chuchotaient des reproches.

Je découvris Fleurette à l'étage, dans ma chambre. Entourée de flacons et nimbée d'un nuage de poudre, elle se regardait dans mon grand miroir. Quand elle se retourna à mon arrivée, je fis un bond en arrière, horrifiée.

— Mais qu'est-ce que tu as fait ?

Elle gloussa sottement et me sourit, dévoilant des dents maculées de rouge à lèvres. Elle avait les joues rouge cerise, des halos de graphite noir autour des yeux et, au-dessus de la ligne du cou, un teint d'une blancheur crayeuse que je n'avais encore vu à aucun être humain vivant.

— Est-ce que j'ai l'air d'une fille de la campagne ? s'enquit la voix de Fleurette derrière ce visage de marionnette.

— Tu étais déjà une fille de la campagne ! Là, tu ressembles au genre de fille qu'on arrête dans les dancings.

À ces mots, elle refit face au miroir avec un plaisir redoublé.

— Je suis une fille de la campagne qui monte à la ville et tombe amoureuse d'un mauvais garçon, déclara-t-elle d'un ton rêveur.

— C'est le rôle que tu dois jouer ?

— Non. Dans la pièce, je suis la fille du paysan qui a volé une potion qui va lui permettre de présenter les plus gros potirons à la foire du comté.

— Un paysan qui triche au concours de potirons ? C'est ce qui arrive de pire dans la pièce ?

Elle poussa un soupir et se tamponna le cou de poudre.

— Mrs. Hansen s'est retrouvée avec une surabondance d'élèves cette année parce qu'un autre professeur a pris sa retraite, alors il a fallu choisir une pièce qui convienne aux enfants. Du coup, j'ai un rôle sans intérêt.

— Au moins, on ne t'a pas prise pour faire le potiron...

Je sortis mon mouchoir afin de retirer le rouge de ses joues, mais elle recula en fronçant le nez.

— Le rôle du potiron va être tenu par trois petits garçons qui ont exactement le talent qu'il faut pour cela.

— Et qu'est-il arrivé à ta robe en vichy ?

Celle qu'elle portait était en crêpe de Chine violet, avec une taille basse très à la mode dans Madison Avenue, mais rarement vue dans les fermes du New Jersey. Jadis, j'inspectais ses tissus et ses patrons avant qu'elle ne se lance dans la réalisation de ses modèles, mais elle avait vite compris qu'il lui suffisait de m'abreuver de détails sur les rubans, boutons, ourlets et plissés pour que, lassée, je la prie de poursuivre sans ma supervision. Le résultat, c'était qu'elle se métamorphosait lentement sous nos yeux en élégante digne de figurer dans les pages du magazine *Vogue*.

— Je vais la mettre dans une minute.

— J'ai cru que tu t'étais habillée comme ça pour les colombophiles du club...

Fleurette avait invité toutes les personnes de sa connaissance à son spectacle, et cela incluait les membres du club de Norma, dont certains allaient assister à la représentation.

Elle fit la grimace.

— Si jamais je viens un jour te demander l'autorisation d'épouser un membre du club de Norma, promets-moi de me l'interdire formellement et de m'enfermer dans une tour !

— Ah... parce que ça va se passer de cette manière ? C'est à moi que tu vas venir demander la permission ? Et notre frère, alors ?

— Si on l'écoutait, Francis me ferait épouser le premier garçon avec cinquante dollars en poche, juste pour se débarrasser du problème ! Mais moi, je pense qu'il vaut mieux faire d'abord ma tournée sur scène et être bien sûre d'avoir rencontré tous mes admirateurs avant d'en choisir un.

À ces mots, j'éprouvai soudain des difficultés à respirer. Mes doigts fébriles se portèrent sur mon col pour le desserrer.

— Qu'est-ce qu'il y a ? s'alarma Fleurette.

— Rien, c'est... c'est juste que je n'étais pas au courant de cette tournée, des admirateurs et du mariage à suivre...

— Oh, j'ai élaboré toutes sortes de programmes, tu sais. Seulement, tu n'étais pas là pour que je puisse t'en parler...

Ah, les piqûres que cette fille-là pouvait infliger !

— Tu souhaiterais que je reste à la maison, à attendre que tu me racontes la moindre des idées que tu as, ou tu préfères que j'aille gagner l'argent pour payer tes cours de chant ? Dans les deux cas, il me semble que je suis là pour toi.

— Et l'homme que tu cherchais, tu l'as attrapé ?

— Non.

— Je me demande si ce n'est pas un peu dangereux que tu coures après des criminels dans toute la ville ! Tu imagines ce que maman aurait pensé de ça ? *Quel choc*[1] !

---

1. En français dans le texte, comme tous les mots en italique suivis d'un astérisque. (N.d.T.)

Avec un bâillement, je m'assis sur le lit et ôtai mes bottines.

— Tu ne dois pas te faire de souci pour ça.

— Oh, mais si, je m'en fais ! protesta-t-elle. Quand tu étais à la prison, au moins, on savait ce que tu faisais...

— Ah bon ? Et qu'est-ce que je faisais ? m'enquis-je en commençant à retirer mes bas humides.

— Norma m'a dit que tu servais le thé et que tu lisais des histoires à des femmes.

— Norma n'est jamais venue me voir à la prison. Elle ne sait rien du tout.

— Norma n'a jamais eu besoin de voir pour savoir !

— Écoute, je suis assez grande pour savoir ce que je fais !

Je m'allongeai en étendant les jambes sur le lit et glissai un oreiller sous ma tête.

Déjà, Fleurette avait rassemblé ses affaires. Elle quitta ma chambre et je fermai les yeux. Quelques minutes plus tard, elle était de retour.

— Mais qu'est-ce que tu fais, tu ne viens pas ? cria-t-elle et elle me tira par la manche. Norma veut que tu manges quelque chose avant de partir.

Avec un grognement, je repoussai la couverture dans laquelle je m'étais enveloppée. Fleurette décrocha mon chapeau et mon manteau et me les tendit.

— Dépêche-toi ! C'est le père d'Helen qui nous emmène dans sa voiture.

Ce ton autoritaire me parut étrange dans la bouche de Fleurette. Jusque-là, c'était moi qui donnais les ordres et qui devais la persuader de descendre manger.

— J'arrive, soupirai-je. Je descends tout de suite.

Je me changeai et emballai quelques affaires dans un sac de voyage. Vu l'état de mes cheveux, je ne pouvais espérer me coiffer correctement, mais je parvins néanmoins à réunir le tout sous mon chapeau.

Je trouvai Norma en train de préparer des sandwiches au bœuf dans la cuisine. Fleurette avait allumé le phonographe et ouvert la porte pour surveiller l'arrivée des Stewart. Je n'eusse pas été surprise de découvrir le vestibule pavoisé de banderoles : chez nous, la moindre occasion était prétexte à mise en scène.

Je me laissai tomber sur une chaise et Norma posa aussitôt un sandwich devant moi, avant de se retourner face à l'évier.

— Je suppose que tu ne l'as pas encore retrouvé ?

Je mordis dans le sandwich en regardant les épaules de ma sœur monter et descendre tandis qu'elle en emballait deux autres dans du papier et les entourait d'une ficelle. Norma se tenait toujours droite comme un piquet et son menton formait un angle très particulier avec son cou. J'avais le vague souvenir d'un professeur de danse qui, quand nous étions petites, lui tapotait le dessous du menton avec son bâton en lui disant qu'elle ne manquerait jamais rien si elle se donnait juste la peine de relever la tête.

— Non. Je mène l'enquête.

— Il n'y avait pas grand-chose dans les journaux, ce qui signifie d'après moi que le shérif Heath tourne en rond.

Elle me refit face et, d'une manière étrangement solennelle, me tendit les sandwiches emballés comme si elle attendait que je pose les mains dessus pour prononcer un serment. Levant un sourcil, elle me fixa avec une immense gravité.

— Sois sûre que tu as plus progressé que lui.

— Je n'en sais rien...

J'étais affaiblie par l'excitation de toute cette aventure et les quelques minutes de sommeil volées embrumaient encore mon esprit.

Elle s'assit face à moi.

— Tu as bien dû faire des choses depuis hier matin, non ?

Je rattrapai la tranche de rôti qui menaçait de s'échapper de mon sandwich.

— Il me reste quelqu'un à interroger à New York, et aussi les parents d'une jeune fille qui a été maltraitée au sanatorium. Ensuite, je ne sais pas ce que je vais bien pouvoir faire, à part me poster au coin d'une rue en priant pour qu'il passe par là.

Norma s'adossa à sa chaise et croisa les bras.

— Pour le moment, le shérif ne fait pas grand-chose de plus, à mon avis.

— Que disent les journaux ?

— Le *Hackensack Republican* demande sa démission immédiate.

— Rien de bien nouveau... Et que raconte-t-il sur l'affaire ?

— Juste que l'on a interrogé tout le monde à l'hôpital et que personne ne se souvient de l'avoir vu quitter les lieux.

— Sauf moi, puisque c'est moi qui l'ai laissé s'en aller.

— Non.

Norma avait entrepris de réunir les miettes sur la table. Elle était incapable de rester inactive lorsqu'elle s'apprêtait à faire une déclaration importante.

— Non, Constance, je ne laisserai pas dire que tu es fautive ! Tu es la seule personne à insuffler un semblant de respectabilité à cette prison. Toi, et Mr. Morris.

Norma avait une très haute opinion de l'adjoint Morris, qu'elle considérait comme un homme bien éduqué qui avait la tête sur les épaules. Comme elle, il estimait que les pigeons voyageurs constituaient une forme supérieure de communication en temps de crise – du moins, il autorisait Norma à croire qu'il était de cet avis – et il se montrait toujours disposé à emporter un oiseau chez lui, à Paterson, pour le lui expédier un ou deux jours plus tard avec un rapport codé. Il lui avait prêté un ouvrage sur les codes télégraphiques pour officiers de police, afin qu'ils puissent communiquer à l'aide de codes à trois lettres. « Une recherche approfondie doit être effectuée » s'écrivait « PVT » et « Préparez-vous à vous mettre en route très rapidement » était « JPM ». Fleurette, qui s'était un jour emparée du livre, s'était amusée à glisser des messages de mise en garde dans leur correspondance : « Méfiez-vous d'une fausse moustache » (« MYP ») ou « Prenez garde à une fumeuse d'opium » (« KBW »), semant pendant plusieurs semaines la confusion entre Norma et l'adjoint Morris, jusqu'au moment où ils avaient découvert le pot aux roses (« Elle est coupable », « JUM »).

Les exclamations de Fleurette retentirent soudain dans la pièce voisine, suivies de celles d'Helen. L'heure avait sonné pour une soirée de théâtre amateur, que nous le voulions ou non. Je donnai à Norma l'adresse du *Mandarin*, où j'envisageais de séjourner encore quelques jours.

— Emporte les sandwiches, m'ordonna-t-elle en les poussant vers moi.

— Tu sais, on en trouve aussi à New York, objectai-je.

À côté, Fleurette nous appelait à grands cris.

— Le corps supporte mal la nourriture dont il n'a pas l'habitude, rétorqua Norma. Si tu manges n'importe quoi, cela risque de t'empêcher de faire ce que tu as à faire.

On ne refusait rien à Norma. Je pris les sandwiches et allai rejoindre le père d'Helen, un homme d'à peu près mon âge qui attendait dans notre vestibule, abandonné par les deux filles.

— Oh, je suis désolée, Mr. Stewart ! m'exclamai-je en le découvrant plongé dans la contemplation d'une obscure peinture à l'huile de mon arrière-grand-mère accrochée au-dessus de la console de l'entrée. Vous allez penser que nous n'avons pas de manières dans cette maison !

— Helen est l'aînée de cinq enfants, répondit-il. J'ai l'habitude que l'on m'oublie !

Il avait un visage rond criblé de taches de rousseur et des cheveux d'une couleur un peu plus vive que le potiron qui serait le thème du spectacle ce soir-là.

— Oh, je suis persuadée qu'ils n'oublient jamais leur père ! assurai-je. Est-ce qu'ils sont tous roux ?

— Tous, sans exception !

— Dans ce cas, ce n'est peut-être pas si facile pour vous, en effet ! Mrs. Stewart se joindra-t-elle à nous ce soir ?

— J'aimerais tellement ! Hélas, elle n'est plus des nôtres : elle est morte en couches l'an dernier. Le bébé aussi.

Je ne pus réprimer un petit cri consterné.

— Oh, mais je ne savais pas... Je suis vraiment...

— Désolée ?

Il m'adressa un sourire déconfit.

— Tout le monde est désolé, inutile de le dire. Helen est si heureuse d'avoir votre sœur comme partenaire de chant ! Cette école est la première chose à laquelle j'aie réussi à l'intéresser depuis que sa mère n'est plus là.

Je ne sus que répondre mais, par chance, il continua à faire la conversation pour deux.

— Et comme Fleurette a malheureusement connu la même tragédie, j'imagine que cela leur donne quelque chose en commun.

Notre froide et austère mère autrichienne, presque trop âgée pour faire une mère de Fleurette crédible, devait être à mille lieues de la jeune Écossaise qu'avait épousée Mr. Stewart, mais je ne vis pas l'intérêt de le contredire. Je me demandai simplement comment il se faisait que j'en sache si peu sur la nouvelle amie de Fleurette.

Nous arrivâmes au théâtre une heure avant le début du spectacle, afin de laisser aux deux filles le temps de se préparer. Le hall était bondé, plein d'autres familles dans le même cas que nous. Mr. Stewart, qui en connaissait un grand nombre, passait d'un petit groupe à l'autre pour féliciter les parents des débuts sur scène de leur progéniture, tout en nous présentant chaque fois. Peu habituées à voir du monde, Norma et moi étions dans nos petits souliers, mal à l'aise au plus haut point face à ces simples échanges de politesses et de plaisanteries nécessaires. Quand une jatte de punch fut soudain révélée dans un coin de la salle, nous nous précipitâmes vers elle en feignant une soif monstrueuse.

— Sommes-nous vouées à devenir des fidèles de ce lieu ? me souffla Norma d'une voix où perçait l'épuisement.

— Il y a des gens qui aiment le théâtre, fis-je remarquer.

— Oh, mais je n'ai rien contre le théâtre !

— Sauf que tu ne veux jamais y aller.

— Je n'ai rien contre, *dans le principe…*

Nous fûmes bientôt abordées par les membres de son club de colombophiles, qui avaient tous accepté l'invitation de Fleurette et semblaient ravis d'assister à une représentation sur un fermier et sa formule secrète pour faire pousser des potirons géants. L'un d'eux suggéra l'écriture d'une pièce qui serait consacrée aux pigeons voyageurs : on dresserait de vrais pigeons pour jouer leur propre rôle dans la production. Tous bavardèrent gaiement autour de cette idée jusqu'à l'annonce du début du spectacle. Norma et moi nous installâmes à l'avant avec Mr. Stewart.

— Les avez-vous entendues répéter ? me demanda ce dernier avant le lever de rideau.

Je secouai la tête.

— Nous avons été terriblement occupés à la prison. Je ne suis presque pas rentrée à la maison.

— On ne vous a pas envoyée poursuivre ce détraqué, au moins ?

Une spectatrice assise juste devant nous se retourna à ces mots pour me décocher un regard éloquent. Je baissai la voix pour répondre.

— Je suis sûre qu'il retournera derrière les barreaux sous peu. Ne vous inquiétez pas.

— M'inquiéter ? Oh, non, je me posais seulement la question… Je veux dire, cela me paraît être un métier des plus dangereux pour vous. Vivre entourée de tous ces criminels… Je ne suis pas sûr que l'on puisse assurer la sécurité d'une femme dans un endroit de ce genre.

À cet instant, un projecteur illumina la scène et, de la fosse d'orchestre, jaillirent les premières notes d'un piano.

— Cela ne me pose pas de problème…

La pièce était pleine d'entrain et ridicule, mais bien adaptée aux dizaines d'enfants qui attendaient leur tour de monter sur scène. Le paysan était interprété par un garçon de quatorze ans de la taille d'un adulte, mais extrêmement maigre, de sorte que l'on avait rempli son pantalon et sa chemise de laine pour le faire paraître plus substantiel. Il était donc très convaincant dans son costume et les enfants qui jouaient le rôle du potiron de plus en plus gros le faisaient avec une bravoure rarement constatée chez une cucurbitacée. En fin de compte, le paysan était puni d'avoir volé la potion secrète qui faisait grossir les potirons et il se rachetait en partageant la recette de celle-ci avec les autres fermiers. Dès lors, tous feraient pousser des potirons géants qui provoqueraient la notoriété de ce petit village perdu. À la fin, un grand numéro musi cal célébrait cette renaissance due aux potirons. Les deux filles chantèrent à merveille, avec une maîtrise bien supérieure à celle des autres acteurs de la production. Fleurette interpréta son solo à pleine voix avec l'assurance d'une personne totalement à l'aise sur scène. Elle maîtrisait tout l'espace dont elle disposait et le remplissait de vie et de gaieté.

Certes, elle avait toujours éprouvé une attirance pour le théâtre, mais j'étais persuadée qu'elle aimait surtout se donner en spectacle. Je n'imaginais pas qu'elle puisse avoir un jour la volonté nécessaire pour passer des heures à apprendre un texte et à répéter. Lorsque le rideau tomba et que nous nous levâmes tous pour applaudir, je me demandai soudain si je ne l'avais pas sous-estimée.

— Votre mère a dû en voir de toutes les couleurs avec elle, remarqua Mr. Stewart.

— Elle en a fait voir de toutes les couleurs à toute la famille ! approuvai-je. Je ne sais pas ce que nous allons en faire, maintenant qu'elle est presque adulte !

— Helen, elle, a décidé d'aller à Broadway. Je suis en train de lui chercher une école de bonnes manières.

Au moment du salut final, les petits comédiens furent comblés d'applaudissements et de sifflets enthousiastes et arrosés de pétales de papier orange que nous avaient vendus les ouvreuses durant l'entracte. Une foule d'admirateurs se rua sur la scène et nous perdîmes Fleurette et Helen de vue.

Nous retournâmes dans le hall avec les autres familles pour attendre la sortie des petits comédiens. Les plafonds peints en or et turquoise étincelaient au-dessus de nous et, à chaque angle du grand hall, un griffon ou un diablotin nous lançait son sourire grimaçant. Les cris des parents félicitant leurs enfants retentissaient tout autour de nous et l'ensemble formait dans l'atmosphère une sorte de grondement intense qui interdisait de dire la moindre chose sans hurler. Il me sembla voir la chevelure brune de Fleurette traverser la foule et disparaître à nouveau. Réfugiées dans un coin, Norma et moi attendions en compagnie de Mr. Stewart.

— Avez-vous une idée de ce que sera la production de Noël ? nous cria ce dernier par-dessus le brouhaha.

— Parce qu'il va y avoir un autre spectacle à Noël ? s'alarma Norma.

— Bien sûr ! répondit-il d'un ton ravi. Mais ne vous inquiétez pas : rien d'autre que des chants de Noël et des bougies. Il n'y aura ni auditions ni costumes.

— Finalement, Mrs. Hansen a peut-être un semblant de jugeote... bougonna ma sœur.

Trouvant le hall trop bondé et suffocant, je décidai de sortir. Devant le théâtre, j'aperçus alors Fleurette appuyée contre une automobile noire, en train de bavarder avec un homme qui me tournait le dos. Souriante à côté d'eux, Helen les observait sans rien dire. Je plissai les yeux face à ce dos puissant et ces larges épaules. L'homme se tenait à demi dans l'ombre, de sorte que je ne pouvais dire s'il avait les cheveux blonds ou châtains. Je devinai en revanche qu'il était assez jeune à la coupe de son col et au rire joyeux de Fleurette à tout ce qu'il disait.

Mr. Stewart m'avait suivie au-dehors. Je sursautai en l'entendant derrière moi.

— Je ne sais jamais si je dois aller interrompre ce genre de conciliabule ou me contenter de rester à proximité en fusillant le jeune homme du regard, me murmura-t-il.

— Vous devez avoir plus d'expérience que moi, répondis-je, mais je serais encline à faire davantage que le fusiller du regard…

Le garçon se pencha pour dire quelque chose à Fleurette, qui se hissa sur la pointe des pieds pour l'écouter. Je me souvins tout à coup de la présence du revolver dans mon sac à main.

— À l'école, Helen fait l'objet de beaucoup d'attention de la part des garçons, poursuivit Mr. Stewart. Mais j'ai cru comprendre que Fleurette a… a bénéficié d'une scolarité à domicile. De sorte que les garçons ne la découvrent que maintenant…

Ma mère avait résolu d'instruire Fleurette à la maison afin de ne pas la soumettre à la curiosité d'une institutrice. Fleurette était déjà grande lorsqu'elle s'était rendu compte que les autres enfants de son âge allaient à l'école. Maman s'était alors contentée de lui expliquer avec une moue méprisante que les établissements du comté de Bergen n'étaient pas à son goût.

C'était la première fois que l'on me questionnait à ce sujet et je m'efforçai d'élaborer une réponse pour Mr. Stewart, mais je n'en eus pas le temps : déjà, le garçon s'éloignait et disparaissait au coin de la rue. Helen et Fleurette nous aperçurent alors et nous rejoignirent en courant. Elles nous renversèrent presque quand elles arrivèrent à notre hauteur. Un voile de sueur leur couvrait le visage, fruit d'une excitation mêlée d'épuisement et, j'en avais peur, résultat, aussi, de la rencontre avec le jeune homme. Des bouclettes leur collaient à la nuque et toutes deux avaient les joues du même rouge. Elles criaient encore, comme si elles avaient oublié qu'elles n'étaient plus sur scène.

— Alors, comment j'étais ? demanda Helen à son père en tournoyant devant lui. Tu as vu quand Fleurette m'a marché sur les pieds pendant notre duo ?

— Ce n'est pas vrai ! protesta l'intéressée. C'est toi qui as mis tes pieds sous les miens. Si tu les avais mis là où ils devaient être, je n'aurais pas marché dessus.

Elle s'appuya sur moi, me glissa un bras autour de la taille et me considéra avec le regard interrogateur et plein de désir d'une jeune fille guettant des félicitations pour une chose qu'elle était déjà consciente d'avoir très bien faite. Ses yeux sombres brillaient derrière les bavures noires de son maquillage.

Malgré tous mes efforts pour ne rien demander, je ne pus m'en empêcher.

— Qui était ce garçon ?

— Qui ça ? Le paysan ?

— Non, celui qui était là il y a deux minutes.

— Ah !

Elle poussa un petit cri et se retourna pour prendre Helen par l'épaule.

— C'était juste l'un de nos admirateurs !

— Nous en avons trop pour tenir le compte, renchérit Helen.

Son père lui répondit d'un demi-sourire circonspect.

— Il a dit que, la prochaine fois, il apporterait son carnet d'autographes, ajouta Fleurette.

— Il n'a pas un nom ? demandai-je.

Fleurette haussa les épaules et les filles se remirent à parler du spectacle. Nous les gratifiâmes de toutes les louanges que leur tempérament pouvait supporter et je m'enhardis à essuyer de mon mouchoir le rouge à lèvres de Fleurette. Elle esquiva mon geste et me sourit, ravissante et radieuse.

13

Norma et Fleurette rentrèrent à la ferme avec Helen et son père, tandis que je prenais le chemin de la gare et m'installais dans le train pour New York avec la sombre résignation d'un ouvrier voyageant dans la nuit froide vers quelque usine lointaine, si ce n'est que mon usine à moi ne comportait ni chaudières à vapeur ni presses à découper, mais asiles de nuit et témoins réticents. Le train fonçait parmi les marécages gelés bordés de joncs qui devaient être roses le jour, mais qui se dressaient, noirs et solennels, sous le clair de lune.

De retour dans la salle à manger du *Mandarin* le lendemain matin, je trouvai Geraldine et Ruth en train d'achever de boire leur café. Carrie, qui devait couvrir une parade, était déjà partie.

— Elle a les parades en horreur, commenta Ruth en poussant vers moi le porte-toasts. Elle a hâte que vous attrapiez votre homme pour pouvoir publier un vrai article à la une !

— S'il doit y avoir un article, elle en aura la primeur, assurai-je, avant de vider ma tasse.

— Avez-vous recueilli de nouvelles informations ? s'enquit Geraldine.

— Je sais désormais que von Matthesius avait des dettes. Cela ne me surprend pas : très souvent, les malfaiteurs commettent leurs délits à cause des créanciers qu'ils ont sur le dos. Je sais aussi qu'il administrait de faux traitements à ses patients et qu'il profitait ensuite de leur faiblesse.

— J'imagine que c'est là l'accusation la plus grave, commenta Ruth.

— Oh non, il y a bien pire que cela : il a épousé contre son gré la fille d'un homme très fortuné après l'avoir assommée de médicaments...

— C'est donc un prédateur et un escroc, conclut Geraldine.

— Et un impudent, puisqu'il pensait pouvoir s'en tirer après cela, ajoutai-je. Ce matin, j'ai prévu d'aller voir quelqu'un dans l'East Side et, ensuite, j'essaierai de parler à la jeune fille que von Matthesius a épousée de force, en espérant que je parviendrai à découvrir où elle habite !

— Pour cela, vous devriez demander à Carrie, conseilla Ruth. Les journaux disposent de toutes sortes de méthodes pour localiser les gens.

Geraldine jeta un coup d'œil à la pendule et se leva.

— Pour nous, il est l'heure d'aller au bureau et, pour vous, celle d'enfoncer des portes et de vous faufiler dans des ruelles sombres. Je ne suis pas certaine de vous envier vraiment, mais cela se pourrait bien tout de même !

J'étais cette fois bien mieux équipée que les jours précédents pour affronter le froid : j'avais des bottines fourrées, un manteau plus épais et des gants. Le portier de l'hôtel me mit dans un cab, mais je ne donnai pas au chauffeur l'adresse précise, de crainte qu'il ne refuse de me conduire jusqu'au *Warren*. De fait, il se montra même réticent à me déposer dans Bowery Street comme je le lui demandai, et il me fallut raconter que j'étais envoyée par une œuvre caritative et que je m'étais déjà rendue plusieurs fois seule dans ce quartier pour qu'il finît par y consentir.

Le Warren se trouvait dans une petite rue bordée de bars et de dancings miteux, dont certains maintenaient leurs portes ouvertes malgré le froid. Résistant à la tentation de jeter de petits coups d'œil à l'intérieur, je pressai le pas.

Sur la devanture de la pension, une pancarte annonçait des chambres libres pour messieurs. Je pénétrai dans un minuscule vestibule qui ne pouvait contenir qu'une personne à la fois et une odeur de bougies au soufre me prit aussitôt à la gorge, m'obligeant à sortir mon mouchoir pour le presser contre mon nez. Sans doute avait-on fait la chasse aux punaises dans l'hôtel, et il n'y avait plus qu'à espérer que l'effort avait porté ses fruits. Dans le doute, je me redressai pour que le bas de mes jupes ne touchât pas le sol. Devant moi – il n'y avait de toute façon rien d'autre à regarder – le guichet de la réception glissa, révélant un vieil homme au nez rouge énorme et au front sillonné de veines bleues, qui dirigea vers moi un cornet acoustique en bois poli.

— Je voudrais voir Alfonso Youngman, annonçai-je d'une voix lente et distincte, directement dans la trompe.

— Le réseau Youngman ? On n'a pas ça ici, je ne sais pas de quoi vous parlez.

180

— Pas le réseau... Alfonso ! C'est son nom :
Alfonso Youngman.

Le vieil homme reposa la corne.

— Ah, celui-là ? Il est parti les pieds devant.

— Vous voulez dire qu'il est mort ?

Il n'eut pas besoin de son dispositif pour
comprendre la question.

— Il s'est pendu au tuyau de chauffage. Il nous
a causé un bazar de tous les diables...

— Pouvez-vous me dire quand c'est arrivé ?

L'homme secoua la tête et reprit sa corne.

— Quand Mr. Youngman est-il mort ?

— Pas plus tard que le mois dernier. On n'arrive
plus à louer sa chambre depuis. Personne n'en veut.

— Savez-vous pourquoi il a fait cela ? criai-je
dans le cornet.

— À cause d'une fille. Bea, qu'elle s'appelait.
Enfin, quelque chose comme ça...

— Pourrais-je voir la chambre ?

Le vieil homme sourit, dévoilant une succession
irrégulière de dents jaunies.

— Cette chambre, répondit-il, on peut la louer à
condition d'être un homme et d'avoir deux dollars
en poche.

Je lui en tendis quatre et il me confia une clé.

Alfonso Youngman avait vécu au bout du couloir
du troisième étage, dans une chambre étroite et
misérable donnant sur la rue. La pièce ne comportait
qu'un lit métallique, une petite table, une chaise de
bois et une commode, ainsi qu'un minuscule lavabo
triangulaire calé dans un coin. Le papier peint était
à motif d'acanthes brunes et une accumulation de
poussière le long des murs suggérait que le parquet
n'avait pas toujours été nu. Il y avait, accroché à

un clou, un calendrier publicitaire de l'année 1913 vantant les mérites d'une compagnie d'assurances contre les incendies et deux assiettes ébréchées avaient été abandonnées sur la table.

J'ouvris un à un les tiroirs de la commode, libérant une forte odeur de boules antimites, et les refermai. Tout ce qu'avait pu posséder Alfonso Youngman avait été vidé.

N'ayant rien trouvé qui pût m'être d'une quelconque utilité, je me postai dans un coin de la chambre pour examiner le tuyau déformé au-dessus de moi. Une soudure avait été pratiquée à l'endroit où il s'était rompu.

Lorsque je rentrai au *Mandarin*, Carrie était revenue de sa parade. Comme l'avait prédit Ruth, elle se montra ravie de prendre en main les recherches pour localiser Beatrice Fuller. Nous nous partageâmes les annuaires de la ville et chacune de nous prit place dans la cabine téléphonique de son étage afin d'appeler tous les Fuller de la liste. L'une de ses collègues du journal s'occupa pour sa part de consulter les index et de téléphoner à chacun des Fuller qui y figuraient, l'idée étant qu'une famille nantie devait être assez en vue pour que l'on ait un jour parlé d'elle dans la presse. Nous dînâmes ensuite ensemble dans la chambre de Carrie.

— Mais pourquoi ne pas demander tout simplement au shérif où habite cette Beatrice Fuller ? interrogea la jeune journaliste en soufflant sur sa soupe.

— Je... Enfin... nous avons eu certaines difficultés, le shérif et moi, répondis-je. Et je ne sais pas trop où en sont les choses en ce moment.

Elle reposa sa cuillère et se tamponna la bouche.

— En fait, je suis sûre que vous ne nous avez pas tout dit sur cette histoire de shérif et de prisonnier que vous avez laissé filer, déclara-t-elle. Pourquoi ne me racontez-vous pas exactement ce qui se passe ?

— Si je le fais, vous allez le rapporter dans votre journal, n'est-ce pas ?

— Bien sûr ! Je suis journaliste, c'est mon métier de raconter. C'est une chose que vous ne devez jamais perdre de vue dans votre travail : tout ce que vous nous dites se retrouve dans le journal !

— Dans ce cas, je vais retourner à mon téléphone !

Ce fut en fin de compte la jeune employée de la rédaction qui repéra la famille de Beatrice Fuller et nous appela, vers huit heures, pour nous en informer. Les Fuller n'avaient manifesté aucun désir de me recevoir, mais l'employée avait su se montrer convaincante au téléphone, présentant les choses comme s'ils n'avaient pas leur mot à dire.

— Elle a prétendu que c'était un appel officiel et qu'ils devaient se préparer à votre arrivée, m'informa Carrie. J'aurais bien aimé avoir un portraitiste sous la main pour l'envoyer là-bas avec vous !

— Ce n'est pas encore le moment. Ni pour les portraits ni pour les articles, répondis-je.

Je reconnaissais cependant que quitter ainsi l'hôtel à la nuit tombée pour aller interroger les Fuller avait de quoi titiller sa curiosité. J'avais déjà retiré mes chaussures et desserré ma robe et je dus me rendre de nouveau présentable, avant de remercier Carrie et de courir prendre un taxi.

Mr. et Mrs. Fuller vivaient à l'autre extrémité de la ville, dans une vaste demeure de pierre couleur pêche. Un large auvent protégeait le portail d'entrée et des lumières brillaient à toutes les fenêtres. Dans la maison voisine, de la fumée de cigarette s'échappait par une fenêtre entrouverte et l'on entendait des rires joyeux.

Une bonne guettait mon arrivée derrière la porte. Elle baissa les yeux vers mes mains lorsque je me présentai, prête à saisir la carte de visite que j'étais censée lui tendre. Confuse, je bredouillai que je n'en avais pas et que je déclinerais moi-même mon identité lorsque je verrais les Fuller. Cela dut la contenter, car elle me fit entrer et me précéda dans un élégant escalier orné d'un tapis maintenu en place par des tiges de cuivre que l'on devait, me sembla-t-il, astiquer chaque semaine. Parvenue au premier étage, la domestique poussa une lourde porte en chêne et m'annonça sous le nom de *Miss Constance*, avant de s'effacer.

Je pénétrai dans un petit salon et vis Mr. et Mrs. Fuller installés dans de moelleux fauteuils près de la cheminée. Tous deux se levèrent aussitôt et j'eus la surprise de découvrir qu'il s'agissait d'un couple âgé. Mrs. Fuller était l'une de ces femmes extraordinaires qui vieillissent bien mieux que les autres. Elle devait avoir soixante-dix ans mais, dans ses yeux et son sourire, il me sembla voir la jeune fille qu'elle avait été jadis. Ses cheveux blancs, fins comme de la barbe de maïs, étaient réunis en un petit chignon lâche semblable à ceux qu'affectionnent les nobles d'Europe. Elle portait une robe longue en velours qui eût impressionné Fleurette et qui paraissait bien trop habillée pour une soirée chez soi au coin du feu.

Mr. Fuller faisait la même taille qu'elle – ensemble, ils formaient un couple compact, aussi charmant que ceux que l'on voit représentés sous forme de petites figurines en céramique – et il était également vêtu comme s'il allait sortir, si ce n'est qu'il avait troqué le manteau contre l'une de ces vestes d'intérieur que portent les hommes de sa classe lorsqu'ils restent chez eux. Il avait un monocle et une moustache grise malicieusement incurvée en ses extrémités. Je ne pus m'empêcher de penser qu'il faudrait peindre un portrait de ce couple pour en faire des cartes postales.

— Je suis confuse de vous importuner à cette heure, déclarai-je, mais il s'agit d'une affaire urgente et j'espère que vous-même ou Miss Beatrice pourrez m'apporter votre aide.

L'homme et la femme échangèrent un bref regard avant de m'inviter à prendre un siège. Je m'assis à l'extrême bord d'un petit sofa et ils prirent place dans deux chaises, face à moi.

— Nous n'attendions pas une dame, indiqua Mrs. Fuller. Vous ne venez pas de votre propre initiative, n'est-ce pas ?

— Sachant que la victime est une jeune fille, le shérif a estimé judicieux de me confier le soin de vous interroger.

— Le shérif ? s'étonna Mr. Fuller. La personne que nous avons eue au téléphone n'a rien voulu nous dire. Sachez cependant que nous ne souhaitons en aucun cas voir notre nom mêlé de près ou de loin à des problèmes.

— Il n'en sera rien, croyez-le bien ! m'empressai-je d'assurer.

Je leur parlai alors de l'évasion de von Matthe-sius, dont la presse les avait déjà informés, et leur racontai comment mes investigations m'avaient menée jusqu'à eux.

— Ma foi, je vous garantis que nous ne le cachons pas ici ! s'exclama Mr. Fuller avec un rire nerveux.

— Non, bien sûr ! Je me demandais seulement si vous ne connaissiez pas des personnes qui lui auraient été associées. Et, si ce n'est pas le cas, pourrais-je m'entretenir avec Beatrice ? Est-elle ici ?

Le couple se regarda de nouveau.

— Notre petite-fille est en de très bonnes mains en Californie, répondit Mrs. Fuller. Ses médecins espèrent pouvoir nous la renvoyer avant l'été. Elle ne doit absolument pas parler de cette période et il est hors de question qu'elle réponde à un interrogatoire du shérif à ce propos.

Au ton de sa voix, je compris qu'elle-même ne tolérerait pas beaucoup d'autres questions de ma part.

— Mrs. Fuller, tout ce qui nous intéresse, c'est de capturer cet homme et de le mettre hors d'état de nuire. Si Beatrice a mentionné devant vous le moindre nom, cela pourra peut-être nous donner une idée de l'endroit où il se dissimule en ce moment…

— La seule personne dont elle nous ait jamais parlé, c'est ce jeune Youngman, maugréa Mr. Fuller, ce qui lui valut un coup d'œil sévère de son épouse. C'est à cause de lui que nous l'avons envoyée dans l'Ouest. Je commençais à croire qu'elle s'entêterait jusqu'à épouser ce garçon.

Ne connaissant que fort peu de chose sur l'affaire, je procédai avec précaution.

— D'après ce que j'ai compris, Alfonso Young-man a tenté de la sauver et de mettre fin à… à ce qu'elle subissait.

— Et je reconnais qu'il a été très courageux ! acquiesça Mrs. Fuller. Mais cela ne lui donnait nullement le droit de lui écrire ces lettres et de chercher à la revoir ! Elle était encore très fragile et il n'avait pas à exploiter ainsi la gratitude que nous lui avons tous témoignée à l'époque.

Ils ignoraient à l'évidence que le jeune homme n'était plus de ce monde. Ce qui était logique.

— Il semble que Mr. Youngman n'ait pas été très solide lui-même, déclarai-je, avec toute la délicatesse dont j'étais capable. Il a été retrouvé mort dans sa chambre il y a un mois. J'ai le regret de devoir vous préciser qu'il s'agit d'un suicide.

Mrs. Fuller parut accuser le coup et, aussitôt, son époux se leva pour venir se poster derrière elle.

— Si ce que vous nous dites est vrai, Miss Kopp, c'est une nouvelle tragédie qu'il faudra ajouter à la longue chaîne de malheurs qu'a causés ce von Matthesius. Je voudrais que nous n'ayons jamais croisé son chemin. Mais j'ai toujours l'intention de poursuivre le Dr Rathburn en justice. Il importe que quelqu'un l'arrête.

— Le Dr Rathburn ? répétai-je.

Mr. Fuller aida sa femme à se lever. Il était clair que l'entretien était clos. Nous nous dirigeâmes ensemble vers la porte.

— Le Dr Rathburn avait insisté pour que nous fassions soigner Beatrice à Rutherford. En fait, ils tenaient cet établissement ensemble, tous les deux. Ma petite-fille avait si peu de valeur à leurs yeux que ces individus ne cessaient de vouloir nous extorquer davantage d'argent sous prétexte de s'occuper d'elle, sans parler de ce qui a dû arriver à la pauvre enfant pendant qu'elle était chez eux, trop droguée pour savoir ce qu'on lui faisait. Je souhaite de tout mon cœur qu'elle ne retrouve jamais le souvenir de cette période ! Alors, je vous en prie, dites au shérif de se dépêcher d'arrêter ces deux-là et de les placer derrière les verrous, et sous bonne garde cette fois !

14

Le vent soufflait en rafales sur la Cinquième Avenue le lendemain matin et le froid mordant de l'air annonçait de la neige à venir. Je me frayai un chemin parmi les hordes de promeneurs qui rendaient cette artère constamment impraticable. Dans certains magasins de confection pour dames, les tailleurs avaient entamé une grève et ils étaient sortis sur le trottoir en brandissant des pancartes, avec autour du cou leur mètre de couturière que la bise menaçait d'emporter. À leurs côtés, leurs vendeuses distribuaient des tracts qui s'envolaient tout autant, se disséminaient aux quatre vents et fouettaient au passage le visage des passants.

J'avais une ampoule au talon, conséquence de mes longues marches dans la boue et la pluie. J'avais certes changé de chaussures et opté pour mes bottines les plus robustes, mais le mal était fait. Je serrais les dents et m'efforçais de ne pas boiter. Une fois parvenue dans la Cinquante-cinquième Rue, je cherchai les numéros des maisons et finis par repérer l'immeuble de bureaux qui abritait le cabinet du Dr Milton Rathburn.

Avec ce nom lancé à la fin de notre entretien, les Fuller m'avaient donné une dernière chance. Si le médecin savait quelque chose sur von Matthesius, cela me fournirait peut-être une nouvelle piste à suivre. Sinon, tout serait terminé. J'aurais le choix entre rester à New York pour hanter les gares et les stations de ferries dans l'espoir de l'apercevoir, ou rentrer chez moi et attendre de connaître mon sort. Je refusais de songer à ce que pourrait être celui-ci. En outre, l'idée de me lever chaque matin en sachant le shérif derrière les barreaux m'était insupportable. Baissant la tête pour lutter contre le vent, je me promis de ne pas repartir sans avoir arraché ne serait-ce qu'un fragment d'information au Dr Rathburn.

Son cabinet médical se trouvait au troisième étage d'un bâtiment de pierre qui avait pu être blanc un jour, mais qui semblait désormais avoir été frotté au charbon. Je n'eus qu'à pousser le portail d'entrée. Dans le hall, je trouvai une liste des occupants de l'immeuble, presque tous médecins, dentistes ou oculistes.

Au troisième étage, la porte du Dr Rathburn était ouverte et une jeune fille brune à la mine sérieuse était assise derrière un bureau, les mains croisées devant elle comme si elle n'avait fait jusque-là que m'attendre.

— Je viens voir le Dr Rathburn, annonçai-je. Je n'ai pas rendez-vous, je souhaite juste lui poser une question.

— Oh, je suis désolée, madame, répondit la réceptionniste en feuilletant un agenda du bout de son crayon, mais le docteur est complet aujourd'hui. Je peux vous proposer un autre jour, si vous voulez.

— Je suis juste venue lui poser une question, répétai-je. C'est une affaire confidentielle.

Elle me dévisagea à ces mots, haussant les deux lignes fines qui lui tenaient lieu de sourcils sous un front sans rides.

— Le docteur n'est pas là, avoua-t-elle.

— Eh bien, ce n'est pas grave, je vais l'attendre.

— Mais je ne sais pas à quelle heure il va arriver.

— Je n'ai rien d'autre à faire aujourd'hui de toute façon. Je vais patienter.

Installée dans la petite salle d'attente, je lus le journal d'un bout à l'autre, le relus, puis portai mon attention sur un vieux magazine abandonné là. Dans le hall d'entrée, la réceptionniste déplaçait des papiers sur son bureau pour me donner l'impression qu'elle travaillait.

Il était plus de midi lorsque le Dr Rathburn fit son apparition. J'étais si engourdie d'être restée assise que la tête me tourna quand je me levai pour aller à sa rencontre.

Il incarnait le personnage du médecin fou de façon si absurde que l'on pouvait se demander s'il ne jouait pas un rôle. Ses cheveux bruns se dressaient en touffes épaisses sur sa tête, toutes pointées dans une direction différente comme autant de cornes de démons. Il portait des lunettes en écaille de tortue et ses sourcils en accents circonflexes lui donnaient un air de perpétuelle surprise.

Il avait sur le bras un tablier de tweed froissé, et non la blouse blanche des médecins modernes.

— Je croyais n'avoir personne ce matin, marmonna-t-il et il baissa les yeux vers le cahier de rendez-vous.

— Non, vous n'aviez personne, confirma la réceptionniste, mais cette dame veut à tout prix vous parler. Elle a tenu à vous attendre.

— Je viens de la part de mon employeur, m'empressai-je d'expliquer. Il aimerait en savoir davantage sur les traitements que vous proposez, mais comme c'est une personne très en vue, il souhaite être assuré de la plus grande discrétion.

Le médecin poussa un soupir tout en promenant la main dans ses cheveux ébouriffés en une tentative infructueuse de les discipliner.

— Ils sont tous très en vue… marmonna-t-il d'un ton excédé.

— Si vous pouviez juste m'accorder un petit moment…

Avec un hochement de tête, il m'ouvrit la porte de son cabinet.

Je le suivis dans une pièce luxueusement meublée, avec de hautes fenêtres et un imposant lustre électrique au plafond, des fauteuils de cuir et un immense bureau de bois brillant. C'était un lieu destiné à signifier aux visiteurs qu'ils allaient se séparer d'importantes sommes d'argent.

J'avais préparé un topo assez simple pour le Dr Rathburn. Mon intention était d'en apprendre le plus possible sur ses activités avant d'évoquer von Matthesius.

— Comme je vous l'ai dit, mon employeur requiert la plus grande discrétion. Il a eu vent de vos services par sa sœur, qui a séjourné dans un sanatorium du New Jersey. Je ne me souviens plus du nom du médecin qui le tenait, mais vous le connaissez nécessairement, parce qu'il lui a dit beaucoup de

bien de vous. Je crois que c'est un nom allemand...
Oh, comme je suis bête de l'avoir oublié !

— Peu importe ! fit le Dr Rathburn en tapotant son
bureau du bout des doigts. J'ai des correspondants
dans tout le pays. Beaucoup d'entre eux m'envoient
des patients et il n'est pas inhabituel que je recommande moi-même à des patients l'un des sanatoriums que l'on trouve à la périphérie de la ville,
afin qu'ils y soient soignés en toute discrétion. Vous
pouvez rassurer votre employeur : nous proposons
les traitements les plus modernes pour toutes sortes
de maladies nerveuses, et nul n'a besoin de savoir
quoi que ce soit...

Il repoussa sa chaise pour indiquer que l'entretien
touchait à sa fin, puis, se ravisant, inclina la tête
pour me scruter par-dessus ses lunettes.

— En qualité de quoi ce monsieur vous emploie-
t-il ? interrogea-t-il.

— Eh bien, j'ai commencé à travailler chez lui
comme secrétaire particulière de son épouse et, à
présent, je m'occupe de l'agenda de toute la famille
et je supervise le personnel. Il arrive aussi que l'on
me confie la gestion d'affaires un peu délicates.

— Et en général, votre employeur est-il satisfait
des dispositions que vous prenez pour lui ? s'enquit-
il d'une voix lasse.

Les riches devaient être des gens très pénibles à
ses yeux, malgré les généreuses rétributions dont
ils le gratifiaient.

— Je suis sûre qu'il le sera, répondis-je avec un
large sourire. Vous aurez de ses nouvelles sous peu.

Il désigna la porte d'un geste et m'escorta dans le
vestibule, où la réceptionniste était toujours assise,
mains croisées, dans la position où je l'avais trou-

vée à mon arrivée. Je remerciai mon interlocuteur en m'efforçant d'adopter l'attitude d'une secrétaire et fis mine de m'en aller, avant de me retourner soudain pour lancer d'un ton léger, comme si une idée venait de m'effleurer :

— En fait, cela me revient… Il me semble que ce sanatorium se trouvait à Rutherford. Êtes-vous sûr de ne pas connaître de médecin là-bas ? Un certain von Matheson, je crois, enfin, quelque chose comme ça…

Je le vis cligner plusieurs fois des paupières à ces mots, mais peut-être était-ce une poussière qu'il tentait de chasser…

Avant cette rencontre, j'avais été habitée par le désagréable sentiment que je n'aurais jamais dû suivre le conseil d'Henri LaMotte. Comment pourrais-je retrouver von Matthesius si j'évitais les lieux où il était le plus susceptible de passer : l'appartement de son frère, les gares, et tous les autres points que faisait sans doute surveiller le shérif Heath en cet instant ? J'avais consacré un temps fou à interroger des gens qui n'avaient aucune envie de me parler, découvert des histoires tragiques et de terribles secrets. Mais rien ne m'avait encore mise sur une piste propre à me conduire jusqu'à von Matthesius.

Dans ce bureau, en revanche, j'avais senti quelque chose dans l'air, j'avais eu le sentiment de me rapprocher du but. Depuis le début de mon enquête, c'était la première fois que je mentais, la première fois que je ne dévoilais pas qui je cherchais ni pourquoi, la première fois que je me laissais aller à cette excitation électrique liée à l'instinct, curieuse de suivre celui-ci pour savoir où il me mènerait.

Car ce fut bien l'instinct qui m'interdit de quitter les lieux lorsque le Dr Rathburn eut refermé la porte. Celle-ci, dont la partie supérieure était en verre dépoli, laissait filtrer la lumière et une bonne partie des sons. Plaquée contre le mur, je tendis l'oreille.

— Appelez le *Murray's* et demandez Mr. Kyne.

C'était un ordre que le médecin adressait à sa réceptionniste.

J'entendis aussitôt cette dernière réclamer l'opérateur, puis il y eut une sorte de petit tapotement, comme si l'on jouait avec un crayon. Au bout d'un moment, la voix féminine s'éleva de nouveau :

— C'est le Dr Rathburn, pour Mr. Kyne.

Un autre temps assez long s'écoula, au cours duquel on échangea des paroles que je ne distinguai pas, puis la voix du médecin se fit soudain plus sonore :

— Pat ? C'est Milt. Il y a quelque chose pour moi au vestiaire ? Oui, je patiente…

La réceptionniste prononça d'autres mots inintelligibles, puis la voix masculine revint :

— Non ? Tu es sûr, Pat ? Quelque chose qui aurait été déposé par un gars du nom de Felix von Matthesius… Oui, le même que l'autre fois… Il n'est pas passé ? Bon, très bien. Je t'envoie la petite.

Le médecin échangea alors des murmures avec sa secrétaire, puis je l'entendis lui commander de partir.

— En général, Felix y va après le déjeuner. Dépêche-toi, il faut que tu y sois avant lui. Et tu donneras ça à la fille du vestiaire !

La jeune femme répondit d'une voix étouffée et le cliquètement d'un trousseau de clés me parvint. Je m'empressai de gagner l'escalier et descendis à toutes jambes pour aller me poster sur le trottoir d'en face. Lorsque la réceptionniste émergea du bâtiment et remonta la Cinquante-cinquième Rue, je me lançai à sa poursuite, à une centaine de mètres derrière elle. Pas une fois elle ne se retourna. Quand elle atteignit le *Murray's*, je l'attendis à l'extérieur, afin de ne pas risquer de la croiser au moment où elle ressortirait.

Le *Murray's* occupait plusieurs étages d'un bel immeuble de brique dans le quartier des théâtres. Un enchaînement très élaboré de colonnes, de treillage, de vignes et de sculptures autour de l'entrée lui donnait l'apparence d'un palais romain. Par le vendeur d'un kiosque à journaux voisin, j'appris qu'il s'agissait d'un restaurant dont le vestiaire était réputé : on y confiait bien sûr son manteau et son chapeau lorsqu'on venait dîner, mais on pouvait aussi y déposer par exemple une enveloppe pleine d'argent ou un paquet au contenu plus ou moins douteux à l'intention d'une tierce personne. Quelques jours plus tôt à peine, me raconta l'homme, quelqu'un avait laissé là une urne emballée qui contenait les cendres d'une grande actrice de comédies musicales. Voyant que nul ne venait réclamer l'objet, la responsable du vestiaire avait ouvert l'emballage et pris peur en découvrant la surface métallique très lisse, qu'elle avait prise pour celle d'une bombe. Aussitôt appelée, la police avait trouvé dans la boîte une note explicative, et le tout avait été expédié au funérarium.

La secrétaire du médecin ne resta qu'une minute ou deux à l'intérieur et je me précipitai dans l'établissement dès qu'elle fut ressortie.

Je n'étais pas préparée au spectacle décadent qui m'attendait. Une gigantesque salle de restaurant s'ouvrait devant moi, prolongée par une scène sur deux niveaux flanquée de colonnes romaines et de statues représentant des nymphes et des créatures fantastiques. Le plafond bleu marine parsemé de minuscules points lumineux donnait l'impression que l'on se tenait sous la voûte étoilée. Couvrant à peine le brouhaha des conversations – et les convives devaient être plusieurs centaines, tous impeccablement vêtus pour une séance de spectacle en matinée ou un après-midi de courses dans les magasins –, une musique jouée par un orchestre de taille respectable se faisait entendre. Je compris qu'il s'agissait d'une répétition en prévision du dîner dansant à venir. Je vis aussi une barge, décorée comme pour un empereur, qui flottait à la surface d'une immense fontaine où j'imaginais déjà les danseurs s'éclaboussant en riant sous les chutes d'eau lumineuses aux petites heures du jour.

C'était un lieu où il fallait être vu, mais n'était-ce pas aussi l'endroit idéal pour se cacher ? Un homme comme Felix, s'il se mettait sur son trente et un, ne pouvait-il pas se glisser dans la foule et passer inaperçu ? Dans ce cas, il me serait impossible de l'atteindre : avec mes vêtements de tous les jours et mon large chapeau de feutre, je me ferais remarquer à coup sûr, sans oublier que je dépassais en taille toutes les dames et bon nombre de messieurs. J'espérais donc qu'il ne ferait que s'arrêter au vestiaire et qu'il ne lui prendrait pas l'idée de passer l'après-midi attablé dans cette salle, à déguster huîtres et palourdes du Pacifique.

Je parvins à me glisser dans un recoin où je n'attirais pas trop l'attention des serveurs qui allaient et venaient. De là, j'avais une vision parfaite sur le vestiaire, situé à l'extrémité d'un petit hall. Une jeune fille en robe verte collectait les manteaux et tendait en échange des tickets numérotés. Tôt ou tard, elle me remarquerait et se demanderait pourquoi je l'observais ainsi. Quant aux serveurs, qui m'avaient ignorée jusque-là, ils finiraient par se préoccuper de moi : ils insisteraient pour me conduire à une table ou me chasseraient de l'établissement. La seule chose à faire était d'aller me poster à l'extérieur, en espérant que je reconnaîtrais Felix avant qu'il ne me repère.

Ainsi passai-je les heures suivantes attelée à cette tâche des plus ennuyeuses qui consiste à ne rien faire et à observer. Très simple à première vue, puisqu'il suffit de regarder tous les gens qui entrent et sortent d'un bâtiment, mais qui n'est cependant pas à la portée de tout un chacun. Elle réclame un haut niveau de concentration, il convient d'observer avec attention tous les chapeaux et tous les manteaux, en se posant chaque fois les mêmes questions : est-ce la bonne taille ? La bonne couleur de cheveux ? Comment se tient-il ? Quel type de comportement a-t-il ? En l'espace d'une seule seconde, chaque homme doit être envisagé, puis disqualifié. Étonnamment, une certaine partie du temps est affectée à différencier les hommes des femmes, afin d'indiquer à l'esprit à quelle silhouette il doit s'attacher. C'est un travail sans intérêt, mais qui réclame la plus grande vigilance, car si la pensée divague, même une toute petite minute, la cible peut nous échapper.

Soucieuse de ne pas attirer les soupçons, je prenais soin de passer d'un endroit à l'autre. Je me postais tantôt sous un auvent face au restaurant, tantôt devant des vitrines de magasins un peu plus loin, puis j'allais rejoindre le croisement de la Quarante-deuxième Rue, un carrefour animé, avant de revenir à mon point de départ. J'avais mal aux jambes à force de rester debout, mes pieds étaient gonflés, mes ampoules me rappelaient leur existence en permanence et le froid me faisait le nez rouge et humide. Tout cet inconfort offrait néanmoins l'avantage de me tenir en alerte et d'accroître encore le désir que j'avais d'attraper mon homme, ne fût-ce que pour mettre un terme à mes souffrances.

Le jour commençait à s'estomper quand Felix m'apparut enfin. Il n'entrait pas au *Murray's*, il en sortait. Comment avais-je pu le manquer ? Je n'eus de lui qu'une brève vision, de profil et doutai un instant. Toutefois, si je ne me décidais pas très vite, il risquait de m'échapper.

Baissant son chapeau sur son front, il prit la direction de Times Square en zigzaguant parmi une forêt de pardessus et de couvre-chefs dans laquelle il menaçait de disparaître à chaque instant. Postée sur le trottoir d'en face, je fus contrainte de mettre ma vie en péril lorsque je me précipitai entre les automobiles pour tenter de le rattraper. Quand j'eus enfin traversé la rue, il avait pris une belle avance. Il marchait vite et, dans la foule compacte du début de soirée, je redoutais de perdre bientôt de vue son chapeau et ses épaules.

Dès lors, il ne fut plus question de discrétion : je me mis à courir, poussant les messieurs bien habillés pour me frayer un passage et manquant même de renverser un trio de jeunes femmes qui occupaient toute la largeur du trottoir en avançant bras dessus bras dessous.

Une main m'agrippa soudain et un homme me proposa son aide. Si je ne faisais rien, j'allais me retrouver entourée d'une foule trop bienveillante, désireuse de me refréner et de me calmer. Éperdue, je ne trouvai qu'une seule issue.

— Au voleur ! criai-je.

Puis, m'arrachant à la poigne qui voulait me retenir, je me remis à courir.

Je fus bien avisée, car deux jeunes gens prirent alors Felix en chasse avec moi. Il y avait tant de monde sur le trottoir qu'aucun de nous trois ne progressait correctement, mais ils réussissaient tout de même mieux que moi à se frayer un chemin parmi la foule. Profitant du passage qu'ils ouvraient ainsi, je finis par me jeter de tout mon poids sur le fugitif, hors d'haleine, à l'intersection suivante.

Felix était plus petit que moi d'une demi-tête, aussi parvins-je sans peine à le saisir par les épaules et à lui passer un bras autour de la gorge. Sous l'effet de cette compression inattendue, il se mit à tousser et je l'obligeai alors à s'agenouiller au sol, avant de m'appuyer contre son dos. Il tenta de me décocher des coups de coude, mais je lui saisis les poignets et le fis plier, face contre terre, sur le trottoir.

À en juger par la densité de la foule désormais rassemblée autour de nous, Felix et moi devions être les personnes les plus intéressantes de New

York en cet instant. Pour réussir à voir, certains curieux étaient même descendus sur la chaussée et bloquaient toute une voie de circulation. Un homme sauta d'une voiture alors qu'elle roulait encore pour ne rien rater de la scène.

Les deux jeunes gens, âgés tout au plus d'une vingtaine d'années, et qui semblaient vivre l'aventure de leur vie, m'aidèrent à immobiliser totalement Felix.

— C'est lui, mademoiselle ? C'est lui qui vous a volé votre sac ?

Le captif se débattit et chercha à se retourner, mais sans parvenir encore à me voir.

— Je n'ai jamais volé de sac à personne ! hurla-t-il.

À ces mots, j'allai me placer devant lui et me penchai. Il poussa un soupir défait en me reconnaissant et se laissa retomber, la joue contre le trottoir glacé.

— Je travaille pour le shérif du comté de Bergen, expliquai-je aux deux garçons. À Hackensack. Cet homme est recherché parce qu'il protège un dangereux fugitif.

Je jetai un coup d'œil sur la foule autour de moi : des gens qui se rendaient au théâtre, tous élégamment vêtus, et qui semblaient prêts à nous jeter des pièces pour nous témoigner le plaisir qu'ils prenaient au spectacle.

— Si quelqu'un pouvait aller chercher un agent de police… repris-je. Cet homme est en état d'arrestation !

Deux ou trois hommes s'éloignèrent aussitôt, mais le gros des spectateurs ne bougea pas, continuant de me considérer avec une curiosité non dissimulée. Certains posaient à leurs voisins des questions dont je ne doutais pas qu'elles me seraient bientôt adressées : qui était ce dangereux fugitif ? Qu'avait-il fait ? Qui étais-je, moi, et en quelle qualité travaillais-je pour le shérif ?

Or c'était plutôt à Felix de répondre à des questions. Je m'agenouillai près de lui et mes jupes s'étalèrent tout autour de moi sur le trottoir. Les deux garçons obligèrent leur prisonnier à se redresser et celui-ci n'eut d'autre choix que de me faire face. Jamais je ne l'avais vu d'aussi près. Son visage était une véritable étude de traits : mâchoire étroite, joues creuses, bouche pincée, et des yeux qui semblaient n'être que des fentes verticales. Il donnait l'impression d'être tourmenté et en colère, sans aucune des prétentions intellectuelles de son frère.

— Où est-il ? lui demandai-je d'un ton dur.

Il se mit à tousser, étranglé par son col que l'un des deux garçons lui serrait autour de la gorge.

— Qui ? lança-t-il quand il put parler.

Je n'aimai ni son sourire sournois ni les dents tachées de thé que celui-ci découvrit. Il avait un petit visage étroit qui évoquait un rat. Son nez lui-même tressaillait par moments.

Un coup de sifflet retentit soudain plus bas dans la rue. La police arrivait et je craignis de la voir emmener le captif sans qu'il m'ait rien révélé.

— Parlez-moi maintenant et tout sera plus facile pour vous.

Il détourna la tête. Alors je sentis une main sur mon épaule et, un instant plus tard, quatre agents de police nous séparaient et nous arrêtaient l'un et l'autre.

— Vous devez avoir une circulaire du shérif du comté de Bergen au commissariat ! criai-je alors qu'on m'emmenait. Téléphonez-lui si vous ne la trouvez pas ! Robert Heath, prison de Hackensack. L'évasion de von Matthesius. Cet homme est Felix von Matthesius. On parle de lui dans les journaux depuis une semaine !

L'agent qui s'était emparé de Felix ne prêta aucune attention à mes propos. L'Irlandais rougeaud et jovial qui m'arrêta, en revanche, se pencha vers moi pour me souffler à l'oreille :

— Ne vous en faites pas, Miss, on aura le temps de bien bavarder au commissariat. Ça nous permettra de rester au chaud une bonne heure, et même toute la nuit peut-être si on doit attendre pour parler à votre shérif.

L'idée de passer la nuit dans une prison de New York n'était guère réjouissante, mais tant que Felix von Matthesius s'y trouvait enfermé lui aussi, je ne me plaindrais pas.

Nous fûmes conduits en voiture au commissariat de police de la Cinquante et unième Rue. Felix fut emmené dans une autre partie du bâtiment pour y être enfermé, tandis qu'on me laissait près de l'entrée, tenue par deux policiers.

— Il va falloir qu'on vous garde ici quelques minutes, Miss, fit l'Irlandais. On doit attendre la gardienne de la prison des femmes pour pouvoir vous mettre en cellule.

— Mais je suis moi-même gardienne d'une prison de femmes !

L'idée de devoir attendre l'arrivée d'une personne qui allait se contenter d'inscrire mon nom sur un registre me mettait hors de moi.

— Appelez le shérif et demandez-lui ! Dites-lui que Constance Kopp a procédé à une arrestation !

L'Irlandais éclata de rire à ces mots.

— Kopp ! Elle est bonne, celle-là ! Vous étiez prédestinée, pas vrai[1] ?

Je regardai autour de moi le petit hall nu, avec ses chaises de bois scellées au sol et son mur couvert d'affiches de personnes recherchées. Un décor qui m'était si familier que j'acquiesçai.

— Oui, en effet...

L'idée me vint alors que, si je perdais mon poste à la prison, la police de New York voudrait peut-être de moi.

En fin de compte, on ne trouva aucune femme disponible et je parvins à persuader les agents de m'enfermer eux-mêmes. La cellule qu'ils m'attribuèrent était plus vaste et plus confortable que la mienne à Hackensack. Aucun des policiers ne voulut croire que je passais mes nuits à la prison, dans les mêmes conditions que les détenus.

— Mais vous n'avez pas envie de rentrer chez vous, Miss ? De voir votre famille ? me demanda l'Irlandais à travers les barreaux.

— Je rentre de temps en temps. Ma famille me voit.

Il me laissa seule et me conseilla de me reposer, car le shérif allait mettre un certain temps à venir jusqu'à la ville. Contre mon gré, je sentis bientôt mes paupières se fermer et finis par sombrer dans un lourd sommeil sans rêves.

Le tintement d'un trousseau de clés m'éveilla et, quand je me redressai d'un bond sur ma couchette,

1. En anglais, *cop* veut dire « flic » et se prononce de la même façon que Kopp. *(N.d.T.)*

le shérif Heath se tenait au-dessus de moi. Avec le chapeau qu'il gardait baissé sur les yeux, je ne pus lire son expression. Je ne pouvais déterminer s'il était content ou en colère, s'il entendait m'emmener avec lui ou me laisser passer la nuit là, mais un immense soulagement m'envahit néanmoins à sa vue.

— Vous l'avez ferré ! me dit-il.

— Ma foi, je…

— On m'a raconté que vous avez bondi sur le trottoir et que vous l'avez projeté au sol.

— Laissez-moi une journée et j'aurai des bleus pour vous le confirmer.

— Vous l'avez repéré et vous vous êtes lancée à sa poursuite au mépris de votre propre sécurité. Il y a des hommes sous mon commandement qui ne se seraient jamais battus avec un suspect comme vous l'avez fait.

— Si vous connaissez une méthode plus simple, faites-le-moi savoir !

Nous nous regardâmes, heureux de retrouver cette vieille familiarité qui s'était développée entre nous.

— Vous êtes la seule qui m'ait apporté quelque chose, reprit-il.

— Je suis aussi la seule à avoir laissé un prisonnier s'évader.

Il eut un demi-sourire las.

— Maintenant que nous tenons Felix, le vieux von Matthesius va avoir du mal à rester caché. Si vous avez d'autres idées, donnez-les-moi ! Vous avez mené une enquête bien plus intéressante que la nôtre. Nous, nous nous sommes contentés de surveiller les gares et de solliciter les services de police.

Ce compliment me mit du baume au cœur, mais je m'empressai de repousser ce sentiment de victoire. À dire vrai, j'étais déçue de constater que, en fait, c'était Henri LaMotte qui avait eu raison. Le shérif n'avait rien accompli de plus que les trois ou quatre choses que l'on faisait chaque fois qu'était commise une infraction.

— Si je n'avais pas trouvé Felix aujourd'hui, moi aussi, j'aurais surveillé les gares, vous savez...

Il fit mine de se diriger vers la porte.

— Dans ce cas, revenez à la prison.

— Cela ne me paraît pas juste.

— Miss Kopp, en ce moment, c'est Morris qui garde la section des femmes et il n'en peut plus. Nous rencontrons un problème avec Providencia Monafo, qui ne veut parler à aucun d'entre nous.

— Qu'est-ce qui se passe ?

— Reprenez le travail ! Une fois que nous aurons mis la main sur von Matthesius, je ferai quelque chose pour votre insigne.

— Une fois que nous aurons mis la main sur lui...

Je n'avais pas besoin de lui demander ce qui se passerait s'il n'était pas retrouvé. Il promena le regard autour de lui et j'eus l'impression qu'il cherchait à s'imaginer vivant dans une cellule comme celle-là.

— Que comptez-vous faire d'autre ? Il n'est pas question que je vous laisse continuer à agir dans votre coin, sans partenaire, sans insigne, sans arme et sans menottes...

— J'ai mon arme avec moi, répliquai-je.

Il sourit et baissa les yeux.

— C'est vrai. L'agent qui est là me l'a dit. Il n'était pas disposé à croire ce que vous lui racontiez

206

jusqu'à ce qu'il trouve un colt Police Positive dans votre sac à main. C'est aussi valable qu'un insigne !

Je n'avais guère le choix, aussi me levai-je en époussetant ma robe.

— Il y a un autre individu impliqué dans cette affaire, un médecin qui attendait que Felix vienne déposer ou prendre un paquet. La police de New York a refusé de m'écouter et d'aller l'interroger. À présent, il s'est sûrement sauvé, mais il serait tout de même bon que quelqu'un vérifie.

— Quelqu'un y est allé.

— Et Felix ne veut rien dire, enchaînai-je. Il est fuyant comme une anguille...

— Eh bien, ramenons-le à Hackensack ! Miss Kopp, il n'est pas dans mes habitudes de supplier les gens... Allez, venez avec moi !

15

— C'est ta dernière chance, Felix, annonça le shérif alors que la voiture s'éloignait de la gare.

Felix fit tinter les chaînes qui lui ceignaient chevilles et poignets.

— Ma dernière chance pour quoi ?

— Pour recouvrer ta liberté. Que dirais-tu de nous conduire jusqu'à ton frère ? Si tu le fais, je suis prêt à te laisser partir, là, tout de suite, au beau milieu de la nuit. Nous t'enlevons tes menottes et nous les lui mettons.

Du siège arrière, je ne distinguais que les contours du chapeau du shérif et de son col. Près de lui, Felix n'était guère qu'une silhouette floue lui aussi. Il poussa un soupir contrarié.

— Voilà comment je vois les choses, poursuivit le shérif : si nous remettons le baron en prison et que toi, nous te libérions, chacun de nous sera revenu exactement à son point de départ ; nous ne serons ni mieux ni moins bien qu'il y a un mois. Ton frère purgera sa peine de prison ; moi, je n'aurai pas un évadé en cavale et toi, tu seras en liberté et tu pourras faire tout ce que tu veux. Franchement, j'aimerais bien que tu me dises ce que tu trouves à redire à mon raisonnement.

— Je sais pas où il est, bougonna Felix.

— Allons, allons, bien sûr que tu le sais ! s'exclama le shérif d'un ton paternel. Toi et le Dr Rathburn, vous le savez tous les deux. Ne me dis pas que le docteur ne l'a pas aidé à se cacher… C'est un bon ami du clan von Matthesius, non ?

— Je connais pas de docteur.

— Il me semblait pourtant que vous aviez pris l'habitude d'échanger des mots doux au vestiaire du *Murray's*, lui et toi !

Felix étouffa un juron et remua de nouveau ses chaînes.

— C'est dommage que la police n'ait pas trouvé de lettre dans tes poches ce soir. Comment t'es-tu débrouillé pour t'en débarrasser ? Tu l'as avalée, peut-être ? Non, ne me dis pas que tu l'as mangée !

— J'ai rien mangé du tout…

Un fourgon de police apparut devant nous et je vis Felix tressaillir comme un homme toujours en alerte, redoutant en permanence une arrestation.

— Tu n'as plus besoin de te cacher de la police maintenant, Felix, assura le shérif, à l'évidence aussi observateur que moi. Seulement, écoute-moi bien : dès que nous arriverons au poste, ma proposition ne tiendra plus. Alors réfléchis ! Tu nous conduis à ton frère et tu es libre !

Felix émit un grognement en guise de réponse. Le shérif Heath me regarda.

— Dites-moi, Miss Kopp, Felix a-t-il déjà visité l'intérieur de notre prison ?

— Non, je ne pense pas qu'il soit allé au-delà de notre parloir, shérif, répondis-je en me penchant pour placer ma tête entre eux.

— Cela vaut mieux, soit dit en passant. Il y a des gens qui préfèrent ne pas être trop connus des services de police...

Felix fixa la vitre.

— D'ailleurs, toutes ces portes et tous ces cadenas, cela ne lui plairait peut-être pas beaucoup, renchéris-je.

Le shérif se retourna un instant vers moi et haussa les sourcils.

— C'est bien possible. Les barreaux en fer, ça peut mettre mal à l'aise...

Nous poursuivîmes sur le même ton jusqu'à notre arrivée à Hackensack, cherchant l'un et l'autre à inciter Felix à dire des choses susceptibles de nous aider, et ce dernier gardant obstinément le silence. J'étais heureuse de retrouver la compagnie du shérif Heath. Celui-ci semblait toujours très à l'aise lorsqu'il s'adressait aux prévenus, totalement sûr de lui quand il menait ses enquêtes. Après ces journées à arpenter les rues de New York, seule et sans la moindre idée de ce que je pourrais bien découvrir, je me sentais de nouveau en terrain solide.

— Nous sommes presque arrivés, Felix, annonça le shérif lorsque la prison se profila devant nous. Ce que je peux faire maintenant, c'est prendre sur la droite et partir chercher ton frère avec toi.

Felix secoua la tête de manière presque imperceptible. Je n'entendais même pas le souffle de sa respiration.

Les femmes du cinquième étage furent heureuses de me revoir. Mary Lisco, la pickpocket évadée de la prison de Newark, avait été renvoyée là-bas et, à sa place, nous en avions reçu une autre, une jeune fille d'à peine dix-huit ans, spécialisée dans les gares ferroviaires, capable de subtiliser des pièces dans des porte-monnaie et de détacher broches et épingles des manteaux qu'elles ornaient. Martha Hicks, notre voleuse d'articles de bonneterie, devait être relâchée bientôt pour participer à un programme de réhabilitation destiné à la faire renoncer au vol au profit d'un emploi respectable. Cette pauvre fille n'avait guère eu de chance jusque-là, pensais-je, et j'espérais pouvoir aider à la persuader de s'engager sur la bonne voie.

Quant à Ida Higgins, soupçonnée d'avoir mis le feu à la maison de son frère, on l'avait arrêtée en raison de deux bidons vides trouvés dans sa chambre. Depuis lors, l'enquête avait démontré qu'un ami de son frère avait en réalité déclenché l'incendie, après une dispute entre les deux hommes. Ainsi disculpée, Ida devait néanmoins rester incarcérée en tant que témoin jusqu'au procès, prévu la semaine suivante. Apparemment convaincue que le pyromane en pinçait pour elle, Ida Higgins s'était jusque-là refusée à avouer la vérité. Mais pas une fois, l'amoureux en question n'était venu lui rendre visite à la prison et il ne semblait même pas se douter du sacrifice qu'elle faisait pour lui. Après lui avoir écrit lettre sur lettre sans recevoir de réponse, Ida avait fini par se mettre assez en colère pour avouer toute l'histoire au procureur : oui, elle avait vu le coupable s'approcher en douce de la maison, deux bidons d'essence à la main, et déclencher l'incendie. Ensuite, elle était allée récupérer les bidons vides pour le couvrir.

Sur la base de ces accusations et d'un second témoignage, l'incendiaire, qui avait déjà purgé une peine de prison pour le même délit, avait été arrêté et il résidait désormais deux étages plus bas. Demeurant à la prison comme simple témoin, Ida s'était vu attribuer une cellule plus au calme, voisine de la mienne, pour le reste de sa détention, et elle avait souvent droit à une côtelette ou une saucisse supplémentaire pour le dîner. Nous la laissions en outre se promener à l'extérieur en compagnie d'un gardien. Maintenant que j'étais revenue, elle souhaitait effectuer ces promenades avec moi.

— Êtes-vous plus à votre aise dans la nouvelle cellule ? lui demandai-je lorsque j'eus réintégré mes quartiers.

— Je serai plus à mon aise chez moi, plutôt ! me répondit-elle. Je leur ai dit que ce n'était pas moi, pourquoi est-ce qu'ils ne me laissent pas partir, maintenant ?

— Parce qu'on a besoin de vous pour le procès. Vous allez devoir témoigner que vous avez vu l'homme rôder autour de la maison de votre frère avec les bidons d'essence.

— Mais qu'est-ce que ça peut me faire, à moi, ce procès ? Ce ne sont pas mes affaires, après tout ! Je ne veux plus entendre parler de cette histoire…

— C'est exactement la raison pour laquelle on vous garde !

Et puis, il y avait l'énigme Providencia Monafo. Le shérif Heath appela John Courter le lendemain de mon retour pour se faire exposer les faits. Tous deux s'installèrent face à face, l'air aussi excédé l'un que l'autre de devoir passer du temps ensemble, et je restai en retrait.

L'inspecteur Courter lança un regard sombre au shérif et s'éclaircit la voix. Il avait une tête en forme d'œuf et son col raide, trop serré, faisait ressortir la chair de son cou.

— Allez-y, je vous écoute ! fit le shérif.

Pendant une bonne minute, l'inspecteur Courter fixa l'espace vide entre nous deux, les lèvres serrées, en balançant impatiemment la jambe droite. On sentait chez lui comme une accumulation de colère réprimée.

— D'accord, finit-il par dire. Mrs. Monafo a déclaré que Saverio Salino était venu la voir ce matin-là à son appartement pour régler son loyer, et qu'ils s'étaient disputés parce qu'il hébergeait sa sœur sans payer. Il s'est mis à la menacer et elle lui a tiré dessus. Ensuite, elle aurait eu tellement peur qu'elle serait sortie de la maison en courant et montée dans un tramway, celui-là même qu'elle prend tous les matins pour aller travailler. Et en effet, le chauffeur l'a reconnue. Elle a laissé passer plusieurs stations, puis elle a changé d'avis, est descendue, repartie dans l'autre sens et revenue chez elle... pour des raisons qui restent à élucider. À ce moment-là, Salino avait réussi à se traîner dans l'escalier jusqu'au porche ; quelqu'un l'a repéré et nous a appelés.

Il se tut, paraissant attendre une réponse.

— Oui, déclarai-je. C'est bien ce dont je me souviens. Alors quel est le problème ?

— Le problème, c'est que j'ai un témoin qui a entendu le coup de feu à huit heures du matin, tandis que Mrs. Monafo est montée dans le tram à sept heures et demie.

Je regardai les deux hommes l'un après l'autre, perplexe.

— Mais elle a avoué. Quelqu'un a dû se tromper sur les horaires…

L'inspecteur Courter secoua la tête.

— Le conducteur du tram faisait son premier parcours du matin et il sait avec précision à quelle heure il a démarré. Il est obligé de sortir de son véhicule à Hackensack pour poinçonner sa carte, et il l'a fait quelques minutes avant huit heures. Mrs. Monafo était à bord à ce moment-là. Et ne venez pas me dire qu'il l'a confondue avec une autre : vous avez vu comment elle est !

— Alors c'est le témoin qui a entendu le coup de feu qui s'est trompé.

L'inspecteur se leva et se mit à arpenter le bureau de long en large.

— Le gars qui habite la maison d'en face règle son réveil à sept heures et demie tous les matins et il s'installe dans sa cuisine pour prendre son petit déjeuner juste avant huit heures. Il y était quand le coup de feu a retenti. Sa femme et ses enfants disent qu'il n'a rien changé à ses habitudes ce matin-là. Et puis, j'ai un autre témoin auditif qui passait dans la rue pour aller ouvrir son épicerie, et son commis dit lui aussi que le magasin n'a absolument pas ouvert plus tôt.

Il se dirigea alors vers une pile de registres posés sur une table sous la fenêtre et ouvrit le premier, qu'il feuilleta d'un geste négligent, regardant les noms des prisonniers et les photographies que nous avions prises de chacun d'eux. Le shérif Heath esquissa un mouvement pour l'arrêter, ces listes n'étant pas censées concerner l'inspecteur Courter, mais il se ravisa.

— Mais pourquoi Mrs. Monafo a-t-elle avoué, si elle n'est pas coupable ? m'enquis-je.

L'inspecteur Courter se tourna vers le shérif, qui prit aussitôt la parole :

— Miss Kopp a passé beaucoup de temps avec elle, laissons-la lui parler, suggéra-t-il, avant de s'adresser à moi. Allez la trouver et revenez sur ce qui s'est passé. Essayez d'en apprendre le plus possible sur sa vie et voyez si vous pouvez découvrir une autre explication à ce meurtre. Demandez-lui pourquoi elle est revenue sur ses pas. Peut-être est-ce quelqu'un d'autre qui a tué et a-t-elle choisi d'endosser la responsabilité…

L'inspecteur marmonna des propos indistincts et regagna son siège pour s'y laisser tomber.

— Elle peut y arriver, John ! insista le shérif.

— Ce sont les inspecteurs qui interrogent les suspects, riposta le policier. Si cette histoire s'était passée il y a six mois, c'est moi que vous auriez envoyé lui parler.

— Et vous n'auriez pas obtenu d'aveux, compléta le shérif. Vous le savez. Nous avons toujours des difficultés avec les femmes suspectes. C'est bien pour cela que j'ai engagé une femme à la prison. Laissons Miss Kopp faire son travail et, si elle n'y arrive pas, nous ferons appel à vous !

L'inspecteur Courter nous scruta l'un et l'autre quelques instants, puis il repoussa son siège, se leva et sortit du bureau en claquant un peu trop bruyamment la porte derrière lui. Le shérif Heath se leva à son tour et prit le même chemin, non sans m'avoir lancé au préalable :

— Cette histoire ne me plaît pas. Allez parler à cette femme.

Le jour tombait, c'était l'heure paisible qui précédait le dîner, le moment où les femmes les plus âgées émergeaient peu à peu de leur sieste. Étant détenues, elles n'avaient pas de repas à préparer et cette prise de conscience progressive leur procurait un soulagement muet. C'était là que j'aimais m'asseoir en compagnie de l'une ou l'autre, dont je tentais de gagner la confiance. À cette heure, elles avaient tendance à se montrer philosophes et plus enclines aux confidences, contrairement aux jeunes, qui préféraient venir à moi vers minuit, quand leurs angoisses et leurs secrets brûlants les empêchaient de trouver le repos. Les femmes âgées, pour leur part, ne laissaient pas leurs mensonges et leurs traîtrises les priver de sommeil. Elles emportaient leurs secrets au lit comme des bouillottes et dormaient paisiblement dessus toute la nuit, en émettant des ronflements sonores.

Je trouvai Mrs. Monafo assise au bord de sa couchette, plongée dans la contemplation de ses pieds. Lorsqu'elle était arrivée chez nous, les interstices entre ses orteils étaient atteints de plaies purulentes qui semblaient n'avoir jamais été soignées. Je m'y étais attaquée avec de la vaseline et de la poudre antivermine et elles commençaient à se résorber. Mrs. Monafo examinait tout cela avec attention, remuant les orteils pour les inspecter de tous côtés, comme si elle se demandait à quel usage elle pourrait désormais les employer. Elle releva soudain la tête et me découvrit sur le seuil de sa cellule.

— C'est plus gonflé comme avant, lança-t-elle.

— Cela semble aller mieux, en effet.

— À l'usine, je suis debout dix ou douze heures par jour, mais ici, on fait nettoyage le matin et puis voilà… Mes pieds, ça leur fait du repos.

— N'allez pas dire au shérif que vous vous plaisez dans sa prison, il s'arrangerait pour vous donner des corvées supplémentaires !

— Oh, je dis pas qu'ça m'plaît. Mais y a moins à faire, c'est sûr ! Pour mon mari, comment il s'en sort sans moi, ça…

Elle haussa les épaules avec un petit gloussement amusé qui dégénéra en quinte de toux.

— Est-ce qu'il va venir vous rendre visite ?

Elle avança la lèvre inférieure en secouant vaguement la tête.

— Non, il aime pas trop la police.

— Alors il va peut-être vous écrire ?

— Je l'ai jamais vu écrire.

Elle me parlait sans m'adresser un seul regard. Je poussai la porte de la cellule et vins prendre place à l'extrémité de sa couchette. Elle resta concentrée sur ses pieds.

— Vous ne voudriez pas que j'aille le voir ? proposai-je. Vous êtes ici depuis une bonne semaine, il doit se demander… Je pourrais lui dire qu'on s'occupe bien de vous, au moins.

— Non ! se récria-t-elle aussitôt.

Elle se leva pour s'approcher de la cuvette, puis, s'immobilisant, fixa le mur devant elle. Ses épaules voûtées lui donnaient l'allure d'un sac de pommes de terre et, lorsqu'elle se déplaçait, on eût dit qu'elle n'avait pas de jambes, juste deux pieds reliés à une silhouette indistincte.

— De toute façon, il recevra une lettre quand viendra le moment du procès, expliquai-je. Il est normal qu'il y assiste, il en a le droit.

Je songeai alors que l'inspecteur Courter n'avait rien dit de ce mari et je me demandais s'il avait été interrogé.

— Pour quoi faire, un procès ? Je tire sur le garçon, je vais en prison, c'est la loi. C'est tout, c'est pas compliqué !

Sa bouche formait une moue de défi qui devait lui être coutumière.

— Mais le procureur va devoir vous poser quelques questions, même si vous avez tout avoué. C'est comme cela que ça se passe.

Elle inclina la tête, pensive.

— Quelles questions ?

Je fis mine de réfléchir un moment.

— Il se demande peut-être comment on peut aller jusqu'à tuer un homme pour un mois de loyer... Ce n'est pas une somme très importante, en comparaison avec la gravité d'un meurtre.

— J'ai dit à lui : tu vas payer pour ta sœur, sinon... Et là, il a voulu frapper sur moi.

— Je vous crois... Mais le procureur voudra peut-être comprendre pourquoi vous êtes revenue sur vos pas alors que vous aviez pris le tramway et que vous étiez déjà loin. Vous étiez dans votre maison quand la police est arrivée.

— Où je peux aller ? Ils trouvent moi de toute façon. Comme ça, c'est plus facile pour eux...

Elle émit une sorte de grognement et, la main sur la hanche, vint se rasseoir sur la couchette.

Elle ne m'avait encore rien révélé de nouveau et rien n'indiquait qu'elle finirait par se confier. Si je ne lui dévoilais pas ce que je savais, l'inspecteur Courter le ferait et il ne se montrerait pas aussi bienveillant que moi.

— C'est sûr que vous leur avez facilité la tâche ! acquiesçai-je. Le seul problème, c'est que le procureur est obligé de mener son enquête et qu'il doit chercher des témoins prêts à raconter ce qu'ils ont vu de leur côté...

Elle avait de petits yeux noirs d'oiseau, qu'elle fixa alors sur moi.

— Personne n'a vu rien, affirma-t-elle.

— Mais il y a des gens qui ont entendu... rétorquai-je.

— Ils ont pu entendre rien.

— Mrs. Monafo, vos voisins ont entendu le coup de feu. Nous le savons. Seulement, ils l'ont entendu à une heure où vous étiez déjà dans le tramway.

Ses doigts se mirent à suivre l'ourlet de sa blouse, tandis qu'elle croisait et décroisait les chevilles sous la couchette.

— Cela pourrait être une bonne nouvelle pour vous, non ? repris-je. Si la police pense que quelqu'un d'autre a tiré sur Saverio Salino, on vous rendra votre liberté. Vous pourrez retourner chez vous, retrouver votre mari. Cela ne vous ferait pas plaisir ?

Elle avait fait sortir un fil de la couture et tirait dessus, défaisant peu à peu l'ourlet. Je ne fis rien pour l'arrêter. Elle le recoudrait le lendemain.

— Il faut que toi, tu dis à eux, murmura-t-elle. Il faut que toi, tu dis que moi, j'ai tiré sur Salino. Il est mort ?

— Oui.

Elle tendit le menton en avant.

— Dis-leur que moi, j'ai tué lui.

Estimant le résultat obtenu très insatisfaisant, le shérif Heath me demanda de revenir à la charge.

— Je ne veux pas garder en prison une innocente ni laisser un criminel en liberté, soupira-t-il. Nous avons besoin d'une confession franche à cent pour cent. Quand j'ai décidé de vous engager comme gardienne à la prison, c'est l'un des motifs que j'ai avancés devant le Conseil : il fallait une femme pour veiller à ce que je ne commette pas d'erreurs quant à nos prisonnières.

Je retournai donc voir Mrs. Monafo le lendemain matin, après lui avoir laissé toute la nuit pour réfléchir. Des douleurs de genoux la dispensaient ce jour-là de la corvée de blanchissage, aussi revins-je dans sa cellule lorsque j'eus accompagné les autres femmes au travail afin de bavarder encore avec elle.

— Madame ! s'écria-t-elle en me voyant. Alors, il dit quoi ?

— Qui ?

— Le petit policier. Quand tu dis à lui que j'ai tué Salino…

— Mrs. Monafo, je vous ai expliqué qu'il ne voudrait rien entendre tant qu'on ne lui aurait pas apporté d'éléments supplémentaires. Je ne peux rien faire pour vous si vous ne me dites pas quelque chose de nouveau sur ce qui s'est passé ce matin-là.

Elle hocha la tête.

— Ça, il a dit.

— Qui, l'inspecteur Courter ? Vous avez parlé à l'inspecteur Courter ? Mais quand l'avez-vous vu ?

— Eh ben maintenant ! s'exclama-t-elle, surprise que je ne le sache pas. Il sort d'ici. Je voulais que toi, tu viens, mais il dit que tu es partie à la maison.

— Mais non ! J'étais juste en bas, à la lingerie.

J'aurais dû me douter qu'il trouverait le moyen de l'interroger en mon absence. Je m'efforçai de ne rien laisser paraître de ma mauvaise humeur.

— Qu'est-ce qu'il vous a dit ?

Elle me fit signe de m'approcher d'elle. Même après les rigoureux traitements d'hygiène auxquels les règles de la prison l'avaient soumise, Providencia Monafo n'était pas le genre de femme que je souhaitais côtoyer de trop près. Il me semblait toujours que quelque chose risquait de sauter sur moi si je le faisais, un pou... ou une malédiction.

Toutefois, comme me l'avait rappelé le shérif Heath, mon travail consistait à écouter les confessions, aussi vins-je m'asseoir avec elle sur sa couchette et attendis-je.

— Il pose à moi questions sur mon mari, me confia-t-elle d'une voix grinçante à peine audible.

— Et qu'est-il arrivé à Mr. Monafo ? demandai-je.

Elle posa une main sur sa poitrine et murmura une prière en italien.

— Vous pouvez parler au bon Dieu toute la journée, m'impatientai-je d'un ton que je voulais aimable, mais là, vous devriez profiter du fait que je suis ici pour me parler, à moi !

Je commençais à me demander si je ne connaissais pas déjà la vérité, si le coupable n'était pas son mari, qu'elle cherchait à protéger en endossant la culpabilité du meurtre. Avais-je là une épidémie de femmes qui se sacrifiaient pour des crimes commis par des hommes ?

Les mains de Providencia ressemblaient à de vieilles serres rugueuses. Lorsqu'elle en entoura les miennes, je n'osai pas me rétracter, par crainte de griffures.

— Je dis la vérité. C'est moi qui tuais Salino.

— Oui, mais l'inspecteur Courter a des témoins…

— Écoute, madame ! m'interrompit-elle en se penchant, tout en resserrant les doigts plus fort sur mes mains. Moi, je tire. Mais pas sur lui.

Un froid glacial m'envahit au moment où la vérité s'imposa à moi et je priai pour que mon visage ne laissât rien paraître de ma stupeur. Providencia, qui me scrutait de ses petits yeux noirs, s'adossa au mur, visiblement satisfaite.

— Je tire sur mon mari. Mais Salino arrive derrière pour payer son loyer et moi, je le vois pas. Mon mari saute et Salino prend la balle.

Elle me lâcha les mains et remua les doigts à la manière d'une diseuse de bonne aventure délivrant une prédiction. Nous prîmes toutes deux une inspiration en même temps, rejetant l'air vicié pour en absorber du nouveau, chassant un mensonge pour accueillir la vérité.

Puis Providencia examina la cellule qui l'entourait comme si elle scrutait un horizon lointain. Je me demandai si elle voyait les mêmes choses que moi.

— Alors tu vois ? reprit-elle. Je dis la vérité. Je reste dans la prison.

— Mais les témoins… protestai-je faiblement. L'inspecteur Courter est absolument sûr que les coups de feu n'ont pas pu être tirés à l'heure que vous avez dite.

Elle répondit sans quitter des yeux l'image qu'elle semblait contempler au-delà des murs de sa cellule.

— Pour les témoins, j'en sais rien. Mais ce que je dis, c'est la vérité.

— Mais il veut vous rendre votre liberté, et je ne comprends pas pourquoi vous…

Je m'interrompis net. Mais si, je comprenais. Bien sûr que je comprenais !

Providencia était terrorisée par son mari…

Je demeurai sans bouger, les mains croisées sur les genoux, la tête appuyée au mur, tandis qu'elle me racontait tout. Son mari était un ivrogne et un joueur. Au départ, il avait occupé un emploi à l'usine d'armements, mais il avait vite pris la mauvaise habitude de voler de la poudre à canon pour la revendre. On l'avait surpris la main dans le sac et licencié. Alors Providencia était allée supplier le contremaître de le réintégrer à son poste, mais ce dernier n'avait rien voulu entendre. En revanche, il avait eu pitié de Providencia et l'avait embauchée dans l'équipe de nettoyage, trop surveillée pour que ses membres fussent tentés de voler quoi que ce fût. Dès lors, Providencia s'était mise à travailler dix heures par jour à l'usine. Lorsqu'elle rentrait chez elle le soir, c'était pour tenir la maison et s'occuper de ses locataires, et cette vie, affirmat-elle, l'épuisait. (Lors de ma visite, je n'avais pour ma part vu aucun signe suggérant qu'elle prît soin ni de sa maison ni de ses locataires, mais je ne le lui dis pas.)

Pendant ce temps, Mr. Monafo, désœuvré, passait ses journées à boire dans les bars et il en ressortait furieux et violent. Il beuglait des insultes à Providencia, lui reprochant leur pauvreté nouvelle, dont sa propre ivrognerie et sa folie du jeu étaient en grande partie responsables. Un soir qu'il était plus remonté encore que de coutume, il lui lança des braises brûlantes à la figure, provoquant un début d'incendie dans la maison. Il effrayait tant les locataires que certains s'en allèrent. Lorsque Providencia lui demanda de chercher un emploi pour compenser les loyers perdus, il attrapa une chaise et la lança de toutes ses forces sur elle. Providencia tomba, la chaise atterrit sur sa hanche – un épisode qui devait expliquer son pas traînant – et éclata en morceaux.

Providencia vécut ainsi pendant plusieurs mois mais, un jour, une autre employée de l'usine lui prêta un revolver. Il ne s'agissait que d'une mesure préventive, destinée à lui servir de protection pendant qu'elle empaquetterait quelques affaires en vue de s'enfuir. Selon sa collègue de travail, si le mari la surprenait dans ses préparatifs, Providencia n'aurait qu'à brandir l'arme pour le calmer et il la laisserait partir sans broncher.

— Elle connaît pas mon mari, conclut sombrement Providencia. Pour le calmer, c'est seulement un bon coup sur la tête…

— Ou une balle ?

Elle acquiesça.

— Il vient et je tire. J'ai pas le choix, si ?

— Vous auriez pu appeler la police…

Ma suggestion, je le savais, ne valait pas grand-chose, mais je me devais de la lui soumettre. Elle ne prit même pas la peine d'y répondre. Elle me tapota le genou et, avec un grognement, se leva.

— Je reste là, dit-elle, une note de gaieté dans la voix, comme si elle venait de régler l'affaire. Mon mari, ajouta-t-elle avec un grand mouvement triomphal pour désigner le monde extérieur, il reste dehors.

Je comprenais maintenant ce qui l'avait poussée à rebrousser chemin après sa fuite. En voyant Salino s'effondrer, elle avait été prise de terreur et s'était sauvée, mais une fois dans le tramway, lorsqu'elle avait pu réfléchir, elle avait réalisé que son mari était toujours en vie et qu'il l'avait vue brandir l'arme sur lui. La réalité s'imposait : elle serait plus en sécurité en prison, car il finirait par la retrouver où qu'elle aille. Ainsi, lorsqu'elle était retournée chez elle, c'était avec l'intention arrêtée de se rendre à la police.

Même depuis que la prison l'avait prise en charge et domestiquée, il subsistait chez Providencia un côté sauvage. Jamais elle ne s'attachait les cheveux ainsi que les autres femmes : elle les laissait retomber sur ses épaules, telle une masse de ronces. Quand elle parlait, elle se voûtait et tendait la tête en avant, comme si tout ce qu'elle disait était hautement confidentiel. Elle avait un grain de beauté noir au coin des lèvres et une joue plus grosse que l'autre, ce qui donnait à ses interlocuteurs l'impression qu'elle plissait un œil en tenant le second grand ouvert. Tout cela lui conférait l'aspect d'une illuminée, ou d'une sorcière.

Elle vint se camper devant moi et me posa les mains sur les épaules.

— *Strega*, dit-elle.

— *Strega* ? répétai-je en me redressant, mal à l'aise.

— En italien, *strega*, c'est sorcière.

Comment pouvait-elle savoir à quoi je pensais ?

— Tu me regardes et tu penses : elle est sorcière, poursuivit-elle. Je connais toi.

J'avais eu quantité de conversations bizarres sous ce toit, mais aucune n'avait atteint ce degré d'étrangeté.

— Je connais toi, répéta-t-elle. On a mis toi en prison aussi, comme moi. Tu as fait quoi ?

Elle me scrutait avec tant d'attention qu'il me sembla être tombée sous le coup d'un envoûtement. Son œil gauche se réduisait à une simple fente tandis que l'autre s'ouvrait grand, appelant une réponse.

— Tu as fait quoi, madame ?

Je m'apprêtais à frapper à la porte du shérif Heath lorsque la voix de l'inspecteur Courter retentit dans le bureau.

— Parce que j'en ai eu assez d'attendre !

Je laissai retomber la main et m'adossai au mur pour écouter. Le shérif Heath parlait bas et je ne pus distinguer ses paroles.

— ... si nous la relâchons maintenant... entendis-je seulement.

— Eh bien moi, je ne vois pas d'autre manière ! hurla Courter. Soit elle ment, soit elle couvre quelqu'un, et, si elle ne veut pas nous dire qui, elle ne nous sert à rien ! Et vous non plus, d'ailleurs, vous ne nous servez pas à grand-chose en ce moment, entre cette histoire et l'évasion de l'autre, là, qu'on n'est pas près de retrouver !

Il baissa d'un ton pour ajouter d'autres mots qui ne me parvinrent pas, mais j'entendis le shérif répondre :

— J'ai affecté tous mes hommes aux recherches. Que voulez-vous que nous fassions de plus ?

Il y eut un silence, puis le bruit d'un objet tombant sur une table.

— Écoutez, Bob, ça fait déjà une semaine. Vous et moi, nous savons bien que von Matthesius s'est sauvé pour de bon. Le Conseil a convoqué vos garants. Il me semble parler au nom de tout le bureau du procureur quand je dis que nous n'allons plus attendre très longtemps avant de lancer une enquête judiciaire sur cette évasion.

— Nous allons le rattraper, assura le shérif.

— Vous feriez bien de prendre vos dispositions pour reloger votre femme et vos enfants, reprit l'inspecteur Courter. Ils ne pourront pas rester là si vous êtes incarcéré là-haut... Et vous le serez ! Cordelia ne peut-elle pas aller chez sa mère ? Vous devriez commencer à y réfléchir.

Un autre objet heurta la table avec violence et une chaise glissa sur le sol.

— Si vous n'avez plus rien à faire dans ce service, je vous prie de sortir d'ici ! Et apportez-nous des papiers en règle si vous voulez qu'on libère Mrs. Monafo. Je suis responsable de son incarcération et je ne la laisserai pas sortir sans mandat officiel.

Déjà, ils se dirigeaient ensemble vers la porte. Je me réfugiai à l'angle du couloir, près de l'appartement du shérif, et attendis que Mr. Courter se fût éloigné en compagnie d'un gardien.

Quand je revins, le shérif Heath était adossé au mur du couloir, le dos voûté, abattu. Il releva la tête au bruit de mes pas et me regarda approcher.

— Vous avez entendu Courter ?

— En partie.

— Il semble qu'il soit allé régler lui-même ses petites affaires avec Mrs. Monafo ce matin. Je lui avais dit de vous laisser réessayer, mais mes idées sur la gestion de ma propre prison ne l'intéressent absolument pas.

— J'ai parlé à Mrs. Monafo tout à l'heure, déclarai-je, et je la crois. Pour ce qui est des témoins de l'inspecteur Courter, je ne sais pas quoi penser, mais elle, je suis sûre qu'elle dit la vérité.

16

À la prison, l'humeur était sombre. Tous les adjoints du shérif et la plupart des gardiens passaient le plus clair de leur temps dehors, négligeant même les tâches les plus pressantes de leur travail habituel pour tenter de repérer le fugitif. On redoutait que von Matthesius ne se fût déjà glissé à bord d'un navire ou d'un train à destination de l'Ouest, auquel cas il demeurerait à jamais introuvable.

Les officiers de la police de New York envoyés à la recherche du Dr Rathburn n'avaient décelé trace de lui ni à son domicile ni au cabinet, et la réceptionniste avait disparu elle aussi. Le shérif Heath était retourné questionner le directeur du *Murray's* et l'employée du vestiaire, mais sans recueillir d'informations significatives.

Quant à la police de Rutherford, elle avait dans ses dossiers bien peu d'éléments susceptibles de nous aider. Quelques noms étaient apparus dans la correspondance de von Matthesius, principalement ceux d'autres médecins, en Californie et au Texas, où il avait vécu jadis. Le shérif Heath avait télégraphié aux polices de ces États des demandes d'investigation dont il n'était rien ressorti. Enfin, pendant mon absence, l'enquête n'avait fait que stagner : on avait surveillé les gares, inspecté les hôtels, les bars et les chantiers navals, on était retourné fouiller l'appartement de Felix et les magasins de son quartier, mais on n'avait pas progressé d'un pouce.

À ma grande surprise, adjoints et gardiens me témoignaient une grande gentillesse. Tous savaient, grâce à Thomas English, qui s'était fait un devoir de le leur révéler, que c'était moi qui avais laissé le prisonnier s'enfuir, mais j'avais gagné leur admiration en me lançant ensuite à sa recherche et en ramenant Felix. Aucun d'eux, English compris, ne pouvait se vanter d'un tel exploit.

Heureusement, le shérif Heath s'attachait à maintenir cet adjoint hors de la prison et loin de moi. Il l'avait assigné à la surveillance des gares ferroviaires, une tâche ennuyeuse, mais nécessaire.

Pourtant, un certain malaise subsistait parmi nous. Les hommes redoutaient de perdre leur emploi, me confia l'adjoint Morris. Si, en fin de compte, l'évasion de von Matthesius valait l'emprisonnement au shérif Heath, un remplaçant serait nommé en attendant les prochaines élections et il y avait fort à parier que le Conseil des propriétaires choisirait un membre du parti politique adverse.

— Et savez-vous qui les républicains entendent placer au bureau du shérif ? ajouta-t-il d'un ton très sombre.

Je secouai la tête. Norma s'y connaissait en politique, moi pas.

— John Courter. Il figure en tête sur leur liste.

Je tressaillis. J'imaginais mal un homme aussi vulgaire, mesquin et vindicatif que l'inspecteur Courter assumer des responsabilités de shérif.

— On commence déjà à parler de procès, poursuivit Morris. Et si le procureur décide d'en faire une affaire publique avec enquête judiciaire, le shérif Heath n'aura pas le pouvoir de l'en empêcher.

— Et dans ce cas, mon nom apparaîtra au grand jour. Tout le monde saura…

— Oui, mademoiselle. Vous m'en voyez désolé…

J'imaginais la réaction de mon frère devant ce scandale, qui prouverait mon incapacité à assurer notre subsistance à toutes les trois. En outre, trouver un autre emploi après cela me deviendrait impossible. Pour avoir une petite chance de me faire embaucher, il faudrait quitter la région et aller s'installer du côté de Chicago, par exemple, ou de Denver.

Allions-nous devoir fuir de nouveau parce que j'aurais une fois de plus jeté l'opprobre sur ma famille ? Jusqu'à quand serions-nous ainsi contraintes de tout quitter par ma faute ?

De son côté, le shérif Heath avait interdit à quiconque d'évoquer les conséquences possibles de l'évasion de von Matthesius.

— Si le bureau du shérif avait besoin d'une diseuse de bonne aventure, j'irais en chercher une à Palisades Park, avait-il déclaré à ses hommes. Et puis, si l'un de vous possède des dons de divination qu'il nous a cachés jusque-là, qu'il ait l'amabilité de s'en servir pour me dire où se terre notre prisonnier !

Mais aucun d'entre nous ne le savait et Felix restait muet. Têtu comme une mule, il demeurait immobile dans sa cellule, allant jusqu'à refuser de lever la tête lorsque nous nous adressions à lui. C'était sa revanche : il avait été capturé, certes, mais il n'ouvrirait pas la bouche et rendrait sa présence à la prison inutile.

Ce n'était pas faute d'avoir essayé : à maintes reprises, nous l'avions cuisiné pendant des heures en salle d'interrogatoire, en vain. Dans les feuilletons policiers des journaux du dimanche, les témoins se montrent toujours impatients de révéler ce qu'ils savent et d'orienter la police dans la bonne direction. Le nôtre ne devait pas lire la presse. Son silence était du genre menaçant, fait de grognements, de sautes d'humeur et de gestes excédés, mais ce n'en était pas moins du silence. Il le rompit seulement une fois, pour demander si le shérif l'avait inculpé de quoi que ce soit. Nous lui répondîmes que nous n'avions pas besoin d'une inculpation : nous pouvions le garder à notre disposition comme témoin jusqu'à ce que l'on retrouve von Matthesius.

— Mais tu peux aussi nous dire où il est et nous te laisserons partir tout de suite, précisa le shérif.

Un jour que le prisonnier refusait comme à son habitude de lever les yeux vers lui, le shérif haussa les épaules et déclara qu'il espérait que Felix appréciait son séjour chez nous.

— J'ai eu droit à une rallonge de cinquante cents par jour pour nourrir les témoins, ajouta-t-il, tu auras donc du beurre sur ton pain jusqu'au moment où nous introduirons un dossier d'accusation officiel à ton nom pour dissimulation de fugitif et où tu deviendras véritablement prisonnier de cette institution.

Voyant que Felix n'avait rien à répondre, il poursuivit :

— En général, les témoins n'ont pas de corvées à effectuer, mais je pense qu'un peu de travail honnête pourrait t'éclaircir les idées et faciliter ta transition vers le statut de vrai prisonnier. Nous allons donc te donner quelques sols à récurer, qu'est-ce que tu en penses ?

Felix ne devait pas en penser grand-chose, car il ne prit même pas la peine d'objecter.

S'il ne voulait pas parler, il ne put en revanche nous empêcher de le photographier en vue d'expédier son portrait à toutes les polices. À cette occasion, le shérif lança un avis à la presse de la ville, invitant les reporters à venir réaliser leurs propres clichés et à les publier ensuite.

Ce fut l'inspecteur Morris qui descendit Felix de sa cellule pour la séance de photographies. Le shérif Heath m'avait demandé d'être présente, pour le cas où les journalistes souhaiteraient me questionner sur la capture. Il lui eût été facile de prétendre qu'un des adjoints avait procédé à l'arrestation et de passer mon rôle sous silence, mais il avait insisté : son service n'avait rien à cacher. Ce serait encore pire, me dit-il, de chercher à dissimuler des faits. J'y allai donc.

J'avais tenu ma promesse vis-à-vis de Carrie, qui avait reçu la même invitation que les autres reporters. Je dus poser la main sur ma bouche pour masquer mon sourire lorsque je la vis au fond de la pièce, jeune dame très chic et apprêtée au milieu d'une vingtaine de messieurs fumeurs de cigare. Le bureau du shérif n'était pas très spacieux – il y avait juste assez de place pour son bureau et une grande table en chêne autour de laquelle il réunissait parfois ses adjoints, mais les journalistes s'y entassaient sans faire de façons et leur présence avait l'effet étrange de le faire paraître plus grand.

Une brume de fumée s'élevait au-dessus d'eux et les conversations allaient bon train, comme s'ils se trouvaient dans un bar. On avait repoussé la table de travail du shérif et tendu un tissu sur un mur pour figurer un studio de photographie. L'appareil du shérif reposait déjà sur son trépied.

Dans un coin de la pièce, le shérif Heath s'entretenait avec un homme en uniforme aux cheveux argentés. Tous deux se retournèrent lorsque j'arrivai en compagnie de l'adjoint Morris et du prisonnier, puis le shérif siffla dans ses doigts, imposant le silence à l'assistance.

— Messieurs… et mesdames… je vous présente Felix von Matthesius, le frère de notre fugitif et l'individu qui, à notre avis, l'a aidé à s'évader de l'hôpital il y a une semaine, le 22 octobre dernier. Miss Kopp, qui est là, a procédé à son arrestation, avec l'aide de quatre excellents officiers de la police de New York.

— Faut-il dire Miss Kopp ou l'adjoint Kopp ? interrogea Carrie du fond de la salle, déclenchant une vague d'hilarité parmi les hommes.

— Miss Kopp travaille chez nous comme gardienne et elle nous a prouvé qu'elle était tout à fait apte à opérer aussi sur le terrain, répondit le shérif Heath comme s'il s'agissait d'une question ordinaire. C'est sa première arrestation et ce ne sera pas sa dernière. Elle aura son insigne. Mais le premier rôle du bureau du shérif est de capturer les hors-la-loi et de les emprisonner. Or aujourd'hui, nous avons besoin de votre aide pour cela.

Gênée de sentir l'attention sur moi, je m'étais détournée et mon regard était tombé sur l'adjoint English, qui se tenait dans l'embrasure de la porte en compagnie d'un gardien, avec lequel il conversait à voix basse. Je ne l'avais pas revu depuis cette fameuse nuit devant l'appartement de Felix. Toute l'excitation qu'avait pu me procurer la mention de l'insigne qui me serait un jour attribué retomba à sa vue.

Le shérif Heath ne parut rien remarquer de tout cela.

— Bon, lança-t-il, prenons nos photographies, à présent ! Je vous rappelle que ce prisonnier ne répond à aucune question. Je vous expliquerai ce que nous recherchons et lui gardera le silence… à moins qu'il n'ait subitement envie de nous dire où il cache son frère, bien sûr !

Felix avait les poignets liés derrière le dos afin qu'il ne puisse pas se protéger le visage des mains. Le menton résolument rentré, il se détourna des objectifs lorsque l'adjoint Morris l'amena face à l'assistance et lui fit poser les pieds dans les marques que le shérif avait dessinées au sol. Quand l'adjoint lui demanda de lever la tête, il ne fit pas mine d'obtempérer. Le shérif Heath tendit alors une baguette à son adjoint.

— Felix, tu vas lever le menton, sinon, nous allons devoir t'y aider.

L'adjoint Morris glissa le bout de la baguette sous le menton et poussa doucement vers le haut. Alors, Felix leva enfin les yeux, décochant aux reporters un regard furibond qui dura juste assez longtemps pour permettre au shérif Heath d'appuyer sur le déclencheur. Sa photographie réalisée, le shérif rembobina la pellicule et invita les journalistes à approcher.

Quelques-uns d'entre eux avaient déjà préparé leurs appareils, qui attendaient sur leur trépied le long du mur. Ils les installèrent au premier rang et réalisèrent leurs clichés.

Le shérif Heath attendit qu'ils aient terminé pour reprendre la parole :

— Les gars… commença-t-il, avant de rectifier : Enfin, mesdames et messieurs… Le chef de la police et moi-même – et là, il esquissa un geste vers son voisin aux cheveux gris – souhaitons solliciter l'aide du public. Nous lui demandons de nous faire part de toute information susceptible de nous intéresser, par exemple, si quelqu'un a vu cet homme ou son frère entrer ou sortir d'un logement ou autre au cours de ce dernier mois. Quiconque l'aurait vu sortir d'une pension, d'un bar, d'un restaurant ou de tout autre lieu doit venir nous en informer sans attendre. Nous pensons que cet homme a fourni une planque au fugitif Herman Albert von Matthesius, dont le portrait a déjà paru dans vos journaux, après son évasion. Je vous rappelle qu'il s'agit d'un criminel condamné par la justice et qu'il est considéré comme dangereux.

Il poursuivit avec une description du baron, que les journalistes prirent en note, puis l'adjoint Morris saisit Felix par le coude et l'entraîna hors de la pièce. Un grand reporter maigre à la barbe clairsemée se leva alors.

— Le shérif a-t-il d'autres pistes dans cette affaire ?

— Le shérif a toujours d'autres pistes ! Mais aujourd'hui, nous avons besoin de votre aide pour celle-ci !

— Est-il habituel que vos prisonniers feignent la maladie pour être emmenés à l'hôpital ? demanda du fond de la pièce un homme aux joues flasques.

— Certainement pas ! J'ai parlé aux médecins de l'hôpital, qui estiment à présent que von Matthesius a dû mâcher le verre d'une ampoule brisée pour nous faire croire qu'il crachait du sang et qu'il a sans doute avalé aussi du savon ou un autre liquide tout aussi nuisible pour avoir l'air malade. Il s'agit d'une évasion soigneusement préméditée, qui n'aurait jamais pu se produire si le Conseil des propriétaires avait bien voulu affecter un médecin à la prison, comme je le réclame depuis longtemps.

Puis ce fut au tour d'un homme grassouillet, dont le visage avait la couleur du jambon bouilli, de se lever.

— Si vous n'arrivez pas à remettre la main sur votre évadé, déclara-t-il, dormirez-vous dans la cellule qu'il a libérée ou vous en êtes-vous choisi une autre ?

Ces mots déclenchèrent un certain remous parmi les reporters, auxquels le shérif Heath imposa le silence d'un simple geste.

— J'apprécie beaucoup l'intérêt que porte le *Hackensack Republican* à mon confort, mais je suis très satisfait de l'appartement de fonction que l'on m'a attribué et j'ai l'intention d'y rester. Y a-t-il d'autres questions sur notre chasse à l'homme ?

— Pourriez-vous nous raconter comment s'est passée la capture de Felix von Matthesius ? cria Carrie du dernier rang.

Elle esquissait un sourire réjoui souligné par son rouge à lèvres carmin.

Le shérif Heath se tourna vers moi.

— Eh bien, Miss Kopp a repéré notre homme qui sortait du restaurant *Murray's*, à New York, jusqu'où l'avait menée une traque obstinée de plusieurs jours digne d'un véritable inspecteur de police. C'est elle-même qui l'a immobilisé avec une grande fermeté. On peut qualifier cela d'opération rapide et bien menée, et c'est exactement le type d'état d'esprit que nous espérons encourager en informant le public par votre biais, messieurs-dames. À présent, allez-y, et pondez-nous quelque chose de percutant pour l'édition de demain matin !

17

Il était tard ce soir-là lorsque je descendis dîner à la cuisine. L'équipe de ménage venait de remonter et le sol encore humide sentait la poudre à récurer. Les quatre gigantesques fontaines à café qui alimentaient la prison de l'aube à la tombée de la nuit avaient été nettoyées et posées sur le côté pour sécher. Le balai à franges restait accroché au-dessus de l'évier, avec une paire de gants en caoutchouc qui pendait sur son manche.

En arrivant, je remarquai une lumière restée allumée dans la dépense et il me sembla y entendre du bruit. Pensant trouver un gardien venu voir ce que les cuisiniers nous avaient laissé, je tressaillis en reconnaissant Cordelia Heath en tablier, affalée sur un repose-pieds, une petite bouteille plate à la main. Je décelai aussitôt l'odeur douceâtre caractéristique du brandy.

Dès qu'elle m'aperçut, elle glissa le flacon d'alcool sous son tablier, mais nous savions l'une comme l'autre ce que j'avais vu. Elle avait le nez rouge et gonflé et la boisson lui voilait les yeux. Elle s'appuya sur une étagère pour se lever.

— Bonsoir, Mrs. Heath, lançai-je.

— Miss Kopp.

Elle me jeta un regard, puis, se penchant en avant, fit mine de s'absorber dans l'examen de cageots d'oignons et de pommes de terre entreposés au sol.

— On vous voit partout ! ajouta-t-elle sans relever la tête.

Elle vacilla et se rattrapa au mur, avant de pousser du pied le tabouret qui la gênait. Je la vis vérifier sous son tablier que la bouteille était bien cachée, un geste qui semblait lui être habituel.

— Vous ne vous sentez pas bien ? Mr. Heath n'est pas chez vous ?

Je répugnais à poser ces questions, mais je m'y sentais obligée.

— Si vous voulez, repris-je sans lui laisser le temps de répondre, je peux aller...

— Où est Mr. Heath ? me coupa-t-elle en me décochant un regard haineux. Vous en savez plus sur les allées et venues de mon mari que moi, sa femme !

— Je ne l'ai pas vu ce soir...

Je songeai un instant à envoyer un gardien chercher le shérif, mais me ravisai ; je me demandais ce qui était pire : laisser Mrs. Heath seule dans cet état ou attirer l'attention sur elle en faisant appeler le shérif.

Toute famille a ses secrets, et les Heath n'avaient pas la possibilité de se retirer comme nous au milieu des champs. Ils n'avaient pas le choix, ils devaient vivre ici, où tout le service de la police observait leurs faits et gestes.

Elle s'activa parmi les cageots qui l'entouraient avec l'air de chercher quelque chose.

— Je ne viens prendre que ce qui m'appartient. Nous ne mangeons pas la nourriture des prisonniers, vous savez !

— Mais bien sûr, madame ! répondis-je, sans pourtant voir quel mal il y aurait eu à prélever quelques provisions dans la cuisine de la prison.

— L'épicier livre ma commande avec tout le reste.

Elle écarta une mèche de cheveux qui lui retombait sur le front.

— Parce que, bien sûr, je ne peux pas aller faire mes courses moi-même...

Elle parut trouver enfin ce qu'elle cherchait et prit l'un des cageots pour le poser sur sa hanche. Puis elle releva fièrement le menton devant moi, à la manière d'une femme qui se défendrait d'une accusation, semblant guetter ma réaction.

— Ce doit être difficile de sortir quand on a des enfants si petits, acquiesçai-je. Je suis sûre que Grayce vous est d'une aide précieuse.

— Grayce ! répéta-t-elle dans un éclat de rire haut perché. Mais que croyez-vous ? Après ce qui s'est passé, son frère lui a interdit de rester à mon service. Et vous vous imaginez que je vais pouvoir trouver quelqu'un d'autre, maintenant qu'on a raconté dans tous les journaux que les prisonniers harcelaient mes domestiques ?

— Ma foi, je...

— Et avec ce qu'on dit de nous dans toute la ville, il n'est plus question que j'aille faire mes courses moi-même !

Elle posa son cageot au sol et se mit à fouiller parmi des boîtes de sucre et de farine entreposées sur une étagère en hauteur.

— Si je m'avise de montrer ne serait-ce que le bout de mon nez, je fais face à une inquisition ! poursuivit-elle sans cesser de s'activer. Ça m'est arrivé, et je ne tiens pas à le revivre. Tous les gens qui… Ah, le voilà !

Elle s'empara d'un paquet de fécule de maïs, qu'elle ajouta dans son cageot, avant de se retourner vers moi.

— Vous savez, on n'en a pas parlé dans les journaux, mais tout le monde sait que c'est vous qui l'avez laissé filer…

— Tout le monde ?

Ainsi, l'information circulait en ville. Je ne m'en étais pas rendu compte, mais j'aurais dû m'en douter.

— Quand mon père siégeait au Conseil des propriétaires fonciers, il y a un shérif qui a voulu embaucher une femme comme gardienne de prison. Eh bien, mon père le lui a défendu, voyez-vous, parce qu'une femme n'a pas la capacité d'empêcher les voyous de s'évader. Et empêcher les voyous de s'évader, est-ce que ce n'est pas précisément le travail d'un gardien, ça ?

— Nous le rattraperons.

Je ne pris pas la peine de lui rappeler que j'étais la seule personne à avoir procédé à une arrestation dans cette affaire. Dans son état, elle ne m'entendrait même pas.

Une mèche de cheveux détachée de son chignon pendait entre ses yeux. Mrs. Heath me considéra en louchant un peu et reprit la parole d'une voix de plus en plus stridente et altérée par l'alcool :

— C'est la pire chose qui puisse arriver à un shérif, vous devez bien savoir pourquoi… Il y en a qui sont obligés de démissionner et qui connaissent la disgrâce après ça.

Elle souleva tant bien que mal son cageot et je battis en retraite vers la porte.

— Mais ce qui peut nous arriver à nous, vous vous en fichez, hein ? poursuivit-elle. Qu'est-ce que ça peut bien vous faire ? Pour vous, comme pour toutes ces femmes qui ne sont pas mariées, le principal, c'est de continuer à vous amuser…

Dans sa bouche, être une femme non mariée était une insulte.

— Je ne suis pas ici pour m'amuser, assurai-je d'un ton ferme.

— Ah bon ? Allons, ça vous démangeait de rentrer dans cette prison, vous ne pouviez plus attendre et…

Elle balança sa main libre devant elle en une pantomime de ce qu'elle m'imaginait faire.

— Seulement, moi, je suis celle qui est obligée de vivre ici ! Et je suis celle qui va bientôt être expulsée si on ne retrouve pas ce vieux !

Il était inutile de chercher à argumenter avec elle en cet instant.

— Je suis vraiment désolée pour vous, madame, répondis-je. Mais si on ne le retrouve pas, nous serons tous renvoyés.

Cet effort pour lui exprimer un semblant de compassion ne fit que la durcir plus encore.

— Mais vous, vous irez bien quand même, pas vrai ?

Sur cette remarque d'une profonde cruauté, elle tituba et sortit de la cuisine, le cageot sur la hanche. La porte claqua derrière elle et je restai seule, comme affaiblie et vaguement nauséeuse, m'appuyant sur un meuble pour garder l'équilibre.

— Je ne sais pas, répondis-je dans la pièce déserte.

Je n'avais pas le sentiment que quiconque puisse aller bien si le shérif Heath était incarcéré.

L'odeur d'une femme imbibée de brandy n'est pas une chose que l'on oublie. Quand j'avais dix ans, ma tante Adele qui était venue vivre à la maison avait apporté avec elle cette fragrance particulière. C'était la sœur aînée de ma mère. Veuve depuis peu, elle approchait la quarantaine et souffrait d'une maladie que nul ne souhaitait nommer.

À cette époque, notre père travaillait pour un petit importateur de vins sans scrupules. Les produits étaient bon marché et la plupart du temps frelatés. Le porto pouvait être dilué avec du jus de prunelle ou de sureau, puis mélangé à de l'eau-de-vie et du jus non filtré que l'on faisait ensuite tremper avec des plaquettes de bois. Le vin était mélangé à des coques de noisettes ou à de la strychnine (utile, à faible dose, pour rehausser le goût) et ce que l'on faisait passer pour du champagne n'était autre que du cidre de Jersey mêlé à des groseilles à maquereau et des cochenilles. Lorsqu'il fallait sucrer, on recourait à l'acétate de plomb. Du moment que c'était rouge ou doré et que cela enivrait, Messrs. Bonham & Koch proposaient la boisson à la vente, souvent dans des bouteilles qu'ils récupéraient dans les cuisines des hôtels et dont ils changeaient les étiquettes.

L'un d'eux (je crois que c'était Mr. Koch) avait été arrêté lorsqu'un restaurant de Brooklyn s'était plaint d'une livraison de vin trouble et à l'odeur fétide qui avait taché les dents des clients comme si l'on y avait additionné de l'encre ou du goudron de houille. En outre, les autorités avaient constaté que les taxes d'importation n'avaient pas été acquittées, ce qui soulevait la question de savoir si l'on n'avait pas introduit ce vin illégalement dans le pays.

Mr. Koch avait donc été conduit en prison, et mon père avec lui. Ils n'y avaient passé que quelques nuits, l'employeur ayant payé la personne qu'il fallait pour les faire relâcher, mais après cette arrestation, mon père n'était pas réapparu à la maison durant plusieurs mois. Il devait avoir trop honte pour se montrer à nous, avait dit maman à Francis. (Elle aussi devait avoir honte, car elle n'évoqua jamais cet épisode devant ses filles. Quant à Francis, c'était seulement parce qu'il balayait le magasin de spiritueux le soir après l'école qu'il avait su ce qui s'était passé, et Norma, déjà très autoritaire à six ans, l'avait obligé à tout nous raconter.)

Tante Adele entra dans notre maison à la minute même où notre père en sortit. Norma et moi nous apprêtâmes à aller dormir dans le lit de maman afin de lui laisser le nôtre mais, à notre grande surprise, elle préféra occuper le cagibi sous l'escalier, qui, comme elle le formula elle-même, était juste assez grand pour contenir « un petit lit et une bougie ». Je ne parvenais pas à comprendre comment on pouvait avoir envie de se plier en deux chaque soir pour s'introduire dans un espace étroit et sans fenêtre quand on pouvait bénéficier d'un vrai lit. Lorsque je posai la question à maman, celle-ci ne prit pas la peine de desserrer les lèvres pour me répondre. Je découvris le fin mot de l'histoire le jour où, profitant qu'Adele était au salon avec le médecin, je me glissai dans son réduit pour y jeter un coup d'œil.

Elle était là, cette odeur très particulière d'œufs pourris et de fruits avariés. Ma tante gardait une bouteille de brandy sous son oreiller et en entreposait plusieurs autres à l'intérieur de ses chaussures, qu'elle ne mettait jamais, pour la bonne raison qu'elle ne sortait pas. Près de celles-ci, une pile de linges lavés mais encore maculés de vieilles traces de sang brunes. Je ne savais pas ce que ces deux éléments, l'odeur et la maladie, avaient à voir l'un avec l'autre mais, dans mon esprit, il s'agissait d'une seule et même chose ; et depuis lors, j'ai toujours associé l'alcool au secret et à la mauvaise santé.

Lorsque l'état d'Adele s'était aggravé, elle avait été contrainte de sortir vivre au grand jour et de se soumettre aux bons soins de ma mère, à qui je prêtais main-forte. Ce fut là que je vis ce qui l'avait incitée à préférer le cagibi : une blessure chirurgicale sous le bras, résultat d'une tentative d'extraire une grosseur de la taille d'une noix, qui ne s'était jamais refermée. Une autre tumeur, plus importante encore, avait ensuite poussé au même endroit et je redoutais de l'apercevoir, brune et ridée comme le poing serré d'un bébé, chaque fois que nous retirions le bandage et lavions l'ulcère avec du phénol, un désinfectant doux, mais néanmoins intolérable pour elle. Pour étouffer les hurlements qu'elle poussait quand nous pratiquions ces soins, Adele mordait furieusement dans un linge imbibé de brandy.

— Elle n'a pas le choix, disait maman, sans ça, la douleur serait insupportable.

Ainsi la regardais-je retourner la bouteille au-dessus du tissu pour le tremper allègrement, afin qu'Adele puisse le sucer avec frénésie pendant que nous nous activions. Aspiré de cette façon, l'alcool prenait davantage des allures de médicament.

Une fois Adele retournée dans son lit, quand elle pensait que je ne la voyais pas, maman allait glisser la bouteille sous le bras sain de sa sœur, comme on pose une poupée contre un enfant endormi.

Là, c'était Cordelia qui s'enfermait dans un cagibi avec sa bouteille et sa blessure à elle. Mais, contrairement à tante Adele, venue chez nous de son plein gré, voire avec enthousiasme, Mrs. Heath s'était mise à aboyer contre moi comme un animal pris au piège quand je l'avais surprise. C'était la femme de mon supérieur et il n'était pas question pour moi de devenir assez intime avec elle pour lui être d'une aide quelconque ; de toute façon, je n'aurais jamais osé lui reprocher son penchant pour la boisson. Il n'existait qu'une seule façon de la soigner de son mal et je la connaissais : elle consistait à rattraper le fugitif.

Le vent souffla fort ce soir-là, faisant vibrer et craquer les hautes fenêtres en dôme du cinquième étage tandis que je cherchais en vain le sommeil. Puis ce fut la grêle qui vint troubler mon repos en tambourinant contre les carreaux.

La voix du shérif Heath me tira soudain de ma semi-torpeur.

— Je vous prie de m'excuser, Miss Kopp, disait-il.

Un rai de lumière traversait les barreaux de ma cellule. Je vis le shérif reculer et entendis ses pas commencer à s'éloigner.

— Shérif ?

La lumière s'immobilisa.

— Qu'y a-t-il ? ajoutai-je.

Le shérif revint vers moi. La lanterne qu'il tenait à bout de bras lui arrivait à hauteur des genoux et jetait sur le sol une flaque de lumière jaune. Avec les murs blanchis à la chaux, son visage avait pris une pâleur verdâtre.

Nous restâmes un moment à nous regarder de part et d'autre des barreaux, puis je compris soudain qu'il n'entrerait pas si je ne l'y invitais pas. Je m'empressai d'aller ouvrir la grille et il pénétra dans la cellule, balayant du regard ma lampe, mon peigne et le livre que je lisais.

— Vous dormiez, dit-il.

— Pas vraiment.

Pour le cas où l'on m'appellerait la nuit, je dormais toujours vêtue d'une robe de velours côtelé, un vêtement similaire aux tenues que je portais le jour. Le shérif ne m'avait donc pas vue en chemise de nuit. Je m'assis au bord de ma couchette.

— Vous pouvez vous asseoir…

Avec un soupir, il se laissa tomber à côté de moi et posa la tête contre le mur.

— Je ne mérite pas d'être ici, déclarai-je alors. Pas tant qu'il est dehors. Ce n'est pas juste.

Depuis que je m'étais couchée, le souvenir de ma rencontre avec Mrs. Heath n'avait cessé de me torturer.

Il eut un petit rire triste.

— Miss Kopp, savez-vous combien de délinquants passent toute leur existence sans jamais être arrêtés ?

Je le regardai, perplexe.

— Beaucoup ?

— Presque tous. Et ceux que nous coinçons ont souvent commis une bonne dizaine de délits avant de se retrouver chez nous. Vous savez que ce que je dis est vrai.

Je hochai la tête. Nos prisonniers aimaient se vanter de tous les méfaits et les complots pour lesquels ils n'avaient jamais été inquiétés.

Il se retourna et désigna d'un geste les fenêtres à l'extrémité du couloir de mon bloc. Au-delà, on apercevait les quelques immeubles qui se dressaient au bout de Main Street en nous tournant le dos. À la lumière du jour, nous aurions vu toute la ville étendue sous nos yeux. La prison se trouvait à la limite de Hackensack, au bord de la rivière, près de tout ce que les citadins ne voulaient pas voir : une réserve à charbon, une filature et un cimetière.

— Ils sont là comme des poissons dans l'eau et ils passent sans cesse entre les mailles du filet, ajouta le shérif. On en attrape certains, certes, on les ralentit, mais on ne les fera jamais renoncer. Il y aura toujours plus de hors-la-loi que de flics. Nous ne sommes pas ceux qui gagnent à la fin. Vous le savez, n'est-ce pas ?

— Bien sûr que je le sais…

Mais peut-être que, à la vérité, je n'y avais jamais songé. Jamais il ne m'était venu à l'idée que je ne finirais pas par avoir le dessus d'une manière ou d'une autre. J'avais la conviction que, si nous y consacrions le temps nécessaire, le shérif et moi parviendrions à éradiquer le crime du comté de Bergen.

— Alors nous en avons perdu un. Et nous allons le rattraper. Seulement, Miss Kopp…

Je croisai les bras et enfouis le menton dans ma poitrine, comme le faisait souvent la redoutable Norma.

Il esquissa un petit sourire et poursuivit :

— Chaque jour, un voleur ou un vaurien quelconque commet un méfait et s'en sort. Chaque jour, quelqu'un appelle à l'aide et nous n'arrivons pas à temps. Et il y a toujours une bagarre ou une fusillade, ou un incendie volontaire déclenché quelque part, ou une jeune fille qui disparaît...

— D'accord, mais...

Il ne me laissa pas achever.

— D'accord, mais nous, nous nous remettons quand même au travail.

Je laissai retomber mes bras avec un soupir.

— Nous nous remettons au travail, répétai-je.

— C'est exact, dit-il avec un sourire qui fit remonter le coin de ses yeux. Notre service continue à agir. Actuellement, nous menons une chasse à l'homme et, tôt ou tard, nous rattraperons notre évadé.

— Mais si nous n'y arrivons pas ? Si vous...

— Nous y arriverons, assura-t-il. En même temps, moi, j'ai une prison à faire tourner. Il y a ici quatre-vingt-cinq prisonniers qu'il ne faut pas oublier.

— Vous savez, avec tous les ennuis que je vous ai attirés, Mrs. Heath n'a pas du tout envie que je sois là.

Il prit une inspiration pour répondre dans un souffle, si bas que je dus faire un effort pour entendre :

— Mrs. Heath se préoccupe beaucoup des apparences, des réputations, des titres et des honneurs.

Quand j'ai posé ma candidature pour le poste de vice-shérif, elle y a vu un tremplin pour que je devienne ensuite shérif, puis maire, puis sénateur. Elle rêve de recevoir dans un salon de Washington et de verser le thé dans un service en argent. Qu'en pensez-vous, Miss Kopp ?

— C'est affreux… Je préfère encore poursuivre von Matthesius pendant des jours dans des ruelles mal famées !

Ces paroles lui arrachèrent un nouveau sourire. Je compris que quelque chose venait de se délier entre nous.

— Moi aussi, approuva-t-il. Mais Cordelia ne comprend pas cela. Elle ne le comprendra jamais.

— Bon…

Je déglutis, peinant à parler.

— Pauvre Cordelia…

Je regrettai ces mots dès que je les eus prononcés. Je n'avais pas à me moquer d'elle.

— Je lui ai procuré tout ce que peut désirer une épouse : des enfants et un logement agréable.

Il s'interrompit. Cette fois, c'était mon tour de rire.

— Ce logement n'est pas si agréable que ça !

Il frappa des pieds sur le sol et secoua la tête, sérieux au plus haut point cette fois.

— D'accord, ce n'est pas la maison idéale. Mais c'est la résidence du shérif, et elle est l'épouse du shérif. C'est à moi de décider qui je dois employer, pas à elle. Ce que peuvent dire les journaux n'a pas la moindre importance. Je gère ce service comme je l'entends, et si Cordelia ne savait pas cela avant de m'épouser, elle le sait maintenant.

Il évoquait son épouse avec une autorité paisible qui m'était familière. Il parlait sur le même ton à ses adjoints et il tenait sa prison de la même façon. Pour la première fois, je compris que ce qui était admirable chez un shérif pouvait l'être moins chez un mari.

— Où étiez-vous ce soir ? demandai-je.

— Avec une équipe de recherches. Un homme est venu nous parler d'un endroit reculé dans le bois où il pensait que quelqu'un se cachait. Il espérait qu'il s'agissait du prisonnier évadé mais, après vérification, ce n'était qu'un vagabond.

— Mrs. Heath se demandait où vous étiez passé.

— Et elle vous a posé la question ?

— Disons que c'était moins… moins formel que cela.

Je ne pouvais me résoudre à lui confier ce que j'avais vu.

— Elle a l'air très anxieuse, ajoutai-je.

Il se frotta le front de la paume.

— Je lui ai dit de ne pas se faire de souci.

— Je ne suis pas sûre qu'elle puisse s'en empêcher. Elle dit que les gens parlent. Qu'on l'importune dans la rue.

— Elle a entendu une remarque désobligeante alors qu'elle était dehors avec sa mère. Ce n'est rien.

Il se leva alors en couvrant un bâillement de sa main.

— J'ai tenté de lui expliquer que, si une remarque désobligeante est la pire chose qui arrive à l'épouse du shérif, nous sommes sur la bonne voie. Elle n'a pas apprécié.

— Il faudrait être extrêmement endurcie pour ne pas être ébranlée par des étrangers qui disent du mal de sa famille, et surtout par la perspective de voir son mari en prison.

— Mmmm...

Il gagna la grille de la cellule, sortit et referma derrière lui. Je me levai à mon tour.

— C'est exactement ce qu'on attend d'une épouse de shérif, déclara-t-il alors. Qu'elle soit endurcie !

Nous demeurâmes debout face à face, séparés par les barreaux blancs, immobiles.

— Vous n'êtes pas obligée de rester ici tout le temps, dit-il enfin. Vous avez une maison et des proches qui vous attendent.

— Vous aussi, répondis-je.

18

Je n'étais pas rentrée à la maison depuis l'arrestation de Felix. Je craignais d'être absente si l'on capturait von Matthesius et qu'il n'acceptât de ne s'exprimer qu'en allemand, ou si Felix se décidait à parler. Si j'avais une occasion de me rendre utile, je ne voulais pas me trouver à des kilomètres, en pleine campagne, sans téléphone ni automobile.

Toutefois, depuis la première de la pièce de Fleurette, le souvenir de cet homme à qui elle avait parlé à la sortie du théâtre me tourmentait. La pièce, si puérile eût-elle été, l'avait placée devant des hommes qui ne pouvaient avoir qu'une seule idée en tête en regardant des jeunes filles évoluer sur scène. Fleurette aimait qu'on lui porte de l'attention, de quelque manière que ce fût – je l'avais déjà remarqué – et elle trouvait ridiculement vieux jeu de se méfier d'un étranger venu lui faire des compliments.

Pour ma part, je savais ce qui risquait d'arriver, et avec quelle facilité une jeune fille pouvait se faire piéger. Je pensais à Lettie, qui avait répondu à l'annonce de Mr. Meeker recherchant une bonne à tout faire, et à toutes les filles comme elle que j'avais pu connaître en à peine quelques mois, depuis que je travaillais pour le shérif Heath. Il me répugnait de raconter leur histoire à Fleurette, mais peut-être l'avais-je trop protégée jusque-là. Elle était insouciante et ne semblait pas apte à imaginer la façon dont certains hommes étaient prêts à profiter de sa naïveté. À son âge, je ne m'étais pas montrée assez prudente moi-même.

Sans doute Norma l'avait-elle déjà mise en garde, mais sa parole n'avait aucun poids. Dans l'esprit de Fleurette, Norma n'avait pas la plus petite idée de ce que l'on pouvait faire avec un homme sympathique qui vous couvrait de louanges. Le savais-je moi-même ? Je n'en étais pas sûre, mais c'était mon rôle d'essayer de lui expliquer le danger, aussi retournai-je à la ferme dans l'intention de lui parler.

La chambre de Fleurette commençait à ressembler à un atelier de couture. Trois mannequins se tenaient devant la fenêtre, tels des convives assistant à une fête, leur robe soigneusement épinglée sur eux. Des rouleaux de tissu s'empilaient dans un angle, classés par couleur, allant d'une laine d'un violet profond à une soie turquoise, en passant par une mousseline rose pâle. La penderie était grande ouverte et Fleurette avait accroché à ses portes des robes sur cintres qu'elle s'était confectionnées pour elle-même, mais n'avait pas encore étrennées pour la plupart.

Ses goûts la portaient vers la mode et l'exotique, ce que j'avais attribué jusque-là à une imagination débordante et à un montant d'argent de poche mensuel qui lui permettait de faire preuve d'extravagance. En regardant autour de moi lorsque je pénétrai dans sa chambre, je m'aperçus qu'elle s'était fabriqué une garde-robe destinée à un style de vie très particulier, à une existence qui ne pouvait être menée ici, à la ferme, avec Norma et moi. Fleurette voulait du théâtre et des dîners en ville, et des réceptions chez des New-Yorkais sophistiqués et pleins d'esprit. Elle voulait du champagne et des bijoux, son portrait en haut de l'affiche et une foule d'admirateurs à ses pieds, bref, rien de ce que j'avais à lui offrir. Je songeai soudain à ma propre mère, à ce qu'elle avait dû éprouver en me voyant rêver d'une vie qui dépassait son entendement. À l'époque où je m'étais inscrite à un cours par correspondance, elle avait jugé bon de déchirer les devoirs que je m'apprêtais à renvoyer. J'avais trouvé cela monstrueux alors, mais maintenant, je ne pouvais que sourire devant l'impudence dont elle avait fait preuve. Elle cherchait à me garder dans son monde, tandis que je m'efforçais désespérément d'en sortir. Et voilà que, désormais, Fleurette entendait s'extraire du mien.

Elle était assise sur son lit, adossée à trois gros oreillers – les meilleurs coussins de la maison semblaient toujours trouver le chemin de sa chambre pour ne plus jamais en ressortir –, vêtue d'un kimono ivoire, ses cheveux défaits retombant en boucles libres sur ses épaules. Je me pris soudain à l'imaginer en épouse, en train de feuilleter un magazine *Vogue* au lit pendant que son mari se rasait devant le miroir. À cette pensée, un tendon de mon genou céda soudain et je dus me ressaisir pour ne pas tomber.

— La femme du fermier est malade et c'est moi qui la remplace demain, annonça-t-elle sans lever les yeux de son livre.

— Tu t'en tireras très bien.

Je vins m'asseoir au bord de son lit et, aussi naturellement que possible, lançai :

— J'aimerais bien que tu me parles de ce jeune homme de l'autre soir, devant le théâtre…

— Pourquoi ?

Sa respiration s'était accélérée et j'entendais son souffle entrer et sortir par son petit nez en trompette. Elle garda cependant les yeux rivés sur la page. Je l'ennuyais déjà.

— Il est normal que je veuille savoir qui sont tes amis, je suis responsable de toi.

Je me penchai un peu pour capter son regard, mais elle secoua la tête, créant un barrage de boucles brunes entre nous. Derrière cet écran, je crus discerner la présence de rouge sur ses lèvres.

— Tu ne crois pas que je connais le genre de problèmes dans lesquels peuvent se trouver entraînées les jeunes filles de ton âge ? ajoutai-je.

Elle me répondit d'une toute petite voix.

— Ce n'était rien du tout…

— Dans ce cas, cela ne te dérange pas de me le raconter.

Elle reposa enfin son manuel de patrons.

— Je ne peux pas te répéter tous les mots que je dis à toutes les personnes que je rencontre dans la journée, ce n'est pas possible !

— Je veux juste…

— Écoute, je ne suis pas comme Norma et toi, moi ! Je ne vais pas rester dans cette vieille ferme toute ma vie ! Je vais rencontrer des gens, parler avec eux et aller dans des endroits intéressants, comme tout le monde ! Et je ne te rendrai pas de comptes sur tout ça !

— Bien sûr que si, tu me rendras des comptes !

Je m'efforçais de masquer mon affolement, mais son intention de quitter la ferme me mettait dans tous mes états.

— Tu n'es pas différente des autres filles, tu sais. Tu n'as peut-être pas de père ou de mère pour te dire où tu peux aller et qui tu peux voir, mais tu nous as, Norma et moi. Et c'est notre rôle de veiller sur toi.

— D'accord…

Fleurette repoussa son livre sur le côté et se redressa.

— Et sur quoi comptez-vous vous fonder pour décider qui est bien pour moi et qui ne l'est pas ? À ma connaissance, vous n'avez jamais eu ni l'une ni l'autre le moindre visiteur mâle dans cette maison, à part le shérif et ses adjoints, mais ça, ça ne compte pas. Visiblement, ni elle ni toi n'avez jamais trouvé d'homme à votre goût. Alors comment pourriez-vous décider lequel sera bon pour moi ?

Elle me couvrit d'un regard enflammé et provocateur. Cette fois, elle ne gémissait pas et ne suppliait pas, elle me lançait un défi direct et je ne savais comment répondre. Je n'avais jamais eu l'idée de me demander quel genre d'homme pourrait être bien pour Fleurette.

— Je n'ai pas dit que tu ne devais parler à personne. Je t'ai juste demandé qui tu fréquentais.

— Tu n'as aucun droit de le faire.

— Oh que si ! Si c'est tellement secret que tu ne peux pas nous en parler, c'est que tu n'es pas surveillée comme tu le devrais et, dans ce cas, nous allons te retirer du cours de Mrs. Hansen.

— Vous ne pouvez pas faire ça !

S'il avait été possible de taper du pied dans un lit, Fleurette l'aurait fait.

— Bien sûr que nous le pouvons ! Tu oublies que c'est moi qui paie tes leçons et tes costumes.

— Dans ce cas, je me les paierai moi-même ! Il y a des filles à l'Académie qui m'ont déjà demandé de leur confectionner leurs robes de printemps.

Avant que j'aie eu le temps de répondre, elle ajouta avec fougue :

— Et ne viens pas me dire que couturière n'est pas un métier assez bien pour notre famille. C'est bien plus respectable que ton travail dans la police. Si maman était encore là, elle serait très contente de me voir coudre et horrifiée de te savoir dans cette vieille prison toute crasseuse !

Je voulus poser la main sur sa cheville, mais elle retira vivement ses pieds. Je tentai néanmoins de m'adresser à elle avec douceur :

— Tu sais, Fleurette, ce n'est pas possible pour moi de te regarder te mettre en danger sans réagir. Surtout après ce que nous avons vécu l'an dernier. C'était toi que ces hommes menaçaient de kidnapper, souviens-toi. Tout ce que nous avons fait, nous l'avons fait pour qu'il ne t'arrive rien...

Fleurette reprit son livre et le feuilleta rapidement, clignant des yeux pour refouler ses larmes.

— Comment s'appelle-t-il ?

— Je n'en sais rien.

— L'as-tu revu ?

— Pas encore.

Je tentai de toutes mes forces de garder mon calme.

— Qu'est-ce que ça veut dire ?

Elle enroula une mèche de cheveux autour de son index et me regarda.

— Il a promis de nous emmener voir un spectacle à Broadway, Helen et moi, quand il aura assez d'argent.

— Ce n'est pas possible, Fleurette, tu ne peux pas aller à New York avec un homme ! Et Helen non plus. Les jeunes filles de votre âge ne prennent pas le train avec des hommes et elles… Enfin, de toute façon, je ne te le permettrai pas, un point, c'est tout. Et je vais en parler à Mr. Stewart.

Je l'entendis ravaler ses larmes.

— Voyons, Fleurette, tu savais bien que nous ne t'aurions jamais laissée y aller ! Mais si tu y tiens vraiment, nous irons voir un spectacle toutes les deux.

— C'est ennuyeux de sortir avec toi !

— Alors nous emmènerons Norma aussi !

Elle sourit malgré elle et j'espérai que nous nous étions comprises. Elle reposa son livre et me regarda alors que je me préparais à quitter sa chambre.

— Et le vieux bonhomme, vous ne l'avez toujours pas rattrapé ?

— Non, mais cela ne va pas tarder et, ensuite, je serai davantage à la maison. Quoique… En fait, le shérif Heath m'a promis de me nommer adjointe… Je ne sais pas trop comment cela va se passer quand il l'aura fait.

Je vis le visage de Fleurette s'éclairer.

— Est-ce que ça veut dire que tu vas chasser les criminels à toute heure du jour et de la nuit ? Mais ça ne sera pas affreusement dangereux, ça ?

— Ce sera dangereux pour les criminels, répondis-je.

Elle se mit à rire et je la quittai sur cette paix fragile qui planait dans l'air entre nous.

Norma n'avait pas encore éteint sa lumière. Elle avait depuis peu pris l'habitude de lire avec les vieilles lunettes de maman, affirmant qu'elle voyait mal, mais je la soupçonnais de ne les porter que pour pouvoir me jeter des regards suspicieux par-dessus leur rebord. Lorsqu'elle levait les yeux vers moi, la monture glissait si loin sur son nez qu'elle devait la remonter du doigt.

— Tu pourrais t'en faire faire une paire à ta vue, suggérai-je.

— J'aime bien celles-ci.

Elle lisait un article de *Popular Science* sur un pharmacien allemand qui délivrait des ordonnances par pigeons voyageurs avant la guerre. L'homme avait mis au point un système pour fixer un dispositif photographique sur les volatiles afin qu'ils prennent des clichés en survolant les camps ennemis. L'article était accompagné de l'image d'un pigeon muni de son équipement sanglé à son poitrail à l'aide de bandes élastiques. À côté figurait l'une des photographies prétendument prises par l'oiseau au-dessus d'une rivière. Nous étudiâmes un moment les deux illustrations.

— Je ne vois pas comment le pigeon a pu supporter un tel poids, commenta Norma, mais ça ne nous laisse pas le choix : nous devons faire un essai.

— Sinon, les Allemands risqueraient de prendre l'avantage grâce à cette flotte de pigeons…

Elle hocha sombrement la tête et je compris qu'elle pensait bel et bien que la supériorité militaire de l'armée allemande pouvait reposer sur cela.

— On ne peut pas parler de « flotte » pour des pigeons, rectifia-t-elle sans cesser d'examiner les photographies. Ce n'est pas correct. Mais le mot « volée » me semble un peu trop frivole. Je pense qu'on pourrait dire « escadron ».

Elle saisit un crayon et nota ce terme dans la marge puis reposa le magazine et reporta son attention sur moi.

— J'ai entendu que tu parlais avec Fleurette, reprit-elle.

— Je souhaite juste qu'elle fasse attention.

Norma me passa un oreiller pour que je m'adosse au montant du lit.

— Elle n'a pas envie de faire attention, affirma-t-elle. Elle veut qu'on la laisse tranquille. Elle parle de s'installer avec Helen dans un meublé.

Je poussai un grognement et desserrai les boutons de mon col.

— Et qui va payer le loyer, à son avis ?

— Elle se lance dans la couture, tu le sais bien. Que voulais-tu qu'elle choisisse d'autre ?

— Je ne sais pas, avouai-je. Pendant des années, j'ai pris soin de ne pas me poser cette question.

— En tout cas, nous ne pouvons pas la laisser quitter la maison pour aller s'installer en ville et faire toutes les imprudences qui lui passeront par la tête ! Elle risque de tomber amoureuse du premier représentant en machines à coudre qui frappera à sa porte…

— Norma !

Cela ne lui ressemblait pas de me rappeler ainsi le passé, mais elle avait raison : j'avais exactement l'âge de Fleurette lorsque j'avais cédé aux attentions d'un vendeur ambulant.

Norma retira ses lunettes et les brandit d'un geste ample.

— Quand nous étions jeunes filles, je ne me souviens pas de t'avoir entendue parler de garçons avant qu'il y en ait un qui apparaisse dans notre salon. Alors tu imagines ce qui se passerait pour notre « Mademoiselle s'en va-t-en ville »… Elle laisserait ses fenêtres grandes ouvertes et convierait tout le monde à entrer !

— Je préfère ne pas y songer !

— À part cela, je suppose que l'homme que vous avez arrêté n'avait pas von Matthesius dans sa poche. Sinon, je l'aurais su par la presse.

— Il refuse de nous parler. Nous pouvons seulement espérer qu'il aidait son frère à rester caché et que, s'il n'y a plus personne pour lui faire ses courses, von Matthesius finira par sortir.

— Ma foi, vous devriez faire autre chose qu'espérer…

Je me penchai pour délacer mes bottines.

— Que veux-tu que nous fassions ? Cela fait au moins deux semaines. Tous les jours, les hommes du shérif sillonnent la ville et nous avons parlé à toutes les personnes qui sont liées de près ou de loin à cette affaire.

— Pour quelle raison a-t-il été arrêté au départ ? interrogea Norma.

Cela la mettait en fureur de ne lire dans les journaux que des formules évasives comme « des charges sérieuses contre lui » ou « un témoignage sensationnel », sans rien apprendre de ce qu'elle souhaitait vraiment savoir.

Je lui racontai donc ce que j'avais découvert : la clinique spécialisée dans les maladies nerveuses, les drogues que l'on administrait pour que les patients paraissent plus malades encore et pour que les familles continuent de payer. J'ajoutai que von Matthesius se faisait rémunérer en tableaux de maîtres et en parts d'héritages quand les gens commençaient à manquer d'argent. Je lui parlai enfin de Beatrice Fuller, que notre évadé avait épousée de force, et de la bravoure des garçons qui avaient averti la police pour la sauver.

— Dans ce cas, vous n'avez pas rencontré tout le monde, décréta Norma.

— Qui reste-t-il ? Alfonso Youngman est mort et Beatrice Fuller est en Californie. Le shérif dit qu'il ne peut pas forcer les grands-parents à nous donner son adresse là-bas.

Norma tapota impatiemment le bout de son crayon sur mon genou.

— Ce ne sont pas eux qu'il vous faut. C'est le pasteur.

— Quel pasteur ?

— Celui qui a forcément été appelé pour célébrer le mariage alors que la pauvre fille était si droguée qu'elle ne pouvait pas tenir debout. C'est le seul criminel qui n'ait pas été inquiété dans cette affaire. Je ne comprends pas que vous ne soyez pas encore allés le voir.

19

L'église réformée allemande était une petite construction blanchie à la chaux comme on en faisait cent cinquante ans plus tôt. Des bardeaux la tapissaient du sol jusqu'aux cieux et une flèche de cuivre vétuste patinée de vert-de-gris s'élevait de son toit. Les côtés étaient percés de hautes et maigres fenêtres gothiques, de celles qui encouragent à ne regarder qu'en soi, plutôt que de se tourner vers le monde extérieur. L'église se dressait fièrement sur un tapis d'herbe plat, sans même un bosquet ou un parterre de fleurs pour suggérer les plaisirs que pouvait offrir la vie ici-bas. L'éducation recluse que nous avait imposée ma mère nous avait apporté un seul et unique bienfait : celui de nous épargner de longs dimanches en ces lieux stricts et austères que sont les églises allemandes de Brooklyn et du New Jersey.

Il nous avait fallu plusieurs jours pour localiser le révérend Weber. Déclaré souffrant au moment du procès, il n'était pas venu témoigner. Plusieurs personnes avaient néanmoins assisté au mariage forcé qu'il avait célébré et un certificat en bonne et due forme avait été signé, de sorte que son intervention ne faisait aucun doute. Néanmoins, son nom n'apparaissait pas dans les minutes du procès et il nous avait fallu éplucher une à une toutes les notes du procureur pour le retrouver. Dès que nous y parvînmes, nous lui rendîmes visite.

Le shérif Heath poussa la lourde porte de l'église et nous plissâmes assez longtemps les yeux vers les bancs de bois gras pour constater qu'il n'y avait personne. Nous empruntâmes donc l'allée menant au presbytère et je frappai deux coups à la porte. Un vieil homme très maigre vint nous ouvrir, plié en deux et si perclus de rhumatismes qu'il dut se contorsionner pour lever les yeux jusqu'à mon visage.

— *Guten Tag*, lança-t-il d'une voix rauque.

— *Einen guten Tag auch Ihnen*, répondis-je. *Mein Name ist Constance Kopp, und mein Begleiter ist Herr Heath.* Pouvons-nous entrer ? Je viens au sujet de l'un de vos fidèles.

Mon allemand dut le satisfaire, car il hocha la tête et nous ouvrit la porte.

Nous pénétrâmes alors dans un petit salon vétuste, plus destiné à l'accueil de visiteurs qu'au confort de l'occupant des lieux. Il n'y avait ni large canapé à coussins, ni lampe de lecture, ni livres, photographies ou effets personnels de quelque nature que ce fût. Seules plusieurs chaises de bois dépareillées étaient disposées en un demi-cercle rigoureux, en prévision d'une conversation très grave entre interlocuteurs compassés. L'une d'entre elles étant équipée d'accoudoirs et d'un coussin flétri, je compris que c'était celle du pasteur. Une croix et un calendrier de dévotions imprimé par l'Église agrémentaient les murs.

Le révérend Weber s'assit sur sa chaise, tandis que le shérif Heath et moi-même nous installions en face de lui. Étant donné la position de son corps, nous nous retrouvâmes à contempler quelques mèches de cheveux blancs peignés sur un crâne nu et fragile comme celui d'un bébé, avec des veines bleues apparentes sous une peau marbrée de rouge et de rosé, et aussi d'un blanc crayeux insolite. Il dut se tourner de côté pour pouvoir nous regarder. Ses lèvres tremblotaient et ses yeux étaient pâles et humides.

— Nous recherchons un homme que vous devez connaître, commença le shérif Heath. Il a disparu et nous espérons vivement que vous nous aiderez à le retrouver.

— Oh mon Dieu ! s'alarma le vieil homme. Disparu ?

— En fait, je dirais plutôt qu'il se cache. Il s'est évadé alors qu'il était sous bonne garde à l'hôpital il y a plus de deux semaines. Je parle du Dr von Matthesius.

À ces mots, la bouche du vieil homme s'ouvrit et son menton se mit à trembler. Comprenant qu'il cherchait une réponse satisfaisante à donner, je m'empressai de prendre la parole pour ne pas lui laisser le temps de réfléchir :

— Révérend, un prisonnier en cavale, c'est dangereux pour tout le monde. Les adjoints du shérif sont sur les dents. Ils sont armés et prêts à tirer au besoin, de sorte que des passants innocents pourraient être blessés, des gens qui n'ont aucun rapport avec cet homme. Vous ne voudriez pas qu'un tel drame se produise, n'est-ce pas ?

Notre interlocuteur baissa les yeux sur les articulations noueuses et gonflées de ses doigts puis secoua la tête.

— Je crains de ne pas pouvoir vous aider, déclara-t-il d'une voix faible.

— Cela revient à aider le Dr von Matthesius, répliqua le shérif. Nous avons déjà arrêté son frère qui, à notre avis, a participé à son évasion et qui l'aidait à se cacher. À présent, il n'a plus personne vers qui se tourner.

— Felix est en prison ? s'étonna le révérend Weber en se penchant en avant, comme s'il n'était pas sûr d'avoir bien entendu. Mais alors, est-ce que quelqu'un va venir prendre ses affaires ?

J'échangeai un coup d'œil perplexe avec le shérif, qui répondit aussitôt :

— Oui, nous sommes justement venus avec mon fourgon pour pouvoir les emporter aujourd'hui.

D'un geste vague, le vieil homme désigna une porte derrière lui. Le shérif et moi nous levâmes aussitôt, en prenant soin de nous comporter comme si la situation n'avait rien de surprenant. La porte indiquée donnait sur une pièce aveugle et trop étroite pour servir de chambre à coucher, remplie du sol au plafond de petits meubles, de caisses en bois, de valises, de malles et de tableaux aux massifs encadrements sculptés.

Resté assis, le révérend Weber s'était retourné sur sa chaise pour nous suivre des yeux.

— Il paraît qu'il en a déjà vendu la plupart, mais ça commence à faire long... Et franchement, qui voudra de ces vieilleries ?

Le shérif se gratta la nuque.

— Tout cela doit provenir du sanatorium. Je suppose que Felix vendait ces objets pour procurer de l'argent à son frère.

— Quoi donc… ?

Le shérif Heath ne répéta pas, mais revint vers le petit cercle de chaises et s'agenouilla devant le vieil homme, afin de lui épargner les efforts qu'il déployait pour s'adresser à nous.

— Révérend Weber, dit-il, ces objets n'appartiennent pas à Felix. Certains d'entre eux ont été volés ou confisqués à des gens sous des prétextes frauduleux. Si nous établissons que Felix a violé la loi en les vendant – et je pense que nous n'aurons aucune difficulté à le faire –, vous serez inculpé pour complicité. Vous comprenez ?

Sur ces mots, il se laissa retomber sur ses talons tandis que le révérend Weber marmonnait des paroles inintelligibles, ses lèvres remuant furieusement sans qu'il en sortît un son. La poignée de sa canne tremblait entre ses doigts serrés.

Je m'assis à mon tour près de lui et pris son autre main dans la mienne.

— *Haben Sie eine Ahnung wo von Matthesius sich versteckt ?*

Il secoua la tête.

— *Nein.*

Le shérif Heath m'interrogea du regard.

— Il dit qu'il n'a pas d'idée de l'endroit où le baron peut se cacher.

Le regard du shérif passa plusieurs fois du vieil homme à moi, puis il se leva et épousseta son pantalon d'un geste énergique. Il prit alors la parole de cette voix qu'il employait pour s'adresser aux ouvriers d'une usine en grève ou à ses adjoints à la fin des réunions.

— Mon révérend, voilà ce que vous allez faire pour nous : vous allez écrire à la poste restante une lettre à l'intention du Dr von Matthesius, pour lui dire que ce qu'il restait de ses affaires a été vendu et que vous avez de l'argent pour lui. C'est tout ce que nous vous demandons. De cette façon, vous nous montrerez que vous souhaitez nous aider à capturer un dangereux fugitif et nous ferons en sorte qu'aucune accusation ne soit portée contre vous.

Le révérend Weber tendit le cou vers nous quelques instants, avant de hausser les épaules avec une expression fataliste d'homme vaincu.

— Bah, je ne vois aucun mal à écrire une lettre… Mais je ne vous garantis pas qu'elle arrivera jusqu'à lui !

— Ça, c'est notre affaire ! assura le shérif.

Il regarda autour de lui, à la recherche de papier à lettres. Le vieil homme désigna aussitôt d'un doigt tremblant une petite table dans un coin de la pièce.

— Là…

Je doutais pour ma part qu'il puisse tenir un stylographe entre ses doigts mais, à ma grande surprise, il s'acquitta de sa tâche d'une écriture claire et assurée. Quelques minutes plus tard, nous avions en notre possession trois lettres à expédier.

— Bon travail, révérend ! le félicita le shérif Heath.

Nous passâmes encore quelques minutes au presbytère, à effectuer des allers-retours jusqu'à l'automobile avec les affaires de von Matthesius, puis nous prîmes congé du pasteur.

— J'enverrai un adjoint chercher le reste, indiqua le shérif avant de démarrer.

Nous nous mîmes en route. C'était la première fois depuis longtemps que je voyais Heath aussi excité.

— Qu'est-ce qui vous fait croire que von Matthesius va aller s'enquérir à la poste restante s'il y a du courrier pour lui ? lui demandai-je.

— C'est de cette façon que s'envoie toute la correspondance clandestine, de nos jours, répondit-il d'un ton jovial. On ramasse plus de criminels à un guichet de poste que dans un asile de nuit à dix cents.

Nous nous rendîmes sans délai au bureau de poste de Hackensack, où nous passâmes devant une file de gens qui attendaient aux guichets, pour aller pousser une petite porte située sur le côté. À l'extrémité d'un couloir se trouvait le bureau du directeur, où le shérif entra sans frapper. Nous fûmes accueillis par une paire de semelles : l'homme avait les pieds sur son bureau et un journal ouvert devant lui. Une masse épaisse de cheveux bruns nous apparut alors, suivie par deux yeux gris brillants d'intelligence et un « Bob ! » sonore.

— Alors, qu'est-ce que tu m'apportes aujourd'hui ?

— Tout d'abord, répondit le shérif tandis que son ami se redressait, laisse-moi te présenter Miss Kopp ! Elle est gardienne à la prison et travaille avec moi sur une affaire.

— Vraiment ? fit l'homme en me dévisageant avec un intérêt non feint. Comment avez-vous réussi à décrocher un emploi de ce genre, mademoiselle ?

— Elle l'a mérité, assura le shérif en se tournant vers moi. Miss Kopp, je vous présente Mr. Fulton.

— Enchantée, dis-je. Comment allez-vous ?

Il lâcha son journal et se leva pour venir me serrer la main.

— Mieux de jour en jour !

— Mr. Fulton est père de quatre petites filles extrêmement turbulentes, m'expliqua le shérif en souriant à peine.

— Je suis sûre qu'elles seraient choquées de s'entendre décrire de la sorte par le shérif, estimai-je.

— Oh, elles savent bien qu'elles sont turbulentes, rétorqua Mr. Fulton, mais ce qu'on ne leur a jamais dit, c'est qu'elles sont des petites filles. La plus âgée accompagne régulièrement son oncle à la chasse, les jumelles veulent tout le temps jouer au base-ball et la benjamine est convaincue qu'elle sera médecin plus tard, de sorte qu'elle passe son temps à entourer ses sœurs de bandages. Nous avons dû nous mettre en colère pour l'empêcher de transformer la cuisine en bloc opératoire et de ligoter l'une des filles à la table. Si elles ne se calment pas, aucune d'elles ne trouvera un mari...

Il esquissa une grimace d'horreur factice sans parvenir à la maintenir très longtemps. Sa bonne humeur m'avait déjà conquise.

— Ça, on n'en sait rien, répondis-je. Elles peuvent vous surprendre !

— Elles me surprennent chaque jour ! La dernière fois, elles se sont mis toutes les quatre dans la tête de fuguer ensemble. Elles ont dû croire que leur mère et moi ne les avions pas vues étudier les horaires de train toute la semaine... Quand elles sont sorties sur la pointe des pieds avec leurs petits sacs à dos, j'ai appelé mon ami Robert Heath pour qu'il aille les pêcher à la gare.

Elles ont passé une nuit en prison pour indocilité et vagabondage.

— Ce n'est pas vrai ! m'exclamai-je, sidérée.

Le shérif Heath hocha la tête avec vivacité.

— Ça leur a donné une bonne leçon !

— Pensez-vous ! s'amusa Mr. Fulton. Elles ont vécu l'aventure de leur vie ! Le lendemain, elles ne voulaient pas rentrer à la maison ! Rien ne leur fait peur, à ces filles-là ! Je dis toujours qu'elles seront soit flics, soit hors-la-loi et, à présent, Miss Kopp, j'ai quelque espoir qu'une ou deux d'entre elles choisiront la voie légitime.

Le shérif Heath eut une petite toux polie pour mettre fin à cette entrée en matière.

— Oh, je suis désolé, tu as du travail, shérif. Alors, de quoi s'agit-il ?

Nous lui montrâmes les lettres, qui étaient déjà cachetées et adressées, de l'écriture du révérend Weber. Le shérif Heath n'exposa que le minimum nécessaire sur l'affaire, se bornant à indiquer que nous recherchions un fugitif et avions besoin de la vigilance des guichetiers le moment venu.

Mr. Fulton hocha la tête en examinant les lettres.

— Une pour nous, une pour Paterson et la troisième pour Manhattan. Elles y seront dès aujourd'hui, promit-il.

— Vous avez déjà fait ce genre de chose ? m'enquis-je. Tenter de piéger un homme de cette manière ?

Jamais je ne m'étais figuré que délinquants et fugitifs avaient ainsi régulièrement recours à la poste restante.

— Vous n'avez pas idée de la quantité de choses que les gens s'envoient en poste restante, me répondit-il. Il y a quelques années, le service des postes a failli mettre un terme à ce système, parce que les guichetiers se plaignaient de voir affluer un nombre exceptionnellement élevé de jeunes femmes venues récupérer du courrier. Des femmes mariées ou non...

— Et quel était le problème avec ça ? m'étonnai-je.

— Eh bien, nos employés en étaient venus à penser que l'on utilisait leur service pour des correspondances clandestines. Ils ont fait beaucoup de tapage à Chicago pour faire cesser ces pratiques.

— À cause de quelques lettres d'amour ?

— Ce n'était pas cela qui les ennuyait, rectifia Mr. Fulton. La presse nous a accusés de fournir un mécanisme propre à entraîner de très jeunes filles « sur les voies odieuses du péché », enfin, quelque chose dans ce goût-là... Pour ma part, c'étaient plutôt les gangsters et la Mano Nera qui me posaient problème ! Mais c'est l'idée des jeunes filles et du péché qui a suscité le plus de remous. Maintenant, nous demandons une pièce d'identité et nous tenons une liste de toutes les personnes qui viennent retirer du courrier au guichet de la poste restante.

— Je suppose que c'est la meilleure solution, commentai-je sans grande conviction.

— Ma foi, on fait ce qu'on peut ! Et quand le shérif recherche tel ou tel individu en particulier, nous ouvrons l'œil pour le repérer et le retenir ici le temps qu'il faut.

— Parfait ! conclut le shérif. Sache que nous devons à tout prix mettre la main sur cet individu-là.

Mr. Fulton examina de nouveau les trois enveloppes.

— C'est le prisonnier qui vous a faussé compagnie à l'hôpital, c'est ça ?

— Exactement, acquiesça le shérif.

— Et comment s'appelle l'abruti qui l'a laissé s'échapper ?

Le shérif ne répondit pas.

— La seule chose qui importe, dit-il, c'est de le rattraper.

— Si cela ne vous ennuie pas de vous préoccuper aussi de vos autres fonctions, Miss Kopp, me dit le shérif sur le chemin du retour, j'aimerais bien que vous portiez un peu votre attention sur le cas Monafo.

— Tant que nos prisonnières sont sous les verrous, répondis-je, ennuyée, il n'y a pas de raison qu'elles prennent la priorité sur von Matthesius.

J'étais obnubilée par les lettres et ne pouvais penser à rien d'autre.

— Le problème, c'est que Providencia Monafo ne restera pas enfermée très longtemps. L'inspecteur Courter travaille sur son ordre de libération. Sans la négligence et l'ineptie des fonctionnaires du tribunal, il l'aurait déjà obtenu à l'heure qu'il est.

— Mais je suis certaine qu'elle m'a dit la vérité ! protestai-je. Bien sûr qu'elle visait son mari, c'est tout à fait logique ! L'inspecteur Courter compte-t-il incriminer quelqu'un d'autre pour le meurtre ?

— Il travaille sur ce point aussi. Le mari est le candidat le plus probable, mais tous les locataires qui n'ont pas d'alibi précis pour l'heure où les coups de feu ont été tirés figurent également sur sa liste des suspects.

— Ce mari-là, ça ne me gênerait pas de le voir derrière les barreaux ! soupirai-je.

— Mais pas pour un crime qu'il n'a pas commis.

Le shérif Heath dut s'arrêter pour laisser passer des écoliers qui traversaient la rue deux par deux en se tenant par la main, tous vêtus de la même veste Mackinaw. Il patienta sans cesser de tapoter le volant de ses doigts.

— Des détenus qui plaident leur innocence et supplient qu'on les relâche, j'en ai vu beaucoup, commenta-t-il, mais c'est la première fois que j'en ai une qui demande à être condamnée. Néanmoins, l'inspecteur Courter ne peut pas ignorer les témoignages qu'il a recueillis, parce que ces gens risquent ensuite d'aller se plaindre à la presse que nous ne tenons pas compte de ce qu'ils disent. Il le sait.

Les enfants achevèrent de traverser et il redémarra. Il était clair pour moi qu'il se demandait quel comportement adopter dans cette affaire. Et je ne pouvais me fier à l'inspecteur Courter pour mener une enquête rigoureuse sur la question de savoir pourquoi les aveux de Mrs. Monafo ne cadraient pas avec les dépositions des témoins.

Je songeai soudain à Henri LaMotte. Celui-ci ne me conseillerait-il pas de tout reprendre depuis le début ?

— Nous ne sommes pas loin de sa pension, déclarai-je. Si nous allions y jeter un nouveau coup d'œil ?

Quelques minutes plus tard, nous étions à Garfield. Nous nous garâmes dans Malcom Street, en face de la maison et, trouvant celle-ci ouverte, nous nous glissâmes à l'intérieur et descendîmes à l'appartement des Monafo. Personne ne répondit lorsque le shérif Heath frappa à la porte, aussi l'ouvrit-il d'une simple poussée de l'épaule.

L'appartement était peut-être plus immonde encore que lors de ma première visite. Telle que je la connaissais, Mrs. Monafo ne m'avait pas paru apte à exercer une influence positive sur son environnement et, pourtant, l'endroit s'était encore dégradé en son absence. Il ressemblait désormais davantage au fourbi d'un clochard sous un pont qu'à un logement de tenancière de meublés. Il s'en dégageait une odeur abominable et, manifestement, rien n'avait été fait pour effacer le sang sur le sol, dernière trace laissée par Saverio Salino en ce monde.

— Au moins, nous savons maintenant que son mari n'est plus là, déclarai-je. Un être humain ne pourrait vivre dans un tel taudis.

— J'ai vu des gens loger dans pire que cela...

À cet instant, il nous sembla percevoir un vague bruit ou du mouvement au-dessus de nous et nous nous figeâmes.

— Je vais voir qui c'est, décida le shérif. Dire que j'ignore même qui a été interrogé et qui ne l'a pas été dans cette maison ! Quant à vous, fouillez un peu les lieux et voyez si Courter n'a pas laissé quelque chose lui échapper : une lettre ou...

Je n'entendis pas la suite, car il s'était déjà engouffré dans l'escalier. Je me mis alors en devoir d'examiner l'appartement dans ses moindres recoins, mais en vain : je ne trouvai aucun papier ni même une surface quelconque où l'on aurait pu poser une lettre. Il n'y avait ni bureau ni étagères. Ces gens ne possédaient pas non plus de lampe de lecture ni de chaises. Je ne découvris rien d'autre que des piles de vêtements écœurants de saleté et trop vieux pour être raccommodés, de la vaisselle qu'il ne fallait même pas chercher à laver et des meubles brisés et rongés de vermine. Il n'y avait rien, dans tout l'appartement, qui ne fût pas bon à jeter et à brûler.

Et je ne trouvai rien qui vînt contredire ce que nous savions déjà.

À la vérité, quelle preuve matérielle du meurtre du locataire par Providencia aurais-je bien pu obtenir ? Que la police l'ait découverte immobile au milieu d'une mare de sang, un pistolet récemment déchargé en sa possession, représentait à mes yeux une démonstration bien suffisante de sa culpabilité.

Des pas se firent soudain entendre dans l'escalier et je vis le shérif Heath apparaître à la porte.

— Vous ne m'avez pas entendu ? me cria-t-il avec impatience.

— Non. Quand ?

— J'ai hurlé pour que vous montiez m'aider à communiquer avec ces gens-là. Ils ne parlent rien d'autre que l'italien et je voulais les interroger avant qu'ils s'en aillent.

— J'étais là. Mais de toute façon, je ne parle pas l'italien.

— Vous ne pouvez pas vous débrouiller avec un peu de français, ou comprendre au moins deux ou trois mots ?

Je le suivis dans l'escalier.

— Êtes-vous en train de me demander d'apprendre une quatrième langue pour pouvoir être d'une plus grande utilité au bureau du shérif ?

— Ce serait une idée, Miss Kopp.

20

Il ne nous restait plus qu'à attendre une réaction aux lettres du révérend Weber. Chaque jour, je m'éveillais avec un poids dans la poitrine. Je dormais les dents serrées, au point qu'au matin mes mâchoires me faisaient mal. Je suppliais le shérif de m'envoyer en patrouille comme les autres adjoints, mais il refusait toujours.

— Faire les cent pas dans les gares ou rôder dans les hôtels n'a pas grand intérêt, me confia-t-il. Von Matthesius ne veut pas être vu et nous ne tomberons certainement pas sur lui par hasard. C'est une perte de temps et vous perdrez le vôtre en y allant aussi mais, comme nous n'avons pas d'autres pistes à suivre, je laisse mes adjoints continuer.

Ce qu'il n'avait pas précisé, c'est qu'il n'avait pas le choix : il était sur la sellette et devait montrer qu'il menait des recherches vigoureuses. Les patrouilles n'étaient qu'une mise en scène, une façon de gagner du temps.

Je n'aurais pas su que sa mise en examen avait débuté si je n'avais surpris, en passant devant son bureau par un après-midi de la mi-novembre, une voix qui me parut familière. C'était John Ward, l'avocat qui, l'année précédente, avait assuré pendant un temps la défense d'Henry Kaufman à l'époque où celui-ci nous harcelait. La porte était entrouverte et je compris tout de suite de quoi il était question.

— Dans ce pays, les magistrats ne connaissent pas la loi ! s'exclamait maître Ward. Combien de fois t'ai-je vu aller leur expliquer quels étaient leurs propres devoirs ! Pas étonnant qu'ils se demandent ce qu'ils doivent faire de toi ! Ma foi, tu pourrais juste leur dire qu'il n'existe pas de loi de ce genre, et puis rentrer chez toi et attendre dix ou vingt ans qu'ils vérifient par eux-mêmes… Tu te retrouveras à la retraite avant qu'ils aient réussi à monter le dossier d'accusation contre toi !

— Le procureur du comté a mis l'affaire devant eux de façon très simple, contra le shérif Heath. Il ne fait aucun doute pour moi – ni pour Mrs. Heath, d'ailleurs – qu'ils ont la ferme intention de me placer en détention. Trois semaines se sont déjà écoulées, ils sont prêts à lancer l'enquête prélimi-naire. Je vais avoir besoin de toi tous les jours dans ce prétoire, et ce n'est pas tout : mes garants veulent savoir comment je compte m'y prendre pour rester en place et ils attendent une réponse. Toi et moi, nous avons rendez-vous avec eux demain.

— J'aimerais tout de même bien bavarder un peu avec le gardien qui a laissé filer ce von Matthe-sius, répliqua maître Ward, pensif. Si nous pouvons porter plainte contre lui pour ivrognerie ou trouver la preuve qu'il a été soudoyé, nous aurons…

Ce fut la voix de Cordelia qui l'interrompit.

— Mon mari protège une certaine personne en particulier, figurez-vous, aux dépens de la sécurité et de la réputation de sa famille, sans parler de sa propre liberté. Je crois qu'il serait tout à fait possible de monter une très bonne défense en démontrant que cette personne était mal équipée et incompétente pour surveiller qui que ce soit.

— Vous savez, on peut dire cela de la moitié des gardiens de prison du New Jersey, objecta John Ward. Il nous faut quelque chose de plus original que la simple apathie.

— Et si je vous disais que...

Cette fois, son époux lui coupa la parole.

— Il n'en est pas question ! déclara-t-il d'un ton ferme. Je suis le shérif, c'est moi qui suis mandaté pour la prison et l'ensemble des prisonniers. Tout ce qui s'y produit relève de ma responsabilité. Je ne me délesterai pas sur mon personnel. J'ai bien compris ce que tu en penses, Cordelia, mais ma décision est prise !

Ces paroles ne suffirent pas à la calmer.

— Et de quoi auras-tu l'air, à ton avis, quand le public découvrira que la gardienne des femmes était chargée de surveiller ce prisonnier-là, alors qu'elle était naturellement inapte pour ce rôle ? Si tu n'es pas capable de jugement pour affecter les gardiens aux fonctions qui correspondent à ce qu'ils peuvent faire, tu ne seras jamais réélu à aucun autre poste dans ce pays.

— Vous avez dit... commença maître Ward.

— La gardienne des femmes a été la seule personne à procéder à une arrestation dans cette affaire, le coupa le shérif sans se démonter, ce qui la rend plus compétente que n'importe lequel de mes adjoints, et tu le saurais si tu prenais la peine de considérer les faits.

— Je sais tout ce que j'ai besoin de savoir, rétorqua Cordelia. Tu es de son côté et nous autres, nous pouvons aller au diable… Je ne tolérerai pas l'idée que mon mari est prêt à se rendre docilement en prison pour protéger cette femme !

Sur ces mots, j'entendis le bruit d'une chaise que l'on repoussait. Cordelia, furieuse, s'apprêtait à quitter la pièce. Je courus aussitôt me dissimuler à l'extrémité du couloir et tournai à l'angle au moment même où elle claquait la porte et courait vers l'appartement du shérif avec des sanglots dans la gorge.

Désormais à l'abri des regards, je m'adossai au mur et me laissai glisser jusqu'au sol, les genoux contre le menton. L'odeur d'ammoniaque et de camphre du savon avec lequel on récurait le sol flottait dans l'air et l'on sentait aussi celle, persistante, du sassafras, qui me rappelait les magasins de bonbons de mon enfance. Nous utilisions cette fragrance l'été, pour atténuer la puanteur de la prison mal ventilée, et elle persistait toute l'année, un peu verte et devenue intimement familière. Si je perdais mon emploi, elle me manquerait sans doute.

Que le shérif Heath prît ma défense n'avait à l'évidence rien d'exceptionnel. Il eût réagi de la sorte avec n'importe lequel de ses hommes, quelles qu'en fussent les conséquences. Il avait coutume de se battre pour les nobles causes, même à son détriment. Je l'avais vu se démener ainsi lorsqu'il plaidait pour que la prison dispose d'un médecin attitré, ou encore le jour où il avait réclamé une dent en or pour un détenu dont les gencives étaient si abîmées que le caoutchouc ordinaire ne pouvait convenir. Il avait aussi insisté pour que les prisonniers portent des uniformes lorsqu'il avait vu l'état misérable de leurs vêtements, il avait commencé à organiser des offices religieux le dimanche et ouvert une bibliothèque pour les détenus. Toutes ces requêtes avaient nécessité d'âpres disputes avec le Conseil des propriétaires fonciers, des discussions qu'il avait menées avec fougue, sans se soucier des commentaires désobligeants et des critiques de la presse.

Ce qu'il faisait là était du même ordre.

Trop terrifiée pour pouvoir réfléchir posément, Cordelia, hélas, ne voyait pas les choses du même œil. Sans doute la pauvre femme avait-elle fait une crise de nerfs le jour où la famille avait emménagé à la prison et, à l'évidence, elle ne s'en était toujours pas remise. Elle n'avait ici ni voisines ni amies et, à ma connaissance, son mari ne lui témoignait aucune compassion. Sans personne avec qui s'épancher, elle menait une vie qui lui était devenue intolérable.

Je savais ce qu'elle ferait une fois sa porte refermée. Tant que son mari ne serait pas rentré – et il ne rentrerait pas de sitôt après une telle altercation – elle irait, à la manière de tante Adele, se cacher dans un cagibi en emportant sa bouteille.

Son rêve était de me voir disparaître. L'espace d'un instant, j'envisageai cette possibilité. Je pouvais partir pour ne plus jamais revenir, mais cela ne réparerait pas le tort que j'avais causé. Ce tort, rien ne pourrait le réparer, sinon ramener von Matthesius à la prison.

L'enquête préliminaire progressait, mais on ne m'en disait rien. Le shérif Heath avait pu convaincre le juge de tenir les séances à huis clos, afin que les journaux ne publient rien qui risquât de compromettre notre traque de von Matthesius. Il se rendait au tribunal presque chaque matin et y restait au moins deux ou trois heures, mais il ne laissait rien filtrer.

Pour ma part, mon travail à la prison me tenait bien occupée. Martha Hicks avait purgé sa peine et était ressortie. Les yeux mouillés de larmes, elle m'avait juré qu'elle ne renouerait plus jamais avec sa manie du chapardage. J'avais des doutes – elle avait tout de même élaboré un système dont elle avait tiré de bons profits, volant des articles de bonneterie pour les revendre dans le magasin de prêt-à-porter de sa sœur –, mais je lui souhaitai tout de même bonne chance.

Ida Higgins avait elle aussi été libérée, car le pyromane avait fini par avouer être l'auteur de l'incendie ; dès lors, on n'avait plus eu besoin d'elle pour témoigner. Une nouvelle détenue, Frieda Burkel, l'avait remplacée, arrêtée pour avoir agressé un visiteur chez elle. Or il semblait qu'il y avait eu erreur : c'était l'homme l'agresseur. Apparemment, cet ancien galant, soldat de la marine, était entré chez elle sans frapper et avait tenté de l'embrasser après trois années passées en mer. Ne l'ayant pas reconnu – ou ayant oublié qu'il avait été son soupirant –, elle s'était défendue en lui cassant une bouteille de lait sur la tête. En s'effondrant, l'homme l'avait entraînée dans sa chute, de sorte que la police les avait trouvés tous les deux couverts de sang. La plaie n'était ni profonde ni inquiétante, mais ils n'en avaient pas moins été conduits chez nous l'un et l'autre. Je travaillai donc à faire libérer ma prisonnière, arguant qu'une femme vertueuse est souvent obligée de casser des objets sur la tête des hommes si ceux-ci entraient chez elle sans y avoir été invités pour lui voler un baiser.

J'avais l'impression que, depuis que l'on savait qu'une femme travaillait à la prison, le nombre de jeunes filles arrêtées avait augmenté. La police n'avait aucune idée de l'attitude à adopter face à l'indocilité de cette jeunesse, mais nous ne le savions pas davantage. Nous étions une institution de correction, pas une œuvre de bienfaisance. Dès que nous aurions récupéré von Matthesius, décidai-je, j'en glisserais un mot au shérif.

Régulièrement, des policiers affectés à la traque de notre fugitif nous appelaient et nous perdions beaucoup de temps en allers-retours à New York pour vérifier leurs dires. L'un d'eux affirma avoir repéré von Matthesius à Long Island, mais sans parvenir à le capturer. Nous passâmes toute une journée à sillonner les rues du quartier où il l'avait vu, mais en vain. Une autre fois, ce fut à Brooklyn qu'un homme correspondant au signalement de von Matthesius fut aperçu entrant dans un immeuble pour en ressortir juste après. La police plaça le bâtiment sous surveillance deux jours durant, puis, en désespoir de cause, elle résolut d'arrêter tous les individus du même âge et dotés d'une constitution similaire qui passaient dans le voisinage. Nous prîmes le train en toute hâte pour aller les voir, mais aucun d'entre eux n'était von Matthesius.

Après deux semaines sur ce mode, un agent de police du nom de Weisenreider téléphona du commissariat de la Trente-deuxième Rue Est pour signaler qu'il tenait notre homme et qu'il ne nous restait plus qu'à venir le cueillir. Il était près de minuit, mais le shérif et moi-même nous y rendîmes aussitôt ensemble, conscients l'un comme l'autre que nous ne pourrions trouver le sommeil tant qu'il ne serait pas entre nos mains. À notre arrivée, on nous présenta un Polonais d'environ soixante-quinze ans qui ne parlait pas l'anglais, mais qui, pour des raisons que nous ne pûmes élucider, hochait vigoureusement la tête chaque fois qu'on prononçait devant lui le nom de von Matthesius. Un traducteur fut appelé en urgence pour vérifier ce que l'énergumène savait sur notre évadé ou sa famille. Là encore, hélas, c'était une fausse piste.

— Vous êtes sûrs que vous ne voulez pas le garder quand même ? nous demanda l'agent de police, comme si un vieux Polonais pouvait nous être malgré tout d'une certaine utilité.

— C'est une proposition très généreuse, mais non, répliqua le shérif.

Nous rentrâmes à Hackensack dans un silence déçu.

Enfin, par une matinée du début de décembre, le directeur du bureau de poste se présenta à la prison sans s'être annoncé. Le shérif Heath me fit descendre dans son bureau, afin d'écouter avec lui ce que son ami avait à nous dire.

Mr. Fulton attendait devant la cheminée, sautillant d'un pied sur l'autre avec l'air du chat qui aurait avalé le canari. Je vis le shérif arriver de ses appartements, la mine plus sombre encore que ces derniers jours. Je n'osai lui demander ce qui le préoccupait ainsi.

Dès que le shérif se fut installé à son bureau, Mr. Fulton prit la parole :

— La police de New York poste la plupart du temps un homme en civil près du guichet de poste restante. Chaque jour de la semaine, elle a une liste d'une dizaine de fugitifs ou d'escrocs susceptibles d'attendre une lettre. Sacrée ville, hein ?

— Oui, c'est ce qu'on appelle une ville... fit le shérif.

— Eh bien, la façon dont ça marche, poursuivit Mr. Fulton, qui s'amusait de toute évidence, c'est que la police place son agent face aux employés du guichet, pour qu'ils le voient bien. Ils sont convenus d'un signal pour que le policier sache quand une personne réclame une lettre suspecte. Et aujourd'hui, il se trouve que quelqu'un est venu chercher votre lettre !

En un geste d'intense satisfaction, il réunit les deux mains. Nous attendîmes la suite sans rien dire, mais rien ne vint.

— Il ne faut pas nous faire languir comme cela, Mr. Fulton, déclarai-je, n'y tenant plus. Notre homme a-t-il été arrêté ?

— Quoi ? Oh, non. C'est ce que je suis venu vous dire, justement. Il a envoyé quelqu'un d'autre récupérer la lettre. Pas si bête ! Le policier a pris le messager en filature jusqu'à une station de métro, mais croyez-le ou non, les portes du train se sont refermées juste au moment où il allait monter dans le wagon pour le pincer !

Le shérif Heath ferma les yeux avec un soupir.

— Si, si, je te crois...

Il parlait d'un ton distrait qui ne lui ressemblait pas et je me demandai ce qui pouvait le tourmenter davantage que cette affaire-ci.

— Mais le policier ne l'aurait pas arrêté comme ça en pleine rue, n'est-ce pas ? m'enquis-je. Il avait sans doute l'intention de le suivre pour voir où il emportait la lettre. Le messager prévoyait peut-être d'aller tout de suite chez von Matthesius.

— Ah ! s'exclama Mr. Fulton, paraissant encore plus ravi de ma version de l'histoire. Vous avez sûrement raison.

— Le messager savait-il qu'on le poursuivait ? Ou est-ce par hasard qu'il est monté dans le métro avant que le policier ne l'ait rejoint ?

— Je n'ai pas pensé à poser la question, avoua Mr. Fulton, une note d'interrogation dans la voix. Dès que la poste de New York nous a appelés, je me suis précipité ici. Tenez, voici le nom du policier. Mieux vaut que vous alliez lui parler directement.

Il tendit une feuille de papier au shérif Heath, qui la contempla fixement pendant quelques secondes, avant que son esprit ne paraisse enfin s'éclaircir.

— Quand cela s'est-il passé ? interrogea-t-il.

— Il y a une demi-heure.

— Pourquoi n'as-tu pas téléphoné ? Nous aurions envoyé tout de suite quelqu'un à l'église, auprès du révérend Weber.

Mr. Fulton parut confus.

— Mais… en fait… il ne m'a fallu que… bredouilla-t-il.

Le shérif lui imposa le silence d'un geste et se tourna vers moi.

— Faites descendre l'adjoint English. Nous allons l'envoyer devant l'église. La lettre promettait de l'argent, espérons que quelqu'un va se présenter pour le prendre.

— Ne pourrais-je pas y aller moi-même ? protestai-je.

— Non.

— Mais…

Il se leva brusquement pour me couper d'un ton sec :

— Miss Kopp, je pensais que nous étions tombés d'accord sur le fait que vous deviez demeurer ici pour faire votre travail !

— Mais cet homme est mon...

— Écoutez, nous sommes au mois de décembre et mes adjoints vont devoir rester en faction par roulements de douze heures. Ils auront froid, ils seront mouillés et il est probable que cela ne servira strictement à rien.

— Ce n'est pas grave, cela ne me dérange pas.

— Vous ne direz plus ça quand vous aurez poireauté dehors toute une journée.

Mr. Fulton avait reculé dans un coin du bureau, l'air choqué par la mauvaise humeur de son ami.

— Cela fait six semaines qu'il est en cavale et nous avons tous envie de le coincer, poursuivit le shérif. Mais ce n'est pas une raison pour que nous allions tous attendre dans un froid glacial, cachés derrière des buissons, un messager qui ne viendra peut-être pas avant plusieurs jours, si tant est qu'il vienne. Ils doivent se douter que c'est un piège. Donc, allez chercher English !

Voyant que je ne bougeais pas, il joignit les mains pour ajouter, les yeux baissés :

— Je vous en prie, je dois en ce moment répondre à des questions assez difficiles au tribunal, ne restez pas insensible à ce que je subis. English est l'homme qu'il nous faut pour cette mission.

Le message était clair : le poste était trop important pour qu'il prît le risque de m'y assigner. Je sortis à pas vifs de la pièce, le visage brûlant de honte. Quand je trouvai l'adjoint English, j'eus toutes les peines du monde à articuler les mots.

En milieu d'après-midi, le shérif Heath quitta soudain la prison sans dire à personne où il allait. Quelques minutes plus tard, je comprenais enfin ce qui l'avait tant préoccupé : de la fenêtre du cinquième étage, j'aperçus Cordelia Heath et ses enfants qui quittaient l'appartement en direction du tribunal. Là, ils attendirent, au milieu de valises et de boîtes à chapeaux, une voiture qui s'arrêta au bord du trottoir et dans laquelle ils s'engouffrèrent.

21

Si, deux mois auparavant, l'on m'avait dit que, par ma faute, un prisonnier s'évaderait, que le shérif serait mis en accusation, que son mariage irait à vau-l'eau et que plusieurs gardiens et adjoints seraient menacés de perdre leur emploi, sans doute n'aurais-je jamais quitté de nouveau la maison. Un simple moment d'inattention avait suffi à mettre en branle une cascade de catastrophes, toutes plus spectaculaires les unes que les autres.

Tout cela me semblait insupportable et j'en venais à me demander comment nos détenus s'accommodaient quant à eux du poids de leurs remords. Certains, il est vrai, n'en avaient aucun, ou feignaient de ne rien regretter, mais d'autres, sans doute, devaient être rongés, comme moi, par leurs mauvaises actions, assis dans leur cellule.

Cependant, à l'inverse de nos prisonniers, j'étais libre d'agir, je pouvais tenter de régler mes problèmes. Tout au long de la journée, je songeai à la lettre. Le shérif Heath avait placé le pire de ses hommes sur l'affaire et il ne semblait pas s'en rendre compte. English ne m'avait jamais plu, et pas seulement à cause de l'opinion qu'il avait de moi. Il considérait avec dédain et arrogance les idées du shérif, je n'avais aucune confiance dans ses capacités de mener à bien la mission qu'on lui avait confiée et je savais que, si le messager lui échappait, nous n'aurions pas d'autre occasion de retrouver von Matthesius. Ma déplorable – désastreuse, même – prestation comme surveillante à l'hôpital ce jour-là n'entrait pas en ligne de compte dans mon raisonnement. S'il y avait un homme à arrêter, je l'arrêterais, je n'avais aucun doute sur ce point. Je savais en outre que si, comme me l'avait demandé le shérif Heath, j'étais restée chez moi, je n'aurais jamais capturé Felix. Et j'en concluais qu'écouter le shérif Heath n'était peut-être pas le meilleur moyen de mettre la main sur notre fugitif...

Ce soir-là, après le dîner et l'extinction des feux, je prévins les autres gardiens que je rentrais chez moi, puis je gagnai à grands pas le centre-ville pour me diriger vers l'église du révérend Weber. Je découvris l'adjoint English tapi entre deux buissons derrière le presbytère. Il sursauta en me voyant surgir devant lui et m'intima le silence d'un index posé sur ses lèvres.

— Je viens vous remplacer, chuchotai-je.

Il fronça les sourcils. Son long visage n'était qu'une ombre dans l'obscurité.

— Vous ne pouvez pas. Partez d'ici, vous allez faire peur au messager !

Je jetai un coup d'œil autour de moi. Il n'y avait aucun autre endroit où se dissimuler. English occupait les seuls et uniques buissons disponibles. Je n'avais pas le choix, je devais le convaincre de partir.

— Le shérif Heath m'a chargée de prendre la garde de nuit, annonçai-je, recourant à la seule idée qui me vint. Vous devez rentrer chez vous.

— Vous mentez.

Il avait raison, mais je ne m'en offusquai pas moins.

— On m'a demandé de vous relayer et, si vous refusez de me céder votre place, je serai contrainte de retourner à la prison chercher le shérif, qui a certainement mieux à faire que de venir vous expliquer le pourquoi et le comment de ses décisions !

Le blanc de ses dents m'apparut dans l'obscurité. L'adjoint English avait un rictus mauvais, qui ressemblait plus à une menace qu'à un sourire.

— Même le shérif Heath ne serait pas assez crétin pour vous confier cette responsabilité, affirma-t-il. Quelqu'un va devoir procéder à une arrestation ce soir. Vous croyez que c'est le vieux pasteur qui va s'en charger ?

— Vous semblez oublier que la seule arrestation à laquelle on ait procédé dans cette affaire, c'est à moi qu'on la doit.

D'un geste, je lui désignai le revolver dans ma poche et les menottes accrochées à ma jupe sous mon manteau.

Avec un juron, il se pencha pour regarder la rue derrière le presbytère, puis il émergea de derrière son buisson en époussetant feuilles et toiles d'araignée et vint se poster devant moi, si près que nos nez se touchèrent presque. Son visage m'évoquait ces petits rongeurs que je détestais : le castor aux longues dents ou l'écureuil vorace.

— Je ne comprends vraiment pas pourquoi le shérif vous a embauchée, et encore moins pourquoi il vous a gardée après l'évasion, siffla-t-il. Quoique, en fait, nous soyons plusieurs à avoir notre petite idée là-dessus…

Je retins mon souffle. Je n'avais pas l'intention de répondre à ce genre de calomnie. Jamais je ne m'étais tenue si immobile.

— Bon, eh bien, je vous laisse attendre notre messager, Miss Kopp ! reprit-il. Le shérif m'a demandé de venir en automobile, mais ça ne sert à rien que je vous la laisse, pas vrai ?

Il savait que je ne conduisais pas. Pas un instant, je ne m'étais figuré que le messager arriverait autrement qu'en train, mais je compris soudain, non sans affolement, qu'il pourrait aussi venir en voiture ; il me serait alors impossible de le poursuivre.

— Ah… et en chemin, je m'arrêterai à la prison pour remercier le shérif de m'avoir envoyé quelqu'un faire la nuit à ma place. Ça vous va ?

Non, ça ne m'allait pas. Il ne faudrait guère de temps à English pour regagner la prison et le shérif Heath pourrait alors être ici en moins d'une heure. Je m'étais laissé gouverner par la rage et la frustration, sans penser à ce qui se passerait si le shérif me trouvait là avant l'arrivée du messager. Toutefois, je n'avais plus le choix : je ne pouvais revenir en arrière.

— Oui, allez le voir si cela vous fait plaisir. Peu m'importe…

Il demeura encore face à moi quelques secondes durant lesquelles je sentis son souffle sur mon visage, puis il tourna les talons et s'éloigna en sifflotant, les mains dans les poches. Quelques minutes plus tard, j'entendais le moteur de son automobile qui démarrait, puis son ronflement qui déclinait en s'éloignant.

Je demeurai debout, attentive au sifflement d'un train au loin et au froissement des feuilles des arbres dans le petit cimetière derrière l'église. J'étais arrivée quelques minutes plus tôt à peine, mais mes doigts étaient déjà gourds et je résistais à grand-peine au besoin de battre des pieds sur le sol pour chasser le froid. Dans l'obscurité solitaire, mon indignation s'atténuait peu à peu et je me demandais si le shérif Heath n'avait pas eu raison. Ce siège pouvait durer des jours entiers. Et moi, combien de temps tiendrais-je ainsi ?

Il me serait impossible de passer toute la nuit dehors, je m'en rendais compte à présent. Je gagnai le presbytère et frappai deux petits coups à la porte. Le révérend Weber l'entrouvrit juste assez pour me reconnaître.

— Je vais dans l'église, dis-je. Y a-t-il une porte qui communique avec le presbytère ?

Il hocha la tête.

— Alors ne la verrouillez pas !

Il se contorsionna pour me fixer dans les yeux. Son bras chancelait au-dessus de sa canne au point que son corps tout entier tremblotait.

— *Gute Nacht*, souffla-t-il d'une voix rêche, avant de fermer doucement la porte devant moi.

Le pauvre homme avait accepté d'écrire des lettres, rien de plus.

Dans l'église, j'approchai une chaise de la porte de communication, que j'ouvris pour vérifier qu'elle n'était pas verrouillée. Je jetai un coup d'œil de l'autre côté : elle donnait sur un petit couloir qui débouchait dans le salon que je connaissais et où était installé le pasteur. J'ôtai ensuite mon chapeau afin de pouvoir m'adosser au mur et guetter les sons. Au bout de quelques minutes, je rouvris la porte pour demander au pasteur de parler clairement lorsque le messager arriverait, mais sans exagération, afin de ne pas éveiller les soupçons. Il me répondit d'un geste excédé.

Il n'y eut aucun bruit durant les deux heures qui suivirent, sinon le faible tic-tac de ma montre et les soupirs et les grognements que poussait le vieux pasteur lorsqu'il changeait de position sur sa chaise. Il avait laissé la lumière et je l'entendais froisser les pages d'un journal. Chaque fois que le vent forcissait, les branches d'un orme craquaient au-dehors. À deux reprises, des passants longèrent l'église en sifflotant. Pour me tenir éveillée et alerte, je faisais les cent pas dans la nef ou allais me poster devant la haute et étroite croisée donnant sur la rue. Les lumières qui brillaient aux fenêtres des maisons s'éteignirent les unes après les autres, tandis que les habitants sombraient dans un sommeil paisible ou demeuraient éveillés dans l'obscurité, en proie, comme moi, à de multiples tourments.

Je retournai m'asseoir. À l'heure qu'il était, l'adjoint English avait dû parler au shérif depuis longtemps. Immobile dans le noir, je fixai les bancs vides en me demandant comment j'avais pu faire preuve d'une telle effronterie. Le shérif aimait dire que Cordelia n'avait pas été élue à une fonction publique et qu'elle n'avait donc pas à intervenir dans le fonctionnement du service. La même chose était vraie pour moi. Je n'avais aucun droit de renvoyer l'adjoint. English aurait dû tenir bon, mais il n'avait pu résister au plaisir de me laisser là où je n'étais pas supposée être pour aller en informer le shérif Heath. Au moins, je savais que je l'avais bien jugé : capturer von Matthesius n'était pas sa priorité et il n'avait été que trop heureux de pouvoir délaisser son poste.

Mais le shérif ne venait pas. Peut-être était-il allé chercher Cordelia. Je l'imaginai devant la maison de ses beaux-parents, la suppliant du porche de revenir. Je ne pouvais rien faire d'autre que m'interroger sur ce qui se passait et attendre, telle une condamnée, de connaître mon sort.

Il était près de minuit quand la porte de l'église s'ouvrit soudain. Je bondis sur mes pieds : le shérif Heath vint sans bruit jusqu'à moi, me saisit par le coude et m'entraîna à travers les bancs de bois jusqu'à l'autre extrémité de l'église, aussi loin que possible du presbytère.

— Je ne tolérerai pas cela ! souffla-t-il.

Il ne m'avait même pas regardée.

— C'était mon prisonnier ! protestai-je sur le même ton. Il est normal que ce soit moi qui vous le ramène.

Au moment où je chuchotais ces mots, je m'aperçus que je n'y croyais plus moi-même.

— Nom d'un chien ! Vous ne réfléchissez donc jamais ?

Il fixait un point au loin. Lorsqu'il posa enfin les yeux sur moi, il avait le regard inexpressif d'un étranger.

— À cause de cette histoire, ma femme est retournée chez sa mère et moi, j'ai un avocat que je paie pour qu'il m'évite la prison !

Il m'en voulait, bien sûr ! J'avais soudain la sensation que j'allais m'effondrer sur le sol et, pourtant, je tenais toujours debout, figée, muette.

— Avec tout ce bazar, le comté de Bergen n'est pas près de renommer une femme adjointe au shérif ! Et on n'y reverra sans doute plus jamais de shérif démocrate non plus. Si vous essayiez, pour une fois, de penser aux autres plutôt qu'à vous-même, Miss Kopp ? Et je vous en prie, n'allez plus dire à mes adjoints ce qu'ils doivent faire !

Je pense qu'il m'aurait renvoyée chez moi sur-le-champ – ou, du moins, qu'il aurait tenté de le faire – si nous n'avions pas entendu au même instant, venue du presbytère, la voix du pasteur.

— J'arrive ! criait le vieil homme à plein gosier.

Nous nous précipitâmes tous deux à la porte de communication pour écouter. Par la fenêtre, j'aperçus au-dehors une silhouette sombre qui n'était pas celle de von Matthesius. L'homme était plus petit et plus rond et il avait en outre la voix d'un garçon de Brooklyn.

— Vous avez quelque chose pour moi ? demanda-t-il dès que le pasteur lui eut ouvert sa porte.

— Oui, rentrez, je vous en prie !

Le vieil homme persistait à adopter le ton grandiloquent et théâtral qu'il devait employer dans ses sermons et que je lui avais expressément recommandé d'éviter. Agacée, je retins mon souffle. Le shérif Heath avait la main sur la poignée de la porte.

— Vous êtes un ami du Dr von Matthesius, c'est ça ?

— Ouais, répondit le garçon.

— Et vous vous appelez… ?

— Le messager.

— Comment ? Je n'ai pas compris.

La voix du pasteur s'était faite plus haut perchée encore.

Nous perçûmes un choc, comme si un objet était tombé par terre, puis le garçon demanda :

— Alors, c'est où ?

— Mais quoi ? brailla le pasteur.

— Le paquet, l'enveloppe, le sac, est-ce que je sais, moi ? Ce que vous devez me donner, quoi ! Allez me le chercher !

Le pasteur marmonna une réponse et nous l'entendîmes se déplacer d'un pas traînant. Quelque chose racla le sol, puis vint le bruit d'un bâton qui frappait le mur avec violence.

— Mais... pourquoi faites-vous ça ? se lamenta la voix du vieil homme.

— Pour que tu te dépêches ! C'est toi qui m'as demandé de venir, alors maintenant, tu vas me chercher cet argent !

J'avais la désagréable impression que le pasteur tentait de gagner du temps pour me plaire. Quelle idée ! Il était supposé donner l'enveloppe et laisser l'homme repartir. Le retenir ne nous était d'aucune utilité. Le shérif tira son revolver et je l'imitai.

— Oh là là, je croyais que je l'avais mise ici... C'est une toute petite enveloppe, vous comprenez, mais attendez, Mr... Comment m'avez-vous dit que vous vous appeliez, déjà ?

Le bâton s'abattit de nouveau et, cette fois, quelque chose – un miroir ? – se brisa en mille morceaux. Si le pasteur ne renonçait pas à ce comportement absurde, nous allions devoir pénétrer dans la pièce et gâcher toute l'opération.

— La voilà, la voilà, tenez ! Et maintenant, allez-vous-en !

Il y avait comme des larmes dans sa voix.

Un nouveau fracas nous parvint, suivi du bruit que je redoutais : celui d'un poing solide qui frappait le vieil homme. Celui-ci dut heurter une chaise en tombant et nous l'entendîmes gémir, tandis que le visiteur ressortait.

— Restez avec lui ! m'ordonna le shérif.

Un instant plus tard, il s'élançait à la poursuite du messager. Je dus faire un effort considérable pour ne pas me précipiter dehors moi aussi.

Dans le presbytère, le pasteur gisait sur le sol, le front ensanglanté, mais il vivait encore et s'efforçait déjà de se relever. Je pressai mon mouchoir contre sa blessure, puis l'aidai à s'asseoir sur une chaise.

— *Gehen Sie !*

Cela voulait dire « Allez-vous-en ! », mais je lui répondis que j'avais reçu l'ordre de rester à ses côtés. De mauvaise humeur, il me chassa de nouveau d'un geste impérieux.

La porte était restée ouverte, gouffre noir béant qui conduisait loin de cette église, loin de Hackensack et vers la cachette où se terrait von Matthesius.

22

Le messager montait dans le train pour New York au moment où je débouchai dans la gare, rouge et à bout de souffle. Debout près du guichet, me tournant le dos, le shérif Heath s'entretenait à voix basse avec l'employé, baigné du halo d'une lanterne solitaire. Le garçon ne semblait pas l'avoir remarqué. Je me dissimulai dans un coin d'ombre pour voir le shérif monter dans la même voiture que lui. Un instant plus tard, le sifflet du chef de gare retentissait. Je me précipitai sur le quai à mon tour pour sauter à bord du dernier wagon au moment où le train s'ébranlait.

À l'intérieur, quelques rares voyageurs mal réveillés sommeillaient sur leur siège. Gagnant l'avant de la voiture, je pus voir à travers la vitre le shérif Heath et le messager qui me tournaient le dos tous les deux. Je demeurai là, observant sans être vue, tandis que le train gagnait la grande ville à toute vitesse.

Une fois à New York, je descendis sans me faire remarquer et sortis de la gare derrière les deux hommes. Même à cette heure tardive, la Septième Avenue restait très animée. Des fiacres chargeaient des clients et des porteurs allaient et venaient avec des malles. Malgré l'enfilade des becs de gaz qui éclairaient la rue, il serait aisé de perdre le garçon de vue, car il y en avait beaucoup d'autres semblables à lui, silhouettes solitaires en manteaux noirs qui s'éloignaient de la gare d'un pas vif.

Le shérif Heath ne m'accorda pas un regard lorsque je le rejoignis, se contentant de marmonner entre ses dents :

— En général, un adjoint fait ce que lui dit son shérif. Sinon, il n'a plus qu'à changer de travail…

— Si je ne rattrape pas mon prisonnier, on ne me confiera plus aucun travail.

Il étouffa un juron et accéléra l'allure pour réduire la distance entre le jeune homme et nous. Je l'imitai et nous ne ralentîmes qu'une fois parvenus à une cinquantaine de mètres derrière lui.

— Si vous pouviez essayer de suivre les ordres du shérif ne serait-ce qu'une seule fois dans votre vie, reprit-il, profitant du bruyant passage de plusieurs attelages près de nous, vous retourneriez par exemple au poste de police me chercher quelqu'un pour m'assister. Normalement, c'est English que je devrais avoir à mes côtés en ce moment si vous ne l'aviez pas fait partir.

Je n'eus pas le loisir de répondre : le garçon s'était immobilisé devant une vitrine et nous fîmes de même. En regardant autour de moi, je constatai soudain que Noël approchait. Des scènes d'hiver décoraient chacune des boutiques de la rue : un château de contes de fées niché dans un nuage de ouate de coton, de petits choristes de Noël en bois sculpté qui tenaient dans leurs mains, non des livres de chant, mais des cadeaux emballés, et une poupée en porcelaine posée devant une cheminée et serrant contre elle un chaton avec un nœud autour du cou.

Dans l'air piquant de l'hiver, le shérif Heath avait le souffle court. À la manière dont il ajustait son chapeau, remuait les doigts dans ses poches ou triturait le bouton de son col, je décelai en lui une grande nervosité. Il se tourna vers moi, sans doute avec l'intention de m'intimer l'ordre de m'en aller, mais le jeune homme se remit en route à cet instant et nous dûmes nous hâter de le suivre.

Il prit alors à travers la ville l'itinéraire le plus indirect et le plus sinueux que l'on pût imaginer, préférant les ruelles étroites où les boutiques étaient fermées depuis des heures déjà et où de grands bâtiments aveugles qui, la journée, devaient abriter des fabriques d'emballages ou des presses d'imprimerie, semblaient à l'abandon à cette heure de la nuit. Désormais, il ne s'arrêtait plus ni ne ralentissait l'allure. Plus d'une fois, il traversa la chaussée n'importe où, sans se soucier des automobiles et des carrioles qui ne pouvaient voir à plus d'un mètre devant elles, nous forçant à l'imiter à nos risques et périls. Ce rythme effréné ne nous permettait aucune conversation, mais le shérif continuait régulièrement à m'adresser de petits gestes pour me chasser, tandis que je persistais pour ma part à l'ignorer. Il était trop tard, il n'était plus question que j'abandonne. C'était de moi qu'il avait besoin, et non d'un quelconque policier new-yorkais ignorant des enjeux.

Le garçon cessa soudain d'avancer et se baissa pour renouer son lacet. Nous reculâmes à la hâte pour aller nous dissimuler derrière des cageots qui s'amoncelaient sur le seuil d'une épicerie. Le shérif voulut en profiter pour reprendre sa harangue, mais je l'interrompis.

— Si vous étiez à ma place, vous ne partiriez pas, lui dis-je. Si c'était vous qui l'aviez laissé s'enfuir, je suis sûre que vous ne rentreriez pas chez vous.

Il ôta son chapeau et je crus, l'espace d'un instant, qu'il allait s'en servir pour me frapper au visage, mais non : il se lissa les cheveux en arrière et remit le couvre-chef en place.

— Si j'étais à votre place, me répondit-il avec dureté, je ferais ce que me demande le shérif. J'ai été adjoint quatre ans, voyez-vous, et je puis vous assurer que...

Mais déjà le garçon reprenait sa marche, d'un pas encore plus rapide qu'auparavant. Il traversa la Cinquième Avenue et zigzagua dans les bas quartiers de l'East Side. Au coin des rues, on croisait de petits groupes de jeunes gens qui se tenaient serrés les uns contre les autres et se frottaient les mains autour des maigres feux de braseros, ainsi que des filles vêtues de manteaux mités qui tremblaient de froid sous les porches. Les trottoirs étaient irréguliers et des trappes menant aux caves s'ouvraient parfois, de sorte qu'il me fallait soulever le bas de ma robe pour vérifier où je posais les pieds.

Parvenu dans la Deuxième Avenue, le garçon s'arrêta enfin devant une porte d'immeuble et parut chercher ses clés. Le shérif Heath me poussa en hâte à l'abri d'un renfoncement où se trouvait une boulangerie polonaise. Nous étions si proches l'un de l'autre que je sentais sa moustache me chatouiller l'oreille.

— S'il nous échappe, ce sera votre faute, murmura-t-il. Arrangez-vous pour l'arrêter coûte que coûte !

— Bien sûr...

Mon assurance ne suffit manifestement pas à le convaincre. Il paraissait désespéré lorsqu'il me quitta pour traverser la rue au pas de course.

Le garçon avait trouvé sa clé et ouvert la porte. Se faufilant derrière lui, le shérif pénétra dans le bâtiment à sa suite. Je ne vis pas la réaction du jeune homme, mais le bruit d'une lutte me parvint et je m'empressai de gagner l'immeuble à mon tour.

À l'intérieur, le shérif Heath prononçait des mots que je ne distinguai pas. J'entendis le garçon crier, puis l'un des deux frappa l'autre. Je me précipitai pour pousser la porte juste avant qu'elle ne se referme et découvris le shérif en train de menotter le garçon derrière le dos. L'un et l'autre étaient à genoux dans un étroit hall d'entrée. Le shérif se redressa alors en relevant son prisonnier avec lui, puis il se retourna vers moi et, d'un signe de tête discret, me signifia de rentrer et de fermer la porte.

— Pas un mot ! intima-t-il à mi-voix au garçon. Tu me fais juste signe avec la tête pour dire oui ou non. Au moindre son, ça se passera très mal pour toi !

L'autre acquiesça. Il me tournait le dos et j'eus le sentiment que le shérif Heath ne voulait pas qu'il me voie. Peut-être estimait-il que le garçon serait plus effrayé s'il pensait qu'il n'y avait aucun témoin. Le shérif se tenait derrière lui, la main sur les menottes.

— Le Dr von Matthesius est là-haut ? lui chuchota-t-il.

Le jeune homme secoua la tête.

— Il a séjourné dans cette maison ?

Cette fois, ce fut un léger acquiescement.

— Alors qui venons-nous voir ? Dis-le tout bas, sans réveiller personne.

— Rudy Schilga.

— Rudy ? Rudolph ?

— Je crois, oui.

— L'appartement ?

— Quoi ?

Le garçon voulut se retourner, mais le shérif l'en empêcha d'une légère poussée.

— Quel appartement ? Où allons-nous ?

— Ah… Troisième droite.

Ils s'engagèrent dans l'escalier, le garçon en tête et le shérif qui le tenait par les menottes. Parvenu sur le premier palier, ce dernier se pencha brièvement par-dessus la rampe pour me faire signe de monter aussi. Je le fis sans un bruit, en prenant soin de rester hors de vue.

Ils poursuivirent leur ascension jusqu'au troisième étage et s'arrêtèrent devant la porte de droite. Le garçon ne dit pas un mot. La tête baissée, il haletait, apparemment éprouvé par l'effort.

— La clé… souffla le shérif.

— Dans mon manteau.

Le shérif Heath glissa la main dans la poche du garçon puis déverrouilla la porte, avant de pousser son prisonnier à l'intérieur. J'entrai à mon tour.

Le lieu était désert. C'était un meublé très ordinaire, avec une baignoire dans la cuisine et deux lits en fer tirés contre les murs, des tasses et des assiettes, ainsi qu'une poêle en mauvais état, sur une étagère.

Hormis ces quelques objets, rien n'indiquait que quiconque eût vécu ici. Cela sentait la poussière et la crasse.

Au son de la porte que je refermai, le garçon se retourna. Il sursauta en me découvrant.

— Qui c'est, celle-là ? demanda-t-il.

— Parle doucement, je t'ai dit ! murmura le shérif. Celle-là, comme tu dis, c'est Miss Kopp. Et toi, mon garçon, comment t'appelles-tu ?

— Reinhold Dietz.

C'était un nom allemand dont je pourrais me souvenir sans peine. Reinhold ne me quittait pas des yeux. Il avait le visage rond et pâteux et des yeux bleu argent inexpressifs.

— On m'a suivi, j'ai l'impression ! soupira-t-il d'un ton résigné. Rudy m'avait dit de me méfier de la police, mais pas des femmes...

Le shérif Heath tira sur les menottes d'un coup sec qui l'obligea à se détourner de moi.

— Alors, mon garçon, quel est le programme ?

— On va me mettre en prison ?

Le shérif le toisa un moment, s'attardant sur le manteau bleu marine troué aux coudes et les vieilles chaussures dont les semelles décousues laissaient s'échapper le bord d'un papier journal qu'il avait mis pour les rembourrer.

— Tout dépend de toi...

Dans l'appartement voisin, un homme fut pris d'une quinte de toux de tuberculeux. On entendit un pas lourd, puis le bruit de l'eau qui coulait d'un broc. Nous attendîmes le retour du silence, puis le shérif déclara à mi-voix :

— Reinhold, je te laisserai partir à la minute même où j'aurai von Matthesius. Je lui passerai les menottes et je t'enlèverai les tiennes. Les choses se dérouleront exactement comme ça.

— Rudy m'a dit que, s'il n'était pas à l'appartement, je devais aller retrouver le baron à la gare maritime, souffla le garçon, la tête toujours baissée.

— Quelle gare maritime ?

— Celle du ferry de l'East River. Vingt-troisième Rue.

— Quand ?

Reinhold releva la tête et me jeta d'abord un coup d'œil.

— Maintenant, répondit-il. Je devrais déjà y être.

Il n'en fallut pas plus au shérif Heath. Une fois encore, il recommanda au garçon de rester discret, puis nous redescendîmes.

— Quelqu'un va-t-il revenir ici ce soir ? chuchota-t-il dans l'escalier.

— Depuis qu'ils ont fait partir le baron, plus personne n'habite ici. C'est juste un endroit pour les rendez-vous.

Une fois au-dehors, le shérif examina un instant l'immeuble, avant de se tourner vers moi.

— Je peux rester ici au cas où quelqu'un viendrait… hasardai-je aussitôt.

— Si ce n'est que vous ne resterez pas.

— Si. Si je dis que je reste, je reste.

— Je vois. Mais si c'est moi qui vous le dis, non. Vous ne prenez vos ordres que de vous-même.

Reinhold Dietz nous regardait à tour de rôle, comme si nous étions deux parents en train de se disputer devant leur enfant.

— De toute façon, je ne vous laisserai pas seule dans la Deuxième Avenue en plein milieu de la nuit, marmonna le shérif.

— Vous m'avez bien laissée seule à Hackensack…

— Mais c'était dans une église, bon sang ! Bon, allons-y ! reprit-il. Du moment que nous tenons Reinhold, nous allons retrouver le baron. Pas vrai, mon garçon ?

Reinhold émit un grommellement accablé, mais il nous accompagna sans rechigner. Cette fois, nous empruntâmes un chemin plus direct pour gagner la Vingt-troisième Rue et la gare maritime. Sans doute était-il assez inhabituel de voir un homme et une femme se promener en compagnie d'un garçon menotté en plein cœur de la nuit, mais l'indifférence des personnes que nous croisâmes me fit croire le contraire. À cette heure tardive, les rues de l'East Side de New York étaient bien plus animées que celles de Paterson ou de Hackensack ne le seraient jamais. De la lumière brillait à tous les immeubles – non pas à toutes les fenêtres, mais on en comptait assez pour me faire savoir que, sur dix habitants, il s'en trouvait au moins un ou deux éveillés, en train de faire ce que peut faire un être humain à deux heures du matin. Je vis derrière une fenêtre la silhouette d'une femme qui tentait de calmer un bébé en pleurs et, plus loin, un homme penché au-dessus d'un escalier de secours avec sa cigarette. Même certains magasins étaient animés. Un garçon battait de la pâte à pain dans l'une de ces boulangeries bon marché qui ne vendent que des petits pains noirs et du pain bis. Dans une blanchisserie, deux femmes étaient penchées sur des machines à coudre, éclairées l'une et l'autre par une petite lanterne à gaz. Au coin de la Dix-neuvième Rue, deux hommes vidaient le contenu d'un appartement dans le caniveau et une horde de chiffonniers se pressaient déjà pour récupérer ce qu'ils pouvaient.

Reinhold soufflait bruyamment en marchant et de gros nuages de buée s'échappaient de sa bouche. Les menottes lui faisaient perdre l'équilibre, de sorte qu'il ne cessait de trébucher contre nous. Je voulus suggérer au shérif de le détacher, mais celui-ci ne semblait pas d'humeur à faciliter la tâche à Reinhold, aussi continuâmes-nous ainsi vers l'est jusqu'à la Vingt-troisième Rue. La gare maritime nous apparut enfin dans la lueur ocre des becs de gaz.

— Est-ce que von Matthesius te connaît ? demanda le shérif à Reinhold. Ou est-ce qu'il sait juste à quoi tu ressembles ?

— Il me connaît.

— Bon, eh bien, comme il nous connaît nous aussi, voici ce que nous allons faire : je vais te trouver un petit banc confortable auquel je vais t'attacher. Sache que Miss Kopp et moi-même, nous ne serons pas très loin, même si tu ne nous vois pas. Je te préviens, si tu essaies de l'avertir, de quelque manière que ce soit, nous te ramènerons à Hackensack et tu auras droit un séjour prolongé dans ma prison ! En revanche, dès que nous l'attrapons, je te relâche. On est d'accord ?

Reinhold se mit à tousser puis hocha la tête.

— Je crois, oui.

Le shérif Heath observa un instant la gare maritime. C'était un long bâtiment surbaissé en forme de L, percé de larges porches pour les chariots et les automobiles. Les recoins où se dissimuler ne manquaient pas. Nous aurions pu amener avec nous cinq ou six hommes en renfort.

— Pourquoi avez-vous rendez-vous ici ? interrogea le shérif. D'où est-ce qu'il vient ?

— Je n'en sais rien. On ne me dit jamais rien.

Le shérif Heath tira légèrement sur les menottes, comme on le ferait pour arrêter un cheval.

— Où irais-tu l'attendre, toi ?

Du menton, Reinhold désigna une série de bancs, à l'endroit où les deux ailes du bâtiment se rejoignaient.

— Là-bas, peut-être…

— D'accord ! Miss Kopp, allez faire un tour. Voyez s'il n'est pas déjà là. Et arrangez-vous pour rester tout le temps dans mon champ de vision. Dès que j'aurai installé notre ami, je vous rejoindrai.

Je m'éloignai sans un mot. Un chemin de planches courait tout le long du bâtiment et, lorsque le talon de ma bottine heurta une latte mal fixée, le choc résonna comme un coup de feu. Je me précipitai aussitôt à l'abri d'une banne de toile qui protégeait un guichet dans un coin d'ombre en espérant que von Matthesius ne m'avait pas repérée. À vrai dire, rien n'indiquait qu'il fût là, ni lui ni aucun individu susceptible d'attendre un rendez-vous. Il n'y avait que les employés affectés à l'entretien des docks, qui tiraient des seaux d'eau de la rivière pour les déverser sur les planches, enroulaient de lourds cordages autour de bites d'amarrage ou installaient des passerelles. Quelques-uns d'entre eux levèrent les yeux vers moi, mais ils ne dirent rien.

De l'autre côté, le shérif Heath, agenouillé, attachait Reinhold au banc. Je le vis prendre le visage du garçon entre ses mains et lui parler. Reinhold hocha énergiquement la tête et le shérif se releva.

Le garçon adopta une position naturelle, feignant d'être détendu, et non enchaîné à son banc.

Le shérif vint me rejoindre à l'extrémité du bâtiment.

— Personne ?

— Quelques employés des docks, c'est tout.

— D'accord. Je vais aller leur parler. Vous, continuez à surveiller cette partie-là et ne perdez pas le garçon de vue. Si von Matthesius arrive, il ira sûrement droit vers lui.

Il disparut derrière la gare maritime. Je demeurai à mon poste, qui m'offrait une vision bien nette de Reinhold et d'où je verrais arriver tout individu venu de la rue. Alors seulement, je commençai à sentir le froid glacial qui montait de la rivière. Malgré mes gants, le sang avait déserté mes doigts et je dus me frotter vigoureusement les mains pour retrouver des sensations. Mes pieds étaient tout aussi gelés mais, ne pouvant faire de bruit, je n'osai pas les frapper contre le sol. De la Première Avenue, derrière moi, me parvenait le vrombissement des automobiles et, de l'île, au-delà, le vacarme de klaxons, des moteurs pétaradant et des sifflements des chaufferies se faisaient entendre, bourdonnement incessant, spectral, qui faisait le quotidien de cette ville.

Assis sur son banc, Reinhold Dietz avait le menton rentré contre sa poitrine. Peut-être s'était-il endormi, il était impossible de le dire de l'endroit où je me trouvais. Je m'inquiétais de le voir rester sans bouger dans ce froid polaire. Je faisais moi-même les cent pas pour ne pas mourir de froid et j'avais peine à croire qu'il pût résister à cette immobilité encore très longtemps dans son fin manteau.

J'apercevais de temps en temps le shérif Heath qui allait et venait sur les docks, de l'autre côté du bâtiment. Des voix masculines s'élevaient de temps à autre et le vent les emportait, comme cela se produit lorsqu'on est si près de l'eau.

Au bout d'un moment, le shérif Heath émergea de l'autre côté de la gare maritime et il se détacha dans une petite flaque de lumière que jetait un bec de gaz. Il écarta les mains afin de me signifier qu'il n'avait rien trouvé et je fis de même. Reinhold Dietz leva la tête assez longtemps pour nous regarder l'un et l'autre puis la laissa retomber.

Nous demeurâmes encore un peu à nos postes respectifs, mais nul ne s'approcha du banc, hormis des employés des docks qui allaient et venaient. Quand l'horloge de la gare marqua trois heures, le shérif traversa les rails du tramway et alla s'asseoir près de Reinhold. Tous deux s'entretinrent quelques instants, puis il le détacha du banc et lui remit les menottes derrière le dos, avant de venir avec lui à ma rencontre. Malgré l'obscurité, je vis que le garçon avait le visage bouffi et rouge. Peut-être avait-il pleuré, à moins que ce ne fût le froid, ou sans doute les deux.

— Nous retournons à l'appartement, annonça le shérif. D'après Reinhold, von Matthesius n'est jamais en retard. S'il ne s'est pas montré à l'heure qu'il est, on ne le verra plus, inutile de rester davantage dans ce froid…

Je me raidis. L'idée de quitter le seul lieu où notre évadé fût susceptible d'apparaître me paraissait insensée.

— Je vais rester là, déclarai-je. Retournez là-bas tous les deux !

Le shérif Heath plissa les yeux.

— C'est la punition que vous avez décidé de vous infliger ? Passer toute la nuit dehors dans le froid ? Vous croyez que cela va me dédommager ?

Il leva les yeux au ciel.

— Un autre rendez-vous a été fixé pour demain. À la station de métro. Nous le coincerons là-bas. Allez, venez, Miss Kopp.

Il tenait Reinhold par le coude et il me saisit par le bras de l'autre côté.

— Si elle travaille pour vous, pourquoi est-ce que vous l'appelez Miss Kopp, et pas adjoint Kopp ? interrogea Reinhold tandis que nous nous dirigions à grands pas vers l'appartement.

— Parce que les adjoints suivent les ordres que leur donne leur shérif. C'est la raison d'être d'un adjoint. Les gens qui n'écoutent pas ce que dit le shérif, on les appelle plus communément...

Il s'interrompit, le temps de nous faire traverser un carrefour compliqué dans la Vingt-troisième Rue, et Reinhold en profita pour lancer une suggestion :

— Des délinquants ?

Le shérif Heath eut un petit sourire.

— Merci, Mr. Dietz. C'est exactement ça. Des délinquants.

23

Nous nous assîmes dans l'appartement sombre, le shérif Heath et Reinhold sur un lit, moi sur l'autre, et le shérif Heath fixa le garçon avec une certaine inquiétude. Reinhold ne semblait pas assez intelligent pour inventer des mensonges, mais nous avions néanmoins de bonnes raisons de nous demander s'il ne s'était pas moqué de nous.

— Tu ne vois pas un autre moyen pour le contacter ? interrogea le shérif.

Reinhold secoua la tête.

— Moi, je parle juste à Rudy. S'il a un boulot pour moi, il vient ici ou il me laisse un message dans un restaurant près de Times Square.

— Le *Murray's* ?

Reinhold ouvrit de grands yeux.

— Comment vous savez ?

— Grâce à elle, répondit le shérif en me désignant du menton.

— À elle ? Dites donc, je ne savais pas qu'il y avait des femmes chez les inspecteurs de police !

— C'est nouveau. Je ne sais pas encore très bien si je suis pour...

La tournure que prenait la conversation ne me plaisait guère, aussi résolus-je d'intervenir.

— Comment Rudy connaît-il von Matthesius ?

— Rudy ? Oh, Rudy connaît tout le monde ! Avant, il servait d'homme à tout faire à un docteur, en ville. Comment il s'appelait, déjà ? Un nom qui commençait par « Rat »...

— Le Dr Rathburn ? suggérai-je.

— Oui, je crois. Ce docteur avait demandé à Rudy de trouver des endroits où cacher le baron. Rudy connaît toutes sortes de planques.

— Et le Dr Rathburn paie pour que le baron puisse se cacher ? m'étonnai-je.

Reinhold haussa les épaules.

— Il y a quelqu'un qui paie, je ne sais pas qui. Quelqu'un qui laisse l'argent au *Murray's*. Enfin, avant... Mais ensuite, il y a eu un problème et là, ça fait un bon bout de temps qu'il n'y a plus eu d'argent.

— Quel problème ? m'enquis-je, tout en songeant que je connaissais déjà la réponse.

— Eh bien, tout d'un coup, le docteur a disparu, et le gars qui avait l'habitude de laisser l'argent à Rudy a arrêté de venir. Rudy s'est retrouvé coincé avec le baron. On ne sait pas quoi faire de lui. On était supposé le garder caché et le changer de planque chaque fois au bout de quatre ou cinq jours, mais plus personne ne nous paie. C'est Rudy qui a eu l'idée d'aller demander s'il n'y avait pas quelque chose à la poste restante.

— Mais pourquoi le baron n'a-t-il pas tout simplement quitté la ville ? demanda le shérif d'un ton qu'il voulait naturel. Moi, si je voulais échapper à la loi, je prendrais un train et je disparaîtrais.

Reinhold s'adossa au mur et rentra le cou dans ses épaules.

— Le docteur nous avait dit qu'il ne fallait pas le laisser s'éloigner. Parce que le baron lui devait de l'argent, paraît-il. Alors il voulait le garder sous la main.

— Et Rudy ne sait pas où est parti le Dr Rathburn ? interrogea le shérif.

Reinhold n'était plus vraiment avec nous. Il semblait exténué. Il se tourna sur le côté et marmonna :

— On ne me dit rien, à moi...

Nous vîmes ses yeux se fermer et sa tête tomber sur le matelas. Au bout de quelques instants, il se mit à ronfler paisiblement. Il n'y avait rien d'intéressant dans la pièce : nous ne pouvions que nous regarder l'un l'autre ou fixer le plâtre abîmé du mur. Je me concentrai sur le mur.

Après quelques longues minutes que nous passâmes à examiner les fissures au-dessus de nos têtes respectives, le shérif Heath prit la parole :

— J'ai peut-être laissé entendre que c'était égoïste de votre part de partir toute seule à la recherche de von Matthesius. Ce n'est pas tout à fait ce que j'ai voulu dire.

— Mais si, c'est exactement ce que vous pensez. Et vous avez raison.

— Vous avez ressenti un certain sens du devoir et vous avez agi en conséquence. J'aimerais que davantage de mes adjoints soient comme vous.

J'ôtai les épingles de mon chapeau, que je posai près de moi.

— Peu importe pourquoi j'ai fait ci ou ça. J'ai semé la pagaille dans vos affaires et, quant à vous, tout ce que vous avez fait, c'était pour tenter de m'aider.

— Tenter de vous aider ne m'intéressait pas, Miss Kopp. Je vous ai engagée pour effectuer un certain travail.

— Et vous voyez ce qui s'est passé…

À cet instant, Reinhold poussa un énorme soupir et nous craignîmes de l'avoir réveillé, mais il se remit à ronfler en sourdine.

— Cela a été difficile pour vous aussi, affirma le shérif.

— Ne vous souciez pas de moi, ripostai-je en étouffant un bâillement. Vous devez vous occuper de votre famille. Allez acheter des roses à Mrs. Heath et persuadez-la de revenir.

— Mrs. Heath sera de retour demain, assura-t-il. Son père va lui dire qu'elle n'aurait jamais dû m'épouser et sa mère, qu'elle a un devoir envers son mari, et elle en aura tellement assez d'entendre tout ça qu'elle reviendra, juste pour s'éloigner d'eux.

— Ce serait tout de même mieux si vous lui demandiez vous-même de rentrer, insistai-je. Une femme aime se faire prier, dans ces cas-là.

— C'est inutile. Elle sait où elle habite.

Lui faire la leçon dans ce domaine n'était pas mon rôle. Je renonçai à répondre.

— Tâchez de dormir pendant que c'est possible, suggéra le shérif.

— Je ne vais pas dormir alors que je suis au travail, ripostai-je.

Je délaçai cependant mes bottines et glissai les pieds sous mon manteau. Il faisait presque aussi froid dans l'appartement qu'à l'extérieur. Le vieux radiateur en fer rouillé qui se trouvait sous la fenêtre n'avait d'autre utilité que d'attirer la crasse.

— Vous dormez toutes les nuits au travail, répliqua-t-il. Vous êtes si souvent là-bas que nous allons bientôt devoir vous réclamer un loyer. En général, les gens veulent rentrer chez eux le soir après leur service.

Dans l'obscurité, je voyais non pas ses yeux, mais deux points sombres. Nous nous fîmes face dans un nouveau silence qui se prolongea.

— Je ne veux pas quitter mon travail.

Lorsque je levai de nouveau les yeux, la maigre lumière du matin se faufilait dans la pièce. Reinhold dormait toujours, couché sur le côté, les pieds encore posés par terre. Le shérif Heath regardait droit devant lui avec l'expression impassible d'un représentant de la loi accoutumé à patienter de longues périodes de temps.

Je me rassis à la hâte et les cheveux me retombèrent sur les yeux. Ma jupe s'était enroulée autour de mes genoux. Reinhold dut m'entendre remuer, car il bâilla et voulut s'étirer, mais les menottes se rappelèrent à lui. Il se redressa tant bien que mal et regarda autour de lui, clignant des yeux de surprise.

— J'ai dû rêver, dit-il. Je me suis figuré que vous m'aviez laissé partir.

— Je t'ai laissé dormir, rectifia le shérif.

Reinhold remua la tête et s'étira le cou en grognant.

— Mais vous m'avez plié en quatre avant, non ?

— Tu vas t'en remettre, assura le shérif avant de se lever et d'épousseter son manteau. Bon, il se trouve que les témoins qui sont à la garde du shérif ont droit à un petit déjeuner décent. Allez faire un brin de toilette, tous les deux, et nous descendrons...

Il y avait un cabinet de toilette dans le couloir. Le shérif y entraîna Reinhold tandis que je me débarbouillai à l'eau rouillée de la baignoire. Lorsque nous fûmes aussi propres que possible, nous sortîmes dans la rue silencieuse et glacée, à la seule heure où elle était vraiment déserte et où même les pickpockets dormaient. Les lampadaires étaient encore allumés, faibles lueurs orangées dans l'aurore bleuâtre. Il n'y avait pas un seul magasin ouvert.

Le shérif Heath voulut bien attacher les mains de Reinhold devant lui, dissimulées dans les plis de son manteau. Il tenait le garçon par le coude d'un côté et je lui pris le bras de l'autre. Nous devions constituer un étrange trio, avec ce garçon un peu plus jeune que Fleurette qui marchait bras dessus bras dessous avec une femme de trente-six ans et un homme qui devait avoir le même âge. On aurait pu nous prendre pour ses parents, s'il avait ressemblé à l'un ou à l'autre.

Il était un peu moins de sept heures du matin et von Matthesius était censé venir à la station de métro de Borough Hall à dix heures. J'étais pressée de me retrouver sur place et n'avais pas la moindre envie de perdre du temps avec un petit déjeuner, mais Reinhold affirma qu'il mourait de faim et qu'il allait défaillir, et le shérif insista pour que nous nous arrêtions.

Il y avait près d'Astor Place un restaurant pour routiers qui ouvrait de bonne heure. Nous nous assîmes au comptoir et l'on nous fournit très vite œufs et petits pains. Reinhold demanda du hachis de corned-beef et le shérif le lui accorda, avant de commander un sandwich à emporter qu'il lui glissa dans la poche. Tandis que nous vidions nos tasses de café, Reinhold nous regarda l'un après l'autre.

— Ça vous arrive souvent d'emmener des dames pour courir après les gens ? demanda-t-il au shérif. Vous n'aimeriez pas plutôt avoir un gars ? Imaginez si j'avais été dur à capturer ?

— Oh, je ne crois pas que tu aimerais avoir une Miss Kopp à tes trousses, répondit le shérif Heath. Elle a failli étrangler un type l'autre jour dans Times Square.

— Il l'aurait mérité, affirmai-je.

Reinhold essuya son assiette avec un morceau de pain, qu'il mâchonna pensivement en me regardant.

— Mais votre mari, il ne veut pas que vous soyez à la maison la nuit ?

— Je n'ai pas de mari, répondis-je. Et en effet, j'imagine mal un homme accepter que sa femme passe ses nuits dans des appartements de l'East Side avec vous deux.

— Vous ne vous marierez jamais, ou alors, il faudra que vous arrêtiez tout ça.

Je bus le reste de mon café avant de répondre :

— Je vais peut-être devoir arrêter de toute façon. Tout dépendra du déroulement de la journée qui s'annonce.

— Le shérif non plus, il ne devrait pas être marié, reprit Reinhold pendant que le shérif Heath payait l'addition, parce que je sais qu'une femme ne supporterait pas que vous passiez la nuit ensemble, tous les deux, même si c'est pour courir à droite et à gauche…

— Bon, ça suffit maintenant, Mr. Dietz ! s'impatienta le shérif.

Le jour s'était levé et le vent soufflait quand nous ressortîmes. Le shérif Heath poussa Reinhold contre un mur pour lui remettre les menottes.

— Eh ! cria le garçon.

Sans doute le shérif s'était-il montré un peu brutal dans ses gestes.

— Ce n'est pas exprès qu'il a dit cela, fis-je remarquer à mi-voix au shérif Heath tandis que nous marchions vers la station de métro.

— Si, bien sûr que si ! marmonna-t-il sans me regarder.

Il acheta deux journaux avant de monter dans le train, où nous nous installâmes.

— Et moi, je n'ai pas droit à un journal ? protesta Reinhold.

— C'est juste pour que nous puissions nous cacher au besoin.

Le shérif m'en passa un et ouvrit le sien pour signifier qu'il ne souhaitait pas être dérangé. Reinhold regarda autour de lui, aussi agité qu'un petit garçon, et se frotta les poignets contre les cuisses.

— Vous ne pourriez pas m'enlever ça, maintenant qu'on est dans le train ? gémit-il. Je ne vais pas me sauver de toute façon, vous le savez bien !

— Je ne sais rien de toi, Reinhold, je ne te connais pas, fit le shérif d'un ton léger sans interrompre sa lecture. Tu t'es endormi cette nuit pendant ton interrogatoire, je n'ai rien appris de ce que je voulais savoir.

— Parce que c'était un interrogatoire ? s'écria le jeune homme, tout en se contorsionnant pour sortir le sandwich de sa poche. Je croyais qu'on ne faisait que bavarder, vous et moi.

— Écoute, mon garçon, je vais t'apprendre quelque chose d'important : quand un shérif te pose des questions, ne te dis jamais qu'il est juste en train de bavarder avec toi.

Je fis mine de m'intéresser à mon journal, mais j'avais l'esprit ailleurs : notre fugitif occupait toutes mes pensées. Le train nous secouait en fonçant sur ses rails et, lorsque nous passâmes sous la rivière, la pression dans mes oreilles fut si forte que je demeurai sourde durant une bonne minute ensuite. J'avais l'impression d'être en transe, il me semblait que le monde s'était tu soudain et que l'on n'entendait plus que cet énorme engin qui transportait ces hommes dans leur meilleur costume et ces dames à col de fourrure embarqués à nos côtés, qui voyageaient en compagnie de trois personnes qui avaient dormi dans leurs vêtements de ville et espéré toute la nuit une occasion de capturer un prisonnier en cavale.

Je songeai alors avec consternation que je n'avais pas la moindre idée de ce que nous pourrions faire si von Matthesius ne se présentait pas au rendez-vous. Je me penchai vers Reinhold pour lui glisser à mi-voix :

— Et le rendez-vous de demain, à quel endroit a-t-il été fixé ?

Le shérif Heath me lança un coup d'œil par-dessus la tête penchée de Reinhold. Je compris qu'il connaissait déjà la réponse.

— On ne m'a pas parlé d'un rendez-vous pour demain, marmonna le garçon. Non, je crois qu'il n'y en aura pas d'autre...

24

Parvenu en gare de Borough Hall, le train s'immobilisa dans un dernier cahot. Aussitôt, le shérif Heath saisit Reinhold et nous descendîmes sur le quai. En arrivant près de l'escalier, il me prit à part sans lâcher le garçon, mais en le maintenant le plus loin possible de nous.

— Reinhold ignore par quel côté doit arriver von Matthesius, me glissa-t-il à l'oreille, mais nous avons du temps devant nous, ce qui va nous permettre d'étudier la station de métro pour décider où nous nous posterons l'un et l'autre. Je garde Reinhold avec moi. Si vous repérez von Matthesius la première, il vous faudra le prendre en chasse et le rattraper. Il n'est pas question que vous sortiez votre arme dans cette foule.

J'acquiesçai d'un hochement de tête.

— Ne pourrions-nous pas solliciter quelques policiers du quartier pour nous venir en aide ? suggérai-je.

— Non. Ils risquent de l'effrayer, auquel cas il repartirait tout de suite. D'autant qu'il doit déjà se méfier, vu que Reinhold n'était pas au rendez-vous hier soir. Et puis, les policiers ne le reconnaîtront pas, contrairement à nous, et je ne voudrais pas qu'ils arrêtent la mauvaise personne. Non, nous allons devoir nous débrouiller tout seuls...

Nous gravîmes l'escalier et émergeâmes dans le vent froid qui se déchaînait devant la gare. La circulation dans Court Street produisait un vacarme de tous les diables. Nous n'étions qu'à quelques pâtés de maisons d'Atlantic Avenue, dans cette partie de Brooklyn où les rues marquent des coudes inattendus et se dissolvent dans des intersections conçues au petit bonheur, avec des trottoirs qui ne mènent pas où l'on croit. Nous nous tînmes là tous les trois, le temps de prendre nos repères, et je reconnus soudain l'endroit.

— Oh ! m'exclamai-je. Je prenais des leçons de danse un peu plus bas, au coin de cette rue !

— Des leçons de danse, vous ? s'étonna Reinhold Dietz, ce qui lui valut une taloche du shérif Heath.

— Tous les enfants en prenaient, expliquai-je. C'était là-bas, dans Court Street, après Atlantic Avenue. Mon oncle travaillait dans cette académie, il jouait du piano.

Je n'avais guère eu de raisons de retourner à Brooklyn depuis mon adolescence et cela faisait drôle de se retrouver dans une rue où, vingt ans plus tôt, je passais pratiquement tous les jours. Si elle pouvait me voir maintenant, me demandai-je, que penserait la petite fille que j'étais alors ?

La station comportait deux entrées, l'une donnant dans Court Street, l'autre en face de Boerum Place. Le shérif nous entraîna vers la seconde et nous fîmes le tour du pâté de maisons pour nous assurer qu'il n'y avait pas d'autres façons de sortir du métro.

Ce devait être le carrefour le plus animé de tout Brooklyn. Le tramway roulait dans un fracas assourdissant, des femmes menaient de petites troupes d'enfants vers l'école et des marchands ambulants poussaient leurs charrettes de pommes, de petits pains ou de tout ce qu'ils avaient pu ramasser pendant la nuit : des casseroles et des poêles à frire cabossées, des tissus, des pichets ou des bouteilles de verre sales, de grosses chandelles de suif à demi consumées... Une fillette de dix à douze ans promenait une brouette pleine de géraniums rouges en pot. Au-dessus de nous, dans un immeuble, quelqu'un, sans doute un enfant, s'entraînait studieusement à l'orgue. On entendait sonner les cloches et gronder les moteurs, et tout cela s'associait au bruit produit par les milliers d'individus qui nous entouraient, présents où que nous nous tournions, rue après rue. Chez nous, à Wyckoff, on voyait l'horizon au loin sans qu'une seule personne vînt s'interposer dans notre champ de vision ; là, il n'y avait pas d'horizon, juste Brooklyn, Brooklyn et encore Brooklyn, jusqu'au point où l'océan venait mettre un terme à toute cette effervescence.

Et, au milieu de ce bouillonnement, nous étions censés trouver et capturer un fugitif...

— Bien, me dit le shérif quand nous fûmes revenus à notre point de départ. Nous deux, nous allons rester côté Court Street et vous, vous vous posterez à l'autre entrée. Ne traversez pas la rue, mais gardez un œil sur l'intersection et sur les abords de Borough Hall. Il peut arriver soit par le métro soit par la rue, alors ne vous éloignez pas trop de la bouche de métro. Mr. Dietz n'a pas l'air de penser qu'il sera en avance. Promenez-vous donc un peu dans le coin pour ne pas attirer l'attention sur vous, mais à neuf heures et demie précises, je veux que vous soyez à votre poste et que vous n'en bougiez plus.

— Shérif ! intervint Reinhold en agitant ses menottes. Elles sont trop serrées ce matin, ce serait possible de les défaire un peu ?

— Pas encore, mon garçon.

Le shérif me prit alors le bras et se pencha vers moi.

— Vous vous sentez prête pour faire ça ? murmura-t-il.

En vérité, mon cœur s'était emballé, une veine battait à ma tempe et je transpirais sous mon col malgré le froid de cette matinée. Peut-être même commençais-je à voir des taches noires... Une femme ainsi prise de malaise aurait cherché un banc où se remettre, mais je n'étais pas du genre à défaillir.

— C'est moi qui ai arrêté Felix, ne l'oubliez pas ! répondis-je sur le même ton. Nous l'arrêterons lui aussi.

Il laissa la main sur mon coude un peu plus longtemps que nécessaire, sans cesser de me scruter.

— Ça va aller, assurai-je.

— Soyez prudente.

Sans doute ne pensait-il pas ces mots : on n'arrête pas les délinquants en usant de prudence.

— Ne comptez pas là-dessus ! répondis-je.

Reinhold sourit en entendant cela.

— Toi, tu seras libre d'ici l'heure du déjeuner, lui promis-je, avant de m'éloigner pour aller prendre mon poste.

Jamais aucune heure ne me parut aussi longue que celle qui suivit. J'étais loin de me douter, autrefois, que la vie d'un représentant de l'ordre consistait surtout à attendre et que, pour capturer des criminels, il ne fallait pas seulement de l'intelligence et des réflexes, mais aussi une disposition à rester immobile pendant que le reste du monde s'agitait tout autour, pas uniquement du courage et de la force, mais une capacité à trouver le bon endroit et à s'y tenir, en ignorant cette terrible certitude – qui vous envahissait peu à peu – qu'il se passait ailleurs quelque chose de plus urgent et que, si l'on pouvait quitter son poste ne fût-ce qu'une minute, une proie ne manquerait pas de surgir devant nous et de se laisser capturer.

Durant une heure entière, je dus donc combattre le désir furieux d'agripper quelque chose ou de plaquer quelqu'un, n'importe qui, au sol. Un policier en mission de surveillance peut devenir un très dangereux personnage. Si j'avais vu soudain un pickpocket voler, même un malheureux mouchoir, je l'aurais réduit en bouillie. Par chance, pour le moment, les malfaiteurs semblaient avoir délaissé cette partie de Brooklyn, et cela valait mieux pour eux...

Le shérif Heath m'avait recommandé de ne pas rester immobile, aussi quittai-je le haut des marches du métro pour aller jeter un coup d'œil à la vitrine d'une petite imprimerie manifestement spécialisée dans les annonces et proclamations publiées par Borough Hall. Si je me plaçais en un point particulier et si, au même moment, le shérif Heath marchait en direction de Court Street, je pouvais le voir aller, comme moi, d'un lieu à un autre, une main sur le coude de Reinhold.

Je me demandais de quoi ils pouvaient bien parler, tous les deux, durant cette heure qu'ils passaient ensemble. Il ne faisait aucun doute que le shérif Heath tentait de convaincre le garçon de cesser de fréquenter Rudy et de rentrer dans le droit chemin en accomplissant un travail honnête ou en s'inscrivant à une formation professionnelle. Il avait aussi dû le blâmer d'avoir frappé le vieux pasteur. Chaque fois que je le regardais, Reinhold avait la tête baissée et il acquiesçait vaguement. Je doutais néanmoins qu'une heure passée à écouter un sermon du shérif du comté de Bergen pût changer sa vie.

Enfin, les aiguilles de ma montre atteignirent neuf heures et demie et je pris mon poste en haut des marches. Dès lors, chacun des hommes, femmes et enfants empruntant l'escalier du métro eut droit à un examen attentif de ma part, tout comme ceux qui passaient sur le trottoir ou qui montaient ou descendaient de voiture. Je savais que von Matthesius avait dû se rendre aussi transparent que possible. Sans doute porterait-il un costume ordinaire et un chapeau banal, pour être sûr de ne pas accrocher les regards.

Scruter tous ces visages un par un n'était pas de tout repos. Les hommes avaient l'habitude exaspérante de marcher par groupes de trois ou quatre, ou serrés les uns aux autres, ou de se cacher derrière d'autres, de sorte qu'il m'était impossible de voir vraiment tout le monde. Ils avaient des écharpes autour du cou et le chapeau enfoncé sur la tête, et se détournaient souvent juste au mauvais moment.

Une demi-douzaine d'entre eux me parurent assez semblables à von Matthesius pour me donner l'envie de me précipiter sur eux et de les plaquer au sol. Chaque fois, je constatais mon erreur à l'instant même où j'allais bondir.

Et puis, soudain, en me retournant, je le vis dans l'escalier du métro. Il émergeait de l'obscurité, vêtu d'un pardessus gris trop grand pour lui, son chapeau baissé sur les yeux.

Je m'étais représenté le visage de cet homme si souvent au cours de ces six semaines que je sus aussitôt que c'était lui. À peine eut-il posé le pied sur le trottoir que je me glissai derrière lui pour lui saisir le bras et le lui tordre derrière le dos, tout en lui assénant un coup de pied à l'arrière des genoux pour le mettre à terre. Il réagit plus vite et avec plus de violence que prévu. Il se retourna brutalement et me frappa au visage de son coude, me faisant reculer. Entourés de gens qui sortaient du métro, nous étions l'un et l'autre près de perdre l'équilibre à tout instant. Je ne le tenais plus que par son pardessus et redoutais de le voir s'en débarrasser pour s'enfuir en courant.

— Vous êtes en état d'arrestation ! criai-je, espérant attirer l'attention du shérif Heath, ou tout au moins obtenir l'aide des messieurs qui passaient près de nous.

Les yeux de von Matthesius rencontrèrent les miens l'espace d'une fraction de seconde avant qu'ils n'aillent se poser sur l'escalier de brique qui, derrière moi, descendait vers le métro. Alors il se projeta de tout son poids contre moi. Surprise, je perdis pied et tombai, mais non sans l'entraîner avec moi dans ma chute. Nous roulâmes tous les deux jusqu'au milieu des marches, que nous aurions dévalées jusqu'en bas sans les passagers qui débouchaient au même moment.

Je m'immobilisai la première et il atterrit sur moi. Une douleur fulgurante aux côtes me fit lâcher la prise que j'avais encore sur lui et il parvint à s'agenouiller pour chercher autour de lui par où fuir. Alors qu'il se relevait complètement et allait s'élancer, je saisis le bas de son pantalon et réussis à le projeter au sol. Son visage vint heurter le bord des marches et il poussa un cri strident.

Je voyais dans un brouillard les chaussures et les revers de pantalons autour de nous, mais nul ne se pencha pour m'arrêter ni pour me venir en aide. Je grimpai en toute hâte sur le dos de von Matthesius pour adopter ce qui dut être la position la moins digne qu'il fût jamais donné de voir adoptée par une femme à Brooklyn. Il avait l'une de ses mains coincée sous moi et, de l'autre, tentait à l'aveuglette de me saisir. Je voulus attraper les menottes sous mon manteau, mais ne pus les atteindre.

— Shérif ! Dégagez le passage !

Un instant plus tard, le shérif Heath se trouvait près de moi et son pied s'abattait lourdement sur l'épaule de von Matthesius, suscitant un nouveau cri de douleur. Je quittai ma position et m'assis sur les marches, haletante et cherchant mes menottes d'une main tremblante. Le baron s'acharnait encore à vouloir m'attraper lorsque je refermai enfin la menotte sur son poignet. Le shérif Heath lui prit le deuxième bras et, lorsque nous l'eûmes enchaîné, nous le tirâmes en haut des marches et le remîmes sur pied.

Von Matthesius détournait la tête, de sorte que je ne pouvais voir son visage, mais les badauds qui suivaient la scène semblaient horrifiés. Du sang lui coulait de la bouche, résultat de sa chute violente sur la tranche dure d'une marche qui lui avait coupé la lèvre et cassé une dent, qu'il recracha en même temps qu'une petite quantité de sang visqueux.

— *Ich möchte ihn behalten*, marmonna-t-il ensuite en la regardant.

Je me tournai vers le shérif, qui me dévisageait avec une sorte d'intense et féroce émerveillement. Il faut avoir longtemps poursuivi un criminel avant de le capturer pour comprendre ce que nous éprouvions l'un et l'autre en cet instant. Quoi qu'il ait pu se passer entre nous au cours des dernières semaines, nous ne faisions plus qu'une seule et même personne. Nous avions accompli ensemble des choses que peu de gens accomplissent. Je gardai le silence, peu désireuse de briser la magie du moment, mais le temps ne s'était pas arrêté et la foule se pressait autour de nous.

— Il voudrait garder la dent, soufflai-je.

Le shérif se mit à rire et secoua la tête. Le charme était rompu.

— Si ça lui fait plaisir… Ramassez-la !

Je la pris dans mon mouchoir et l'empochai. Au prix d'un considérable effort, nous nous relevâmes et nous mîmes tous les trois en marche, le baron et moi gémissant de douleur. Il y avait tant de monde autour de nous que je ne pouvais voir ce qui se passait au-delà des gens. Nous tenions tous les deux le vieil homme, mais aucun de nous ne pouvait supporter sa vue. Il était sale et fourbe, et maintenant que nous l'avions attrapé, nous étions dégoûtés par lui, dégoûtés par tout ce qu'il nous avait coûté – notre temps, notre réputation, et peut-être aussi nos moyens de subsistance. C'était un trophée dont nous ne voulions pas, comme si nous avions remporté le premier prix d'une tombola pour nous apercevoir qu'il s'agissait d'une chose monstrueuse et dégoûtante : un filet rempli de poissons pourris, un porc mort de maladie...

Le shérif Heath regarda autour de lui.

— Herman Albert von Matthesius, dit-il d'une voix assez forte pour que tout le monde l'entende, vous êtes en état d'arrestation par le shérif du comté de Bergen, New Jersey !

Cette fois, nous avions enfin attiré l'attention de quelques policiers, qui accoururent pour nous porter assistance. J'étais sûre que Reinhold Dietz se serait enfui avec ses menottes au moment même où le shérif Heath l'avait lâché mais, à ma grande surprise, je le découvris derrière la foule rassemblée, attendant avec une patience confiante. Le shérif me tendit ses clés et je le libérai en souriant.

— Bravo, tu as bien travaillé, lui dis-je tandis qu'il se frottait les poignets. Tu nous as aidés à capturer un individu dangereux. Tu ferais un bon policier si tu voulais...

— C'est ce que m'a dit le shérif, répondit-il.

Puis il me salua d'un geste vers sa casquette et traversa aussitôt la rue pour disparaître sans me laisser ajouter une parole.

25

UN PASTEUR « PINCÉ »
PAR UNE JEUNE ADJOINTE AU SHÉRIF
Combat corps à corps entre une femme
du New Jersey et un vigoureux prisonnier à
Brooklyn devant Borough Hall

BROOKLYN. Miss Constance Kopp, qui était l'an dernier restée cachée pendant cinq heures derrière un arbre de son jardin de Wyckoff, New Jersey, pour pouvoir faire un carton sur un gang de la Mano Nera qui lui donnait du fil à retordre, est aujourd'hui adjointe au shérif du comté de Bergen, New Jersey, et c'est la terreur des hors-la-loi. Armée d'un pistolet, de menottes et de quelques autres accessoires, elle s'est rendue à New York hier matin afin de procéder à une arrestation rondement menée. Ce jour-là, devant Borough Hall, elle s'approche d'un monsieur bien mis, mais costaud, et lui tape sur l'épaule...

Norma détacha les yeux du journal.

— Tu n'as pas récolté toutes ces ecchymoses en tapant sur l'épaule d'un monsieur bien mis !

Avec un grognement, je transférai le sac de glace sous mon bras.

— Bien sûr que non ! Ça ne s'est pas du tout passé comme ça.

— Je ne crois pas non plus que tu lui aies dit, comme ils l'écrivent : « Je vous tiens, suivez-moi, c'est vous que je veux ! »

J'éclatai de rire, mais une douleur fulgurante me transperça aussitôt. Je pressai les mains sur mes côtes pour l'apaiser. Assise sur l'accoudoir du canapé, Fleurette lut la suite de l'article par-dessus l'épaule de Norma.

— « L'individu en question n'est autre que le Rév. Dr Herman Albert von Matthesius, qui s'est évadé… » Oh, nous savons tout ça ! Ah, ça continue : « Il dévisage la jeune femme avec stupéfaction. »

— Il ne m'a pas dévisagée du tout, coupai-je. Il avait la tête contre l'escalier et la lèvre éclatée.

Norma s'éclaircit la gorge et prit la suite :

— « Il dévisage la jeune femme avec stupéfaction. "Ma chère Madame ! s'exclame-t-il, vous êtes pour moi une parfaite étrangère, je vous assure ! Je ne vois pas de quoi vous parlez !" »

Je bâillai et tirai la couverture sur mes genoux.

— Corrige-moi ça en : « Il crache une dent et marmonne en allemand qu'il faut la récupérer. »

Fleurette sauta au sol et fit mine de s'accroupir sur le prisonnier pour le maîtriser. Elle portait une robe de soie d'un étonnant bleu canard ornée d'un col de fourrure bordé de velours. Depuis qu'elle réalisait des costumes pour le théâtre, elle récupérait toutes sortes de chutes de tissu dont elle se servait pour agrémenter sa propre garde-robe, de sorte que nous lui voyions un peu trop de plumes et de fourrure à notre goût.

— Si on réalise un film sur toi, je prends le rôle ! résolut-elle. Je ferai une femme shérif très convaincante.

— Cela m'étonnerait qu'on te choisisse, objecta Norma sans quitter le journal des yeux. Ils disent ici que l'adjointe Kopp a une carrure d'athlète et qu'elle pèse quatre-vingt-dix kilos.

— Quoi ? s'indigna Fleurette.

— Ils ont écrit ça ? m'étonnai-je.

— Ma foi, c'est la vérité, non ?

— C'est la seule chose vraie de l'article, acquiesçai-je. Mais je ne pensais pas qu'ils le mettraient dans le journal. Ils n'ont pas cessé de demander au shérif Heath si j'étais réellement faite pour un travail d'adjoint et ils ont voulu connaître ma taille et mon poids, mais je n'aurais jamais imaginé…

— Toujours imaginer le pire avec les journalistes ! proclama Norma avec condescendance. Tu ferais bien d'apprendre comment il convient de parler à la presse si elle doit continuer à publier des articles sur toi.

— Je sais très bien lui parler ! assurai-je.

— Au moins, ça y est, on te considère comme une adjointe au shérif, à présent ! fit remarquer Fleurette.

— Ce sont les journalistes qui ont commencé, mais le shérif Heath trouve que c'est une bonne chose. On va arrêter de tourner autour du pot maintenant que c'est écrit dans la presse ! Il a promis de m'obtenir mon insigne avant Noël et m'a dit que le Conseil des propriétaires fonciers n'osera pas bloquer ma nomination, sachant que j'ai capturé un fugitif.

— Oh, à ta place, je ne préjugerais pas de ce que fera ou ne fera pas le Conseil des propriétaires, objecta Norma, avant de se replonger dans l'article. Est-il vrai que tu l'as attrapé par la queue-de-pie de son costume avant de découvrir un pied impeccablement chaussé ?

Ces mots suscitèrent un immense éclat de rire chez Fleurette.

— Allons donc ! s'exclama-t-elle. Elle portait ces bottines monstrueuses !

— As-tu ouvert ton sac à main avec les dents pour en tirer tes menottes ? poursuivit Norma de derrière le journal.

— Quelle accumulation d'inepties ! soupirai-je. Lis-nous un autre article ! Tu n'as pas celui de Carrie ?

Norma fureta dans la pile de journaux posée près du canapé.

— Je crois que c'est dans celui-là, dit-elle. Mais au fait, où as-tu rencontré cette fille ?

— Peu importe, lis ! commandai-je.

Fleurette revint se percher sur l'accoudoir du canapé.

— Ah, fit-elle, les yeux sur le journal, c'est beaucoup mieux ! Elle dit que tu étais résolue à ne pas le lâcher, si violent soit-il, et qu'aucun des hommes qui se trouvaient là ne t'a prêté main-forte.

— C'est tout à fait vrai, approuvai-je. Ces messieurs semblaient fort peu disposés à me venir en aide.

Norma me regarda par-dessus le bord du journal, impressionnée.

— « Ayant l'avantage du poids, il la précipite dans l'escalier du métro, mais elle s'agrippe à lui et l'entraîne dans sa chute. » Elle dit qu'au moment où le shérif Heath arrive « von Matthesius se débat encore sous la poigne déterminée de celle qui vient de le capturer ». C'est vrai que je préfère cette version !

Elle replia le quotidien et le posa près d'elle.

— Mais comment se fait-il que le seul homme présent pour voler à ton secours soit toujours le shérif Heath ?

Je tentai de me redresser afin de mieux me défendre, mais ma côte fêlée se rappela à mon souvenir et me renvoya en position allongée.

— Nous étions en train de travailler ensemble ! plaidai-je.

En désespoir de cause, je cherchai au moins à glisser un coussin derrière ma tête pour mieux regarder ma sœur.

— C'était son rôle de m'aider à attraper cet homme. Si c'était lui qui l'avait vu le premier, j'aurais couru lui prêter assistance. Que voulais-tu que nous fassions d'autre ?

— Je me demande juste ce que Mrs. Heath pense du fait que son mari ait passé toute une nuit dehors avec une adjointe…

Pour une fois, Fleurette suivait notre conversation sans rien dire. J'abandonnai le combat avec les coussins, que je jetai par terre pour rester allongée à plat, et me mis à regarder le plafond, où trois fissures divergentes formaient un triangle irrégulier qui menaçait de faire céder le plâtre. Un plafond pouvait-il s'écrouler ? Étais-je la seule à me soucier de l'entretien de cette maison où nous vivions ?

Norma et Fleurette avaient les yeux fixés sur moi, il me fallait répondre.

— Si Mrs. Heath savait à quel point notre travail de cette nuit a été sale et désagréable, cette question ne la préoccuperait pas le moins du monde !

— Elle ne le sait pas ? interrogea Fleurette.

Si, Mrs. Heath le savait parfaitement, pour la bonne raison qu'on l'avait sollicitée pour me préparer à ma séance avec les journalistes et les photographes. Je n'avais certes aucune envie d'être photographiée par qui que ce fût, et le shérif Heath devait être dans le même état d'esprit que moi, mais les reporters de Brooklyn suivaient l'affaire de la capture depuis plusieurs heures et ils insistaient. Le shérif Heath résolut donc de tirer le meilleur profit de la situation ; s'ils avaient une bonne photo et pouvaient titrer sur une femme clouant au sol un détenu évadé, l'ensemble des journaux des trois États rapporteraient l'incident, ce qui aurait sans doute pour effet de retourner le public en sa faveur.

— Cela ne sert à rien de se cacher, m'assurat-il. S'ils ont décidé d'écrire quelque chose, ils le feront. Et si l'on parle de nous à New York et en Pennsylvanie, le *Hackensack Republican* sera bien obligé de nous considérer d'un œil différent !

Je lui répondis que, à mon avis, il ne fallait pas trop compter sur un revirement du *Hackensack Republican*.

— Je vous remercie de me faire part de vos idées, rétorqua-t-il, mais poser pour les photographes entre dans le cadre de vos obligations, et c'est aussi une condition pour que vous continuiez à travailler dans ce service.

En d'autres termes, j'avais laissé von Matthesius s'évader et l'heure de ma pénitence avait sonné. Tandis que l'adjoint Morris emmenait le captif pour le faire enregistrer, laver et épouiller, le shérif s'empressa d'aller décrocher son téléphone afin de prévenir la presse, me déposant au passage dans son appartement. Comme il l'avait prédit, Mrs. Heath avait réintégré le domicile conjugal et elle était assise dans son salon, en train de broder frénétiquement une pomme de pin et deux glands sur un torchon.

— Trouve-lui quelque chose à se mettre ! lui lança-t-il en guise de paroles de bienvenue. On va la voir dans le journal et elle n'est pas présentable.

Je n'aurais pu me sentir plus mortifiée. J'avais devant moi une Cordelia Heath qui sentait non pas le brandy, mais la poudre de bain et l'eau de rose, ravissante dans une robe d'après-midi couleur de beurre frais sans le moindre faux pli, ses enfants docilement couchés dans leurs petits lits aux draps propres, dans un intérieur qui portait partout la preuve de ses extraordinaires talents de brodeuse invétérée. Depuis ma dernière visite, elle avait achevé de décorer la nappe qui recouvrait la table : dans chaque angle, un trio de rossignols voletaient ou se posaient sur des branches de cornouiller en fleur. Le long des côtés, là où toute autre personne se serait contentée d'une bordure en dentelle ou d'un passepoil, elle avait pris son crochet pour ajouter quelques douzaines de papillons orange, fixés à la nappe par leur trompe de soie mauve.

Avec von Matthesius de nouveau sous les verrous et son mari en sécurité, Cordelia avait recouvré sa prestance. C'était ce que l'on pouvait espérer de mieux pour elle. Cependant, voilà qu'elle devait de nouveau affronter ma présence. Je me tenais devant elle, dans une robe en velours côtelé que venaient maculer diverses substances : boue, cendre, poussière, crottin de cheval, eau sale, œuf séché, café, sueur, et le sang d'un prisonnier en cavale, associé à d'autres sécrétions venues de lui et qu'il valait mieux ne pas nommer.

Elle esquissa un sourire forcé que je ne réussis pas à lui rendre.

— Eh bien, commença-t-elle, le shérif a l'air d'avoir pris sa décision sans nous consulter ni l'une ni l'autre ! Je suppose que vous allez devenir célèbre et qu'on va écrire toutes sortes de choses à votre sujet dans les journaux, ce qui, à n'en pas douter, obligera mon époux à se justifier encore davantage chaque semaine devant le Conseil des propriétaires !

— Je ne crois pas que...

— Sauf, bien entendu, si vous refusez de jouer le jeu. Je ne pense pas que quiconque puisse vous retenir si vous décidez de franchir cette porte et de rentrer chez vous maintenant.

Suivit un autre sourire forcé dont elle devait espérer qu'il me mettrait à l'aise, et qui eut pour seul effet de m'effrayer un peu plus. Cordelia Heath s'entourait de choses belles et douces, mais il y avait dans sa personne quelque chose de rigide, voire de métallique.

— Merci, je vais cependant rester, parvins-je à articuler.

— Évidemment !

Elle me détailla de la tête aux pieds comme si elle inspectait un chien sale et infesté de puces, puis huma délicatement l'air autour d'elle.

— Je sais bien que vous donneriez n'importe quoi pour un bain chaud, dit-elle enfin, mais nous manquons de temps. Allez vous nettoyer du mieux possible et, pendant ce temps-là, je vais voir ce que j'ai qui pourrait...

La phrase demeura en suspens tandis qu'elle se levait. Même avec le ravissant chignon à étages qu'elle portait au sommet du crâne, elle mesurait une demi-tête de moins que moi : rien de ce qu'elle possédait ne pourrait m'aller. Elle esquissa un geste en direction du minuscule cabinet de toilette que partageaient les membres de la famille. Je m'y déshabillai, ne conservant sur moi que mon jupon et mon corset, dont l'encolure était trop échancrée pour que j'accepte de me présenter ainsi devant quiconque, mais qui restait assez substantiel pour un sous-vêtement. Je me lavai le visage et remis de l'ordre dans mes cheveux face à un petit miroir ovale, puis appliquai sur mon cou une bouffée de la poudre parfumée de Cordelia, qui était posée sur le lavabo à côté d'un pain de savon à barbe et d'une boîte de poudre dentaire. Si mon apparence restait la même que quelques instants auparavant, je me sentais toutefois un brin plus civilisée.

Cordelia revint au salon les bras chargés de vêtements qu'il me serait impossible d'enfiler. Elle les entassa sur un fauteuil et entreprit de les tenir l'un après l'autre devant moi. Il n'y avait pas de miroir dans la pièce et je ne pris même pas la peine de baisser les yeux pour regarder ce que cela donnait. Je savais que c'était sans espoir et la soupçonnais de n'agir ainsi que pour m'humilier. Enfin, elle sortit une série de chemisiers ravissants, tous élégamment coupés pour sa taille fine. Les rides délicates de son

344

front se creusaient un peu plus à chaque tentative successive de les imaginer sur moi, et elle continuait, tendant des morceaux de soie ou de popeline devant moi jusqu'à ce qu'elle eût épuisé l'essentiel de la pile.

— Qu'est-ce que vous êtes épaisse ! finit-elle par marmonner.

Une autre qu'elle se serait aussitôt excusée après une telle remarque, mais elle n'en fit rien, se contentant de marcher en cercle autour de moi, comme on pourrait examiner un arbre avant de l'abattre.

— Ils n'ont pas besoin de vous photographier en entier, n'est-ce pas ? demanda-t-elle enfin.

— Vous voulez dire qu'ils ne prendront que ma moitié droite ou ma moitié gauche ?

— Non, un portrait de vous assise. Juste la tête et les épaules. Comme on voit dans les journaux.

— Oui, sans doute…

Je n'osais imaginer où cela allait nous mener.

— Mais pour un adjoint au shérif, n'est-il pas plus normal d'être debout ? hasardai-je.

— Ne nous soucions pas de ce qui est normal, rétorqua-t-elle. Nous n'aurons qu'à insister pour que vous soyez assise derrière une table.

Elle repartit d'un pas vif vers sa chambre à coucher et revint avec une nouvelle pile de vêtements. J'ignorais jusque-là qu'un salaire de shérif pût permettre d'acheter autant de belles choses.

— Tout cela me vient de ma mère, annonça-t-elle, comme si elle avait lu dans mes pensées. Bon, si c'est un portrait assis, nous n'avons pas besoin de vous habiller de pied en cap. Nous pouvons juste…

Elle s'interrompit et fit virevolter ses mains autour de moi pour appuyer sa démonstration.

— ... vous envelopper.

Sur ces mots, elle saisit un grand châle couleur cuivre et m'en entoura les épaules avant d'en fourrer l'extrémité dans la taille de mon jupon. Elle choisit ensuite un énorme nœud, plus large que ma tête et presque aussi long, qu'elle épingla sur le châle, au beau milieu du buste.

— Mais qu'est-ce que vous faites ? m'écriai-je, horrifiée.

C'était le genre d'ornement qu'aurait pu arborer Fleurette lorsqu'elle avait douze ans. Il était d'un vert émeraude brillant qui n'allait avec aucune des autres étoffes que Cordelia avait apportées.

— La couleur n'a aucune importance pour la photographie, assura-t-elle. Et comme vous serez assise, on aura l'impression que vous portez une robe avec un nœud sur le devant.

J'avais l'air ridicule. Les manches sales de mon corset n'étaient qu'à demi dissimulées par le châle et le nœud. Ces trois pièces n'avaient jamais été associées de telle manière avant ce jour et, dans un monde juste, elles ne le seraient jamais plus.

Je réfléchissais déjà à la façon de quitter le salon de Cordelia pour regagner ma cellule à l'étage des femmes. J'aurais préféré être photographiée en uniforme de prisonnière plutôt que dans l'accoutrement avec lequel elle m'avait emmaillotée. À la vérité, je commençais à songer que nous avions à la prison une multitude de robes tout à fait convenables et qu'il me suffisait de descendre à la buanderie pour en choisir une.

On frappa à la porte à cet instant et la voix du shérif Heath retentit.

— Ils commencent à arriver ! Elle est prête ?

Comment avaient-ils pu être là aussi vite ? N'avaient-ils rien d'autre à faire ? Le shérif avait dû aller les chercher lui-même au tribunal.

— Presque ! cria Cordelia.

Elle semblait beaucoup s'amuser, tandis que je sombrais dans le désespoir. Je ne pouvais pas me laisser photographier dans cette tenue, ce n'était pas possible. Cordelia me tourna le dos et se remit à fourrager dans ses affaires.

— Ah, la voilà !

Alors, pompeusement, à gestes lents, comme on poserait une couronne sur une tombe, elle m'entoura les épaules d'une étole de vison.

— Mais je ne peux pas mettre de la fourrure ! protestai-je. Je suis adjointe au shérif, pas chanteuse d'opéra !

Elle ne parut pas m'entendre.

— Et j'ai le chapeau qui va avec, se réjouit-elle en saisissant un gigantesque chapeau de velours, orné lui aussi d'un gros nœud, pour le poser sur ma pauvre tête de condamnée.

Le shérif Heath tambourina de nouveau à la porte.

— Tu peux entrer, Bob ! cria Cordelia avant que j'aie pu l'arrêter.

Il ouvrit la porte et se précipita vers nous sans vraiment me voir. Comme tous les hommes, il n'avait aucun avis sur la façon de s'habiller des femmes et, pour lui, toutes les modes étaient ridicules.

— Très bien. Je les ai fait venir dans mon bureau. C'est là que nous prendrons les photos. Ensuite, vous répondrez à leurs questions.

— Il faut que ce soit un portrait assis, indiqua Cordelia.

Le shérif ne parut pas l'entendre. Déjà, il ressortait à grands pas.

— Ça ne fait rien, me glissa son épouse à l'oreille. Je vais venir avec vous pour m'assurer que tout se passe bien.

Mon humiliation était totale. N'ayant plus la moindre possibilité de m'éclipser vers la buanderie de la prison, je laissai Cordelia m'entraîner dans le bureau du shérif, où je pris place pour mon premier – et plus ridicule – portrait à paraître dans la presse.

Norma étudia la photographie d'un air consterné, puis Fleurette lui retira le journal des mains et s'en servit pour me donner une petite tape sur la tête.

— Pourquoi ne m'as-tu pas laissée t'habiller ? Je t'aurais trouvé quelque chose de chic adapté à la circonstance, pas ce… qu'est-ce que c'est supposé être, d'ailleurs ? On dirait un gros nœud en soie en plein sur le devant du corsage.

— En fait, c'est vraiment ça…

Je tendis le sac de glaçons à Norma, qui l'emporta dans la cuisine.

— Dans ce cas, tout va bien, soupira Fleurette. Mais si tu deviens vraiment adjointe au shérif et qu'on doive encore te voir dans les journaux, je te confectionnerai un uniforme plus adapté. Non, je t'en ferai deux. Non, trois ! Un que tu laisseras ici, un pour garder à la prison et un que tu mettras. Et aussi quelque chose de plus léger pour l'été. Qu'est-ce qu'une femme shérif pourrait porter en été ?

— Pas un tissu trop léger, en tout cas. C'est un travail violent.

— Il va falloir que je m'y mette très vite, reprit Fleurette. Norma t'a dit que Mrs. Hansen m'avait proposé un travail de couturière pour l'Académie ?

J'irai là-bas deux jours par semaine et tu n'auras plus besoin de payer mes leçons : j'aurai un salaire et les cours seront gratuits pour moi.

Atterrée, j'ouvris la bouche avec l'intention de lui expliquer pourquoi elle ne pouvait absolument pas accepter cet emploi, puis je me ravisai : je réagissais par habitude mais, en fait, il n'y avait aucune bonne raison de l'arrêter. Elle était sortie de la maison et s'était trouvé un travail utile. Pour quel motif devrais-je me plaindre ?

— C'est très bien, répondis-je. Mrs. Hansen a vu que tu étais douée, je n'en suis pas surprise.

Fleurette me sourit et retourna à ses revues de patrons. Je m'assoupis alors sur le divan et dormis jusqu'au soir. Après m'avoir gardée toute la soirée dans son bureau afin que les reporters venus de Newark, de Trenton et de New York puissent m'avoir à tour de rôle à leur disposition, le shérif Heath m'avait ordonné de prendre trois jours de repos et de consulter ensuite un médecin si mon état ne s'était pas amélioré. Être envoyée chez moi ne me plaisait pas du tout, mais il était vrai que, selon toute probabilité, je m'étais fêlé ou déplacé une côte, tordu un genou et blessée à la hanche et que je me retrouvais avec bon nombre d'hématomes et de plaies. Lorsque je m'éveillai, le deuxième jour, j'avais encore plus mal qu'au moment où je m'étais endormie. Le troisième se révéla plus douloureux encore. Il m'était quasi impossible de m'habiller seule et je me déplaçais dans la maison en traînant des pieds comme une invalide. Norma m'apportait mes repas sur un plateau mais, en dehors de cela, elle me laissait me débrouiller seule. Fleurette, au contraire, s'affairait autour de moi avec coussins et bandages, elle me fit un bouquet de fleurs de soie qu'elle avait dû prendre sur tous les chapeaux de la maison et m'apporta des magazines frivoles auxquels je ne trouvai aucun intérêt. Le quatrième jour, la douleur s'était bel et bien installée et je commençai à penser que j'aurais un genou faible, une hanche fragile et une côte peu fiable pour le restant de mes jours. En ayant pris mon parti, je décidai donc de retourner travailler – pour ainsi dire. En réalité, je voulais vérifier un point qui me préoccupait depuis quelque temps.

— Ne me dis pas que tu sors ! s'écria Fleurette en se levant d'un bond de sa machine à coudre lorsqu'elle me vit avec mon manteau et mon chapeau.

C'était une journée glacée et venteuse. Les routes étaient couvertes de neige fondue qui avait gelé et s'était transformée en verglas au cours de la nuit. Un vent qui ne semblait venir de nulle part soufflait en violentes rafales et lançait les flocons dans toutes les directions. Il était impossible de dire si la neige s'arrêterait aussi vite qu'elle était venue ou si nous aurions droit à un tapis blanc avant Noël.

— Je serai de retour ce soir, promis-je. Je vais devoir prendre la carriole, je ne peux pas marcher.

Norma était dehors, dans son pigeonnier, où elle réparait une moustiquaire déchirée avec du fil de fer. Dès que j'approchai, les pigeons s'envolèrent tous ensemble pour aller se réfugier le plus loin possible de l'entrée.

— Je ne vois pas ce que j'ai pu faire pour les offenser, marmonnai-je.

— Retourne te coucher ! ordonna Norma.

— J'en ai assez d'être au lit. J'ai besoin d'aller en ville. Aide-moi à harnacher Dolley.

Non sans réticence, elle m'accompagna dans la grange.

— Ça ne me plaît pas que tu prennes la carriole. Tu peux à peine bouger le bras.

— J'ai juste besoin d'aller vérifier quelque chose, répondis-je. Cela n'a rien d'éreintant. Si je peux rester assise dans la maison, je peux conduire la carriole.

— Ce n'est pas le fait que tu conduises la carriole qui m'inquiète, c'est que tu ailles encore te fourrer dans des problèmes. Je suis sûre que tu viens de penser à un autre criminel que tu as laissé en haut d'un escalier quelque part et que tu as soudain envie de te précipiter sur lui pour dévaler les marches avec lui.

— Si tu as peur, pourquoi ne viendrais-tu pas avec moi ?

Elle me dévisagea, surprise.

— Mais… pourquoi viendrais-je avec toi ?

— D'abord, parce que tu pourrais conduire la carriole. C'est toi qui en as parlé la première. Moi, je peux à peine remuer le bras.

— Et où vas-tu au juste ?

— À Garfield, pour jeter un nouveau coup d'œil à l'appartement où un homme a été tué. En fait, cela m'aiderait beaucoup que tu y sois avec moi. Je voudrais faire une expérience et, pour cela, il faut être deux.

Elle ouvrit la bouche puis la referma. Dolley, qui rechignait à se laisser faire par moi, finit par accepter le mors de la main de Norma et consentit ensuite à nous suivre à l'extérieur.

— En fait, je ne devrais pas partir... se ravisa Norma. Le pigeonnier a encore besoin de petites réparations avant qu'il se remette à neiger.

— Ces pigeons sont déjà mieux logés que nous. Non, viens avec moi jouer un peu au détective, pour une fois !

Le froncement de sourcils de Norma s'était si profondément ancré dans son visage depuis toutes ces années qu'elle dut sans doute déployer un effort considérable pour l'estomper, mais il me sembla bel et bien remarquer un certain changement dans sa physionomie, ainsi qu'une lueur d'intérêt dans son regard. Elle baissa les yeux sur son manteau de travail couvert de boue et de paille.

— Je dois me changer, dit-elle.

— Inutile de te mettre sur ton trente et un, personne ne nous verra...

Elle tourna les talons et courut vers la maison. Il me fallut trois tentatives successives, mais je finis par me hisser dans la carriole à la force de mon genou valide.

26

Durant le trajet jusqu'à Garfield, je livrai à Norma tout ce que je savais sur Providencia Monafo et la mort de Saverio Salino. Elle avait lu des articles à ce sujet dans les journaux, mais rien n'avait filtré des divergences entre le récit de Providencia et le témoignage des voisins, ni de l'entêtement de l'inspecteur Courter à la faire libérer pour incriminer une tierce personne. Norma m'écouta avec une immense attention, puis réfléchit à cette énigme jusqu'à notre arrivée en ville. Les affaires privées des gens l'intéressaient au plus haut point, et c'était exactement le genre d'imbroglios sur lesquels elle adorait méditer pendant des heures.

— Donc, Mrs. Monafo a reconnu elle-même avoir tiré sur cet homme, dit-elle.

— Et de bon cœur ! Elle est terrifiée par son mari et n'est que trop heureuse d'endosser le crime pour pouvoir rester en prison, où il ne peut rien lui faire.

— Mais le conducteur du tramway est certain de l'avoir vue monter à sept heures et demie.

— C'est ce qu'on nous a dit.

— Pourtant, les témoins ont entendu le coup de feu à huit heures du matin et ils n'ont pas pu se tromper là-dessus.

— C'est ce que dit l'inspecteur, oui.

Nous roulâmes quelques minutes en silence.

— N'es-tu pas d'accord avec moi pour considérer que l'inspecteur Courter est l'homme le moins digne de confiance de tout le service public du comté de Bergen ?

— Je n'ai pas encore rencontré tout le monde, mais c'est certainement la pire de toutes les personnes auxquelles j'aie eu affaire jusqu'à présent.

— Dès lors, cela ne me plaît pas beaucoup qu'il faille s'en remettre à ses témoins, commenta Norma, et je ne comprends pas pourquoi il tient tant à faire sortir cette femme de prison.

— Il craint peut-être que ses témoins n'aillent parler à la presse. Dans ce cas, le fait qu'il garde une pauvre vieille femme sous les verrous et laisse le véritable assassin dans la nature ne serait pas une bonne publicité pour lui. En plus, s'il est persuadé que Mrs. Monafo n'a pas pu tuer, il espère sans doute qu'elle finira tôt ou tard par le reconnaître.

— En attendant, il est dans le pétrin, n'est-ce pas ?

À cet instant, nous dûmes immobiliser la carriole derrière une longue file d'automobiles qui s'étaient arrêtées pour une raison inconnue. Dolley, qui détestait se retrouver si près de ces engins, secoua la tête et frappa du sabot afin de nous le faire savoir. Norma se leva pour tenter de comprendre ce qui se passait puis se rassit avec un soupir.

— Une automobile est bloquée au carrefour, nous n'avons plus qu'à attendre ! Dans le temps, on pouvait s'arranger pour élargir la route...

Elle avait raison. Autrefois, quand un véhicule bloquait le passage, il suffisait de sortir de la route et de descendre dans les champs, ou même d'emprunter la seconde voie, sans avoir à craindre de voir une automobile arriver à toute allure en sens inverse. Deux voitures à cheval s'approchant l'une de l'autre ne couraient aucun risque. En revanche, les automobiles étaient conduites par des gens qui ne songeaient qu'à aller très vite en chassant tout obstacle susceptible de gêner leur passage.

Enfin, au terme d'une épuisante attente, un sergent de ville se présenta à l'intersection et entreprit de diriger la circulation autour de l'automobile en surchauffe.

— Sais-tu que Fleurette est résolue à avoir une automobile et qu'elle croit pouvoir la faire rouler elle-même ? me demanda Norma.

— Non !

Imaginer Fleurette sur les routes aux commandes d'un engin de ce genre me causa une douleur à la nuque, l'une des rares parties de mon corps à ne pas me faire souffrir jusqu'alors.

— Elle espère pouvoir te convaincre de lui en acheter une en te promettant de te conduire à ton travail et de te ramener chaque soir.

— Fleurette a l'intention de devenir mon chauffeur ?

— Et en échange, elle veut pouvoir se promener librement à travers le New Jersey et New York et...

— Arrête ! la coupai-je. Je ne veux rien savoir ! Je ne lui fais déjà pas assez confiance pour la laisser utiliser un téléphone, alors une automobile !

— Oh, mais elle veut aussi un téléphone ! Enfin, de toute façon, les câbles n'arriveront jamais jusqu'à chez nous, alors ça va. Je ne supporterais pas d'entendre sans arrêt la sonnerie du téléphone retentir dans la maison.

Nous étions parvenues devant la pension de Mrs. Monafo, de sorte que je n'en appris pas davantage sur le sujet. Je priai Norma d'aller attacher Dolley un peu plus bas dans la rue, mais elle demeura immobile, les yeux fixés sur le bâtiment de brique, devenu encore plus sordide en l'absence de sa propriétaire. Deux fenêtres étaient maintenant barrées par des planches de bois, une gouttière du toit s'était cassée, sans doute à cause de la neige et du vent, et elle pendait du haut de l'immeuble, donnant l'impression qu'elle pouvait lâcher à tout moment. L'allée n'avait pas été déblayée et une poubelle retournée étalait son contenu, pris d'assaut par les chats du voisinage.

— Ça ne me plaît pas trop de laisser Dolley ici, déclara Norma. Ne vaudrait-il pas mieux lui trouver une écurie ?

Je sautai maladroitement de la carriole, atterrissant sur ma jambe solide en manquant perdre l'équilibre. Le verglas avait commencé à fondre, mais il en restait quelques plaques, et naviguer entre elles se révélerait difficile dans mon état.

— Tu peux rester ici, répondis-je. Je voudrais juste vérifier quelque chose.

— Mais ne m'as-tu pas dit que nous devions être deux pour cela ?

Je ne l'avais pas vue aussi excitée depuis long-temps. Je remarquai alors qu'elle s'était costumée en détective, avec un élégant tailleur de tweed, des gants de cuir et une casquette d'équitation en laine. Elle ressemblait bien plus à une représentante de l'ordre que moi-même.

— Alors viens avec moi ! décidai-je. Dolley peut bien rester ici une minute, il n'y a personne.

Elle me suivit dans la maison. Comme la fois précédente, la porte de l'immeuble n'était pas verrouillée. Nous descendîmes ensemble l'escalier qui menait à l'appartement en sous-sol des Monafo où, là encore, il n'y avait personne. Norma péné-tra à l'intérieur avec une assurance de maître des lieux, pour reculer brusquement lorsque la puanteur la frappa.

— C'est à croire qu'elle vivait ici avec des animaux, mais même une étable ne sent pas aussi mauvais ! s'exclama-t-elle.

Puis, croisant les bras, elle promena le regard sur les meubles moisis couverts de poussière et les ordures qui avaient continué à s'accumuler depuis l'arrestation de Mrs. Monafo. Son mari avait dû séjourner ici, car des bouteilles vides venaient ajou-ter à des effluves rances de cervoise. Déjà, Norma s'engageait dans l'escalier pour repartir.

— Eh bien, si c'est comme ça que les gens vivent, je comprends qu'ils préfèrent rester enfermés dans ta belle petite prison proprette ! commenta-t-elle.

— Tu peux aller m'attendre là-haut avec Dolley. J'arrive dans une minute !

Cette fois, elle ne se fit pas prier.

— Et secoue bien ta jupe avant de remonter dans la carriole. Ça ne m'étonnerait pas qu'il y ait des punaises ici !

— Ça, je peux te garantir qu'il y en a !

Un instant plus tard, Norma parvenait en haut des marches et sortait à l'air libre. Restée seule, il ne me fallut guère de temps pour accomplir ce que j'étais venue faire. Je m'assurai que la porte de l'appartement était ouverte, comme elle devait l'être le matin du meurtre, puisque Salino venait d'arriver lorsqu'il avait été tué et qu'il n'avait pas eu le temps de la refermer derrière lui. Puis je repoussai un amas de vieux journaux qui occupait un angle de la pièce, mettant à nu les briques du mur. Je sortis alors de ma poche une pincée de laine de rembourrage, que je divisai en deux pour m'en boucher les oreilles, puis je pris mon pistolet et tirai un coup de feu dans l'angle.

L'explosion résonna de façon assourdissante dans la pièce et j'eus l'impression que mes tympans explosaient malgré la laine. Un nuage de fumée m'enveloppa, tandis que l'odeur de la poudre fraîche recouvrait un moment toutes les autres. La balle s'était logée dans le mortier, entre les briques. Je remis les journaux en place, retirai la laine de mes oreilles et remontai l'escalier.

Un peu plus bas dans la rue, Norma donnait une pomme à Dolley.

— Tu as entendu ? lui demandai-je.

Elle se retourna vers moi, perplexe.

— Entendu quoi ?

— Non, ce n'est pas possible, vous avez forcément entendu ! C'était un coup de feu, il a dû résonner dans tout le quartier.

Adossé à mon fauteuil, le shérif Heath me regardait d'un air agacé. Norma se tenait devant le petit feu qu'il maintenait allumé dans son bureau.

— C'est un appartement en sous-sol, expliquai-je. Il se trouve à l'arrière de la maison et les fenêtres sont minuscules et masquées par toutes sortes d'objets. Même avec la porte ouverte, Norma n'a rien entendu. Ou en tout cas, si elle a entendu quelque chose, c'était si faible qu'elle n'y a pas prêté attention. Je ne lui avais rien dit, de sorte qu'elle ne tendait pas l'oreille. Mais les voisins ne devaient pas tendre l'oreille non plus ce matin-là...

Le shérif alla se poster près de Norma, devant la cheminée.

— Qu'est-ce que vous déduisez de cela, Miss Kopp ?

Norma ne manquait jamais une occasion de dire avec précision ce qu'elle déduisait de telle ou telle chose, mais cette visite à l'intérieur de la prison la désarçonnait et elle se montrait anormalement silencieuse.

— Exactement ce que Constance vient de dire, répliqua-t-elle, le regard rivé aux flammes. D'ailleurs, je ne vois pas en quoi ce que je pense a de l'importance. Vous n'avez pas besoin de moi pour vous dire comment faire votre travail.

— Détrompez-vous, votre opinion compte beaucoup pour moi, assura le shérif avec un sourire.

Il portait toujours de l'affection à Norma. J'avais d'abord pensé qu'il se montrait poli avec elle à cause de moi, mais j'avais vite découvert que, à quelques très rares exceptions près, il traitait tout le monde avec la même courtoisie bienveillante, y compris les prisonniers qu'il avait sous sa garde. Norma délaissa son poste devant la cheminée pour aller à la fenêtre, qui donnait sur la morne et ténébreuse rivière Hackensack.

— Tout ce que je peux dire, c'est que savoir Constance seule dans cet horrible appartement ne me plaisait pas du tout ! Alors si j'avais entendu quoi que ce soit qui sorte de l'ordinaire, croyez bien que je me serais précipitée. Vous pouvez toujours aller là-bas avec l'inspecteur Courter et tenter la même chose vous-mêmes si vous ne nous croyez pas ! Vous obtiendrez le même résultat.

Le shérif Heath réfléchit tout en faisant tinter des pièces de monnaie dans sa poche.

— Vous vous souvenez, quand nous y sommes allés tous les deux ? lui demandai-je. Vous m'avez appelée du haut de l'escalier et je ne vous ai pas entendu. J'avais oublié ce détail moi-même, mais j'ai eu trois jours à ne rien faire d'autre que rester allongée et réfléchir, et cela m'est soudain revenu. Je me suis dit que je devrais au moins tenter une petite expérience.

— Mais que faites-vous de nos témoins, qui ont entendu un coup de feu à huit heures ?

— Je ne prétends pas qu'ils n'ont pas entendu de coup de feu, c'est peut-être le cas. Seulement je ne crois pas que ce soit celui qui a tué Saverio Salino. Cela a pu être une explosion de moteur, ou quelqu'un qui s'amusait à tirer sur une cible, ou même un autre meurtre dont personne ne s'est encore soucié…

— Hmmm…

Le shérif saisit le tisonnier et se mit à attiser le feu, repoussant les braises tout autour, puis il ajouta une bûche. Il attendit de voir l'écorce commencer à brûler avant de reprendre la parole :

— Bon. Cela m'étonnerait que l'inspecteur Courter se soit donné la peine de retourner dans l'appartement des Monafo pour y vider son chargeur. Et je ne pense pas que cela lui fera plaisir d'apprendre que vous, vous l'avez fait.

— Il devrait pourtant me remercier de l'avoir débarrassé d'une preuve qui n'en était pas une, répondis-je.

— N'y comptez pas trop ! Néanmoins, je pense qu'à présent nous allons pouvoir garder Mrs. Monafo.

— Si elle est à l'image de l'appartement dans lequel elle habitait, commenta Norma, je me demande bien comment vous allez pouvoir supporter sa présence...

Providencia apprécia immensément la façon dont j'avais réussi à retourner son affaire. Elle se mit à marcher de long en large dans sa cellule, marmonnant dans sa barbe en me livrant, de-ci de-là, des fragments de son discours intérieur.

— Vous avez tiré avec votre pistolet dans ma maison ! dit-elle en secouant l'index devant moi, tout sourires.

— J'espère que cela ne vous dérange pas.

— Et vous avez mis l'autre dame là-haut pour écouter !

Sur ces mots, elle poussa un cri de joie strident.

— Mais l'autre, elle entend rien du tout !

— C'est exact. Et il semble que ça a fonctionné, mais vous devrez sans doute voir le juge. Je vous suggère de lui raconter toute l'histoire, exactement de la façon dont elle s'est déroulée. C'est votre meilleure chance. Un homme a été tué et vous devez comprendre à quel point c'est grave.

À vrai dire, rien n'indiquait que Providencia eût pris la juste mesure de son acte. Elle n'avait pas exprimé le moindre remords d'avoir assassiné Mr. Salino. Elle semblait considérer cette mort comme une simple retombée de tout ce qu'elle-même avait vécu au cours de sa vie, et non comme une tragédie à part entière. Le pauvre homme n'avait manifestement aucune famille dans ce pays – comme je l'avais supposé, la prétendue sœur qui partageait son toit n'était pas sa sœur – et, à ma connaissance, il n'y avait eu personne pour venir le voir, personne pour poser des questions, personne devant qui Mrs. Monafo eût pu considérer devoir s'amender, si tant est qu'une telle idée lui fût un jour venue à l'esprit, ce dont je doutais.

En fait, savoir qu'elle allait rester incarcérée l'avait mise de si bonne humeur qu'elle ne tenait plus en place et se porta même volontaire pour travailler à la cuisine. Le shérif Heath refusa net, incapable de concilier le souvenir de ses conditions de vie avec quoi que ce fût qu'il eût envie de voir se produire dans sa cuisine. Il lui expliqua qu'il venait de mettre aux fourneaux une nouvelle équipe, exclusivement composée de brutes sauvages qui avaient grand besoin du redressement moral que seuls peuvent procurer l'épluchage de pommes de terre et le découpage d'oignons en tranches. Providencia se résigna, mais saisit la moindre occasion pour lui rappeler qu'elle était capable de concocter un meilleur dîner avec les pigeons qui roucoulaient sur le toit du tribunal que ces hommes avec une épaule de mouton.

— Ce sera parfait, Mrs. Monafo, répondait le shérif avec bonne humeur. Mais nous avons aussi ramassé pas mal de rats dans la rivière cette année, si vous pensez pouvoir nous cuisiner quelque chose avec ça...

La vieille femme applaudissait, aux anges. Elle se réjouissait de sa sentence à un point qu'aucun d'entre nous ne voyait d'un bon œil. Même si, bien sûr, nous préférions avoir des prisonniers de bonne humeur que de mauvais caractères ou, pis, des vauriens dont on ne pouvait prévoir le prochain coup bas.

27

Je m'étais juré de ne pas approcher la cellule de von Matthesius, mais je ne résistai pas très long-temps. Depuis son retour parmi nous, une atmo-sphère étrange, presque onirique, planait à la prison. Il me semblait que le baron était resté absent une éternité, que j'avais passé ma vie entière à le traquer et qu'il risquait à tout moment de s'évanouir de nouveau, de se faufiler entre les barreaux telle une volute de fumée s'échappant d'une pipe. J'aurais souhaité tout oublier de lui mais, partout où j'al-lais, sa présence se rappelait à moi et m'attirait. Par moments, je croyais l'entendre tourner en rond comme un animal de zoo dans sa cage en mettant au point de nouveaux stratagèmes.

Je finis par aller le voir un soir, une semaine après son arrestation. Il avait retrouvé sa cellule, la dernière du couloir, à l'écart des autres prisonniers. Nous gardions Felix à un autre étage et promettions les punitions les plus sévères à quiconque aiderait à faire circuler des messages d'un frère à l'autre.

Assis au bord de sa couchette, le baron semblait m'attendre. Il sourit en me voyant.

— *La formidable mademoiselle Kopp**, lança-t-il dans un français sans accent.

Il me fit signe de venir le rejoindre, mais je m'en gardai bien et testai au contraire la grille afin de m'assurer qu'elle était correctement verrouillée.

— Nous ne savions pas que vous parliez français ! répondis-je à travers les barreaux.

— C'est rien que pour vous.

Son apparence était devenue des plus quelconques. L'uniforme de la prison réduisait sa stature, on lui avait rasé la tête et la barbe et confisqué son monocle. Tous les artifices dont il usait pour se forger un personnage avaient disparu et ses traits s'affaissaient comme du papier froissé.

— Nous n'avons pas retrouvé le Dr Rathburn, annonçai-je.

Il se redressa vivement à ces mots, avant de s'avachir de nouveau.

— Il vaudrait mieux pour le clan von Matthesius que vous ne le retrouviez jamais. Il est convaincu que j'ai une forte dette envers lui et ne m'a protégé que dans l'espoir d'être dédommagé.

— Vous possédiez une maison remplie de beaux objets. Qu'est-il arrivé aux tableaux et aux tapis ?

Il émit un petit bruit de bouche, comme s'il crachait cette idée.

— Les gens n'apprécient pas les belles choses.

— Felix n'a pas réussi à en tirer de bons prix ?

Il ne répondit pas. Je changeai de sujet.

— Vous n'auriez pas dû quitter la prison. Vous n'aviez plus que neuf mois à purger. Ce qui était d'ailleurs bien moins que vous ne le méritiez… Vous allez écoper de beaucoup plus à présent.

Il eut un petit haussement d'épaules très français.

— Vous n'étiez pas obligée de venir me chercher. Cela n'aurait fait de mal à personne d'oublier purement et simplement l'existence du bon vieux baron.

— Vous savez bien que c'était impossible.

— Non, pourquoi ? Vous faites votre travail, je fais le mien…

— Et en quoi consiste votre travail, monsieur le baron, révérend, docteur… ?

— En tout cas, pas à me morfondre en prison en attendant la mort…

Il se mit à tousser et se leva pour aller cracher dans la cuvette. Nous ne l'autorisions pas à avoir une tasse, ni même une timbale incassable. Lorsqu'il eut terminé, il se dirigea vers moi.

— Vous m'avez, à présent ! me lança-t-il en arrivant à la grille. Pourquoi ne libérez-vous pas mon frère ?

Je secouai la tête.

— Il n'y a aucune clémence en cas d'évasion. Nous lui avons proposé de coopérer et il a refusé.

Il prit une profonde et bruyante inspiration.

— Vous-même, vous ne toléreriez pas que votre sœur fasse de la prison pour vos crimes.

C'était une provocation et je pris soin de ne pas tomber dans le piège.

— Moi, je ne mêlerais pas ma famille à mes méfaits. Et bien sûr, je n'enfreindrais jamais la loi.

— Peut-être n'avez-vous pas enfreint la loi, en effet, rétorqua-t-il en me fixant droit dans les yeux. Mais vous êtes tout de même coupable, n'est-ce pas, *Fräulein* ? Vous êtes coupable de m'avoir facilité la tâche le jour de mon évasion. Quelle punition a-t-on prévu pour vous ?

Cet homme était un poison. Je reculai, retenant mon souffle pour ne pas inspirer le même air que lui.

Chacun de nos prisonniers nous arrivait avec la multitude d'horreurs qu'il traînait derrière lui : une dyspepsie ou un foie fragile, une goutte ou un catarrhe, des furoncles ou des poussées de fièvre, une gale ou des poux... Certains de ces fléaux s'éliminaient à coups de peigne ou de pilules, une dent infectée s'arrachait et une plaie se soignait. En revanche, quand c'étaient leurs mensonges qu'ils nous apportaient, leurs intentions malfaisantes, leur malignité ou leur perfidie, nul remède n'était susceptible d'en venir à bout. Savoir que je baignais dans tout cela me donnait maintenant la nausée. Dès que je sortis de son champ de vision, je me frottai le cou et brossai mes jupes pour chasser la sensation que la perversité du vieil homme avait pris une forme physique et s'était insinuée jusqu'à moi à travers les barreaux.

Dès lors, je me jurai de garder mes distances. Le shérif Heath était déterminé à faire condamner le baron à la peine de prison la plus lourde, de sorte que nous l'aurions avec nous encore un bon moment. L'idée que je me trouvais sous le même toit que lui m'insupportait et j'espérais seulement que l'on ne me demanderait plus jamais d'assurer ses traductions.

Bientôt, Felix serait jugé pour avoir abrité un fugitif et son frère recevrait quant à lui une sentence plus sévère pour son évasion. Pour les défendre tous les deux, le baron était parvenu à obtenir l'assistance d'un avocat, qui faisait un usage très libéral des horaires de visite à la prison et allait d'un von Matthesius à l'autre, leur permettant sans nul doute de communiquer. Cela contrariait beaucoup le shérif Heath, qui n'avait cependant pas le pouvoir de l'en empêcher.

Felix s'obstinait dans son silence sans que je comprisse pourquoi. Le baron était indéfendable, c'était un imposteur et un escroc. Il s'était fait passer pour un médecin qu'il n'était pas afin de recevoir dans sa clinique des personnes qui souffraient, il ne les avait pas soignées, mais avait au contraire profité d'elles et aggravé encore leur mal. Beatrice Fuller aurait pu mourir d'une surdose d'éther. Désormais, elle allait devoir recommencer sa vie à zéro, à supposer qu'elle se rétablît un jour...

Pourquoi Felix soutenait-il encore un tel individu ? Son rôle dans cette affaire n'avait pas été de tout repos : pour dissimuler son frère aux quatre coins de la ville, il lui avait fallu élaborer tout un système de messages, de paquets et d'enveloppes d'argent. En échange de sa loyauté, il n'obtiendrait qu'une peine de prison. Pourquoi ne nous avait-il pas livré son frère lorsqu'il avait encore une chance d'être relâché ?

Non. L'un et l'autre demeuraient résolument derrière les barreaux, ayant à l'évidence renoncé à la liberté par solidarité fraternelle. Certaines familles ressemblent à des marécages dans lesquels chacun se retrouve embourbé.

Dès que je disposai d'un après-midi de liberté, je pris le train pour Rutherford et allai frapper à la porte du Dr Williams. J'arrivai cinq minutes avant la fin de ses consultations du matin et il m'ouvrit aussitôt : il s'apprêtait à sortir et avait sur lui son manteau et son chapeau. Il hocha la tête en me reconnaissant, comme s'il attendait ma visite.

— Notre célèbre policière ! s'exclama-t-il avec un petit sourire. Je vous ai vue dans le journal.

— Je viens prendre des nouvelles de Mrs. Burkhart, expliquai-je.

— Ma foi, vous avez payé, vous avez le droit de savoir ! Je crains hélas que son état ne soit pas très brillant.

Il avait un visage ouvert et sympathique et des yeux vifs qui semblaient tout voir, mais il me délivra son diagnostic de ce ton neutre et factuel propre aux médecins.

— Elle est atteinte d'un cancer qui s'en est pris au foie et, je pense, à d'autres organes importants. À cela s'ajoutent des problèmes qui lui viennent de l'époque où elle travaillait dans une tannerie.

— Est-il possible de rendre son état plus supportable ?

— Avec de la morphine, tout devient plus supportable, mais encore faut-il qu'on la lui donne. Je lui en ai laissé une bonne provision et elle a l'instruction d'appeler le pharmacien s'il lui en faut davantage.

— Je me demande ce que son fils va devenir...

— C'est un garçon anxieux et craintif. Si c'était le mien, je l'inciterais à aller travailler à bord d'un navire, ou bien je l'enverrais vers l'Ouest. Un peu d'aventure lui ferait le plus grand bien et, de l'aventure, on n'en trouve pas à Rutherford. Je suppose que la guerre serait également une bonne chose pour lui si nous y allons, et s'il réussit à rester en vie là-bas...

Je refusais d'imaginer sur le front belge l'orphelin de père et de mère que serait bientôt Louis Burkhart, mais c'était pourtant ainsi que nous commencions à voir tous nos jeunes gens : voués à disparaître dès l'instant où le président Wilson donnerait son feu vert pour les envoyer en Europe.

— Il a un oncle à Brooklyn, indiquai-je. La famille tient un magasin de chaussures.

— Dans ce cas, qu'il y aille !

— J'ai autre chose à vous dire, repris-je, si vous avez le temps.

Il hocha la tête, mais ne m'invita pas à entrer. Nous étions tous deux sous le porche, les mains enfoncées dans nos poches.

— Depuis notre dernière rencontre, j'ai appris certaines choses sur le Dr von Matthesius, commençai-je. En fait, il était en rapport avec un médecin de New York, et je me demandais si vous le connaissiez... Le Dr Milton Rathburn.

Le vent menaça d'emporter le chapeau du Dr Williams, qui le retint et le renfonça sur sa tête.

— Rathburn... Un monsieur qui s'occupe des millionnaires déprimés, c'est bien ça ?

— Oui, tout à fait. Lui avez-vous déjà parlé ?

— Je dirais plutôt que c'est lui qui m'a parlé. Il contactait tous les médecins du quartier pour proposer des arrangements commerciaux. Il entendait créer une maison offrant des cures de repos et partager ensuite les profits.

— Et vous n'avez pas accepté, tandis que le Dr von Matthesius, lui, s'est empressé de le faire...

— Alors c'est cela que l'on reproche à von Matthesius ? D'avoir fait affaire avec le Dr Rathburn ?

— À votre avis, comment ces deux hommes se sont-ils connus ?

— Je ne sais pas. À ma connaissance, ce von Matthesius ne pratiquait pas la médecine à Rutherford. Ils ont pu se rencontrer dans un bistrot du coin et échafauder ensemble leur stratégie.

Du menton, il désigna les pubs qui se succédaient dans Park Street.

— Quoi qu'il en soit, ils ont causé beaucoup de dégâts ! commentai-je. Il a dû traiter une centaine de patients – si l'on peut appeler ça « traiter » – et, pour ma part, je sais seulement ce qui est arrivé à l'une de ces malades.

— La jeune fille ? Celle qu'il a voulu épouser ?

— Oui. Je ne peux pas m'empêcher de me demander combien d'autres il y en a eu, et comment on a pu laisser de telles choses se produire ici, à Rutherford ! N'existe-t-il aucun dispositif pour empêcher des individus comme von Matthesius d'ouvrir des cliniques et d'y faire tout ce qui leur passe par la tête ?

Le Dr Williams boutonna son col pour se protéger du vent.

— Les mettre en prison est une bonne manière de le leur interdire, estima-t-il, mais j'imagine qu'on ne peut considérer cela que comme une solution temporaire. Voyez-vous, Miss Kopp, il y a beaucoup d'autres solutions. Je défends depuis longtemps l'idée qu'il faut des inspecteurs médicaux dans chaque ville, et figurez-vous que l'on m'a finalement pris au mot et engagé à m'occuper de cela ici, à Rutherford. Je suis donc chargé de faire la tournée des médecins, des hôpitaux et des sanatoriums, ce qui, j'en suis sûr, me rendra très apprécié de mes confrères ! Je pourrai empêcher votre homme de sévir à Rutherford mais, pour ce

qui est du reste de l'État, voire du pays, je reste-
rai impuissant et, à mon avis, personne ne pourra
rien non plus. À présent, je regrette de devoir vous
fausser compagnie, mais j'ai des patients à voir...

— Je ne supporte pas l'idée que, une fois libéré,
il reprendra ses vieilles habitudes, soupirai-je.

Le Dr Williams me considéra avec un demi-
sourire contrit.

— N'est-ce pas là ce qu'ils font tous ? Les
braqueurs de banques, les pyromanes et les faux
médecins ? Ne finissent-ils pas tous par sortir de
prison et reprendre leurs activités ? Vous imaginiez-
vous le contraire ?

N'ayant rien à répondre à cela, je lui tendis un
billet de cinq dollars pour Mrs. Burkhart. Il le refusa.

— Je m'occupe d'elle, ne vous inquiétez pas,
assura-t-il.

— J'ai envie de faire une bonne action, d'aider
quelqu'un ! insistai-je.

Il repoussa une seconde fois l'argent et me laissa
seule sous son porche, où le vent violent était maintenant assorti de grêlons qui rebondissaient dans
la rue et cognaient contre les vitres des maisons.
Alors quelqu'un, quelque part, alluma un feu, et la
fumée âcre d'un papier journal que l'on brûlait vint
se mêler à l'atmosphère et y demeura en suspens,
tel un défi contre la rigueur de l'hiver.

28

La police de New York ne progressa pas d'un pouce dans sa quête du Dr Rathburn et de Rudy Schilga, l'homme auprès duquel Reinhold Dietz prenait ses ordres. De toute façon, même si ces deux individus étaient arrêtés, le shérif Heath estimait que l'on ne pourrait pas les poursuivre en justice. Le fait que le premier ait proposé des arrangements douteux au Dr Williams ne constituait pas un délit. Pour l'incriminer, il fallait prouver qu'il avait aidé un fugitif à se cacher et nous avions besoin pour cela du témoignage des frères von Matthesius. Or, quand nous leur avions demandé s'ils étaient prêts à révéler la vérité sur le Dr Rathburn en échange de leur libération, tous deux avaient annoncé qu'ils plaideraient coupables pour les faits qui leur étaient reprochés, afin qu'on ne vînt plus les importuner. Nous en déduisîmes que le médecin les effrayait assez pour qu'ils refusent l'un et l'autre de témoigner contre lui.

— Le baron me réclame sans cesse la libération de Felix, me confia le shérif Heath le matin du procès. À mon avis, il a besoin de lui à l'extérieur pour l'envoyer faire quelque chose. Si nous le libérons,

Felix pourrait bien nous mener tout droit au Dr Rathburn. Seulement, le procureur ne veut pas prendre le risque de le relâcher pour le voir disparaître. Et moi non plus, d'ailleurs…

— Drôle de famille… soupirai-je.

— Je crois que c'est la première fois que nous avons deux frères à la prison en même temps. Si jamais nous tombons sur un troisième von Matthesius, mieux vaudra l'arrêter par principe et garder l'ensemble du clan sous les verrous.

Le shérif parvint à persuader un juge compréhensif de fixer l'audience la veille de Noël, dans l'espoir que, à l'approche des fêtes, les journalistes seraient trop occupés pour venir au tribunal. Il ignorait ce qui se dirait à l'audience et ne tenait pas à voir les débats rapportés dans la presse. L'idée était bonne, si ce n'est qu'elle échoua. Il ne se passait rien de bien important la veille de Noël et tous les reporters des trois comtés se présentèrent au procès.

C'était une belle journée ensoleillée, glaciale, mais sans verglas. Les journalistes se tenaient sur les marches du tribunal, les mains cachées sous les bras pour se préserver du froid. Tous discutaient de l'affaire et leur souffle formait de gros nuages de buée.

Nous amenâmes les prisonniers ensemble et les installâmes sur un banc face à la salle d'audience. Puis les portes s'ouvrirent et, en quelques minutes, le tribunal fut plein.

Le juge Seufert, un vieux monsieur très frêle qui souffrait d'un début de surdité, mais restait un excellent juriste, partisan qui plus est des idées du shérif Heath, prit place et déclara la séance ouverte.

— Si j'ai bien compris, les deux détenus plaident coupables et il ne s'agira donc que d'une simple audition. Mr. von Matthesius, levez-vous, je vous prie !

Les deux frères lui obéirent comme un seul homme, déclenchant un éclat de rire général dans la salle. Le juge abattit son marteau.

— Pas un bruit, ou je fais sortir tout le monde ! menaça-t-il. Je n'ai guère de patience aujourd'hui. En ce moment même, Mrs. Seufert prépare une oie rôtie et, croyez-moi, je préférerais être dans mon fauteuil en train d'assister à l'événement plutôt qu'ici avec vous. Il n'y aura pas d'autre avertissement !

Le silence se fit à ces mots et l'on n'entendit plus, dès lors, que le glissement des crayons sur le papier.

— Bien ! poursuivit le juge, s'adressant aux prisonniers. Felix von Matthesius, nous allons commencer par vous. J'aimerais que la sténographe indique sur sa transcription que je m'adresserai à chaque accusé en l'appelant par son nom complet, afin d'éviter qu'ils ne se lèvent et ne se rassoient tous les deux comme dans un spectacle de marionnettes.

La femme sèche aux cheveux grisonnants qui prenait des notes dans un angle de la salle acquiesça. Le baron se rassit.

— Felix von Matthesius, vous êtes accusé d'avoir prêté assistance à votre frère Herman Albert von Matthesius, détenu à la prison du comté de Bergen, lors de son évasion de l'hôpital de Hackensack, où il avait été envoyé pour recevoir des soins médicaux durant son incarcération, et d'avoir ensuite dissimulé ledit détenu. Que plaidez-vous ?

Je ne voyais Felix que de dos. Il se tenait voûté, la tête baissée. La prison l'avait marqué.

— Coupable, Votre Honneur, répondit-il.

— Non, il n'est pas coupable ! cria le baron en se levant d'un bond. Laissez-le partir ! Il n'a rien fait du tout !

Aussitôt, son avocat se pencha vers lui et posa une main sur son épaule, mais c'était trop tard. Le juge fit claquer son marteau.

— Herman Albert von Matthesius est-il appelé comme témoin de la défense ? s'enquit-il.

L'avocat se leva.

— Non, Votre Honneur. Felix von Matthesius a reconnu sa culpabilité et demande à la cour de prononcer une condamnation et de lui permettre de purger sa peine.

— Parfait, acquiesça le juge. Herman Albert von Matthesius devra donc garder le silence et, dans le cas contraire, il sera exclu de ce tribunal.

— Oui, Votre Honneur, dit l'avocat.

Le juge se tourna alors vers le shérif Heath et vers l'inspecteur Courter et son supérieur, le procureur Wright.

— Le procureur souhaite-t-il prendre la parole ?

Mr. Wright se leva pour lire une feuille qu'il tenait à la main.

— Le bureau du procureur du comté de Bergen prie la cour d'imposer la sentence la plus sévère possible à un individu qui a aidé un dangereux criminel à s'évader de prison.

Le juge Seufert hocha la tête.

— La cour impose une sentence d'un an de prison ferme, à purger à la prison du comté de Bergen à compter de ce jour.

Il parcourut ensuite la salle avec une expression satisfaite.

— Nous avançons bien. Mrs. Seufert vous remercie !

Il ordonna alors au baron de se lever.

— Vous êtes accusé de vous être évadé de l'hôpital de Hackensack alors que vous purgiez à la prison du comté de Bergen une peine qui vous avait été infligée par ce tribunal. Que plaidez-vous ?

— Herman Albert von Matthesius n'est pas coupable, pour cause d'aliénation mentale, répondit l'avocat, et il prie respectueusement cette cour de le déférer à l'asile d'aliénés de Morris Plains pour y être soigné.

Un brouhaha parcourut la salle d'audience à ces mots. Le procureur Wright glissa quelques mots à l'oreille de l'inspecteur Courter, qui se leva aussitôt pour sortir du prétoire à grands pas. Le shérif Heath se contenta de secouer la tête. Le juge frappa un coup de marteau en criant aussi fort que le lui permettait sa voix tremblotante.

— Silence !

Il lui fallut abattre plusieurs fois son marteau pour calmer la salle et il fut même sur le point d'expulser tous les reporters, ce que le shérif Heath eût de loin préféré. En fin de compte, chacun se rassit et il put poursuivre.

— Procureur, que répondez-vous ? demanda-t-il.

— Je viens d'envoyer l'un de mes hommes chercher le médecin assermenté du comté, auquel nous demanderons son opinion d'expert.

— C'est inutile, intervint l'avocat, j'ai ici un rapport médical dressé par un médecin respecté de Trenton qui a examiné les antécédents du baron et l'a déclaré dément et inadapté à une incarcération dans la prison du comté. Il recommande son transfert immédiat à Morris Plains.

Il tendit un document au greffier, qui le transmit au juge. Ce dernier repoussa le papier d'un geste sans même le regarder.

— Les médecins de Trenton n'ont pas à donner leur avis sur nos détenus ! s'impatienta-t-il. C'est notre médecin expert judiciaire qui décide de qui doit aller à Morris Plains, et il ne me semble pas que vous l'ayez consulté.

Au fond de la salle, une porte s'ouvrit et l'inspecteur Courter réapparut. Il alla directement parler à l'oreille du procureur, qui se leva pour s'adresser au juge.

— Le Dr Ogden a été contacté à l'hôpital et il pourra être là d'ici une heure.

Le juge consulta sa montre avec un soupir.

— Très bien. Je ne vois pas comment nous pourrions terminer aujourd'hui, mais faites-le venir et, en attendant, écoutons le procureur nous livrer sa version des faits. La séance sera ensuite suspendue jusqu'à…

Il fut interrompu par un fracas retentissant venu du banc des accusés. Tous les spectateurs bondirent sur leurs pieds. Je quittai moi-même mon banc et courus vers le côté de la salle pour voir le baron von Matthesius se rouler sur le sol en bourrant de coups de pied son siège retourné, le corps agité de tremblements. Ses menottes cliquetaient tandis qu'il se contorsionnait par terre, secoué de la tête aux pieds, les yeux révulsés. En tombant, il s'était blessé à la tête et son sang maculait le parquet tout autour de lui. Ses convulsions s'accompagnaient d'un gémissement aigu, qui se transforma bientôt en une toux violente ponctuée de crachats.

— Il s'étouffe ! hurla son avocat qui s'agenouilla près de lui. Aidez-moi à le tenir !

L'huissier vint aussitôt le rejoindre et tenta de saisir le baron par les épaules, mais ce dernier régurgita sur lui le contenu de ses entrailles. L'huissier poussa un cri, se releva pour secouer les manches de sa toge et proféra une série de jurons d'un genre plutôt inédit dans l'enceinte d'un tribunal. Le juge détourna alors la tête avec l'air de n'avoir plus qu'une envie : quitter les lieux au plus vite. Les reporters, en revanche, se pressaient tout autour du prisonnier afin de ne rien perdre du spectacle, et j'ai le regret de devoir mentionner que l'un d'eux, muni d'un appareil photographique, tentait d'immortaliser la scène.

Le shérif Heath, quant à lui, n'avait pas bougé. Les coudes posés sur sa table, il se tenait la tête entre les mains, comme accablé.

En fin de compte, ses hommes repoussèrent les spectateurs et l'on envoya chercher un concierge. Le baron, qui avait recouvré son immobilité, se tenait recroquevillé au sol au milieu du sang qu'il avait réussi à projeter tout autour de lui et auquel venaient s'ajouter les matières inavouables que ses tripes avaient rejetées. Personne ne cherchait plus à l'approcher en dehors de son avocat qui, je le remarquai, avait enfilé une paire de gants. Le juge fit sortir le public de la salle pendant que l'on nettoyait et l'on apporta un fauteuil roulant, dans lequel on installa le baron, flasque comme un chat mort, pour le ramener à la prison en attendant le Dr Ogden.

Après avoir quitté le tribunal en file indienne et gagné l'escalier du palais de justice, les journalistes allaient reprendre leurs traditionnelles activités, fumer et commenter les derniers développements. Les assesseurs et les gardiens demeurèrent devant la porte, attendant les ordres. L'avocat du baron demanda à rester près de son client et nul n'y vit d'objection.

Dans la salle d'audience désormais presque vide, un silence bienfaisant s'était installé. Tandis que le personnel d'entretien couvrait l'odeur des vomissures avec de l'essence de gaulthérie, le shérif Heath se dirigea vers le juge, qui se tenait affaissé sur son siège, l'air défait.

— N'essayez même pas, Bob ! le prévint ce dernier. Il n'est pas question de faire autre chose qu'attendre que le Dr Ogden vienne nous tirer de cet enfer...

— Mais vous avez compris qu'il jouait la comédie, n'est-ce pas ? Que c'était du chiqué ?

— Ma foi, c'est peut-être du chiqué, mais je n'ai encore jamais rien vu de tel dans mon tribunal. J'ignore comment l'on peut feindre une crise d'épilepsie de façon aussi convaincante, et ceux qui sont en train de nettoyer vous diront que certaines choses ne sont pas feintes...

— Mais il a fait cela de propos délibéré, vous ne le voyez pas ? insista le shérif.

Je me tenais derrière lui et ne pouvais voir son expression, mais je sentais à sa voix qu'il s'avouait déjà vaincu. Le juge se pencha pour lui parler plus bas.

— Franchement, Bob, vous avez déjà fait une chose pareille, vous ? De propos délibéré, s'entend ? Si je vous l'ordonnais, là, maintenant, sous peine d'être incarcéré dans votre propre prison, seriez-vous capable de me jouer une scène comme celle-là sur commande ? L'entaille à la tête, le vomi, tout ?

Le visage du juge traduisait sa sidération. Il semblait sincèrement impressionné qu'un individu pût simuler tout cela.

— Je suppose que oui, si je m'entraînais, répondit le shérif Heath. Et le Dr von Matthesius a eu tout le temps de s'entraîner. Il a dû avaler quelque chose, de la poudre de moutarde, du savon ou que sais-je encore… Il n'en est pas à son coup d'essai, il avait fait la même chose pour nous obliger à l'hospitaliser. S'il veut être transféré à Morris Plains, c'est parce qu'il lui sera plus facile de s'évader de là-bas.

Ce fut mon tour de me prendre la tête dans les mains. Le shérif allait trop loin.

Le juge s'adossa à son fauteuil en croisant les bras.

— Seriez-vous en train de suggérer que l'asile de Morris Plains est incapable de surveiller les déments que vous lui envoyez ? Parce que, si tel est le cas, je rejetterai dorénavant toutes les demandes de transfert dans cette institution que vous pourrez faire et il ne vous restera plus qu'à garder tout ce beau monde dans votre jolie petite prison ! En outre, je n'oublierai pas de signaler aux autorités de l'État que le shérif du comté de Bergen ne fait pas confiance à l'asile en matière de sécurité. Sans doute vous enverra-t-on alors à Morris Plains expliquer vous-même à ces gens ce que vous leur reprochez exactement. Est-ce là ce que vous souhaitez, Bob ?

Le shérif Heath poussa un soupir.

— Non, Votre Honneur. Je pense qu'ils font du bon travail là-bas. C'est juste qu'il s'agit cette fois-ci d'un cas qui sort de l'ordinaire...

— Merci de me le signaler, shérif, je ne m'en étais pas rendu compte.

29

Le Dr Ogden arriva au tribunal plus tard que prévu, car il dut s'arrêter en chemin pour s'occuper d'un petit garçon victime d'un coup de sabot de chèvre. Il lui fallut toute une heure pour calmer l'enfant et le soigner afin de lui éviter de perdre un œil. Lorsqu'il fut enfin là, on dut attendre le baron von Matthesius, qui simulait un coma profond et que l'on ne parvenait pas à réveiller. L'on eut pour finir recours à un seau d'eau glacée, apporté dans le silence absolu afin de le prendre par surprise. Le stratagème se révéla des plus efficaces, car il bondit sur ses pieds en poussant des hurlements.

Au moment où il fut livré au tribunal, bien réveillé cette fois, j'aurais déjà dû être en route pour le grand spectacle de Noël de Fleurette. On m'avait affectée au punch, que je devais servir dans le hall avant la représentation.

— Toutes les autres filles ont des mamans ! avait plaidé Fleurette en levant vers moi de grands yeux humides. Des mamans qui font des tartes et des cookies afin de récolter de l'argent pour les costumes de l'an prochain. Moi, je n'ai personne !

— Ma pauvre chérie ! avais-je répondu, moqueuse, en me laissant tomber sur le divan pour lui brosser les cheveux. Bessie est vraiment trop occupée en ce moment pour te préparer quelque chose ?

L'épouse de mon frère était le seul membre de la famille à qui l'on pût se fier en matière de confection de tartes.

Fleurette avait ri et m'avait décoché un petit coup dans les côtes, qui n'étaient pas totalement guéries.

— Bon, tout ce qu'on te demandera, c'est de servir le punch ! Tu n'auras même pas à le préparer. Tu seras derrière le saladier et tu le verseras dans des gobelets. Tu penses que c'est dans tes cordes ?

— Sans doute, avais-je acquiescé, alors que je continuais à chercher une raison qui m'en empêcherait.

— Et ne va pas me dire qu'on aura besoin de toi à la prison ! Je parlerai au shérif Heath et il te forcera à venir. Tu sais bien qu'il fait tout ce que je lui demande…

— Ne crois pas que le shérif Heath soit uniquement conquis par tes charmes. Il est sympathique avec tout le monde, y compris avec les jeunes filles qui lui font des demandes déraisonnables.

En fin de compte, j'avais promis d'être là. Fleurette avait invité le shérif Heath et l'adjoint Morris avec leurs épouses respectives. Ce fut à cause de cette invitation que le shérif Heath me chassa du tribunal alors que von Matthesius y faisait son entrée.

— Allez vous occuper du punch, me chuchota-t-il.

— Maintenant ? Mais je ne peux tout de même pas…

— À chacun ses obligations !

— Mais n'avez-vous pas besoin de mon témoignage ?

— Ils n'appelleront que moi à la barre, et cela ne changera rien de toute façon. Le juge a été impressionné par la prestation de von Matthesius et vous savez comme moi que notre ami va accumuler les stratagèmes pour tromper son monde jusqu'à obtenir entière satisfaction. Allez-y, sinon, nous aurons l'un et l'autre des problèmes avec Miss Fleurette. Je vous rejoins dès que possible.

Je n'avais pas le choix. Je quittai le prétoire au moment où le fauteuil roulant du baron von Matthesius y pénétrait, poussé par son avocat et suivi d'un Dr Ogden à la mine lugubre.

— Ah, te voilà ! cria Fleurette qui courait vers moi pour m'accueillir.

J'avais reçu l'instruction d'arriver une heure avant l'ouverture du théâtre aux premiers spectateurs et il n'y avait dans le hall que quelques femmes qui disposaient des plateaux sur des tables. Fleurette portait une robe de velours rouge agrémentée de ces manches fines qu'elle affectionnait été comme hiver.

— Bon, nous n'avons pas beaucoup de temps, déclara-t-elle en s'arrêtant devant moi en dérapage contrôlé. Allons t'habiller !

— Mais je suis déjà habillée…

Je sus que j'étais piégée à l'instant où je prononçais ces mots.

Fleurette me prit la main et m'entraîna dans le couloir sombre et étroit des coulisses. Les plus jeunes enfants étaient déjà regroupés derrière les rideaux, où ils répétaient leurs pas de danse. Elle se replia dans l'une des loges. Elle me tenait par les deux mains, sans cesser de bondir joyeusement devant moi comme à son habitude.

— Donne-moi ton chapeau ! me commanda-t-elle.

Je m'exécutai. Avais-je le choix ?

Fleurette avait réussi à se procurer un pan de pongée de soie chinoise teint dans un rouge lie-de-vin et elle en avait fait un tailleur de promenade, dont la longue veste s'ornait d'un col ravissant et de boutons recouverts de tissu, avec une large ceinture et des manches brodées. Il y avait une fronce unique à l'avant et un galon sous lequel se rejoignaient plusieurs plis derrière. Un lien coulissant se boutonnait sur le côté, ce qui, m'assura Fleurette, était du dernier chic.

Il s'agissait là, je dois le reconnaître, d'une tenue en tout point extraordinaire. Jamais vêtement ne m'avait aussi bien convenu.

— J'ai donné de l'aisance au niveau des côtes, m'indiqua Fleurette en boutonnant le bustier. Tu pourras respirer...

Je pris une profonde inspiration et, en effet, le vêtement s'adapta exactement à la corpulence de ma cage thoracique.

— C'est magnifique ! m'extasiai-je. Quoique je ne sois pas sûre que j'aurais choisi du rouge...

— Oh, ne sois pas ridicule ! Tu ne peux pas te promener sans arrêt en tweed gris ! Regarde-toi dans la glace !

Je me tournai vers la coiffeuse. Le rouge donnait de la couleur à mes joues et rendait mes yeux presque verts, tandis que la coupe, parfaite, me faisait paraître, non pas plus mince, mais mieux proportionnée. La soie bruissait agréablement à chacun de mes mouvements.

Fleurette me passa un bras autour de la taille et se lova contre moi. Nous formions dans le miroir un couple plutôt comique, moi en grande dame imposante superbement vêtue et, à mes côtés, une jeune fille déjà fardée pour la scène.

Je dus par ailleurs me soumettre lorsqu'elle résolut de me coiffer et me retrouvai affublée d'un chignon compliqué avec, entrelacé dans les boucles, un ruban qui semblait tenir tout seul. Je songeai que j'allais devoir verser le punch en gardant la tête très droite si je ne voulais pas que tout s'écroule.

À ma grande surprise, la file d'attente pour le punch se révéla très disciplinée. Les mères des autres enfants, qui avaient l'habitude d'organiser ces soirées, savaient qu'il convenait de faire passer la foule le long d'une rangée de tables couvertes de génoises et de roulés à la confiture, de massepains, de dattes farcies et de biscuits écossais. Le temps que mettait chaque personne à choisir ralentissait considérablement l'ensemble, de sorte que les gens arrivaient à la table du punch à un rythme qui me permettait de les servir sans précipitation. J'avais supposé que Norma s'empresserait de me rejoindre pour me prêter main-forte, mais elle avait décidé de prendre plutôt son temps et de s'installer dans la salle dès son arrivée pour réserver des sièges, et ce fut exactement ce qu'elle fit.

— Bonté divine, ce que tu es chic aujourd'hui !

Je m'étais retournée pour prendre une nouvelle série de gobelets derrière la table, mais je reconnus sans peine la voix de Bessie. Celle-ci se tenait devant la table avec ses enfants, qu'elle entourait de ses bras, et tous trois m'examinaient de la tête aux pieds, stupéfaits.

— Qu'est-ce qui t'est arrivé ? interrogea le petit Frankie.

— Tu joues dans le spectacle, toi aussi ? s'enquit Lorraine.

Bessie leur donna une petite tape à chacun.

— Allons, les enfants ! C'est juste que vous n'aviez jamais vu tante Constance habillée pour aller au théâtre.

Elle me sourit et se décala sur le côté, afin que je puisse continuer à servir les gens tout en bavardant avec elle.

— Le tailleur, c'est Fleurette ? me souffla-t-elle à l'oreille. Oui, bien sûr ! Et c'est aussi elle qui t'a coiffée.

— En effet...

— Ça te va à ravir. Mais je me demande bien comment elle a réussi à te convaincre de la laisser faire.

— Elle ne m'a convaincue de rien du tout. Elle m'a forcée.

— En tout cas, tu es superbe !

Mon saladier de punch était vide lorsque nous fûmes appelés dans la salle de théâtre. Mon frère apparut à cet instant, essoufflé, arrivé tout droit de son travail. Je pris ma place dans la file d'attente avec le reste de la foule et m'installai près de Norma. De l'autre côté, se trouvaient les places réservées pour les Heath et les Morris, mais aucun d'eux n'était là au moment où les lumières s'éteignirent.

— Il y a un problème à la prison ? me glissa Norma à l'oreille.

Je secouai la tête.

— Rien d'autre que von Matthesius qui continue de faire des siennes...

Le rideau s'ouvrit, révélant un décor de château médiéval, avec un mur de pierre peint en fond de scène et des tapisseries côtés cour et jardin. Le seigneur du château et sa dame – joués par un garçon que je ne connaissais pas et par Helen Stewart – étaient assis sur des chaises à haut dossier et les membres de la cour arrivaient peu à peu. Les dames d'honneur, dont Fleurette, vinrent entourer Helen en formant un chœur et les garçons, en justaucorps et tuniques, défilèrent en tenant tambours, cithares, cloches et trompettes.

— La soirée s'annonce bruyante, soupira Norma.

Elle voyait juste. Tout au long du spectacle, un pianiste s'acharna à faire entonner aux petits musiciens très motivés les paroles de « Over the Hills of Bethlehem[1] » ou « When from the East the Wise Men Came[2] ». Chaque chanson s'accompagnait de l'arrivée de nouveaux membres de la troupe portant tantôt des bûches, tantôt une tête de sanglier (faite dans une sorte de cuir rose et qui, grâce à Fleurette, paraissait plus vraie que nature), tantôt une jatte de vin chaud qui précéda l'entrée en scène du père Noël.

Pour ma part, je souffrais encore du contrecoup de mon combat de catch contre von Matthesius. Je ne cessais de changer de position sur mon siège et cherchais à étendre les jambes de manière à soulager la douleur dans mon genou. Me voir remuer et soupirer ainsi finit par exaspérer Norma, qui me

1. « Au-dessus des collines de Bethléem ».
2. « Quand, de l'est, vinrent les Rois mages ».

décocha un coup de coude dans les côtes, réveillant une autre douleur et me rendant encore plus pénible la position assise.

Je m'apprêtais à me lever pour aller suivre la suite du spectacle en position debout du fond de la salle lorsque le shérif Heath se glissa sur le siège voisin du mien. Il était seul et portait encore ses vêtements de travail. Visiblement, il n'avait pas jugé bon de passer chez lui et Mrs. Heath et les enfants devaient l'attendre en se demandant quand commencerait enfin leur soirée de réveillon. Je fus tentée de lui conseiller de rentrer célébrer Noël en famille, mais la curiosité l'emporta.

— Que s'est-il passé ? soufflai-je, bien que la réponse à cette question fût déjà évidente dans mon esprit.

Il ne répondit pas tout de suite, concentrant son attention sur les enfants qui se tenaient la main et exécutaient une étonnante petite danse, dans laquelle ils devaient tournoyer en cercles, comme dans une valse. Les plus âgés, qui s'étaient entraînés, accomplissaient leurs pas avec une parfaite précision, mais les petits avaient renoncé à les suivre et se contentaient de sauter en tous sens en lançant de grands sourires au public. Puis les applaudissements crépitèrent et le shérif Heath en profita pour se pencher vers moi.

— Le juge Seufert a ordonné le transfert du baron à Morris Plains, me révéla-t-il. Je l'y ai envoyé sur-le-champ. Je ne veux plus voir cet homme.

— Ne me dites pas que le juge a donné gain de cause à un criminel, plutôt que de croire le Dr Ogden et nous tous !

Norma me gratifia d'un coup de pied et se pencha en avant pour lancer un regard noir au shérif Heath.

Nous demeurâmes silencieux jusqu'à ce que les trompettes se remettent à jouer. Alors le shérif reprit la parole :

— Il gazouillait comme un idiot lorsqu'ils l'ont ramené, m'expliqua-t-il, et puis il a commencé à arracher ses vêtements devant le juge. Nous nous sommes tous levés pour crier qu'il s'agissait d'une mise en scène, mais comment voulez-vous prouver qu'un homme a toute sa tête quand vous le voyez se comporter comme un dément ?

Une nouvelle salve d'applaudissements enthousiastes salua les trompettistes. Je ne parvins pas à m'y joindre.

— Il se sera évadé dans moins d'une semaine... soupirai-je.

— Je sais. Mais là, ce sera leur faute, et ils devront le ramener eux-mêmes.

Je fermai les yeux pour me représenter l'infirmière ou le gardien qui allait devoir endosser la responsabilité de l'évasion de von Matthesius. Je m'étais démenée pour m'en absoudre mais, en fait, je n'avais fait que passer le flambeau. Si von Matthesius réussissait de nouveau (ce dont je ne doutais pas), les défaillances de celui ou celle qui lui aurait permis de fuir hanteraient cette personne comme elles m'avaient hantée.

— Mais nous, que devons-nous faire ? murmurai-je au shérif.

Il me décocha un petit sourire et passa son bras sous le mien.

— Nous remettre au travail, chère adjointe !

Sur la scène, les lumières venaient de s'éteindre et une petite fille d'une dizaine d'années s'avançait sous l'unique projecteur pour entonner les premiers vers de

« It Came upon the Midnight Clear[1] », suivie d'autres fillettes qui se postèrent en demi-cercle derrière elle et ajoutèrent leurs voix à la sienne. Elle avait un petit visage d'ange et, avec ses anglaises brunes et son bandeau de velours rouge, elle me rappela Fleurette au même âge. Norma dut penser la même chose, car elle se tourna vers moi avec un sourire.

Quelques années plus tôt à peine, Beatrice Fuller aurait pu se tenir parmi ces fillettes. Même Providencia Monafo avait eu cet âge-là un jour, et peut-être avait-elle chanté au milieu d'autres petites filles à l'approche de Noël. Toutes les prisonnières que j'avais sous ma garde – les pickpockets, les pyromanes et les délinquantes – avaient été ces enfants, ou une certaine version de celles-ci, à un moment de leur vie.

Chacune des petites chanteuses s'avança pour chanter son couplet, et Helen entonna le troisième.

Pourtant, le monde a trop longtemps souffert
Des malheurs nés du péché et des querelles ;
Et dessous des anges par cette haine tourmentés
Deux mille ans ont passé faits de malignité.

À son côté, Fleurette enchaîna d'une voix claire et confiante, avec une douce humilité que je ne lui connaissais pas. Les premiers mots furent chantés avec une telle sensibilité qu'ils semblèrent s'adresser à chacun d'entre nous. Le shérif Heath s'enfonça dans son siège avec un soupir.

Et l'homme en guerre avec l'homme n'entend pas
Le chant d'amour qu'ils lui apportent.

1. « Il est arrivé dans la clarté de minuit ».

Je fermai les yeux et imaginai le baron von Matthesius s'installant pour sa première nuit dans l'une des longues chambrées glaciales de l'asile de Morris Plains. Il avait pris note de l'emplacement des fenêtres et des portes et sans doute guettait-il en cet instant les pas des infirmières pour enregistrer mentalement leurs itinéraires.

Cependant la voix pure de Fleurette était là pour bannir de mon esprit, ne fût-ce que l'espace d'un soir, les criminels et les fous.

Ô faites taire le bruit, hommes violents,
Et écoutez les anges chanter !

MISS CONSTANCE KOPP

Constance Kopp, 1915.
Cette photographie illustrait les articles
parus dans les journaux sur l'affaire
von Matthesius.

Ithaca Daily News, 22 décembre 1915,
édition du soir.

NOTES, SOURCES HISTORIQUES
ET REMERCIEMENTS

Tout comme *La Fille au revolver*, le premier tome de la série, ce roman s'appuie sur des faits et des individus réels, mais n'en reste pas moins une œuvre de fiction peuplée de personnages imaginaires inspirés par leurs homologues dans la réalité.

Si l'on en croit des articles relatifs à l'épisode relaté ici, le shérif Heath a sollicité l'aide de Constance Kopp après l'évasion du Dr von Matthesius, l'un de ses prisonniers, mais la jeune femme n'a eu aucune responsabilité dans celle-ci. À l'époque, elle n'était pas encore officiellement adjointe au shérif et j'ignore pourquoi elle n'avait toujours pas été engagée. Ce qui est vrai, c'est que le New Jersey venait de voter une loi autorisant les femmes à travailler comme officiers de police, mais que cette loi ne faisait aucune mention du métier d'adjoint au shérif. Il est également vrai que le shérif du comté de New York a tenté d'embaucher des femmes comme adjointes en 1912, mais qu'il en a été empêché par une loi stipulant qu'il fallait être titulaire du droit de vote pour pouvoir exercer cette activité. Une loi qui est restée en vigueur, mais qui n'a plus eu d'incidence à partir de 1917, année où les habitantes de New York ont obtenu le droit de vote.

Quoi qu'il en soit, cette participation à l'affaire von Matthesius a permis à Constance de faire ses preuves. C'est à la jeune femme que le shérif Heath doit l'arrestation de Felix, dont je n'ai pu connaître les détails. Dans la réalité, Hans, le fils de Felix, a lui aussi été arrêté. Tous les problèmes rencontrés par le shérif Heath – les factures de soins dentaires des prisonniers, le risque pour le shérif de devoir purger la peine d'un prisonnier évadé – ont été rapportés à la lettre par la presse.

La police de New York a bien appelé plusieurs fois le shérif en pensant avoir capturé le fugitif alors que ce n'était pas le bon. Et le shérif Heath et Constance ont bel et bien demandé au révérend Weber d'écrire une lettre à envoyer à la poste restante. Reinhold Dietz et Rudy Schilga sont de véritables personnes, qui ont plus ou moins joué les rôles décrits ici. La dernière nuit de la poursuite et l'arrestation de von Matthesius se sont déroulées exactement comme dans mon roman. Von Matthesius a ensuite été condamné à purger sa peine à l'asile d'aliénés de Morris Plains (qui prendra par la suite le nom de Greystone) mais, en réalité, cette peine n'a débuté qu'en avril 1916.

Je n'ai pas réussi à découvrir la nature exacte des crimes reprochés à von Matthesius. Beatrice Fuller et le Dr Rathbone sont des personnages de fiction, mais les trois garçons qui ont dénoncé von Matthesius s'appelaient vraiment Louis Burkhart, Frederick Shipper et Alfonso Youngman. Je ne sais rien de leur vie réelle et, en dehors de leurs noms, tout ce qui les concerne ici est fictif.

Le personnage d'Henri LaMotte est lui aussi inventé, mais il existait bel et bien à l'époque des photographes spécialisés dans le recueil de preuves. Tout aussi inventées sont les femmes que rencontre Constance à New York : Geraldine, Carrie et Ruth. L'hôtel *Le Mandarin* ressemble à des établissements similaires pour dames qui existaient à New York à l'époque. (Si Constance avait séjourné dans un hôtel accueillant à la fois des hommes et des femmes, elle serait passée par une entrée séparée, destinée à protéger le sexe faible du moindre risque d'inconvenance.)

Providencia Monafo a tiré sur l'un de ses pensionnaires, Saverio Salino, mais l'idée qu'elle visait en fait son mari et a souhaité rester en prison pour se protéger de lui n'est qu'invention de ma part. En outre, dans la réalité, ce crime s'était produit quelques mois plus tôt.

Beaucoup d'autres petits détails de cet ouvrage sont fidèles à des faits réels, comme vous le verrez en lisant la liste de citations donnée plus bas. Grayce van Horn a travaillé chez le shérif Heath et il est vrai qu'elle a été effrayée par un prisonnier, mais ce dernier n'était pas von Matthesius. Le *Murray's* était un restaurant extraordinaire situé près de Times Square, et des paquets de nature très intéressante s'échangeaient bel et bien dans son vestiaire. Le service de poste restante a failli être supprimé en raison du trop grand nombre de femmes qui l'utilisaient pour échanger des correspondances illicites avec leurs amants. Quant à l'histoire d'Ida Higgins, je l'ai inventée pour illustrer un fait oublié de cette époque : l'on maintenait souvent les témoins en détention au même titre que les criminels contre lesquels ils étaient censés témoigner. À ce sujet, je recommande fortement la lecture de l'excellent article de Carolyn B. Ramsey intitulé « In the Sweat Box : A Historical Perspective on the Detention of Material Witnesses », dans l'*Ohio State Journal of Criminal Law* 6, n° 2 (2009) : 681.

Enfin, les amoureux de poésie reconnaîtront sans doute le Dr Williams. William Carlos Williams vivait à Rutherford au début du XXe siècle et pratiquait la médecine dans sa maison, qui surplombait Park Avenue. Il contribuait en outre à toutes sortes de projets de santé publique. L'une des grandes joies que j'ai eues en lisant les journaux de l'époque sur microfilms a été de découvrir une lettre adressée au rédacteur en chef et signée de la main du Dr W. C. Williams, qui plaidait pour une amélioration des soins aux patients dans son quartier. Je n'ai aucune raison de croire qu'il ait connu le Dr von Matthesius ni Constance Kopp, mais rien ne nous défend de le penser. Je ne saurais trop vous conseiller de lire son ouvrage intitulé *The Doctor Stories* (non traduit en français) pour connaître sa conception de la pratique médicale.

Je ne sais pas ce qu'ont fait au juste Norma et Fleurette durant les mois couverts par ce récit, sinon que Fleurette a chanté dans un concert un solo de soprano au côté d'une jeune fille nommée Helen Stewart, de même qu'elle a participé à des concours de chant à Paterson. Quant à l'intérêt de Norma pour les pigeons voyageurs, il est, comme précédemment, imaginaire.

Un article sur la première femme policière de Paterson, Belle Headison, est paru dans le *New York Times* du 21 juillet 1915. Cette dame travaillait bien bénévolement. L'opinion qu'elle exprime (p. 14-15) sur le rôle que peut jouer une femme dans la police m'a été fournie par des articles de journaux fidèles à l'idée que les gens de l'époque s'en faisaient, ainsi que par des retranscriptions de conférences et de séances du Congrès sur le sujet. L'ouvrage *The Policewoman : Her Service and Ideals*, de Mary E. Hamilton (Frederick A. Stokes Company, 1924) a aussi représenté une source précieuse. Dans les pages 9 à 15 de celui-ci, vous trouverez une version plus complète des arguments avancés par Belle Headison.

L'histoire de Lettie et de Mr. Meeker (p. 16-21) m'a été inspirée par des incidents similaires rapportés dans l'excellent livre de Gloria Myers, *A Municipal Mother : Portland's Lola Greene Baldwin, America's First Policewoman* (OSU Press, 1995).

Le meurtre de Saverio Salino par Providencia Monafo (p. 43) est raconté par le *New York Times* du 14 juillet 1915, dans un article intitulé « Une femme abat son locataire ».

« Un prisonnier s'évade par la ruse » (p. 112) est paru dans le *New York Times* du 8 novembre 1915.

« Des alligators terrifient les convives d'un restaurant » était le titre de l'article du *Jacksonville Dispatch* du 16 février 1916, évoquant le repas de gala des malheureuses Filles de la Révolution américaine gâché par une invasion de crocodiles (p. 129).

L'un des ouvrages les plus précieux que j'aie en ma possession est *The Peace Officer's Telegraph Code : An Economical and Secret Telegraph Code for the Exclusive Use of All Peace Officers of the English-Speaking World*[1], de H. M. Van Alstine, publié en 1911 par la Peace Officer's Telegraphic Code Co. et utilisé par Norma à la page 168.

À l'automne 1915, ont eu lieu plusieurs grèves de tailleurs sur la Cinquième Avenue (p. 189). Voyez à ce sujet le *New York Times* du 25 septembre, « Accrochage dans la grève des tailleurs », et celui du 26 novembre, « 150 000 tailleurs pourraient suivre la grève ».

L'incident sur les cendres laissées au vestiaire du *Murray's* évoqué à la page 196 est décrit dans un autre article du *New York Times*, le 29 novembre 1915, sous le titre « La bombe du *Murray's* était l'urne de Mabel Hite ».

L'article sur les pigeons allemands volant avec des caméras sanglées à leur poitrail, qui a tant captivé Norma page 261, a été trouvé à la page 30 de l'édition de janvier 1916 du magazine *Popular Science*.

La controverse sur les factures de dentiste de la page 283 a été évoquée le 5 novembre 1915 dans le *Trenton Evening Times*, sous le titre « Dentisterie de luxe : une nouvelle raison d'apprécier la prison ».

L'histoire de Frieda Burkel (p. 285) figure dans le *Daily Star* du 8 septembre 1915 sous le

---

1. « Le Code télégraphique des gardiens de la paix : un code secret économique à l'usage exclusif de tous les gardiens de la paix de langue anglaise du monde ».

titre inoubliable de « Un marin tente de tuer son ancienne petite amie : une beigne ! »

« Un pasteur "pincé" par une jeune adjointe au shérif » (p. 336) est paru dans le *New York Press* du 20 décembre 1915. Les autres extraits cités sont tirés d'articles datés du même jour dans le *New York Herald*, « Une femme policière rattrape un prisonnier évadé dans le métro » et le *New York Tribune*, « Une fille capture un pasteur en fuite, il résiste ».

Merci aux employés et aux bénévoles des sociétés historiques des comtés de Bergen et de Passaic et aux bibliothécaires de la Johnson Public Library, de la Paterson Free Public Library et de la Ridgewood Public Library, où j'ai passé un nombre d'heures que je ne compte plus à lire des microfilms, et à Billy Neumann, qui m'a fait bénéficier d'une visite guidée de Rutherford par un spécialiste du lieu. Merci aussi aux familles O'Dell et Birgel, qui ont eu la gentillesse de partager avec moi leurs souvenirs des véritables personnes qui ont inspiré mes personnages.

Ma reconnaissance infinie à Masie Cochran, mon agent, Michelle Tessler, mon éditrice, Jenna Johnson et tout le personnel de Houghton Mifflin Harcourt. Enfin, tout mon amour et ma reconnaissance à mon mari, Scott Brown, qui vit avec les sœurs Kopp depuis aussi longtemps que moi.